KB149234

가정, 우리 정신의 근원

Home is Where We Start From

by D. W. Winnicott

Copyright ⓒ 1986 by the Winnicott Trust

Translation copyright ⓒ 2015

by Korean Institute for Contemporary Psychoanalysis

  (Previously, Korea Psychotherapy Institute)

가정, 우리 정신의 근원

발행일 2017년 6월 30일

지은이 D. W. 위니캇

옮긴이 김유빈

펴낸이 이준호

펴낸곳 현대정신분석연구소 (구 한국심리치료연구소)

주소 서울시 종로구 새문안로5가길 28, (적선동, 광화문플래티넘) 918호

전화 02) 730-2537~8

팩스 02) 730-2539

홈페이지 www.kicp.co.kr

E-mail kicp21@naver.com

등록 제22-1005호(1996년 5월 13일)

정가 25,000원

ISBN 978-89-97465-30-9 (93180)

가정, 우리 정신의 근원

Home is Where We Start From

D.W. 위니캇

김유빈 옮김

현대정신분석연구소
Korean Institute for Contemporary Psychoanalysis

목차

역자 서문

도널드 위니캇은 역자가 개인적으로 가장 좋아하는 정신분석학자이다. 그의 업적이나 사상의 독창성, 정신분석학계에 끼친 영향 등을 놓고 보았을 때 그 말고도 존경하고 좋아할 만한 사람은 많지만 개인적으로 위니캇 만큼 긍정적인 시각으로 인간을 바라본 정신분석학자는 흔치 않은 것 같다. 그렇다고 해서 그가 인간을 한 없이 선하고 긍정적인 존재라고 말하는 것은 아니다. '충분히 좋은 엄마'라는 개념을 예로 들어 본다면, 그는 아이에게 진정으로 '좋은' 엄마란 아이에게 완벽하게 잘 해주는 엄마가 아니라 적당히 잘 해주고 적당히 실수도 하는 엄마라고 말한다. 완벽함이 아닌 불완전함을 좋은 엄마의 필요 충분 조건으로 보는 그의 시각이 역자가 그를 '인간을 (가장) 긍정적인 시각으로 바라보는 사람'이라고 생각하는 이유이다.

이 책은 정신병리를 본격적으로 다룬 위니캇의 다른 책들과 달리 다양한 청중을 대상으로 한 강연들의 원고들을 그의 사후 모아서 출간한 것이다. 그래서 그 중에는 (원고가 없어) 누군가가 녹음한 것을 다시 글로 옮겨 놓은 것도 있고, 그가 미처 발표하지 못해서 아직 수정을 덜 가한 미발표 원고도 있다. 다양한 청중을 대상으로 했던 만큼 기존의 책에서는 다루지 않았던 주제

들이 나오는 것을 볼 수 있다: 건강과 질병, 가족을 다루는 1, 2부
는 어디에선가 이미 한 번 들어본 듯한 내용이라는 느낌을 받을
수도 있지만 사회에 대한 고찰을 다루는 3부에서는 그야말로 우
리가 지금까지 보지 못한 주제들을 다룬다: 페미니즘, 자유, 정치,
왕실, 전쟁 등. 이를 통해 우리는 위니캇이 살았던 당시의 혼란했
던 동시에 역동적인 시대를 엿볼 수 있고, 우리가 지금까지 가지
고 있었던 것과 다른 시각으로 사회나 여러 가지 사회 현상을
바라보고 우리 자신을 돌아보고 보다 더 잘 이해하게 된다. 정신
병리나 인간의 발달만 다룬 것이 아니라 독자가 보다 편안하게
자신을 대입할 수 있는 주제도 많기 때문에 편안하게 생각할 거
리 또한 많지 않을까 기대한다. 이 책에서도 위니캇은 우리에게
다음과 같이 말한다: 인간은 역동적이고 창조적인 존재이며, 완
벽해서 좋은 것이 아니라 완벽하지 않아서 좋으며 그 점이야말
로 우리의 삶을 보다 풍부하게 만들고 참되게 만든다는 것이다.

　이 책이 출간되기까지 많은 도움과 격려, 지원을 주신 이재훈
박사님과 다른 모든 분들께 깊은 감사 인사를 드린다.

서문

1971년 도널드 위니캇은 발표하지 않았던 원고 80여 편 외에 오늘날 구할 수 없게 된 여러 모음집이나 잡지에 발표된 여러 가지 논문과 사설들을 남기고 사망한다. 이 책에 소개된 대부분의 글들은 그것들에서 가져온 글들이다. 그러나 각 장의 형태가 구체적으로 잡혀 가는 과정에서 기존의 책에 이미 발표된 내용을 가져온 것들도 있다.

위니캇 자신도 그 원고들을 모아서 발표하거나 출판할 계획을 가지고 있었다. 만약 기회가 되었더라면 그는 아마 우리가 고른 것과는 다른 원고들을 골랐을 것이다. 그러한 이유로 우리는 우리의 선택에 대한 책임을 지며 그 첫 단계에서 많은 도움을 준 로버트 토드(Robert Tod)에게 감사 인사를 전한다.

우리는 위니캇이 이 발표되지 않은 원고들을 공들여 다듬은 다음 세상에 내놓았을 것이라고 생각하지만 그것들의 편집 작업을 고의적으로 최소화하였다.

우리는 이 책에 있는 원고들을 그 주제와 그것들이 가지고 있는 관심사에 따라서 선별하였다. 다양한 유형의 청중을 상대하기를 좋아했던 위니캇이었기 때문에 거의 모든 원고는 잡담이나 강연 투로 시작된다. 그 결과 이 책에서 특정한 사고나 주제들이 반복되는 경우도 있을 것이다. 그러나 우리는 그 안에서 '사회는 개인과 가족을 반영하고 있다'는 위니캇을 이끌었던 깊은 신념을 느끼고, 그가 자신이 살고 있었던 나라에 대해 가지고 있었던 날카로운 책임 의식과 감각을 느낄 수 있기를 바란다. 또 한 가지 소망이 있다면, 이 책이 독자들에게 즐거움을 주었으면 하는 것이다. 위니캇도 아마 그것을 바랐을 것이다.

클레어 위니캇
레이 셰퍼드
마들렌 데이비스

정신분석학과 과학은 친구인가, 아니면 단순한 교류 관계인가? (1961)

Oxford University Scientific Society 강연

정신분석학은 정신과적 질환을 심리적인 수단을 통해 다루는 방법의 하나이다. 다시 말해서 기계나 약물이나 최면 없이 질환을 다루는 치료법인 것이다. 정신분석학은 지난 세기의 전환점에 프로이트에 의해 창안된 것으로서 당시에는 증상을 없애기 위해서 최면을 사용했었다. 하지만 프로이트는 시간이 지날수록 자신이나 동료들이 내는 결과에 불만을 품게 되었다. 환자의 증상이 치료되어도 그 환자를 이해하는 데에는 진전이 없는 것을 깨닫게 된 프로이트는 환자와 동등하게 작업을 할 수 있고, 시간이 기여할 수 있는 바를 충분히 할 수 있도록 최면 회기의 틀을 그에 맞게 바꾸었다. 환자는 매일 같은 시간에 왔으며, 두 사람은 증상의 치료를 서두르지 않았다. 프로이트는 그것보다 더 중요한 것이 있다는 사실을 관찰하게 되었기 때문이다. 환자가 자신을 드러낼 수 있게 하는 것이다. 그렇게 작업함으로써 프로이트 또한 많은 것을 배웠고, 그 배움을 환자가 자신을 이해하고 해석하는 데 활용하는 한편 조금씩 조금 씩 오늘날 정신분석학이라고 부르는 새로운 '과학'을 만들었다. 우리는 이를 '역동 심리학'이라 부를 수도 있을 것이다.

이렇듯 정신분석이라는 단어는 한 개인의 정서 발달을 다루는 방

법과 이론 체계를 아직 발달 단계에 있는 과학을 특별히 가리키는 단어이다. 그것은 과학을 바탕으로 하는 응용과학이다.

나는 여러분들도 눈치 챘듯이, 고의적으로 '과학' 이라는 단어를 사용함으로써 프로이트가 새로운 과학을 창안하였다는 나의 신념을 비추었다. 그는 생리학을 연장시키며, 인간의 인격, 성격, 감정과 욕망을 주제로 하는 새로운 과학을 진정으로 창설하였다는 것이 나의 주장이다.

그런데 과학이란 무엇인가? 이 질문은 자주 제기되었고 그에 대한 대답도 역시 마찬가지이다.

과학자에 대한 것이라면 나는 이것을 이야기할 것이다: 지(知)에 어떤 빈틈이나 결함을 발견했을 때 과학자는 공포나 당황스러움을 엿볼 수 있는 초자연적인 설명 뒤에 숨거나, 미지에 대한 두려움을 드러내며 과학적이지 못한 태도를 보이지 않는다. 과학자에게 있어서 이해의 결함이나 빈틈은 받아들여야 하는 도전이다. 무지를 인정하고 그 연구 계획을 세운다. 이러한 빈틈이나 결함의 존재는 작업을 촉진시킨다. 과학자는 조금 더 기다리고 무지한 채로 있는 것을 받아들일 수 있다. 이것은 그가 일종의 믿음을 가지고 있다는 이야기이다. 이것 또는 저것에 대한 믿음이 아니라 신념, 또는 믿는 능력을 가지고 있다는 것이다. "모르겠지만 뭐, 괜찮아. 언젠가는 알게 될테지. 아닐 수도 있고. 그렇다면 다른 누군가가 알고 있을지도 모르지."

과학자에게 있어서 모든 것, 혹은 거의 모든 것은 질문을 어떻게 진술했느냐에 달려 있다. 대답은, 대답을 만약 얻었다면, 다른 질문들로 이끌 뿐이다. 완전한 지(知)는 과학자에게 있어서 악몽이다. 그에게 있어서 그런 것이 존재할 수 있다는 생각만으로도 소름이 끼치는 일이다. 이것을 종교가 가져다주는 확신과 비교했을 때 의혹을 확신으로 교체하는 종교가 과학과 얼마나 다른지를 볼 수 있다.

과학은 무수한 의혹을 포함하며 믿음을 전제로 한다. 어떤 것에 대한 믿음인가? 어쩌면, 아무것도 믿지 않는다는 믿음인지도 모른다. 또는 무엇인가를 믿는 능력일 수도 있다. 만약 어떤 것에 대한 믿음이라면, 현상들을 지배하는 준엄한 법칙에 대한 믿음이다.

생리학이 떠난 영역을 정신분석학은 계속해서 나아간다. 정신분석학은 과학의 영역을 개인 인격의 여러 현상들, 인간의 감정과 갈등 영역으로까지 확장한다. 그것은 인간의 본성을 연구할 수 있다는 전제에서 출발한다. 정신분석학은 알 수 없는 것이 등장해도 미신 같은 것을 늘어놓지 않고 그것에 대한 무지가 풀릴 때까지 기다리는 여유를 가진다. 과학의 대표적인 공헌 중 하나는 일을 급하고 수선스럽게 하려 할 때 그것에 제동을 걸면서 숨을 한 번 쉬는 여유를 준다는 것이다. 우리는 볼 던지기 게임을 하면서 동시에 스페인 사람들을 이길 수도 있는 것이다.

이쯤에서 나는 여러분에게 과학과 응용과학을 잘 구분할 것을 권한다.

우리는 응용과학을 행하고 있다. 우리는 매일매일 환자 또는 우리에게 분석을 받는 일반 사람들의 요구를 들어줘야 하며, 많은 경우 그 요구를 들어주는 데 성공을 하기도 하고, 실패를 하기도 한다. 우리는 비행기의 선체가 풍화되어 우리가 곤란할 때 분해되는 것을 막을 수 없듯이 실패 또한 피할 수 없다. 응용과학은 과학이 아니다. 내가 누군가를 분석하는 것은 과학이 아니다. 하지만 나는 프로이트 이전에는 할 수 없었던 작업을 할 때 과학에 의지하게 된다.

프로이트는 생전에 정신분석학의 근본이 되는 이론, 우리가 일반적으로 형이상학이라고 부르는 이론을 상당 수준까지 발전시켰다. 그는 정신신경증을 연구했지만 점차 연구의 범위를 조현병과 조울증과 같은 더 깊은 질환으로까지 확장하였다.

우리가 오늘날 조현병과 조울증에 대해서 알고 있는 내용의 대부분은 프로이트, 그리고 프로이트 이후 그가 창조한 연구 방법 및 치료 방법을 이용해 연구를 계속한 사람들의 작업 결과이다.

여러분을 알지 못하고, 여러분이 무엇을 알고 있는지, 내가 말하는 내용에 동의를 하는지 아니면 내가 등한시했다고 여기는 전혀 다른 생각을 하고 있는지에 대해 아는 것이 전혀 없는 나는 지금 불리한 위치에 서 있다. 여러분은 아마 내가 정신분석이 무엇인지에 대해 설명해 주기를 바랄 것이다. 그러니 그렇게 해볼까 한다. 이 주제에 대해서 말을 하려고 하면 할 수 있는 말이 너무나도 많다.

먼저, 여러분은 인간의 정서 발달 과정(도식)에 대해 어떤 밑그림 정도는 있어야 할 것이다. 그런 뒤 삶에 내재한 긴장이나 갈등으로는 어떤 것들이 있으며 그런 것들을 다루기 위해 사용하는 방법들에는 어떤 것들이 있는지를 알아야 할 것이다. 그러고 나면 정상적인 방어의 와해와 제2, 제3의 방어선의 형성과 관련된 것들에 대해 알아야 할 것이다. 다시 말해 정상적인 방어가 실패했을 경우 질환이 그 방어를 지속하는 방법이 되는 이유에 대해 알아야 할 것이다. 긴장과 갈등의 기저에는 본능, 무질서하게 작용하는 육체적인 기능이 자리한다.

당연한 이야기이지만, 불안에 대한 개인의 방어의 일부분을 구성하는 것은 언제나 환경의 기여다. 보통 개인이 성장할 때 환경 또한 같이 발달한다. 아기의 의존성은 점진적으로 아이의 독립성으로 발달하며 성인의 자립성으로 변한다. 그 모든 것은 굉장히 복잡한 것으로, 아주 세세히 연구되었다.

질환은 환경의 실패로 설명할 수도 있을 것이다. 그러나 그것을 개인의 방어 체계로 보고 연구하는 것이 더 흥미로울 것이다. 각 접근 방법은 보통의 정상적인 사람들의 삶에 대해서 알려준다. 하나는 사회에 대해서 알려주고, 또 다른 하나는 예술가나 종교가 관심을 가지는 인간의 개인적인 갈등에 대해서 알려준다. 다르게 말해서, 정신분석학은 삶에 대한 우리의 시각을 아주 깊이 바꾸어 놓았으며 정신분석학이 가져올 것은 사회 및 보통 사람들에 대해 지금까지 이루어졌던 연구보다 더 많을 것이다. 정신분석학을 능가하는 탐구 방법은 아직까지 나오지 않은 실정이다. 그러나 많은 사람들이 정신분석학 그 자체 또는 그것에 대한 생각을 좋아하지 않는 것이 사실이며, 그렇기 때문에 실제 활동하는 분석가가 적고 그나마도 거의 대부분 런던에 거주하고 있다.

정신분석학이 사람에 대해서 우리에게 들려주는 가장 중요한 이야기는 무엇일까? 정신분석학은 무의식에 대해서, 생의 초기 인간의 실제 삶 및 상상적인 삶에 뿌리를 두는 인간의 깊숙하고 내밀한 삶에 대한 것을 들려준다. 생의 초기 단계에 있는 아기에게 객관적인 지각이란 존재하지 않기 때문에 저 두 개의 삶, 즉 실제 삶과 상상적인 삶은 하나를 이룬다. 아기는 주관적인 상태에서 살고 있으며 모든 것의 창조자이다. 그러다가 점차 나-아닌 세계를 지각할 수 있게 되는 상태가 되지만 그 단계에 이르기 위해서는 절대적 의존의 시기 환경으로부터 받은 돌봄이 충분히 좋아야 한다.

사람들은 꿈과 꿈 활동을 통해 그들의 무의식에 대해서 알게 된다. 꿈은 의식의 삶과 무의식적인 현상 사이를 이어주는 다리에 해당한다. "꿈의 해석"(1900)은 지금까지도 프로이트가 이룬 업적의 초석이 되고 있다.

물론 꿈은 분석 상황이라는 특수한 상황에서 기인하는 것이 대부분이다. 정신분석은 굉장히 특수한 상황을 만들며, 분석 과정 중에 꾸게 되는 꿈 중 가장 중요한 꿈들은 분석가와 직간접적으로 관련된 꿈들이다. '전이' 안에는 해석의 자료가 되는, 불안에 대응하여 생긴 수많은 억압된 무의식의 내용들이 나온다.

정신분석학과 과학의 특수한 관계는 정신분석학이 다음과 같이 과학의 본질을 밝히고 있기 때문이다:

1. 과학자의 기원, 과학자가 과학자인 이유.

2. 과학 연구가 환상과 현실(주관-실제(객관)에서 비롯된 불안을 다루는 방법.

3. 새로운 질문을 통해 표출되는 창조적인 충동에 대한 과학적인 방법. 여기서 새로운 질문은 이미 존재하고 있는 기존 지식에 기댄다.

새로운 질문이 떠오르는 이유는 우리 안에 답에 대한 생각 같은 것이 있기 때문이다. 과학적 방법은 다음과 같은 전개 순서를 따른다고 볼 수 있다: (a) 개연성의 입증 (b) 증거 또는 상대적인 증거의 수락 (c) 일어날 수 있는 실패에 기초한 새로운 질문. 그렇다면 통계는 어떨까? 이것을 과학으로 볼 수 있을까? 어느 질문에 대한 대답이 옳다는 것을 증명하기 위해 통계를 사용할 수 있을 것이다. 그런데 그것은 누구의 질문이고, 누구의 대답인가?

분석가는 자신의 분석 경험(자신이 분석을 받은 경험) 때문에 그 방법을 더 선호하는 정신과 의사라는 이야기를 종종 듣기도 한다. 경우에 따라 그것이 사실이라 할지라도 그것이 정신분석학이 틀렸다는 증명이 되지 않는다. 프로이트와 같은 천재가 아닌 이상 정신분석가는 다른 사람을 정신분석하기 전에 자기 자신이 먼저 정신분석을 받아야 한다.

최면에서 일어나는 놀라운 일들이 정신분석에서도 일어나는 경우가 있지만 놀라운 식으로 일어나지는 않는다. 그들은 조금씩 점점, 서서히 일어나며 그렇게 일어나는 일 또한 환자가 그것을 받아들일 수 있게 되었을 때나 일어난다. 그렇기 때문에 여러 분에게 소개할 만한 아주 놀라운 변화가 일어난 사례 같은 것을 가지고 있지 않다.

그러한 놀라운 변화를 엿볼 수 잇는 사례는 소아 정신과에서 찾아보는 것이 더 쉽다. 제대로 된 정신분석에서는 분석가와 환자는 치료가 끝나는 마지막 날까지 하루하루 애쓰면서 작업한다.

예를 하나 들어 보자: 결혼하지 못한다는 문제 때문에 분석을 받게 된 남성이 있다. 그는 차츰 자기 자신을 드러내면서 자신의 안에 (1) 건강한 이성애적 성향이 (2) 동성애 성향으로부터의 도피에서 기인한 여성적 동일시 및 (3) 그 수용치가 너무 높은 근친상간의 터부 때문에 방해를 받게 되었다는 사실을 깨닫는다. 그는 이제 아무 여성이나 다 만날 수 있게 되었다. 왜냐하면 이제 그 어떠한 여성도 그에게 그의 오이디푸스적 어머니를 의미하지 않게 되었기 때문이다. 이런 것들이 차츰 해결되면서 그는 결혼을 하고, 이후 가정을 세우며, 또 다음 단계에서는 그가 지금까지 부정했던 형제의 존재를 인정하고 그와의 관계를 해결하는 것이다. 그러는 과정에서 그는 자신이 어린 아이였을 때 아버지를 향해 느꼈던 깊은 사랑을 깨닫는다.

그제서야 그는 아버지상에 대한 그의 증오를 보다 잘 다룰 수 있게 되었다는 사실을 깨닫고, 또 직장에서도 이전보다 함께 일하기 편안한 사람이 되었다. 새로운 목표도 생겼다: 원시적 충동에서 자기(self)의 뿌리를 포함하여, 어머니에 대한 보다 이른 시기의 형태의 사랑 혹은 보다 깊은 사랑의 양상을 탐색하는 것이다. 그 결과, 증상이 없어졌을 뿐만 아니라 인격의 토대 자체가 넓어지고 감정적으로 풍부해졌으며 이전에 비해서 자신감이 생겼기 때문에 다른 사람들에게도 관대해 졌다. 그런 변화는 그가 자녀들을 다루는 방식이나 그가 아주 잘 고른 배우자의 가치를 알아보는 것만 보아도 알 수 있다. 이와 병행하여 그는 일도 보다 활기차고 독창적으로 하게 되어 직위도 점점 향상되었다.

그러나 통계는 이러한 변화를 반영하지 못한다.

제 1 부

건강과 질병

건강한 개인의 개념(1967)

Royal Medico-Psychological Association,
Psychotherapy and Social Psychiatry Section 강연

서언

우리는 어떤 사람들에 대해서 이야기할 때 '정상'과 '보통'이라는 단어를 사용하며, 우리가 무엇을 이야기하고 있는지에 대해 대략 알고 있을 것이다. 가끔 우리는 우리가 의미하는 바를 명시할 필요가 있다. 그것이 비록 너무나 당연한 소리를 하거나 그 답을 알지 못하는 일이 생기더라도 말이다. 어차피 관점이라는 것은 세월과 함께 변하며 40년대에 통용되었던 정의나 규정이 60년대에는 더 이상 통용되지 않는 것을 쉽게 볼 수 있다.

이와 같은 주제를 다루었던 다른 인물들이 어떤 말을 했는지에 대해서는 이야기하지 않을 것이다. 다만 내가 제시하는 개념들의 대부분은 프로이트로부터 영감을 받은 것들이라는 사실만큼은 밝히고 싶다.

나는 사람을 그가 사회에서 차지하고 있는 위치와 상관없이 판단할 수 있다는 나의 생각이 결코 틀린 생각이 아니기를 바란다. 개인의 성숙의 바탕에는 독립성이 자리하지만 완전한 독립이

란 존재하지 않는다. 자신은 완벽하게 독립된 존재이며 누구도 건드릴 수 없는 존재라고 느낄 정도로 후퇴한 사람은 결코 건강한 사람이 아니다. 그런 사람이 아직 살아 있다는 사실은 오히려 그를 돌보는 사람이나 가족이 존재하며 그들에 대한 의존성이 존재한다는 것을 증명할 뿐이다!

그러나 여기서 나는 개인의 건강에만 초점을 맞춰 이야기할 예정이다. 왜냐하면 다수의 개인들이 모여 이룬 것이 사회이며 그렇기 때문에 그 사회의 건강은 그것을 이루는 개인의 건강에 달려 있기 때문이다. 그래서 사회란 결국 개인 건강의 공통분모 이상의 것은 될 수 없다. 아니, 병든 이들까지도 받아들여야 하기 때문에 그 이하라고 볼 수도 있을 것이다.

연령별 성숙

발달의 측면에서 볼 때 건강이란 그 사람의 나이에 상응하는 성숙을 가리킨다고 볼 수 있다. 개인의 자아의 발달 또는 자기(self)라는 개념이 나이에 비해 너무 일찍 발달하거나 반대로 늦게 발달하는 것은 건강의 측면에서 볼 때 별로 긍정적인 현상으로 볼 수 없다. 성숙의 추구는 우리가 본래 가지고 태어나고 물려받는 성향이다. 발달은 특히 초기에 '충분히 좋은' 환경의 영향을 받는다. 여기서 말하는 '충분히 좋은' 환경은 인간이 타고나고 물려받은 다양한 성향들을 촉진하여 개인의 성장 발달이 거기에 맞춰 일어나도록 하는 환경을 의미한다. 충분히 좋은 환경이란 개인이 물려받은 다양한 성향들을 촉진하고 그 성향들이 실현되는 곳이라고 볼 수 있다. 개인의 정서 발달을 형태 심리학적 측면에서 이야기했을 때 우리가 물려받은 것과 환경은 둘 다 외부 요인에 해당한다고 말할 수 있다.(나는 '심리학'이라는 단어 앞에 '역동'을 붙이는 어색한 표현 대신 저 용어(형태 심리학)을 사용하는 것은 어떨까, 라는 생각을 한 적이 있다.)

충분히 좋은 환경이란 아기의 개인적인 욕구에 아주 수준 높게 적응하는 것에서 시작한다고 상정할 수 있다. 일반적으로 모든 어머니들은 내가 모성적 몰두라고 부르는 특별한 상태에 빠져 있기 때문에 아기의 요구에 매우 잘 적응한다. 그러한 상태를 가리키는 다른 용어도 있지만 나는 여기서 나 자신의 서술적 용어를 사용한다. 좌절(욕구불만)에 따른 반응을 아이가 점점 더 경험해야 할 필요가 늘어나면 늘어날수록 어머니의 적응도는 낮아진다.

어머니의 적응 실패에 대한 아기의 반응이 그것을 트라우마로 받아들이지 않고 그녀에게 분노를 하는 것인 한 어머니는 아기의 욕구를 충족시키는 순간을 조금 지연시키는 것이 가능하다. 트라우마는 개인의 존재의 연속성에 단절이 생기는 것을 의미한다. 자기감, 현실감 및 존재한다는 느낌은 존재의 연속성이 유지될 때만 개인 인격의 특징으로서 정착할 수 있다.

아기와 엄마 사이의 상호관계

아주 맨 처음에, 아기가 주관적인 세계 안에 살고 있는 시기에는 혼자 있는 개인만을 가지고 건강을 논할 수 없다. 더 나중에 가서는 건강하지 못한 환경 안에 있는 건강한 아이에 대한 이야기도 할 수 있지만 처음부터 그것에 대해 논하는 것은 의미없는 일이다. 그런 말들은 아기가 먼저 현실을 객관적으로 파악하고

'나'에서 '나-아닌 것'을 구별하고, 개인의 심리적 현상과 다른 사람들과 공유하는 현실을 구분할 수 있게 되었을 때, 그리고 어떤 내적 환경 같은 것을 어느 정도 갖추기 전까지는 아무 의미가 없는 말들이다.

여기서 나는 주관적 세계에 사는 유아와 그에게 적응하여 그에게 기본적인 전능감 경험을 제공하는 어머니, 이 두 가지 양방향 과정에 대해 이야기하고 있다. 그것의 근본 바탕을 이루는 것은 살아 있는 관계이다.

촉진적 환경

건강에 대한 연구에서 촉진적 환경과 개인의 욕구에 대한 촉진적 환경에서의 적응을 따로 분리할 수 없는 요소들이다. 그 안에 포함된 것은 어머니의 기능을 보충하는 아버지의 기능 그리고 아이가 아이로 돌아갈 수 있게 해주는 동시에 그가 자라는 것에 맞춰서 그에게 현실 원리를 소개하는 복잡한 일(방법)일 것이다. 그러나 나는 환경의 발달 양상 연구에 대한 이야기를 하려고 이 자리에 선 것이 아니다.

성감대

프로이트의 시대 전반기에는 이드(id)의 자리(심리성적 발달 단계)를 언급하지 않고 건강을 논하기란 불가능했다. 각 단계들은 성감대가 어디에 집중되느냐에 따라 시기별로 나뉜다.(리비도가 신체 부위의 어디에 집중되는지에 따라 나뉘는 것이다). 그것은 여전히 유효한 관점이다. 순서는 우리도 잘 알고 있다: 맨 처음은 입이 주로 작용하는 시기, 그 다음에는 항문과 요도가 중요시되는 시기, 그 다음에는 남근기 또는 '으스대는 단계'(여아에게는 그토록 힘든 바로 그 시기) 그리고 마지막으로는 생식기(3~5세)가 있다.

이 시기 유아의 환상의 내용을 보면 성인의 성(性)에서 발견할 수 있는 모든 것들을 다 찾아볼 수 있다. 우리는 아이가 청사진을 따라 잘 성장하고 있을 때 더할 나위 없는 만족감을 느낀다.

이후 건강에서 아이는 잠재기의 특성들을 보이게 된다. 이때 이드는 새로운 자리를 향해 움직이지 않고 내분비계 구조로 인한 충동의 미약한 재활성화로 향한다. 여기서 건강 개념은 배움이 가능한 시기와 맞물린다. 이 시기에는 또 성별의 분리가 거의 자연스럽게 일어나는 것을 관찰할 수 있다. 그러한 점을 언급해야 하는 이유는 6살일 때는 6살답게 있는 것이, 그리고 10살일 때는 10살답게 있는 것이 건강한 것이기 때문이다.

그 다음에 오는 것이 사춘기다. 사춘기 전에는 동성애적 성향이 보통 저절로 나타나는 전(前) 사춘기 시기가 앞서 등장하며 사춘기가 오는 것을 알린다. 아직 사춘기가 오지 않은 14세의 소년, 소녀는 선천적으로, 그리고 '건강하게(in health)' 혼란과 의심의 상태에 빠진다. 거기에 '울적함'이라는 단어를 쓰는 것이 적절할 것이다. 사춘기에 대해서 내가 다시금 강조하고 싶은 것이 있다면, 한참 사춘기에 있는 아이가 고전하는 것은 지극히 당연하고 정상적인 일로, 그것은 결코 병이 아니다.

사춘기는 그것을 맞이하는 사람들에게 안도감을 주기도 하지만 그와 동시에 우리가 이제 겨우 그것에 대해서 조금 이해할 수 있게 된 매우 혼란스러운 현상이기도 하다. 사춘기를 맞은 소년과 소녀들은 청소년기를 자신과 같은 상태에 있는 다른 아이들과 함께 보내는 발달의 시기로 느낄 수도 있을 것이다. 우리가 청소년기에 관심을 기울이고, 어떤 것이 그 시기에 정신적으로 건강한 것이고 어떤 것들이 병적인 것인지 규정하게 된 것은 특히 세계 제2차 대전 이후이다. 그런데 그 문제들은 새로운 것은 아니었다.

그래서 적어도 그 연구자들에게 청소년들이 실질적으로 마주하게 되는 문제들의 해결책을 찾으려고 애쓸 것이 아니라 연구 중 만나게 되는 이론적인 문제의 해결에 관심을 쏟을 것을 권할 수 있다. 청소년기 때 겪는 다양한 증후와 그로 인한 애로 사항에도 불구하고 그에 대한 해결책을 가장 잘 찾을 수 있는 것은 바로 당사자들인 청소년들일 것이다. 사춘기에 들어선 청소년은 그것이 질병인 것처럼, 그가 환자인 것처럼 치료를 받아서는 결코 안 된다. 그리고 나는 이것이 건강을 논할 때 참고해야 하는 아주 중요한 요소 중 하나라고 생각한다. 그렇다고 그 나이에 병이 존재하지 않는다고 말하는 것은 아니다.

그 시기를 매우 고통스럽게 보내는 청소년들도 존재하며, 그들을 그냥 방치한다는 것은 너무 잔인한 일이다. 14세의 아이들 중에는 자살 성향이 있는 아이들도 많다. 그들은 여러 가지 잡다한 현상들 간의 상호작용의 영향을 일방적으로 당한다. 본인의 미숙함, 사춘기로 인한 여러 가지 변화들(2차 성징들), 삶에 대한 그들의 생각과 그들이 가진 이상, 꿈. 거기에 어른들의 세계, 타협과 거짓 가치들이 난무하며 본질적인 것들로부터 점점 멀어지는 세계가 안겨주는 실망감을 추가한다. 이 시기가 지나면 청소년들은 실재한다고 느끼며 자기(self)와 존재(being) 개념을 가지기 시작한다. 이것이 건강이다. 존재하는 것(being)에서 무엇을 한다(doing)가 나오지만 존재(be)전에 행위(do)가 나올 수는 없다. 청소년들이 우리에게 보내준 메시지도 바로 그것이다.

우리는 개인적인 문제를 가지고 있고, 의존적인 상태에 있으면서 반항하는 청소년들을 격려할 필요가 없다. 애초에 그들은 격려를 필요로 하지 않는다. 우리는 사춘기가 끝나는 시점이 우리가 새로운 도전에 열정적으로 몸을 내던지는 나이임을 다시 한 번 기억해 보자. 그래서 사춘기가 끝날 무렵의 소년, 소녀에서 부모로서의 소임 및 책임감 있는 사회에 자신을 동일시하는 청소년을 보는 것은 즐거운 일이다. 어느 누구도 '건강'이라는 단어를 '쉬움'이라는 단어의 동의어로 놓지 않을 것이다. 사회와 그 사회의 구성원인 청소년 사이의 갈등이 심한 사회에서는 더더욱 그렇다.

우리가 쓰는 용어가 바뀌고 있다. 이드의 충동 같은 용어에서 시작해 오늘날에는 자아 심리학이란 말을 쓰고 있다. 사춘기 소년이 사춘기라는 과정에서 성적인 힘에 대한 가능성(사춘기 소녀에게도 그에 해당하는 다른 기대 역시 마찬가지다)을 엿볼 수 있다면 그것은 그에게 큰 힘이 된다. 생식 능력은 이미 잠재기를 앞선 시기의 놀이 현실에서 온전히 갖추어진다. 그러나 사춘기에 들어선 소년과 소녀들은 충동이 전부라는 것을 생각하지 못한다. 그 시기의 청소년이 가장 관심을 가지고 중요하게 생각하는 것은 존재하는 것이다. 어딘가에 존재하고, 실재한다고 느끼며 (내면의) 대상을 일정 수준 이상으로 견고히 하는 데 관심을 가지는 것이다. 그들은 충동에 찢길 것이 아니라, 그 충동들을 길들여야 할 필요성을 느낀다.

생식 능력의 온전한 달성이라는 관점에서 보는 성숙함, 또는 건강은 청소년에서 아이의 부모가 될 수 있는 존재로 변모할 때 특별한 형태를 띤다. 아버지처럼 되기를 바라는 남자 아이가 이성애를 꿈꾸고 자기에게 있는 생식 능력을 온전히 자기의 것으로 취할 수 있는 것은 긍정적인 일이다. 마찬가지로 어머니처럼 되기를 희망하는 여자 아이가 이성애를 꿈꾸며 성관계 중 성적 오르가즘을 아는 것 또한 긍정적인 일이다. 하지만 가장 결정적인 것은 바로 성적 경험을 애정과 연관시키고 가장 넓은 범위의 '사랑'과 연관시킬 수 있는가이다.

이 분야에서 건강하지 못하면 그것은 해로운 영향을 미치며 억제가 아주 파괴적이고 잔인할 수 있다. 강간보다 성불능이 더 나쁜 결과를 가져올 수 있다. 그러나 오늘날 우리는 이드의 단계에 의지해서 건강을 논할 수는 없게 되었다. 인간의 성장 발달을 설명할 때 자아의 작용과 자아의 복잡한 진화 과정보다 이드의 작용에 근거해서 설명하는 것이 더 쉽다. 그러나 두 번째 방법을 피할 길도 없고 피하지도 않을 것이다. 우리는 그것을 시도해야만 한다.

본능적인 삶에 미숙한 점이 있다면 인격이나 성격, 행동이 건강하지 못할 가능성이 있다. 여기서 성(性)은 부분적 기능으로서 작용하며 겉보기에는 제대로 작용하는 것 같지만 그 성적인 힘(여성의 경우도 이에 준하는 것)은 개인을 발전시키기보다 메마르게 한다는 사실을 깨닫게 된다. 그러나 우리가 개인의 겉으로 보이는 행동이나 현상을 따라서 바라보지 않기 때문에 그런 것들에 쉽게 눈길을 돌리며 멈추게 되지 않는다. 우리는 사람을 깊이 바라보며 개인을 그가 사회 및 이상과 맺는 관계에 따라서 생각하는 것이다.

어쩌면 이전의 정신분석학은 건강을 단순히 정신신경증적 이상이 없는 것으로 여기는 경향이 있었는지도 모른다. 그러나 더 이상 그렇지 않다. 오늘날 우리는 그보다 더 정밀한 근거들을 필요로 한다. 그렇다고 과거의 사고 방식을 거부할 필요도 없다. 또 내적 자유, 믿음과 신의, 대상의 신뢰성 및 영속성, 자기기만 그리고 그 사람의 개인적인 심리적 실체를 이야기할 때의 빈부라는 관점에서 생각하게 된 지금도 우리가 이전에 사용했던 것들을 버릴 필요 또한 없다.

개인과 사회

일정 수준 이상의 본능적인 능력을 획득했다는 가정 하에서, 상대적으로 건강한 사람에게는 새로운 과제들이 계속해서 등장하는 것을 볼 수 있다. 예를 들면 가족(과 맺는 관계)의 확장으로서 그, 혹은 그녀가 사회와 맺는 관계를 들 수 있다. 건강이란 건강한 남성 또는 여성은 그 개인의 충동을 너무 많이 잃어버리지 않으면서 사회와 동일시하는 것이 가능하다는 것을 의미한다고 말할 수 있을 것이다. 물론 이때 충동의 통제 능력을 어느 정도 잃는 느낌을 받을 수 있으나, 사회에 너무 지나치게 동일시하여 자기감이나 자기 존재의 중요성에 대한 느낌을 완전히 잃어버리는 것 또한 결코 정상은 아니다.

그래서 만약 건강을 정신신경증적 이상의 부재, 즉 완전한 생식 능력으로 향하는 이드의 단계와 개인 상호간의 관계에서 오는 불안에 의한 방어의 조직화로부터 야기되는 장애들로 보는 시각에 만족할 수 없다면 건강이란 단순히 무엇인가를 할 수 있는 상태만이 아니라는 것을 예상할 수 있다. 건강한 개인의 삶을 특징짓는 것은 긍정적인 면모 못지않게 감정, 의심, 욕구 불만 같은 것들이다. 가장 중요한 것은 그 사람이 '자기 자신의 삶을 산다'는 느낌을 가지며, 자신의 행동 또는 행동하지 않음에 대한 책임을 지며, 성공이나 실패에 대한 책임을 자신에게 돌리는 것이 가능하다고 느끼는 데에 있다. 그럴 때 우리는 그 사람이 의존에서 벗어나 독립 또는 자립에 들어섰다고 말할 수 있다.

이드의 단계만 가지고 내려진 건강의 정의에 우리가 만족할 수 없었던 이유는 거기에 자아의 심리학이 빠져 있었기 때문이다. 자아까지 고려함으로써 우리는 바로 개인의 발달 과정 중 전성기와 언어 이전의 시기로 돌아가며, 초기 유아기를 특징짓는 기본적인 욕구에 대한 적응과 같은 환경의 기여에 대해 생각할 수 있게 된다.

여기서 나는 안아주기 개념을 가지고 생각해보려고 한다. 그것은 먼저 자궁 내의 삶 중 물리적인 안아주기에 해당하며, 이 용어는 나중에 젖먹이에게 행해지는 모든 적응적 돌봄(다루기도 포함)으로 점차 확대된다. 이 개념은 결국 가족과 사회의 기능까지도 포함할 수 있다. 그리고 그것은 사회 복지 업무의 바탕이 되는 사례별 사회 복지 사업으로 이끈다. 안아주기는 개인의 발달에 대한 지식이 전혀 없는 사람도 할 수 있는 것으로서 필요한 것은 동일시하는 능력, 아기가 무엇을 원하는지를 파악할 수 있는 능력이다.

아기를 충분히 좋게 지탱하고 보존하는 환경에서 아기의 개인적인 발달은 그가 타고난 경향에 따라서 이루어진다. 그 결과는 존재의 연속성으로, 그것은 나중에는 존재감, 자기감으로 이어지며 결과적으로 자립에 도달하게 된다.

초기 단계의 발달

인격 발달의 초기 단계의 키워드는 발달의 전반적인 과제들을 거의 전부 망라하는 통합이다. 통합은 아기를 하나의 구성 단위 상태로, 개인적인 이름 '나'로, 숫자 1로 인도한다. 이 통합은 "나는 나다 (I am)"를 가능하게 하고 "나는 한다 (I do)"에 의미를 부여한다.

여기서 내가 세 가지 방향을 한꺼번에 검토하고 있다는 사실을 눈치 챘을 것이다. 나는 아이에게 주는 돌봄, 분열성 인격 장애, 그리고 건강한 아이나 성인의 삶에 대한 정의를 알아볼 방법을 찾고 있다. 추가하자면 지나가는 말로, 건강의 특징 중 하나는 성인의 정서적 발달 과정에 휴지기가 없다는 점이다.

이제 나는 발달 과정의 세 가지 양상을 다룸으로써 아기에게 주는 돌봄과 분열성 인격 장애, 건강 사이의 관계를 밝히려고 한다. 아기의 경우 통합은 본연의 리듬에 따라서 진행되는 과정으로서, 진행될수록 더 복잡한 양상을 띄게 된다. 정신분열성 장애의 특징은 해체 현상으로, 특히 해체에 대한 불안과 그 해체를 알리는 기능을 하는 방어의 병리적 조직화를 들 수 있다. (정신이상은 보통 신뢰 요소를 내포하고 있는 퇴행이 아니다. 해체가 반복해서 일어나는 것을 예방하려는 매우 공들여 개발한 방어 체계이다.) 과정으로서의 통합은 경계성 인격장애 환자의 분석 과정 중 다시 등장하는 소아의 삶의 한 현상이다.

이제 성인의 삶에서의 통합을 바라보자. 우리는 통합을 온전한 상태라는 개념을 포함하는, 모든 의미에서의 통합으로 보고자 한다. 휴식이나 이완, 꿈 상태에서 건강한 사람은 해체를 받아들이며 거기에 따르는 고통 또한 받아들인다. 이완이 창조성과 연관되어 있기 때문에 더더욱 그렇다. 실제로 창조적인 충동은 비통합 상태가 존재하기 때문에 등장하고 또 등장할 수 있다. 해체에 대응하는 방어의 조직화는 창조적인 추진력이 생성되는 조건들을 막으며 결과적으로 그 사람이 창조적인 삶[1]을 영위하는 것을 방해한다.

---

1. 마수드 칸의 주장에 대한 발린트의 글(In Problems of Human Pleasure and Behaviour, 1952)에 쓰여진 것처럼, 모든 형태의 예술 경험에서 오는 즐거움의 많은 부분은 예술가가 창조한 것이 그것을 보는(혹은 듣는) 사람을 비통합의 언저리까지 데려갈 수 있기 때문이다. 만약 성공에 매우 가까이 갔지만 결국 성공하지 못한 작품은 그것을 감상하는 사람에게 굉장한 고통을 안겨 줄 수 있다. 왜냐하면 그 사람을 비통합의 언저리까지 데려가거나 그가 겪은 비통합을 기억하게 만들기 때문이다. 그래서 예술 작품의 감상은 정신적으로 균형이 잘 잡힌 사람들을 위태롭게 만든다. 그것은 어쩌면 완벽이란 것 자체가 고통스러운 실패에 매우 근접한 것이기 때문이다. 이러한 면모는 건강의 한 면모로 여겨져야 할 것이다.

심리-신체적 연상

유아의 발달 과제 중 또 이루어져야 하는 것이 있다면 바로 심리 신체적 연합이다. (지성적인 측면은 여기서 언급하진 않을 것이다.) 아기를 안고, 다루고, 씻기고, 먹여 주고 하는 것과 같은 물리적 돌봄의 아주 많은 부분은 아기에게 살아 있고 그와 조화를 이루며 작동하는 심리-신체를 마련하는 데 그 목적을 둔다.

다시 한 번 정신과쪽으로 돌아오자. 정신분열증의 가장 큰 특징으로 정신과 육체 및 육체의 기능 사이의 연결이 느슨해졌다는 점을 들 수 있다. 정신은 심지어 아주 오랜 기간 동안 육체로부터 떨어져 있거나 아주 느슨하게 연결되어 있기까지 할 수 있다.

건강에서 몸을 사용하고 몸의 모든 기능을 사용하는 것은 매우 큰 기쁨을 주며, 아이나 청소년의 경우는 특히 더 그렇다. 정신 분열성 장애와 건강 사이의 또 다른 연관성은 바로 여기에 있다. 건강한 사람이 기형이나 병든, 또는 쇠약해진 육체 안에 갇혀 살거나, 굶어 죽거나 끔찍한 고통[2]을 겪는다는 것은 참으로 슬픈 일이다.

대상관계

대상들과의 관계를 정신과 신체의 공존과 통합에서 가장 넓은 범위의 문제와 같은 방식으로 바라볼 수 있다. 성숙과정은 아기가

---

2. 여기에 또 다른 어려움이 등장한다: 지능 또는 정신의 일부가 건강에 지장을 미치면서까지 분열되고 착취당하는 일이 생길 수 있다. 좋은 지능은 당연히 매우 멋진 것으로, 인간에게 있는 매우 특별한 것이지만 그렇다고 해서 지능을 너무 건강과 연관지어서 생각할 필요는 없다. 내가 말하는 영역에서 지능이 차지하는 위치에 대해 이야기하는 것은 중요한 문제이지만 그것을 살펴보기에는 내가 현재 말하고자하는 것에 너무 깊게 들어가야 하는 문제이다.

대상과 관계를 맺도록 부추긴다. 하지만 그 관계는 아기에게 세상이 충분히 좋은 방식으로 소개되었을 때만 견고하게 형성될 수 있다. 적응하는 엄마는 아기가 일정 수준 이상의 전능감 경험을 가지고 출발할 수 있도록 그에게 세계를 소개하며, 그 경험은 나중에 그가 현실원리를 받아들이는 밑바탕을 형성한다. 여기에는 한 가지 역설이 존재하는데, 바로 이 입문 단계에서 아기는 대상을 창조하지만 그 대상은 그 자리에 존재하며, 거기에 없었다면 아기는 그것을 창조하지 못했을 것이라는 역설이다. 그리고 이 역설은 그것을 해결하려 할 것이 아니라 있는 그대로 수용되어야 한다.

이제 이것을 정신질환과 성인의 건강 영역에서 살펴보자. 정신분열성 장애에서 대상과의 관계는 제대로 이루어지지 않는다. 환자는 그의 주관적 세계와 관계를 맺거나 자기 이외의 대상하고는 관계를 맺지 못하며 망상을 통해 자신의 전능감을 주장한다. 그는 철수, 단절, 무감각한 상태, 고립되고 비현실적이며 얼이 빠져 있으며 듣지 못하고 무감각한 상태에 빠져 있다.

건강에서 우리 삶의 큰 부분은 다양한 종류의 대상관계 및 외적 대상과 내적 대상과 관계를 맺으며 오가는 과정으로 정의 내릴 수 있다. 결국 그것은 사람들 사이에서의 관계의 문제가 되지만 그렇다고 이전의 창조적 관계의 잔재가 사라진 것이 아니어서 대상관계의 각각의 면모가 그리도 흥미로울 수 있는 것이다.

여기에서 건강은 여러 가지 활동으로 가득 찬 삶은 물론이요, 매력적인 내면의 삶은 관념 또한 포함한다. 이 모든 것은 한데 녹아 개인에게 현실감과 존재감을 주며 그 뒤에 오는 '… 하는' 경험들은 개인의 심리적 실재를 보다 풍부하게 만들며 그 영역을 넓힌다. 그 결과 건강한 사람의 내면 세계는 외부 또는 현실 세계와 연결되어 있으면서 개인적인 고유의 삶을 산다. 투사적 동일시와 내사적 동일시는 계속 해서 일어난다. 상실과 불행(그리고 내가 가리킨 것처

럼, 질환 또한)이 정신적으로 미숙하거나 왜곡된 사람들보다 건강
한 사람들에게 더 가혹하게 다가올 수 있는 것도 바로 그런 이유 때
문이다. 건강에도 거기에 따라오는 위험 부담이 있는 법이다.

요점 정리

이쯤에서 우리는 앞에서 언급한 용어들을 한 번 살펴보아야
한다: 건강의 정의를 처음부터 건강했던 사람들에게만 적용시킬지,
아니면 좋지 못한 건강의 싹을 가지고 있지만 건강에 이르는 것
을 목표로 그럭저럭 맞추는 사람들로까지 그 범주를 확장할지를
생각해 보아야 한다는 이야기다.(물론 후자들은 그렇게 쉽고 자
연스럽게 건강에 이르지 못한다). 나는 후자까지 그 범주에 넣어
야 한다고 생각한다. 내가 무엇을 이야기하고 있는지를 짧게 설
명하겠다.

두 종류의 사람

나는 사람들을 두 부류로 나누는 것은 실제로 유용하다고 생
각한다. 한 부류는 그들이 아기였을 때 환경이 '실망시키지 않
은'(never 'let down') 사람들로, 그런 사람들은 삶에 대해서, 또한
사는 것 자체에 의욕을 보인다. 그리고 또 한 부류의 사람은 그들
이 아기였을 때 환경이 '실망시킨' 사람들로서, 그들은 그 트라
우마를 경험한 뒤 그 재난이 일어났을 당시 그들이 처했던 것에
대한 기억이나 그 기억의 재료들을 평생 간직하게 된 사람들이다.

그런 사람들은 파란이나 스트레스가 많은 삶을 살거나 실제 병에 걸릴 확률이 높은 사람들이다.

건강한 발달 경향성에 더 이상 기댈 수 없게 된 사람들 또한 있으며, 경직된 방어를 조직화하여 앞으로 전진하는 움직임을 봉쇄당한 사람들도 있다. 건강의 정의를 확장하여 저런 사람들까지 포함하는 것은 불가능하다.

그러나 이 두 개 그룹 사이에는 또 하나의 중간 그룹이 존재한다. 건강에 대해서 보다 완전한 형태심리학적 그림을 그려본다면 생각할 수 없는 불안 또는 시원적인 불안 경험을 내면에 가지고 있는 사람, 그리고 그 기억에 그럭저럭 잘 대응하며 살고는 있지만 병에 걸릴 기회는 절대 놓치지 않고, 무너짐으로써 그 상상조차 할 수 없는 경험에 보다 가까이 다가가려 하는 사람들이다. 그렇게 무너지고 와해(breakdown)를 하는 것이 치료적인 결과로 이어지는 경우는 거의 없지만 그 안에는 분명 긍정적인 요소가 존재한다는 사실을 잊지 말아야 한다. 와해는 때때로 일종의 치유를 가져오며 그때 '건강'이라는 단어가 다시 나타날 수 있다.

여기에도 건강에 대한 경향성은 지속되며, 두 번째 종류에 해당되는 사람들이 뒤늦게라도 이 발달에 대한 경향성을 붙든다면 그들이 처한 상태에서 비교적 잘 빠져 나올 수 있을 것으로 보인다. 그렇다면 우리는 그들을 건강한 사람의 범주에 넣을 수 있다. 그럭저럭 건강한 사람들로서 말이다.

건강으로의 도피

우리는 건강으로의 도피(강박적으로 건강하게 되려는 성향)가 정말 건강한 것은 아니라는 사실을 기억해야 한다. 왜냐하면 정말 건강한 것은 병에 걸리는 것을 두려워하지 않고 더 나아가서 때로는 병적인 상태에 빠지면서 더 건강해지기 때문이다. 그 중에서도 특히 의존성이 가미된 정신분열성 장애가 그러하다.

운이 좋은 첫 번째 그룹과 운이 나쁜 두 번째 그룹(초반기의 환경이라는 측면에서), 이 두 개 극 사이에는 내적으로 붕괴되려는 욕구를 비교적 잘 감추며 사는 사람들이 있다. 그들은 환경적으로 웬만한 충격이 가해지지 않는 한 쉽게 붕괴되지 않는다. 그들은 원초적인 트라우마를 품고 있으나 그들이 신뢰하는 사람들이 심어놓은 신뢰의 씨앗 또한 가지고 있다.

그래서 우리는 이제 다음과 같은 질문을 하게 된다: 선천적인 요인 또는 불행한 경험, 환경의 조기 방치등과 같은 후천적인 요인들을 가지고는 있지만 비교적 건강하게 사는 사람들의 어느 정도까지를 진정 건강한 사람들이라고 볼 것인가? 우리가 기억해야 할 것은 이 그룹에 속한 사람들 중에는 그 불안의 정도가 아주 비범한 성과를 만들어내는 경우가 많다는 사실이다. 그들과 같이 사는 일은 그리 순탄하지 않겠지만 그들은 과학이나 예술, 철학, 종교나 정치 방면에서 우리가 사는 세상을 발전시킨다. 이것과 관련해서 다음과 같은 타당한 의문도 할 법 하다: 천재들의 경우는 어떠한가? 이에 대한 답을 나는 가지고 있지 않다.

참과 거짓

잠재적인 와해를 내포하고 있는 이 곤란한 범주 안에는 그래도 우리에게 그렇게 큰 문제를 야기하지 않는 특별한 경우들이 있다.(하지만 인간의 일이란 것이 그렇게 칼로 자른 듯 명확할 수 없으며, 건강과 질병 사이의 경계를 확실하게 가를 수 있는 것 또한 마찬가지다.) 여기서 내가 말하는 사람들은 이 세상에 적응하기 위해서 거짓 자기를 만들어내야만 했던 사람들이다. 그들에게 그 거짓 외관(거짓 자기)은 참 자기를 보호하기 위한 방어였다. (외상을 입은 그들의 참 자기는 다시 드러나면서 상처를 입어서는 안 되는 것이 되었다.) 우리 사회는 그런 거짓 자기 구조에 사로잡히며 그것으로 인해 무거운 대가를 치른다. 지금 이 자리에 있는 우리의 관점에서 거짓 자기는 분명히 매우 효과적인 방어이다. 하지만 그것은 결코 건강에는 속하지 않는다. 거짓 자기는 멜라니 클라인의 조적(燥的) 방어 개념과 혼동되는 경우가 많은데, 그것에 대한 설명을 하자면 우울증이 분명 존재하고 있으나 무의식적 과정에 의해 그 우울증은 부정된다. 그러면서 우울증의 증상은 정반대의 형태를 띠며 나타난다.(올라갔다가 내려갔다가, 가볍다가 무겁다가, 하얗거나 또는 빛나다가 어두워지다가, 생생하다가 생기 없거나, 흥분되었다가 무감각해지거나 등등).

이것은 결코 건강이 아니지만 기분 전환 측면에서 보았을 때 건강한 면모를 가지고 있으며 나이든 사람 혹은 나이 들어가는 사람들에게 젊은이들의 생동감과 기민성은 분명 끊임없이 지속되며 분명 정당한 반 우울제와도 같은 것일 것이다. 진지함 또한 건강과 연결된다. 그것은 나이 드는 것과 동시에 생기는 무거운 책임감에서 오는 것으로, 젊은이들은 보통 아직 잘 모르는 것이다.

여기서 나는 우울증 자체의 사안, 즉 통합을 위해 우리가 치르는 대가라는 점을 강조하고자 한다. 나는 이곳에서 내가 전에 우울증의 가치, 아니 우울해할 수 있는 능력(책임감을 느끼는 능력, 죄책감을 느끼는 능력, 슬픔(grief)을 느낄 수 있는 능력 그리고 일이 잘 풀릴 때 기뻐할 수 있는 능력에 가깝다)이 건강에 미치는 영향에 대해 쓴 내용을 다시 말할 수는 없다. 그러나 분명한 것은 아무리 지독한 것일지언정 우울증은 개인의 통합이 이루어지고 있다는 증거로서 존중되어야 한다는 사실이다.

질병 안에는 일을 더 복잡하게 만드는 파괴적인 힘들이 존재한다. 그리고 이 힘들은 개인의 안에 있을 때는 자살을 조장하고, 밖에 있을 때는 피해망상을 유발한다. 물론 이 요소들은 건강에 속하지 않는다. 그러나 건강에 대한 연구는 하나의 개인적인 개체로서 '성장'하는 데 도달한 사람들의 특징인 진지함(우울증과 이웃한)을 배제하지는 못할 것이다. 그러한 개성을 갖춘 개인들에게서 매우 풍부한 가능성을 발견할 수 있는 것이다.

생략

나는 여기서 반사회적 경향성 특유의 문제는 뺄 수밖에 없다. 그것은 박탈과 관련된 것으로서, 박탈 경험은 아이가 상황을 인식할 수 있을 만큼 성장한 단계에서 좋은 시절이 끝난다는 사실을 인식할 수 있지만 거기에 전혀 대항하지 못할 수밖에 없는 경험을 가리킨다.

여기서 공격성의 문제 또한 언급하지 않을 것이다. 다만 우리가 속한 공동체의 일원들 중 병든 사람들은 무의식적 동기에 떠밀려 피해망상으로부터 자신을 보호하기 위해, 혹은 어린 시절 자신을 말살했던 세상을 파괴하기 위해 공격적인 행동을 한다는 점만 밝혀두려 한다.

삶의 목적

나는 이제 마지막으로 건강한 사람의 삶을 살펴보고자 한다. 삶이란 무엇인가? 나는 이 질문에 대한 대답을 굳이 알고 싶지는 않지만 모든 사람들은 삶이란 섹스보다는 존재(being)와 관련되어 있다는 의견에 동의할 것이다. 로렐라이는 이렇게 말한다: '키스도 좋지만 다이아몬드 팔찌는 영원하지요."[3] 존재하고 실재한다고 느끼는 것은 본래 건강의 속성으로 우리가 존재하는 것을 너무나 자명한 일로 여겨야만 보다 긍정적인 것들을 향해 나아갈 수 있다. 나는 이것이 단순한 가치 판단의 문제가 아니며, 개인의 정서적 건강과 실재한다는 느낌은 분명히 서로 연결되어 있는 것이라고 생각한다. 대부분의 사람들이 실재한다는 느낌을 가지며 사는 것은 의심할 수 없는 사실이지만 그것을 위해 그들은 어떠한 대가를 치르는 걸까? 그들은 실재하지 않는 느낌, 무엇인가에 사로잡힌 느낌, 자기 자신 같지 않다는 느낌, 끝없이 추락하는 느낌, 방향 감각을 상실하고, 몸과 분리되고, 자신은 소멸하여 어디에도 존재하지 않는다는 느낌을 가지게 될 위험에 노출되어 있다는 사실을 어느 정도까지 부정하고 있을까? 건강은 그 어떠한 것에 대한 부정(denial)과도 관련되지 않는다.

세 개의 삶

나는 이제 정신적으로 건강한 사람들이 사는 삶에 대해서 세 가지 사항으로 이야기를 마무리할 계획이다.

　1. 다른 사람들과 관계를 맺으면서 비인간적인(non-human) 환경을 이용하며 사는 삶.
　2. 개인의 심리적 현실의 삶('내면적인 삶'이라 불리기도 한다). 사람에 따라서 그 내면의 삶은 더 풍부하고 깊으며, 창조적

---

3. 아니타 루스, "신사는 금발을 좋아해", 뉴욕, 브렌타노, 1935.

일수록 흥미롭기까지 하다. 꿈이나 그 꿈의 재료가 되는 것들이 나오는 토양 또한 이 삶에 포함된다.

위의 두 개는 우리가 잘 아는 것으로, 방어로도 활용될 수 있다. 외향적인 사람은 살아가는 것에서 환상을 찾을 필요성을 느끼고, 내향적인 사람은 자급자족적이고 난공불락이며 고립되고 사회적으로 불필요한 존재가 될 수 있다. 그러나 그 외에 건강이 누릴 수 있는 영역 중에 정신분석학의 개념들이 그다지 잘 설명하지 못하는 영역이 있으며 그것은 바로,

3. 문화 경험 영역이다.

문화 경험은 놀이에서 시작되며 인간의 유산이 되는 것으로 인도한다 : 모든 예술, 역사 신화, 철학적 사고의 발달, 수학적 난제, 사회적 제도와 종교.

이 세 번째 삶, 문화 경험적인 삶의 위치는 어디쯤에 있는가? 내가 생각하기에 이 세 번째 삶은 꿈이 아니기 때문에— 우리 모두가 함께 공유하는 현실이다— 개인의 내면의 삶, 개인의 심리적인 현실에 놓을 수는 없다. 그렇다고 외부에 위치한 대인 관계에도 놓을 수는 없다. 왜냐하면 꿈이 그 삶을 지배하고 있기 때문이다. 게다가 그 세 개의 삶 중에서 이 세 번째 삶은 제일 가변적이다. 그리고 언제나 쉴새 없이 움직이는 불안한 사람들에게 있어서는 그 삶을 실질적으로 대변하는 것이 없다. 반면에 또 다른 사람들에게는 인간을 동물과는 구분되게 만드는, 인간의 실존의 매우 중요한 부분이다. 이 영역에는 놀이와 유머감각만 존재하는 것이 아니라, 지난 오천 년, 아니 만 년 동안 쌓인 모든 문화가 들어 있다. 훌륭한 지성은 바로 이 영역에서 잘 가동될 수 있다. 이 모든 것이 바로 건강의 산물이다.

나는 다른 곳에서도 이 문화 경험이 어디쯤에 위치하는지를 규명하려는 시도를 하였고 결과 다음과 같은 가정을 하게 되었다 :

문화 경험이 아이에게 어머니에 대한 신뢰를 크게 높여주는 결과를 가져왔을 때 아이와 어머니 사이에 위치한 잠재적인 공간에서 시작된다. 여기서 말하는 신뢰란 아이가 갑자기 어머니를 필요로 했을 때 그녀가 절대로 그의 기대에 부응할 것이라는 아이의 믿음을 가리킨다.

여기서 나는 이 공간을 형성하는 데 있어 가장 핵심적인 것으로 '진실'을 꼽은 프레드 플로트[4](Fred Plaut)와 같은 이야기를 하고 있다는 사실을 깨닫는다.

문화와 분리

이렇게 보았을 때 건강은 삶과 연결되어 있으며, 내적인 부유함, 그리고 다른 식으로는 문화 경험을 할 수 있는 능력과 관련이 있는 것으로 보인다.

다르게 말하면 건강에는 분리가 존재하지 않는다는 이야기다. 그 이유는 아이와 어머니 사이의 시공간 영역에서 아이(그리고 어른은)는 자신에게 주어진 재료를 사용하며(예를 들어서 나무조각이나 베토벤의 사중주) 창조적으로 살아가기 때문이다.

이것은 중간 현상에 해당되는 개념의 하나의 전개 양상이다.

건강에 대해 할 수 있는 이야기는 더 많지만 나는 내가 적어도 여러분들에게 인간이라는 존재는 유일무이한 특별한 존재라는 나의 생각이 잘 전달되었기를 바란다. 동물 행동학만으로는 부족하다. 인간에게는 동물적인 기능과 동물적인 본능이 있으며, 어떤 때는 사실 동물에 매우 가까워 보인다. 아마 인간보다 사자

---

4. F. Plaut, 'Reflections About not Being Able to Imagine', Journal of Analytical Psychology, vol. II, 1966.

가 더 고귀할 것이고 원숭이는 더 날렵할 것이며, 영양(羚羊)이 더 우아하고 뱀이 더 구불구불할 것이다. 또, 물고기가 번식력이 더 강하며 날 수 있는 새가 더 행운일 것이다. 그러나 인간은 그만이 가지는 것이 있으며, 만약 충분히 건강하기만 하면 그 어느 동물보다도(고래와 고래과에 속하는 동물을 제외하면) 높은 수준의 문화 경험을 가진다.

그러나 우리는 이 세계를 파괴할 수도 있는 것이 바로 인간이란 사실을 알고 있다. 만약 그런 일이 실제로 벌어져서, 원자핵 폭발에 휘말려 죽게 된다면 우리는 그 파괴 안에는 건강이 아니라, 두려움이 존재한다는 사실을 알 것이다. 그리고 그 파괴는 병에 걸린 구성원들을 돌보지 못한 건강한 사람들과 건강한 사회의 실패의 일부분이란 사실도 말이다.

요약

내가 이 강연을 통해 전달하고자 했던 내용은:

1. 건강의 개념을 정신신경증의 부재로 설명함.
2. 건강을 최종적으로는 성숙에 이르는 건강과 연결함.
3. 성숙 과정을 성감대의 이동에 따른 이드의 위치와 연관짓기보다는 자아와 연관된 성숙 과정의 중요성을 강조.
4. 밑에 나열한 개념들을 이용하여 저 자아 과정을 유아의 돌봄, 정신분열성 질환 및 성인의 건강과 연결하여 최종 장면에서 무엇을 얻게 되는지를 보여줌.
   (a) 통합

(b) 심리-신체적 협력관계

(c) 대상과의 관계

5. 건강의 개념을 생각했을 때, 여러 가지 핸디캡을 극복하고 건강에 이른 사람들 중에 어떤 사람들을 건강에 넣을 것이고 어떤 수준까지의 사람들을 저 개념에 포함시킬지를 언급.

6. 인간이 살아가는 세 영역에 이름을 붙이고, 건강의 문제는 가치있고 실질적인 삶과 연결되어 있으며, 어떤 사람들은 부유하고 창조적이며 그들에게는 문화 영역에서의 경험은 건강이 가져다 줄 수 있는 가장 큰 보너스가 될 수 있다는 점을 이야기.

7. 그리고 마지막으로 그 사회의 건강은 그 사회의 구성원의 건강 그리고 그 구성원이 재생산하는 패턴에 달려 있다는 점을 밝힘. 그런 식으로 민주주의는 건강의 지표가 되는데 그 이유는 민주주의가 가정으로부터 자연스럽게 발생한 것이자 건강한 개인이 만든 성과물이기 때문이다.

창조적으로 살기(1970)

진보 연맹을 위해 준비한 두 개의 글

창조성의 정의

우리는 창조성의 정의를 어떻게 내리든지 간에 개인의 체험 안에 창조성이 있느냐 없느냐에 따라서 우리 삶에 우리가 살아갈 만한 가치가 있느냐 없느냐가 결정된다는 생각을 그 정의 안에 포함해야 할 것이다.

창조자가 되기 위해서 개인은 존재해야 하며 그가 존재한다는 사실을 느낄 수 있어야 한다. 이것은 의식적으로 느끼는 감정이 아니라 그 개인이 행동하는 기본 토대이다.

그래서 창조성은 곧 존재하는 것에서 비롯된 '...을 하다(doing)'이다. 존재하는 것(being)은 곧 살아있다는 것을 보여주는 것이다.

충동이 휴지(休止) 상태에 있을지라도 '...을 하다' 라는 단어를 쓰는 것은 거기에 이미 창조성이 존재하고 있기 때문이다.

사람에 따라서는 그가 어느 순간, 그 자신이 살아 있다고 느끼게 하는 행위가 사실 순전히 어떤 자극에 대한 반응에 불과하다는 것을 거론할 수 있을 것이다. 어느 한 사람의 삶 전체가 그와 같은 모델 위에 세워졌을 수도 있다. 거기서 자극을 없애면 그 개인은 아무런 삶도 갖지 않게 된다. 이런 극단적인 경우 '존재하다(being)' 라는 단어를 쓰는 것은 적합하지 않다. 실제로 존재하고 또 존재한다는 느낌을 실감하려면 '충동적으로 하는 것' 이 '반응적으로 하는 것' 을 능가해야 한다.

그 모든 것은 우리가 단순히 의지를 세우거나 우리의 삶을 정비하고, 재정비하는 것만으로 어떻게 할 수 있는 것들이 아니다. 그 토대가 되는 모델들은 인간의 정서 발달 과정에 이미 입력된 것들로, 가장 결정적인 요인들은 거의 처음부터 그 영향력을 행사하며 작용한다. 대부분의 사람들은 그 양극단 사이 어딘가에 자리하고 있으며 우리는 그 중간적인 영역에서 우리 모델에 영향력을 행사할 수 있다. 그리고 바로 그 가능성이 지금 이 자리에서 우리가 하고 있는 것(우리의 대화)이 단순한 이론적 논의 이상의 것으로 만들어 준다. (여기서 우리는 부모이자 또 교육자로서 이 문제와 관련을 맺고 있다.)

즉 창조성은 있는 그대로 이야기하자면, 평생 동안 우리의 초기 유아기의 경험들을 간직하는 것을 의미하며, 그것은 바로 세계를 창조하는 능력이다. 아기에게 그 일은 별로 어려울 것도 없는 것이, 만약 그의 어머니가 그의 욕구에 잘 적응하는 사람이라면 아기는 그가 세계를 구상하고 상상하기 전에 그 세계가 이미 존재하고 있었다는 사실을 깨닫지 못한다. '현실원리' 는 아기가 그것을 창조하건 그러지 않건 세상의 존재 그 자체이다.

현실 원리라는 것은 참 나쁘지만, 아기가 "ta11 역자 주. 'thank you' 의 속어. "라고 말을 할 수 있는 단계에 도달했을 때면 이미 많은 변화들이 일어난 후이다. 그는 그 침해에 대항할 수 있게 해주는 유전적으로 결정된 정신적 매커니즘들을 획득한 상태이다. 현실 원리는 분명 침해에 해당된다.

이제 나는 그 정신적 매커니즘 몇 개에 대해서 이야기하려고 한다. 만약 아이의 환경이 충분히 좋았다면(그리고 그 아이는 이 자리에 있는 나나 여러분들일 것이다) 그 침해를 받아들이고 이에 대응하는 수단들을 찾았을 것이다. 그 중 한 극에는 복종이 있다. 복종은 본인들의 욕구와 전능감을 충족시켜야 하는 다른 타인들과의 관계를 좀 더 쉽게 맺게 한다. 그리고 그 반대 극에서 아이는 창조성과 사물에 대한 그의 개인적 관점의 역할을 하는 전능감을 간직하고 있다.

이것을 아주 단순화하여 설명한다면, 나는 어느 어머니에게 여덟 명의 아이가 있다면 거기에는 곧 여덟 명의 어머니가 존재한다고 말할 것이다. 만약 그녀가 모든 아이에게 똑같이 대했다 하더라도 (기계가 아닌 이상 사실 말도 안 되는 이야기이지만) 각각의 아이는 각자의 관점을 통해 어머니를 바라볼 것이다.

유전적으로 결정된 복잡한 성장 발달 과정을 따라서, 그리고 그 발달과 상호작용하는 외부 요인들(그리고 이 요인들은 적응이 긍정적인 방향으로 나아갈 수 있게 촉진하거나 반대로 방해를 할 수도 있고, 어떤 반응을 유도할 수도 있다) 덕분에 지금의 나나 여러분이 된 아이는 삶의 모든 상세한 것들을 전혀 새로운 눈으로 바라볼 수 있게 되었다.

나는 옥스퍼드 영어 사전에서 '창조성'이라는 단어를 찾아 이에 대해 철학이나 심리학에서 쓴 것들을 전부 연구해서 쟁반에 담아 여러분에게 드릴 수도 있다. 아예 그 쟁반을 가득 채우면 여러분들은 "놀랍군요!"하고 감탄할 것이다. 그러나 나는 개인적으로 그렇게 하지 못하는 사람이다. 나는 나 이전에 그 문제를 다룬 사람이 아무도 없었던 것처럼 하며 말해야 하는 사람이다. 물론 내가 말하는 내용이 유치할 수도 있다. 그러나 나는 내가 그 주제에 빠져서 갈피를 잡지 못하는 상태가 아니라는 확신을 가지고 있어야 하며 여러분도 이를 이해할 수 있으리라고 생각한다. 창조성과 관련되는 항목의 색인을 만드는 작업을 나는 견디지 못할 것이다. 나의 이러한 면모는 내가 스스로를 '창조적'이라고 느끼기 위해서는 끊임없이 노력해야 할 필요성을 느끼는 사람이라는 것을 잘 드러낸다. 여기에서 불편한 점은 내가 '사랑'이라는 단순한 단어 하나를 설명하려고 할 때에도 0에서 시작해야만 한다는 사실이다.(어쩌면, 거기에서 시작하는 것이 맞을 수 있다.)

이제 나는 방금 사전에서 '창조하다'라는 단어를 찾아보았다. 거기에는 이런 뜻도 있었다: '생명을 주다(불어넣다)' "존재하게 하다", '인간 정신의 산물'이 창조(물)일 수도 있다. 교양 있는 사람이 '창조성'이라는 단어를 받아들이지 못할 수도 있다. 내가 말하는 창조적인 삶은 우리를 침범하는 현실에 복종하거나 거기에 반응하여 끊임없이 죽임을 당하거나 소멸하는 일이 없는 것을 가리킨다. 모든 것에 대해서 항상 새로운 관점과 시선으로 바라보는 것을 가리키기도 한다. 여기서 시각은 지각(知覺)과 대조되는 통각(統覺)을 가리킨다.

창조성의 기원

여러분은 이제 나에게 있어서 창조성의 기원을 이루는 것이 무엇인지를 파악했을 것이다. 여기서 꼭 강조해야 하는 것은 두 가지이다. 먼저, 창조성은 삶에 내재된 것이다. 말하자면 사람이 전혀 미동도 하지 않는 이상 그는 어떤 식으로든 어떤 것에 '도달하려고' 움직이며, 만약 그때 어느 대상에 다다르면 거기서 어떤 관계가 생겨날 수 있다. 그 다음, 어떤 물리적 또는 정신적 수단을 통해서 '도달하려는' 행위는 그것의 주체가 그 자리에 실제 존재하고 있는 존재에게만 의미있는 행위이다. 뇌가 아직 거의 발달하지 못한 유아도 팔을 뻗어 닿은 물건을 사용할 수는 있다. 그러나 우리는 그때 그가 창조적인 경험을 하고 있다고 보지는 않는다. 팔을 뻗어서 대상을 발견하는 행위가 창조적인 경험이 되려면 아이 또한 보다 복합적으로 발달하고 존재하는 존재로서 인정을 받아야만 한다.

'...을 하기 전에 '존재하라'(Be before Do.)라는 격언으로 다시 돌아왔다. '...을 하다' 다음에는 '존재하다'가 발달해야 한다.(Be has to develop behind Do.) 그 다음에 비로소 아이는 '자기'에 대한 느낌을 잃지 않고도 자기 안에 있는 충동들을 다스릴 수 있게 된다. 창조성의 기원은 그래서 개인에게 유전적으로 결정된, 살아 있으려고 하며 그 상태를 유지하고 어디에 (예를 들어, 달은 어떨까?) '도달하려는' 순간이 왔을 때 그가 만나게 되는 대상들과 관계를 맺는 경향이다.

창조성을 유지하기

삶에서 첫 출발이 비교적 순조로워서, 별로 손상 받지 않은 개인에게는 그에게 주어진 바람직한 능력을 계속해서 유지할 수 있는 방법들이 많이 존재한다. 많은 이들이 지적하듯이, 우리 삶의 아주 많은 부분은 감당하기 싫고 고된 일들로 가득하다. 그래도 누군가는 그 고되거나 귀찮은 일들을 처리해야 한다. 이에 대해서 확실하게 이야기하는 것은 쉽지 않다. 힘든 일도 분명 유익한 것이라고 생각하는 이들이 있기 때문이다. 어쩌면 마룻바닥을 걸레질 하는 행위에 인간의 지성이 많이 필요 되지도 않고, 그것이 제한된 공간 안에서 자신의 상상력을 마음껏 펼치게 하는 기회를 주는 것인지도 모른다. 그러나 거기에는 또 다른 반론도 있을 수 있어서, 그것에 대해서는 나중에 더 이야기하려고 한다. 예를 들어서 말하자면, 어떤 여성은 바닥을 걸레질하는 것이 아주 더러운 것을 다루는 것이라서 그녀에게 만족감을 줌으로 지루함을 느끼지 않으면서 청소할 수도 있을 것이다. 그런데 그것은 그녀가 옛날 말썽꾸러기였던 시절 정원에 있는 흙을 집으로 가져와서 질겅질겅 밟았던, 그녀에게서 창조성이 넘쳐났던 시절의 아이와 동일시되어서 그랬던 것일 수도 있다. 이런 동일시의 교차는 어머니들은 본래 바닥 닦는 것을 좋아하고, 같은 나이 또래의 장난꾸러기 아이들을 다룰 줄 아는 능력을 가지고 있다는 생각을 불러일으키게 한다.(많은 사람들은 그것을 가리켜서 "삶의 각 단계에 잘 맞는 것"이라고 부르는데, 나는 그 표현이 아주 적절한 것이라고 생각한다).

그렇지 않으면, 어떤 사람은 단순노동을 죽을 정도로 싫어하지만, 그래도 월급을 타서 부엌 싱크대를 개조하거나, 할부가 아직 반이나 남은 텔레비전을 통해서 사우스햄튼 팀이 맨체스터 시티 팀을 이기는 것을 보면서 즐거워하는 자신의 모습을 상상하면서 그런 일을 하기도 한다.

중요한 사실은 사람들이 자신을 숨 막히게 만드는 일을 선택하면 안 된다는 것이다. 만약 이를 피할 수 없다면, 적어도 지극히 지루하고 진부한 순간에도 상상력을 향상시킬 수 있는 주말 계획을 세워야 한다는 것이다. 우리는 앞에서 우리에 흥미와 관심을 불러일으키는 작업을 할 때보다 지루하고 일상적인 작업을 할 때 상상력을 더 자유롭게 펼칠 수 있다는 사실을 이야기했다. 여기에서 우리는 또 한 가지 생각할 것이 있는데, 그것은 어떤 일을 창조적인 방식으로 할 수 있는 사람은 그렇지 않은 사람보다 훨씬 더 재미있게 일을 할 수 있다는 사실이다. 하지만 그 사람은 그가 그렇게 일을 하는 것을 다른 사람에게는 가르쳐줄 수가 없다. 그것은 그 사람만이 가지고 있는 고유한 자질이다.

한 개인이 모든 상황에서 창조적으로 사는 것은 가능하다. 그것은 어떤 것을 개인적으로 간직하거나 비밀로 하는 것, 어떤 좋은 것을 자신의 것으로 하는 것을 의미할 수 있다. 그것이 안 된다면 호흡을 길게 해보라. 그것 역시 다른 사람이 당신 대신 할 수 없는 것이리라. 그렇지 않으면, 여러분은 친구에게 보내는 편지를 쓸 수도 있을 것이고, 타임지(誌)나 뉴 소사이어티 지(誌)에 보내는 편지를 쓸 수도 있을 것이다. 그것들이 비록 읽혀진 다음에 곧 휴지통으로 들어가 버릴지라도 말이다.

창조적인 삶과 예술 창작

편지에 관한 이야기를 하고 있으니 말인데, 여기에는 내가 개인적으로 그냥 지나칠 수 없는 또 다른 주제 하나가 있다. 나는 여기서 창의적인 삶과 예술 창작의 구분을 분명하고 하고 싶다.

우리가 창조적인 삶을 살고 있을 때 우리는 우리가 하는 모든 일들이 우리에게 실제로 살아 있다는 느낌, 곧 우리 자신으로 존재한다는 느낌을 강화시켜 준다는 사실을 깨닫게 된다. 우리가 그것이 꼭 명화(名畵)일 필요는 없지만 나무 그림을 바라볼 때도 창조적으로 볼 수 있을 것이다. 정신분열성적인 성격의 우울 단계를 잠깐이라도 경험한 적이 있는 사람이라면(대부분의 사람들은 이를 경험하곤 한다)당신은 그 감정을 부정적으로 경험했을 것이다. 나는 "햇살이 좋은 날 아침, 창문 앞에 핀 금작화(金雀花)가 보는 이에게 얼마나 아름다운지를 머리로는 너무나 잘 알고 있지만, 오늘 아침, 나에게는 아무 의미도 없다. 나에게는 그렇게 보이지 않는 것이다. 나에게는 오히려 그것이 전혀 실제적으로 느껴지지 않는 것이다"라는 말을 얼마나 많이 들었는지 모른다.

　글을 쓰는 작가, 시인, 예술가, 조각가, 건축가, 음악가들의 능동적인 창작 작품들이 모두 창조적인 삶과 연결되어 있기는 하지만 그것들은 모두 다르다. 어떤 사람이 예술적인 창작을 할 때, 그것은 그 사람에게 특별한 재능이 있기 때문이라는 내 의견에 동의할 것이다. 그러나 사실을 말한다면, 창조적으로 사는 데에는 특별한 재능이 따로 필요하지 않다. 그것은 그저 하나의 필요에서 나온 것이며, 누구나 다 그럴 수 있기 때문이다. 병상에 누워서 뒤로 물러난 상태라고 할 수 있는 정신분열 환자도 창조적으로 그의 비밀스러운 정신 활동을 하며, 어떤 의미에서는 행복하게 살아갈 수 있다. 불쌍한 사람은 나나 여러분처럼 살면서 어느 순간(또는 일정 기간 동안) 자신에게는 음식이나 물리적인 생존보다 더 중요한, 인간에게 있어서 필수적인 무엇인가가 결핍되어 있다는 것을 깨닫게 되는 사람들이다. 만약 시간이 더 있다면 여기서 예술가의 창조적인 충동 뒤에 있는 불안에 대한 이야기도 할 수 있었을 것이다.

결혼 생활에서 창조적으로 살기

　결혼한 부부 중에는 한쪽 또는 양쪽이 다 개인으로서의 주도권을 잃었다고 느끼는 경우가 많이 있다. 우리는 이 점에 대해서 많은 것을 이야기할 수 있다. 거기에는 공동 경험의 일부에 속하는 어떤 것이 존재하며, 저들이 느끼는 상실감의 정도는 우리 삶을 이루는 또 다른 많은 요소들에 따라서 그 정도가 달라진다. 지금 나는 모든 부부가 각자 자기 자신을 결혼을 한 존재이자 동시에 창조자로서의 존재감을 느끼지 못한다는 사실을 인정할 수밖에 없다. 부부 중 한 명은 나중에 자신이 상대방이 만들어 낸 세계에서 살고 있다고 깨닫게 되는 과정에 들어가 있다. 그것이 매우 극단적인 식으로 이루어진다면 굉장히 불편할 테지만, 웬만해서는 그 지경까지 가는 경우는 없다. 그러나 그런 일은 잠재적으로 언제든지 일어날 수 있으며, 경우에 따라서는 매우 심각한 식으로 일어날 수도 있다. 예를 들어 아이를 키우는 20년 동안 숨어 있었던 문제가 인생의 중반기 위기의 시기에 그 모습을 드러낼 수도 있다.

그 문제에 비교적 쉽게 다가갈 수 있는 방법은 아마 있을 것인데, 그것은 가장 표면적인 것부터 건드리는 것이다. 나는 결혼하여 많은 아이를 낳아 길렀던 부부 한 쌍을 알고 있다. 그들이 결혼했던 해의 첫 여름 그 남편은 "나는 이제 일주일 간 범선(帆船)을 타러 가야겠어"라고 선포하였다. 그 말을 들은 아내는 "좋아요, 나는 여행을 좋아하니 여행 가방을 당장 싸지요"라고 대답하였다. 그 소식을 들은 부부의 친구들은 먼 산을 쳐다보며 두 사람의 향후 결혼 생활에 대해서 회의적인 전망을 내놓았다. 그러나 그것은 지나친 걱정이었다. 두 사람의 결혼 생활은 아주 성공적이었다. 그들의 관계에서 가장 중요했던 것 중 하나가 바로 남편이 휴식을 취하며 일주일 간 배를 타러 나간 사이에 점점 실력을 쌓으면서 그것을 즐기는 동안 아내는 여행 가방을 끌고 전 유럽을 돌아다니는 것이었다. 그렇게 함으로써 두 사람은 남은 50주 동안에 이야기할 거리를 가득 안고 돌아올 수 있었다. 그들은 그런 식으로 여름휴가의 반을 각자 따로 보내는 것이 그들 관계를 향상 시켜준다는 사실을 깨달았다.

결혼 생활을 이런 방식으로 하고 싶지 않을 사람도 많을 것이다. 인간의 삶에서 모든 사람들에게 일괄적으로 적용되는 법칙 같은 것은 존재하지 않는다. 그러나 이 사례는 서로 헤어지는 것을 두려워하지 않는 두 사람이 휴가를 각자 따로 보내는 것을 통해서 무엇인가 새로운 것을 얻을 수 있다는 사실을 보여 준다. 만약 헤어지는 것이 두려워서 서로 붙어 있었다면 그들은 둘이 함께 지루해지는 것 밖에 얻을 수 없었을 것이다. 이 지루함은 창의적인 삶을 억누를 수 있습니다. 창조적인 삶은 한 사람의 개인적인 작품이지, 두 사람의 공동 작업의 결과가 아니었다. 한 쪽이 다른 한 쪽의 창조성의 발휘에 영향을 미쳤던 것이다.

잘 돌아가는 가정을 살펴보면 대부분의 경우 이러한 일종의 타협과 조정의 존재를 발견할 수 있다. 그에 대해서 아주 짧게 다음과 같이 말할 수도 있을 것이다. 남편이 술집에서 친구들과 술을 마시고 있을 때 아내는 아내대로 바이올린을 켜는 광경을 생각할 수도 있을 것이다. 사람들에게 있어서 정상이라거나 건강하다는 것은 무한하게 다양한 형태로 이루어진다. 이제 이야기를 어려움이나 문제로 돌려 본다면 우리는 여러 가지 문제 유형들과 특징들을 다음과 같이 말할 수 있을 것이다. 그 사람들은 그들이 언제나 같은 문제에 부딪히고, 그들이 그 문제에서 빠져나가지 못하고 있다는 사실을 알게 될 것이다. 거기에는 어떤 충동적인 요소가 내포되어 있으며, 그 요소의 뒤 어딘가에는 공포가 자리하고 있다. 많은 사람들의 과거와 연결되어 있는 강박(强迫)은 그들을 사로잡으며 그들이 창조적으로 살아가는 것을 방해한다. 사실 결혼 생활의 불편한 점과 단점을 편하게 말할 수 있는 사람은 그의 결혼 생활을 비교적 편하게 보내는 사람들이다. 상대와의 관계가 숨 막히고 고민스러운 사람에게 해 줄 수 있는 말은 별로 없다. 그런 사람에게 내가 해줄 수 있는 유익한 충고 같은 것은 없으며, 모든 사람들에게 심리치료를 행할 수 있는 것도 아니다.

결혼을 한 가운데서도 창조적인 삶을 유지하는 사람과 결혼이 창조적인 삶을 방해하는 양극단 사이에는 일종의 경계선 지대가 존재하며 우리는 바로 그쯤에 자리하고 있다. 우리는 그곳에서 그럭저럭 행복을 느끼며 창조를 할 수 있지만, (결혼과 같은) 진지한 관계에서 요구되는 타협과 개인의 충동은 근본적으로 양립하기 어렵다는 사실을 잘 알고 있다. 다르게 말하면, 우리는 다시 현실 원리와 마주하게 된다. 여기서부터 논리를 더 전개해 나간다면 우리는 다시 자신의 충동을 너무 잃지 않는 선에서 외부 현실을 받아들이려는 개인의 특성을 관찰하게 된다. 이것은 인간의 본질 자체가 낳는 근본적인 어려움 중 하나로, 이에 대한 우리 능력의 기본 토대는 개인의 정서 발달 초기 단계에서 찾아볼 수 있다.

많은 경우 우리는 아이를 많이 낳았거나 부부가 서로의 친구가 되었을 때 그 결혼을 성공한 결혼이라고 말한다. 이와 관련한 문제들에 대해서 너무 쉽게 생각하기 쉬우며, 표면적인 문제에 너무 매달리고 싶지 않은 것이 나의 심정이다. 결혼과 관련된 이야기를 할 때 가장 먼저 거론되는 섹스에 대한 이야기를 하다 보면 거기에는 항상 굉장한 비탄이나 고뇌가 있는 것을 발견하게 된다. 우리는 결혼한 사람들 중에 성적으로 만족스러운 삶을 살고 있다고 여기는 사람은 매우 극소수라는 전제하에서 출발해야 한다. 거기에 관해서 쓴 글들은 굉장히 많으며, 그런 어려움과 그 어려움이 야기하는 고통들에 대한 이야기를 보통 사람보다 훨씬 더 많이 듣게 되는 것이 정신분석가의 불행인지도 모른다. 그에게 적어도 성적인 삶에 있어서 '그들은 이후 결혼하여 평생을 행복하게 살았습니다'라는 환상(illusion)을 품는 것은 가능하지 않다. 사랑하는 두 젊은이 간의 성적인 관계가 서로에게 창조적인 경험으로 있는 기간이 조금 연장되는 것은 가능한 일이다. 그것이 바로 건강이다. 우리는 젊은이들이 처음부터, 그것도 자연스러운 방법으로 그것을 경험하면 기뻐한다. 그러나 나는 젊은이들에게 그런 상태가 결혼한 다음에도 한참 뒤까지 지속된다는 생각을 갖게 만드는 것은 굉장히 해로운 일이라고 생각한다. 언젠가 어떤 사람이 이렇게 이야기했다: "세상에는 두 가지 종류의 결혼이 있다. 하나는 신부가 결혼식장으로 가면서 자기가 신랑을 잘못 선택했다는 것을 깨닫는 경우이고, 다른 하나는 결혼식장에서 돌아올 때 그것을 깨닫는 경우이다". 유감스럽게도 그 사람은 그 말을 농담처럼 했을 것이다. 그러나 그 말은 웃을 일이 아니다. 우리는 젊은이들에게 결혼이란 사랑의 연장이라는 생각을 심어서는 안 된다. 그렇다고 해서 그와 반대로 결혼에 대한 모든 것을 알려 주어서 그들이 결혼에 대해 가지는 환상을 전부 깨고 싶은 마음도 없다. '행복했던 적이 있는' 사람이라면 곤경도 견뎌낼 수 있다. 젖을 떼기 위해서는 먼저 그 아기가 젖을 먹었던 경험(또는 유사한 경험)이 있어야 하는 것과 같은 맥락이다. 환멸(幻滅, 다른 말로 하면 현실 원리의 수용이다)은 오직 그 전에 환상을 가졌던 사람에게만 이루어질 수 있다. 어떤 사람들은 그들이 그렇게 중요하다고 생각하는 성적인 삶을 다른 사람들은 그렇게 생각하지 않고, 오히려 그들이 점점 더 창조적으로 되는 것이라는 사실을 발견하고 낭패감을 느낀다. 때때로 그것은 두 사람이 서로 주고받으면서 점차 상대방에게 맞춰주어야 했기 때문에 출발이 좋지 않았더라도 이루어질 수 있다. 그럴 경우에도 두 사람 다 창조적인 경험을 할 수 있는 것이다.

부부가 성적으로 만족한 생활을 하는 것은 정신건강에 커다란 도움이 된다는 사실을 말해야 한다. 그러나 그것이 삶의 모든 문제를 다 해결해준다는 생각 역시 잘못된 생각이다. 이제 우리는 성(sexuality)이 어떻게 해서 잠재적으로 결혼생활을 풍요하게 해주는 현상인 동시에 계속해서 치료되어가야 하는 현상이라는 사실을 살펴보고자 한다.

여기에서 나는 여러분들이 투사(投射)와 내사(內射)라는 심리기제를 상기시켰으면 한다. 다시 말해서 여러분들은 여러분들이 다른 사람들과 동일시하는 현상(projection)과 다른 사람을 여러분 속에 투입시키는 현상(introjection)을 기억하라는 것이다. 여러분도 알고 있듯이, 이 세상에는 이런 심리적 기제를 전혀 사용할 수 없는 사람이 있고, 원하는 경우 이것을 사용할 수 있는 사람이 있으며, 그들이 원하든 원하지 않든 강박적으로 하게 되는 사람들이 있다. 간단하게 말하자면, 나는 여기에서 사람들에게 있는 다른 사람의 입장에 설 수 있는 능력과 공감 및 감정이입의 능력에 대해서 말하고 있는 것이다.

결혼처럼 긴밀하고 공식적인 연결고리로 이어진 두 사람이 함께 살 때, 서로가 서로를 통해서 살게 되는 일은 당연하게 일어날 수 있는 일이다. 상황이 건강할 때는 이것이 이용될 수도 있고 그렇지 않을 수도 있다. 부부에 따라서는 서로의 역할을 보다 유동적이고 유연하게 부여하지 못하는 경우도 생긴다. 물론 성행위 시에서처럼, 남자에게 남성적인 역할을 맡게 하고, 반대로 여자에게 여성적인 역할을 맡게 하는 것이 더 적합하고 일반적일 것이다. 그러나 삶에 있어서 행위만 존재하는 것은 아니다. 상상력도 존재하며 상상에서는 그 부분에 있어서 상대에게 지워지거나 우리가 감당하지 못할 역할이란 없다.

이것을 염두에 두고 창조성과 관련하여 아이를 낳는 특별한 경우를 생각해 볼 수 있다. 그때 성 역할은 부부 두 사람 모두 동등할 것이다: 아버지와 어머니 어느 쪽이 더 창조적인 걸까? 나는 모르겠다. 그런 질문은 필요없는 질문일 것이다. 그러나 실제 기능면에 있어서 아이는 비창조적으로(conceived uncreatively) 생길 수도 있다. 내가 말하고자 하는 것은 저기서 아이의 부모는 특별히 아이를 가질 생각을 하지 않은 상태였는데 아이가 생겼다는 의미이다(without being conceived of). 그리고 다른 한편에서는 양쪽이 아이를 원하는 순간 생길 수도 있다. 알비(Edward Albee)는 "누가 버지니아 울프를 두려워하랴?"에서 머릿속에서만 생겼지 실재하지 않는 아기의 운명을 추적해간다. 그 작품은 연기에 있어서도 영화로서도 매우 뛰어난 연구이다!

그러나 나는 성교(sex)의 문제와 아이를 어떻게 만드는지에 대한 문제를 가지고 힘을 빼고 싶지는 않다. 왜냐하면 우리가 하는 모든 것들은 창조적으로 될 수도 있고, 창조적이지 않게 될 수도 있기 때문이다. 오히려 나는 창조적으로 사는 능력이 어디에서 오는가 하는 문제를 다시 주제로 삼고 싶다.

창조적인 삶의 원천에 대한 몇 가지 또 다른 생각

오래된, 아주 오래 된 이야기이다. 지금의 우리 모습은 대상과 관계를 맺기 시작하는 초기 단계에서 우리에게 주어졌었던 가능성, 또는 그때 도달했던 정서 발달 단계와 관련이 있다. 내가 이야기하고자 하는 것은 바로 이에 대한 것이다.

나는 내가 여러분들에게 어떤 말을 할지 잘 알고 있다. 개인의 삶에서나, 그와 삶을 공유하는 사람, 자신의 자녀, 친구들을 대하면서 항상 창조적인 사람은 행복한 사람일 것이다. 창조성의 영역에서 벗어나는 것은 아무것도 없다.

나는 시계를 바라볼 때, 거기에 표시된 시간만 볼 수도 있다. 그렇지 않으면, 나는 시간은 보지 않고 문자판의 형태만 바라볼 수도 있다. 또 그렇지 않을 경우, 나는 아예 아무것도 보지 않을 수도 있다. 마찬가지로, 나는 가상의 시계를 볼 수도 있다. 즉 나는 거기에 사람이 볼 수 있는 시계가 분명히 존재한다는 사실을 입증할 수 있다고 주장하면서 나 자신에게 시계를 '환각하게 할 수도' 있는 것이다. 이 말은 내가 그 자리에 실제로 존재하는 시계를 바라보는 것은 내 안에 그 근원을 찾을 수 있는 어떤 복잡한 프로세스를 이미 거쳤다는 사실을 의미한다. 그래서 내가 시계를 바라볼 때 나는 그것을 창조하며, 시간을 확인할 때도 마찬가지로 나는 그 시간을 창조하는 것이다. 나는 이런 식으로 그 불편한 행위들을 신에게 다시 양도할 때까지, 매 순간 조그만 전능 경험을 하게 된다.

여기에는 일종의 모순이 존재한다. 논리는 어느 순간 비논리의 형태를 띠게 되는 것이다. 그것은 그냥 일어나는 사실로, 나는 그렇게 되는 것을 어떻게 할 수가 없다. 나는 바로 이 점을 더 깊숙이 파고들고 싶다.

일정한 시간이 지나면 아기는 대상들과 관념들이 있는 세계를 발견할 준비를 갖추게 된다. 그리고 어머니는 아기의 그러한 능력이 발달하는 리듬에 맞춰서 그에게 세계를 소개한다. 그런 방식으로, 아기는 초기 시절의 어머니가 그녀의 삶에 적응하는 높은 수준의 능력 덕분에 그 자신의 전능 경험을 하게 된다. 그는 현실에서 그가 창조한 것을 발견하고, 대상을 창조하며 그것을 현실에 존재하는 대상들과 연결시키는 것이다. 그 결과 모든 아이는 세계를 새롭게 창조하면서 (그의 삶을) 시작하게 된다. 그리고 희망하건대, 일곱 번째 날은 만족스럽게 휴식을 취한다. 이 모든 것은 여러 상황들이 적당히 잘 풀렸을 때 가능한 것으로 대부분의 사람들은 여기에 해당한다. 그러나 이 또한 창조가 일어나는 순간 (아이 앞에 그 대상을 제시하는 역을 하는) 사람이 있어서 그것이 실재하게 되었을 때의 이야기이다. 만약 그렇게 해주는 사람이 없다면 아기는 심한 경우 자폐적으로 행동할 수 있고(공허 속에서의 창조자), 다른 사람들과의 관계에서 수동적으로 복종하는 태도를 보일 수 있다.(유아기 정신분열).

그 다음에 점차 현실 원리가 도입되게 된다. 아이는 전능 경험을 한 다음에 이제 세상이 그에게 부과하는 제한들을 경험하게 되는 것이다. 그러나 그 단계에 들어선 아이는 이미 간접적인 방법을 이용하며 살아갈 수 있게 되었으며, 투사와 내사를 사용하고, 가끔은 전능감을 버리고 다른 사람들로 하여금 그 자신을 지배하게 하기도 한다. 그리고 결국 사람들은 바퀴 또는 변속기 역할을 버리고 보다 편안한 톱니바퀴 역을 맡게 된다. 여기에서 나는 잠깐 인류에 대한 찬가를 불러 보려고 한다:

오! 하나의 톱니바퀴로서
오! 서로를 지탱하면서
오! 다른 사람들과 조화롭게 일하며
오! 결혼을 했지만 우리가 이 세상의 창조자라는 '생각'을 버리지 말자.

전능 경험을 시작으로 그 생을 시작하지 못한 사람은 절대 톱니바퀴가 될 수 없다. 그는 계속해서 그의 전능감과 창조성, 통제 능력들을 가지고 씨름을 할 수 밖에 없을 것이다. 그것은 마치 아무도 사고 싶어 하지 않는 유령 회사의 주식을 팔려고 애쓰는 것과 같을 것이다.

나는 많은 글에서 나의 중간 대상 개념을 언급하였다. 중간 대상은 침대 커버나 이불 조각, 엄마의 리본 조각 등처럼, 여러분의 아이가 일정 기간 동안 애착을 갖게 되는 보잘것 없거나 평범한 물건들이다. 그것은 첫 상징으로, 어머니와 아이 사이의 유대, 신뢰를 나타내는 물건이다. 그 신뢰는 어머니의 신뢰성의 경험 및 아이에게 동일시함으로써 그의 욕구를 알아차리는 능력 위에 세워진다. 나는 아기가 그 대상을 창조한다고 말하였다. 아기에 의해서 창조되기 전에 대상은 이미 그 자리에 있었다는 사실을 알고 있지만 (아기가 창조한) 대상에 이의를 제기하거나 부정하는 일은 절대 일어나지 않을 것임을 알고 있다. (그리고 다른 남자 또는 여자 형제도 이와 똑 같은 방법으로 그 대상을 창조했는지도 모른다.)

"요구하라, 그러면 너에게 주어질 것이다"가 아니다. "손을 뻗으라, 그러면 네 손 끝에 그것이 닿을 것이다. 그것은 네가 그것을 사용하고, 망가뜨리기 위해서 존재하는 너를 위한 것이다."가 오히려 맞을 것이다. 이것이 시작이다. 현실 세계, 현실 원리가 차츰 들어오고 도입되는 과정에서 대상은 아이에게 버림을 받아야 한다. 그러나 보통은 창조적인 삶이 제공하는 여러 가지 감각의 풍족함을 다시 끌어 올 수 있는 여러 가지 방법들을 찾을 수 있다. 창조적이지 못한 삶의 증상은 모든 것이 무의미하며 공허하고 별것이 아니라는 느낌(을 갖게 되는 것)이다.

우리는 이제 창조적인 삶을 살펴 볼 수 있는 준비가 되었다. 그리고 이를 위해서 일관성 있는 이론의 힘을 빌릴 수도 있다. 이론은 우리에게 창조적인 삶의 문제가 왜 본질적으로 어려운 것인지에 대한 힌트를 준다. 창조적인 삶을 전체적인 맥락에서 생각해 보거나 그것을 이루는 요소들을 통해 생각해 볼 수도 있다.

나는 이제 꽤나 깊숙이 있는 층, 아니, 어쩌면 근본적인 층을 건드려 보려고 한다. 소시지를 굽는 요령 중 하나가 비튼 부인(일요일이라면 클레멍 프로이트 부인)의 지시를 그대로 따르는 것이다. 또 다른 방법은 태어나서 처음으로 스스로 재주껏 소시지를 구워 보는 것이다. 두 가지 경우 모두 같은 결과(맛)을 낼 수도 있겠지만, 때때로 재앙을 만나고 이상한 맛이 나는 것을 먹게 되거나 최악의 결과를 예상하게 될지언정 창조적인 요리사와 사는 것이 더 재미있을 것이다. 여기서 내가 말하려는 것은 요리사에게 있어 저 두 개 경험은 다르다는 말이다. 지시를 노예처럼 있는 그대로 따르는 사람에게 그 경험은 권위에 대한 자신의 의존을 다시금 실감시킬 뿐이다. 그에 반해서 창조적인 사람은 그 경험을 통해서 자신이 실제로 존재하고 있음을 더더욱 실감하게 된다. 소시지가 익는 동안 그의 머

릿속에 떠오른 생각이나 발상에 스스로 놀랄 수도 있다. 스스로에
게 놀랄 때 우리는 창조적이 될 수 있고 우리 안에 있는 독창성을 믿
어도 된다는 사실을 깨닫게 된다. 소시지를 먹는 사람들은 그것이
구워지는 동안에 일어난 놀라운 일을 굳이 알 필요도 없고 맛있어
하지 않아도 상관없다.

　나는 창조적인 사람이나 창조적인 능력이 있는 사람이 하는 일
가운데서 창조적이지 않은 일이란 결코 존재하지 않는다고 생각한
다. 그러나 계속해서 창조성이 소멸될 위기에 처한 사람에게는 두
가지 대안이 있을 수가 있다. 하나는 상황에 순종하면서 지루함을
견디는 것이고, 다른 하나는 독창성을 극도로 발휘해서 소시지의
모양을 괴상하게 만들거나 차마 입에 댈 수 없는 이상한 맛을 내게
하는 것이다. 전에도 이야기했지만, 나는 아무리 가진 것이 없는 사
람일지라도 경험 안에는 항상 새롭고 예측할 수 없는 요소가 존재
하기 때문에 그 사람에게 창조적으로 다가갈 수 있다. 그 사람이 만
약 굉장히 독창적이고 뛰어난 재주를 가진 사람이라면 그는 수백,
수천 대 하는 그림을 그릴 것이다. 하지만 피카소 같은 사람이 아니
라면 피카소처럼 그리는 것은 창조가 아닌 무의미한 모방에 불과하
게 된다. 피카소처럼 그리려면 그냥 피카소여야 한다. 그렇지 않으
면 창조자가 될 수 없다. 어떤 무리에서나 모방자들은 순종적이고
지루하다는 평가를 듣는다. 피카소의 흉내라도 내며 거기서 용기를
얻고 독창적으로 있어 보려고 노력을 하고, 어떤 것을 찾았던 사람
은 제외할 수 있을 것이다.

　중요한 것은 우리가 창조하려고 하는 것은 이미 거기에 존재하고
있었다는 사실이다. 그러나 창조성은 구상과 통각(統覺)을 통해서
지각(perception)에 도달하게 되는 방법 안에 존재한다. 그래서 내가
벽에 있는 시계를 쳐다보는 순간 (바로 지금 해야 합니다) 그것을 창
조해 내지만 이때 실제 시계가 있는 자리 이외의 곳에서 존재할 리

없는 시계를 보지 않도록 해야 한다(시계의 환각을 보지 않다는 의미). 이런 말도 안 되는 비논리의 전개를 여러분은 그냥 거부하며 지나치지 말고, 언젠가 이를 활용할 수 있도록 한 번 더 살펴보아야 한다.

여기서 설정을 복잡하게 한다면, 밤이 되거나 피로했을 때, 아니면 약간 정신분열성적인 상태에 있을 때 나는 있지도 않은 곳에서 시계를 볼 것이다. 저쪽 벽에 걸린 시계를 보고 거기에 표시된 시간까지 읽을지도 모른다. 그러면 여러분은 그것이 단지 벽에 비친 앞 사람의 그림자에 불과하다고 알려 줄 것이다.

어떤 사람들은 자신을 미쳤다고 여기거나 환각을 본다고 여길 것이 두려워서 정신 건강이나 모든 사람과 공유하는 실제라는 일종의 객관성에 집착한다. 또 어떤 사람들은 그들이 상상하는 것이 진짜 사실이고, 다른 사람들과 공유할 수 있는 현실이라고 주장하기도 한다.

우리는 온갖 종류의 사람들과 함께 사는 것이 가능하다. 그러나 우리가 우리 안의 창조성을 누리고 위험을 무릅쓰며 내면의 충동과 그것을 동반하는 창조적인 생각들을 제대로 누리려면 다른 사람들이 그들의 객관성을 잃지 않아야 한다.

부모나 유모 밑에서 놀라운 창조성이 가득한 분위기에서 지낼 수밖에 없는 아이들도 있다. 그러나 그 창조성은 아이 본인의 것이 아니라서 아이는 억눌리고 존재하는 것을 멈춘다. 그것도 아니면 움추러드는 방법을 택하기도 한다.

그것은 집에서나 학교에서나 자기 자신답게 사는 것이 허락된 아이들이 가지게 되는 수많은 가능성에 대한 이야기이다. 여러분도 잘 알고 있듯이 가장 다루기 쉬운 아이들은 있는 그대로 살아도 된다는 느낌을 가지고 사는 아이들이다. 그들이야말로 현실 원리의 공격을 사방에서 받는다고 느끼지 않는 아이들인 것이다.

상대방과 공식적으로 관계를 맺은 경우 모든 유형, 수준의 투사와 내사가 가능해진다. 아내는 남편이 자기 일(남편의)을 좋아하는 사실이 만족스러우며, 남편 또한 아내의 가정 활동, 요리 시도에서 즐거움을 느낄 수도 있다. 결혼이라는 매개는 위와 같이 창조성의 장을 넓힌다. 매뉴얼을 있는 그대로 따라하는 것이 일 처리가 가장 신속하게 끝나는 궂은 일 일지언정 여러분은 거기서 대리 창조를 할 수도 있다.

내가 이 자리에서 언급하고 또 읽은 내용이나 생각들을 여러분은 어떻게 받아들이셨는지 모르겠다... 나는 말만 가지고 여러분을 창조적인 사람으로 만들 수는 없다. 말보다는 오히려 여러분의 말에 귀를 기울이는 것이 더 빠른 방법일 것이다. 만약 여러분이 스스로를 놀래게 하는 능력을 갖지 못했거나 그 능력을 잃어버렸다면 말만 가지고 돕는 것도 불가능하며, 심리치료를 통해서 돕는 것도 매우 어려울 것이다. 그럼에도 불구하고 다른 사람들과 관련해서 여러분들이 꼭 알아야 하는 사실이 있다. 아이를 기르고 있다면 더더욱 그렇다. 그것은 바로 개인에게 있어서 무엇을 잘 하는 것보다 더 중요한 것이 창조적으로 살아가는 일이라는 사실이다.

분명하게 밝혀야 하는 것은, 창조적으로 산다는 것의 세부적인 사항 안에도 철학적 딜레마가 내포되어 있다는 사실이다. 왜냐하면 우리가 건강에서 창조할 수 있는 것은 우리가 알고 있는 것뿐이기 때문이다. 예술 분야에서조차 우울한 상태에서 창조 활동 같은 일이 일어날 수 없다. 창조적인 삶이 없다면 거기에는 정신 병원에서 고독을 경험을 하고 있거나 자기 안에 유배된 삶을 살고 있는 자폐증 환자가 존재하게 될 것이다. 예술이나 철학 분야에서의 창조 활동은 이처럼 존재하는 능력에 매우 크게 의존해 있다. 예술가를 이해하고 그의 작품을 감상하는 데 있어 열쇠가 되는 것은 바로 그의 배경을 연구하는 것이다. 하지만 창조적인 접근은 그의 작품이 대중적으로는 실패한 것이라 할지라도 예술가에게 그 자신이 실재하며 가치가 있는 인간이라는 느낌을 가지게 한다. (그 대중이 비록 그가 가진 재능과 받아 온 교육, 도구와 마찬가지로 그의 장비에 포함되는 것이라 하더라도 말이다).

이와 같이 나는 만약 우리 각자가 충분히 건강하다면 상대방이 창조한 세계에 살 이유 같은 것은 없다고 확신한다. 물론 상대 또한 우리가 창조한 세계에서 살 이유 같은 것은 없다. 우리 모두가 그만의 사적인 세계를 가지며 다양한 수준의 동일시들이 교차되면서 우리 경험을 공유하는 법을 배우게 된다. 그래서 아이를 기를 때 아이가 자신이 있는 현실 세계의 창조자가 될 수 있도록 하려면 우리는 (그들을 대할 때) 창조자가 되지 말아야 하며, 그들을 받아들이고, 적응해야 한다. 우리는 전반적으로 이를 잘 해내는 편이며, 우리가 있어야만 창조적이 될 수 있는 그 작디 작은 존재에게 동일시하는 경험을 했다고 해서 우리가 죽는 것도 아니라는 사실을 알게 된다.

총합, 나는 나다(1968)

수학 교사 협회의 부활절 학회 강연

분명 지금, 이 자리에서 나의 전문 분야에 대한 이야기만 하는 것이 현명할 것이다. 그 분야는 바로 소아정신과 분야이고 또 정신분석학에서 이야기하는 아동의 정서발달 이론에 관한 분야이고 이는 결국 프로이트로 귀결되기도 한다.

나로 이야기할 것 같으면, 나는 내가 행하는 직업에 대해서 어떠한 지식을 가지고 있으며 어떤 능력과 경험을 가지고 있다. 그러나 수학과 교육 측면에서는 새파란 초보이다. 여러분의 가장 최근 들어온 제자조차도 나보다 많은 것을 알고 있을 것이다. 나는 어쩌면 여러분의 타타씨의 초대를 거절했을지도 모른다. 그가 처음에 보낸 편지에서 내가 매우 생경한 분야의 전문가이며, 그렇기 때문에 내가 발표할 내용 또한 내가 가꾸는 정원의 특별한 생태학에 대한 설명에 그칠 것이라는 사실을 그가 매우 이해하고 있다는 느낌을 주지 않았다면 말이다.

나는 혹여 내가 지은 '총합(總合), 나는 나다(Sum, I am)' 라는 제목이 나를 무슨 학자나 어원학 교수로 보이게 만들지는 않을까 싶다. 몇 달 전에 발표 제목을 보내 달라는 연락을 받았을 때 나는 "개인의 발달 단계 가운데서 '나는 나다' 라는 단계에 대해서 이야기할 계획이니 제목에 라틴어 'Sum' 을 다는 것도 나쁘지 않고 자연스럽게 받아들여지겠구나" 하는 생각에서 제목을 그렇게 정했다. "내 말장난을 알아들으십니까?"(캘버리에게서 빌린 말이지만, 그렇다고 해서 나를 무슨 박식한 사람이라고 생각해서는 안 될 것이다).

나의 일이란 절대적으로 나 자신으로 있는 것이다. 나는 나 자신의 어떠한 부분을 여러분에게 내어줄 수 있을까? 그리고 그것을 여러분들에게 내어주었을 때, 어떻게 해야 나 자신의 전체성을 잃지 않은 것처럼 보일 수 있을까? 나는 여러분이 내가 전체를 이루고 있으며 통합이라고 부르는 성숙의 형태의 갖추고 있다고 본다는 전제 아래 이 강연을 시작하고 있다. 그리고 거기서 나는 나(ME)라는 단위를 구성하는 면모들 중에서 한 두개만 골라 여러분에게 보여줘야 할 것이다.

그래도 이런 생각이 들어 용기가 나기도 한다: 인격을 연구하는 학생의 관심사가 되는 저러한 요소들이 수학자의 관심사에도 해당된다는 사실이다. 왜냐하면 실제로 수학 또한 인격으로부터 나와 분리된 형태의 학문이기 때문이다.

한 마디로 말해서 인간의 발달의 핵심적인 특징은 '나는 나다(I am)' 단계에 도달하여 그 상태를 유지하는 것이며, 그것을 그대로 수학 또는 총합(sums)에도 대입할 수 있다는 것이다.

여러분은 아마 내가 타고 나기를, 그리고 이 직업을 가지면서 받게 된 훈련 과정과 업무로 인해 발달의 측면에서 생각하는 사람이라는 사실을 눈치챘을 것이다. 나는 책상에 앉아 덧셈 뺄셈을 하고 구구단을 가지고 고군분투를 하는 아이를 보기라도 하면 나는 그가 기나긴 발달 과정을 이미 거친 사람으로 보인다. 그리고 거기에는 발달 과정 중의 결핍이나 결함들이 존재하고, 받아들일 수 밖에 없는 저런 결핍이나 결함들에 대응하기 위해 생긴 왜곡 같은 것들 또한 존재한다는 사실을 알고 있다. 그 외에도 겉으로 보기에는 잘 진행된 것 같아 보여도 사실 그 뒤에는 결핍이 존재하는 경우도 있다는 사실을 알고 있다. 나는 독립을 향해서 나아가는 발달 과정을 지켜보면서, 아이의 미래의 모습 속에서 구체화 되거나, 구체화 되지 못할 수도 있는 전체성이라는 개념이 아이에게 계속해서 새로운 의미를 가지는 것을 보게 된다. 나는 의존의 정도를 계속 재보면서 삶의 초기에 특히나 중요한 환경이 그 다음 우리가 그 환경과 동일시함으로써 독립을 이루게 되더라도 계속해서 그 중요성을 잃지 않는 사실 또한 의식하고 있다. 아이는 자라서 결혼을 하고 또 다시 아이를 기르거나 사회적인 삶에 참여하고 사회 시스템을 유지하는 데 애를 쓰게 된다.

이것이 바로 여러분이 이용할 수 있는 나의 한 단면이다. 만약 모든 사람이 자기 자신과 관련된 일에만 신경을 쓴다면 여러분은 내가 하듯이 발달 과정에 관심을 가지고 그것이 나와 연관을 맺고 있다고 여기지 못할 것이다. 내가 그렇게 하는 것은 내 일을 효과적으로, 아니 그 이전에 일단 제대로 하는 데 필요한 것이기 때문이다.

우리는 자주 이 '개인' 이라는 개념이 얼마나 현대적인 개념인지를 잊고 산다. 하나님을 가리키는 옛 히브리어의 이름은 어쩌면 그 관념에 도달하기 위해서 벌였던 투쟁을 반영하는지도 모른다. 유일신론은 '나는 나다' (I am)라는 신의 이름과 아주 긴밀하게 연결되어 있다. (데카르트가 말한 Cogito, ergo sum에서 쓰인 sum은 의미가 조금 다르다. 왜냐하면 여기에서 sum은 '나는 한 개인으로서 존재 의식을 느낀다' 는 것을 의미하기 때문이다. 즉 내가 생각하기에 '나는 나다' 라는 것이 이미 증명된 사실이라는 것을 느낀다' 는 의미인 것이다). 신에게 부여된 '나는 나다' 라는 이름(名)은 사람들이 하나의 개체로서의 인간이 되는 것에 따르는 위기감을 표현하는 이름이 아닌가 하는 생각이 든다. 내가 지금 존재한다면, 나는 곧 이것과 저것을 모았고, 그것을 나라고 선언했으며, 나머지는 다 버렸다는 사실을 의미한다. 그런데 내가 '나'가 아닌 것들을 모두 버렸을 때, 나는 어떤 의미에서 세상을 모독한 셈이 되었으며, 그 때문에 공격받을 수가 있다. 그래서 처음으로 개체성 개념에 도달한 사람들은 그 개념을 즉시 하늘 높이 올려 보내게 되었고, 모세처럼 하늘로부터 오는 음성을 듣게 된다.

여기에서 우리는 '나는 나다'의 단계에 들어선 사람들에게는 불안이 깊을 수밖에 없다는 사실을 알 수 있다. 당신은 그와 같은 불안을 또 다른 곳에서 볼 수도 있는데, 그것은 바닷가 모래사장 위에서 '나는 성에 있는 왕이다'라는 놀이에서도 마찬가지이다. 그때 아이들은 예상하고 있던 공격에 대응할 때, "나쁜 악당은 바로 너야"라고 하거나 "이 악당아 여기서 썩 꺼져"라고 소리 지른다. 이 아이들의 놀이를 호러스는 이렇게 썼다:

Rex erit qui recte faciet;
Qui non facietm non erit.[1]

물론 이것은 "나는 나다" 단계의 세련된 버전이다. 여기서 "나는 나다"는 왕에게만 허락되는 말이다.

사람들은 유일신론이 생기기도 전에 계산(총합이라는 개념)을 어떻게 할 수 있었을까 라고 질문을 할 수도 있다. 무슨 말인가 하면, 인간을 하나의 단위로 인식했을 때에만 단위(unit)라는 단어가 그 본래 의미를 가질 수 있다는 말이다. 다른 상황에서였다면 나는 '나'라는 일인칭 대명사의 사용법을 다른 방식으로 설명했을 것이다. 왜냐하면 그 단어는 어린아이들이 사용하는 대명사 가운데서 제일 처음 사용하는 단어 가운데 하나이니까 말이다. 그러나 한 가

---

1. From 『The Oxford Dictionary of Nursery Rhymes』, edited by Iona and Peter Opie, Oxford University Press, 1951.

지 의문은 여전히 남아 있다. 왜냐하면 사람들이 그 언어에 대한 이해를 하기도 전에 그 단어를 입 밖으로 내려는 작업이 이루어지며, 아주 복잡한 정신적 과정이 언어적 표출보다 먼저 이루어지기 때문이다.

여러분들은 이제 내가 무슨 말을 하려고 하는지 이미 짐작했을 것이다. 정수론(arithmetic)은 '하나'라는 (단위) 개념에서 시작하며, 그 하나라는 개념은 발달 중에 있는 아이의 '자기(self)'라는 단위 개념에서 유래한다는 것이다. 그리고 아이의 발달 또한 자기(self)를 향해서 나아가야 한다는 사실이다. 이 '자기'라는 상태는 개인의 발달 과정 상 하나의 진전이자 진보인데, 사람에 따라서는 그 상태에 영영 도달하지 못하기도 한다.

여기서 우리는 복잡한 주제 하나를 해결하기 위해서 지금까지 했던 이야기를 잠시 접어두어야 하겠다. 우리는 지적인 작업을 수행하다가 그것이 결렬되었을 때, 그것을 어떻게 이해해야 하는가? 그때 그것이 고등수학에 관한 문제라면, 그 개인이 하나라는 단위를 이루었는지 그러지 못했는지 하는 것에 상관없이 독립적으로 이루어질 수가 있다. 다른 분야에서도 마찬가지일 수도 있다. 가령 유언장의 유효성을 판단하는 판사가 정작 자기 자신은 유언장은 쓰지 않고 죽는다거나(그에게 그럴 기회가 없었는지도 모른다), 오늘이 며칠이고 무슨 요일인지도 모르는 철학자도 있으며, 한 발은 보도 블록 위에 다른 한 발은 도랑에 담겄던 유명한 물리학자이자 캠브리지 대학 트리니티 칼리지의 교장도 있었다. (내가 철모르는 학생으로 레이에서 공부했던 시절, 이 사건 때문에 나는 트럼핑턴(Trumpington Street) 거리 옆에 홉슨(Hobson) 개울이 있는 것을 알게 되었다).

그러나 개인의 발달에 관한 문제에서는 그렇지 않다. 한 개인의 발달의 측면에서 이 문제를 한 번 생각해 보자. (나는 문제에 대해서 아주 많이 생각해왔기 때문에 그것을 간단하게 얘기하라고 한다면 왜곡이나 변형을 피할 수가 없을 정도이다.) 이제 여기에 곧 음식을 먹게 될 배고픈 아기가 한 명 있다고 상상해 보자. 음식이 제때 나오면 모든 것은 만사형통이다. 그러나 그것이 몇 분 후로 늦추어 진다면, 그 음식이 나올 때쯤 되면 아기는 이미 그 음식에 대해서 흥미를 잃게 된다. 우리가 생각해 보아야 하는 문제는 음식이 그 의미를 잃는 순간 그 경험이 아기에게 얼마나 난폭하게 다가오는가 하는 것이다.

이제 서로 다른 두 아이를 상상해 보자. 한 명은 여러 가지 능력들이 있으며 그것은 이후 높은 IQ점수로 증명될 것이다. 다른 한 명은 평균 이하의 IQ를 가졌다. 똑똑한 아이는 '소리에 비추어' 음식이 준비되고 있음을 금방 짐작할 수 있게 된다. 그래서 그는 아무 말도 하지 않고 속으로 "듣자 하니 음식이 곧 나오겠구나. 배고픔을 조금만 더 참고 힘내자 !"라는 생각을 한다. 그것보다 덜 똑똑한 아이는 어머니의 적응 능력에 보다 의존할 수밖에 없으며, 그런 이유로 그에게는 몇 분이라는 상징이 더욱 구체적으로 와 닿을 수밖에 없다.

지능이 어떻게 좌절(frustration)을 견디는 데 도움을 줄 수 있는지 이제 이해할 수 있는가? 여기에서 어머니들은 아기의 지적 능력을 이용해서 아기가 그녀들에게 의존하면서 만들어냈던 속박으로부터 벗어날 수 있게 된다. 이 모든 것들은 지극히 정상적인 것이다. 그러나 만약 아기의 지적 능력이 평균보다 훨씬 더 높을 경우 아기와 어머니의 행위는 서로 잘못된 방향으로 결합되면서 그 지적 능력이 파괴적으로 사용되게 된다. 아기에게 그의 정신과 정신신체적 삶 사이에 균열을 가져오게 되는 것이다.

나는 여기에서 정신신체적인 계열에서 생기는 문제 하나를 더 생각해 보려고 한다. 그것은 그 아기가 거짓자기(false self)를 발달시키게 되는 것이다. 그때 그 아기는 삶을 균열된 정신 속에서 살게 되며, 그의 참 자기(true self)는 정신신체적인 것으로서, 어딘가에 숨어 있거나 아예 상실되었을지도 모른다. 이것이 고등수학을 하는 데 있어서는 이득일지 모르지만, 정작 이 아이는 일 파운드를 가지고 무엇을 해야 할지 전혀 알지 못하게 된다.

나에게 이런 상황을 이해하게 해주었던 한 여자 환자 생각이 난다. 그녀는 다섯 살에서 여섯 살 경에 벌써 "하멜른의 피리 부는 사나이"라는 책을 배웠지만 점점 자신감을 상실하게 되었다. 그러다가 결국 그녀는 (부모님들의 자랑거리였지만) 균열된 그녀의 지적 능력을 제거하고 참 자기를 찾기 위한 치료를 받을 수밖에 없게 되었다. 그녀는 여섯에서 일곱 살 무렵 그녀의 가족 일기를 들고 있던 유모에게 그녀 자신으로 추정되는 한 아이의 이야기를 받아쓰게 한 적이 있다. 그 아이는 처음에는 학교에서 공부를 아주 잘했지만, 점점 정신박약아로 변하였다. 그녀가 분석을 통해서 그것으로부터 해방된 것은 오십 세가 더 넘어서였다.

물론 나는 지적 능력은 매우 좋은 것이라고 생각한다. 그러나 나는 내 직업에 종사하면서 사람들이 지적 능력을 어떻게 활용할 수 있는지 많이 볼 수 있었다. 그렇기 때문에 나는 어느 한 사람의 성격을 묘사할 때, 그 사람의 정신신체적인 실존을 염두에 두면서 그의 균열된 지적 능력이 어떻게 작용하는지를 유심히 살펴보곤 한다.

우리가 정신과 신체에 대해서 이야기하기 시작한 것은 벌써 한 세기가 넘었다. 균열된 지성이 지배하는 것을 피하기 위해서 우리는 영혼의 존재라는 개념을 제시해야 한다. 오늘날 우리는 정신신체적인 체계 안에 있는 정신을 출발점으로 삼고, 인격의 이 구조로부터 시작하여 균열된 지적 능력을 살펴볼 수 있게 되었던 것이다. 그런데 이런 사람들은 음울한 분위기에 있으며 극단적인 경우에서도 인간적인 면모는 별로 볼 것이 없지만 매우 뛰어나게 기능할 수 있다. 그러나 지혜에 도달할 수 있는 것은 경험을 성실히 축적해 나간 사람들이다. 지적 능력은 사실 지혜가 어떤 것이라고 설명할 수 밖에 없는 기능인 것이다. 우리는 여기에서 집회서에 나오는 성경 구절을 생각할 수 있다. "소 이야기밖에 할 줄 모르는 사람에게 어떻게 지혜를 기대할 수 있으랴?"(집회서 38장 25절)

이와 같은 시각에서 보았을 때, 균열된 지적 능력에게 있어서, 그 것이 이미 계산기처럼 이미 결정되어 있는 것이라고 한다면 더하기, 빼기, 곱하기, 나누기 등은 아무 문제도 되지 않는다. 즉 여러분들의 분야에서 여러분들이 인간의 두뇌를 모방해서 만들고, 사용하는 것 과 비슷한 인간의 두뇌에는 가감승제(加減乘除)가 아무 문제없이 이루어질 수 있는 것이다. 그러나 한 개인이 자기 자신과 동일시할 수 있는 계산 또는 그 총합은 그와 다르다. 그것은 인격발달의 단계 와 밀접한 관계에 있고, 한 개인이 거기에 도달하고 유지시켜 나가 야 하는 것이다.

(여기에서 우리는 커다란 논쟁거리에 봉착하게 된다. 문제는 내 가 어디서 말을 멈춰야 하는지를 모른다는 데 있다. 거기에 대해서 이야기할 거리가 너무 많기 때문이다.)

나누기의 예를 들어보자.

균열된 지적 능력을 가진 사람에게 있어서 나누기 셈은 전혀 어 려운 것이 아니다. 사실 이 분야에서 어려움이란 계산기 자체와 관 련된 문제나 프로그래밍과 관련된 것 외에는 존재하지 않는다. 그 러나 그것은 삶 자체가 아니라, 삶과 단절된 어떤 것이다. 그런데 한 개인이 나누기를 하는 과정을 한 번 살펴보자. 모든 사람들은 그들의 정서적 발달을 제대로 이룬 결과 도달한 개체로서의 단위 에서 출발하여 그들의 개체적인 인격을 그것보다 더 큰 단위— 가정, 가족, 집—에 그 자신을 동일시 할 수 있을 것이다. 이때부 터 인격—단위는 보다 넓은 총체성 개념의 일부가 되고 사회생 활의 일부가 되며, 더 나아가서 정치 생활이 된다. 그리고 아주

드문 경우 일종의 세계 시민적인 것이 되기까지 한다.

이 가분성(可分性)의 바탕이 되는 것은 자기(self) 단위인데, 그는 (공격을 받을까 봐 두려움 속에 있기는 하지만) 신 앞에 설 수도 있는 존재이다. 여기에서 우리는 다시 유일신론으로 돌아오게 된다. 우리는 하나, 유일한 것, 독특한 것이라는 개념을 이해할 수 있게 되는 것이다. 그런데 그 하나는 즉시 셋으로 나누어진 다음 다시 하나가 된다. 삼위일체가 되는 것이다. 그런데 셋은 가장 단순한 가족의 숫자이다.

여러분은 모든 종류의 학생들을 만나며 그들에게 수학을 가르친다. 그때 세 가지 유형의 아이들을 보게 된다.

1. 처음부터 숫자 1에서 쉽게 시작하는 아이들.

2. 아직 '단위' 상태에 이르지 못하여 '하나' 라는 개념이 아무런 의미도 없는 아이들.

3. 여러 가지 개념들을 다루지만 파운드, 쉴링, 펜스 같은 사소한 문제에서 걸리는 아이들.

여러분은 후자 유형의 아이들에게 계산 법칙이나 미분법을 소개하고 싶을 것이다. 그러나 그들에게 '계산' 할 것을 요구하기보다는 '짐작이나 추측' 해 볼 것을 권하는 것은 어떨까? 나는 산술에서 왜 그토록 '정확한 답' 을 강조하는 이유를 모르겠다. 짐작하고 추측하는 즐거움을 권하는 것은 어떨까? 아니면, 기발한 방법들을 가지고 놀이를 하게 하는 것은 어떨까? 여러분도 아마 교수법을 구상할 때 이런 문제에 대한 고민을 많이 했을 것이다.

내 생각에는 하나의 개체 상태에 이르지 않은 아이가 분할되어 있는 것에 흥미를 보일 것이라는 기대를 할 수는 없다. 그 조각들은 그에게 불안감만 주고 혼란을 야기할 뿐이다. 그렇다면, 그럴 때는 어떻게 하는 것이 좋을까? 앞서 언급했던 아이와 같이 아직 미숙한 아이가 있다면 교사는 산수는 잠시 뒤로 미루고 아이 개인이 통합을 이룰 수 있도록 최대한 안정적인 환경을 제공하려는 시도를 해야 할 것이다. 그런 유형의 아이는 가령 쥐에게 애착을 가질 수도 있다. 그것이야말로 좋은 산수(算數)가 될 것이다. 냄새는 조금 나지만. 쥐를 통해서 아이는 그의 내면에서 이뤄지지 않았던 총체성에 도달할 수 있는 것이다. 또한 그 쥐는 언제든지 죽을 수도 있다. 그것은 매우 중요한 사실이다. 전체성을 이룬 것만이 죽을 수가 있기 때문이다. 거꾸로 말해서, 전체적인 개인의 통합은 죽음의 가능성, 아니 죽음에 대한 확신 없이는 결코 이루어지지 못한다. 죽음이라는 개념을 수용하는 것은 개인에게 큰 안도감을 줄 수 있다. 그것은 (개인의) 해체나 유령의 존재와 같은 가능성들로부터 개인을 해방시키기 때문이다. 정신신체의 연합에서 신체라는 반려(伴侶)가 죽음을 맞을 때 정신만 살아남는 가능성도 마찬가지다. 건강한 아이들은 어른보다 죽음을 더 잘 받아들이는 것 같다.

이쯤에서 발달의 또 다른 중요한 면모에 대해서 이야기하는 것이 좋을 것 같다. 개인에게 일어나는 개인적인 발달 과정들과 환경 사이에서 일어나는 상호작용에 대해서 말이다. 이것을 우리는 자연과 교육 사이의 균형 문제처럼 말하기도 한다. 이때 보통 둘 중 어느 한쪽을 더 선호하거나 편을 들게 되는데 사실 그렇게 할 이유는 전혀 없다.

갓 태어난 인간은 성장과 발달에 대한 경향성을 물려받게 되는데, 거기에는 발달의 질적인 특성도 포함된다. 그래서 우리는 한 살인 아기는 세 개 단어 정도를 말할 수 있으며 16개월 즈음에는 걷기 시작할 것이며, 두 살쯤 되면 말하게 될 것이라고 주장할 수 있다. 이 모든 것들은 발달의 마디로(Greenacre) 당연한 이야기지만 아이가 각각의 발달 단계 시기에 그 단계를 제때제때 이루는 것이 훨씬 편할 것이다.

위와 같이 늘어놓는 것은 아주 간단한 일이지만 그것은 의존이라는 매우 중요한 현상을 염두에 두지 않고 말하는 것에 그친다. 생의 초기 환경이 기여하는 바를 생각해 본다면 의존은 절대적인 것이 된다. 그러나 의존은 곧 상대적인 것이 되며 인간의 삶의 전반적인 경향성을 따진다면 결국 독립으로의 경향을 들 수 있을 것이다. 환경의 입장에서 본다면 키워드는 '신뢰성'이 된다. 물론 기계적인 신뢰성이 아닌 인간적인 신뢰성을 가리킨다.

아이의 필요에 맞춰 적응하는 어머니의 모습은 참으로 흥미진진하다. 그녀는 먼저 자기 아이와 동일시함으로써 그가 필요로 하는 것을 알아차리는 특수한 소질을 갖추게 된다. 그러나 차츰 그 적응 정도를 줄이게 된다. 그렇지 않으면, 아이와 아이의 요구에만 자신의 온 신경을 쏟지 않고, 아이로부터 해방되기 위해서 온갖 힘을 다해서 '싸운다'고 보는 것이 더 맞을 것이다. 환경의 이러한 인간적인 공헌이 없다면 아무리 아이가 발달에 대한 경향성을 가지고 태어났다고 할지라도 잠재적인 것에 불과한 그 경향성은 결코 발현되지 못한다. 이 이야기는 아기뿐만 아니라 취학 연령대의 아동들에게도 그대로 적용할 수 있다.

굉장히 복잡한 이 탐색 영역에서 근본적인 질문 하나가 등장한다 : 단위 개념이다.

아기에게서 가장 먼저 존재하는 것은 어머니를 포함하는 하나의 단위이다. 모든 것이 아무 문제없이 잘 돌아가는 상황이면 아기는 어머니와 그 밖의 다른 모든 대상들을 지각하게 되고, 그것들을 모두 '나-아닌 것'으로 인식한다. 이제 이 세상에는 '나'와 '나-아닌 것'이 존재하는 것이다. ('나'는 '나-아닌 것'을 흡수하기도 하고 내포하기도 한다.) 이것이 '나는 나다'(I am)가 시작되는 단계이다. 그런데 이 단계는—적응의 측면이나 해체의 측면에서 볼 때—모성상(어머니와 어머니의 대체적 존재)의 태도가 충분히 좋지 않은 한, 아기의 자기 구성(構成) 안에서 이루어지지 않는다. 그런 관점에서 볼 때, 삶의 초기 단계에서 어머니는 아기가 거부할 줄 알게 되어야 하는 하나의 환상이라고 할 수 있다. 또한 어머니는 어느 순간 '나는 나다'라는 좀 편하지 않은 개체로 대체되어야 하는데, '나는 나다'는 그 전까지 간직되었던 본래의 혼용 상태가 버려져야 이루어질 수 있다. 그런데 아기의 자아는 그것을 강하게 만들 수 있는 어머니의 자아의 지지가 있어야 강하게 된다.

위 영역에서 일어나는 문제들이 어떻게 작용해서 수학 학습을 방해하는지가 궁금해진다. 수학뿐만 아니라 다른 모든 과목 교사들도 어느 시점에서 자신이 더 이상 그가 담당하는 교과목을 가르치는 것이 아니라 심리치료를 하고 있는지 알 수 있어야 한다. 교사는 부모의 (상대적인) 실패를 상징하는 불완전하게 마무리된 작업을 완성하는 존재이기 때문이다. 여기서 교사의 역할은 필요한 곳에 본인의 자아를 제공하여 아이의 자아를 지지하는 것이 된다. 이와 반대되는 태도는 아이의 잘못이나 실패를 비웃는 것이다. 특히 선생님들이 그 앞으로 나아가고, 쟁취하는 것에 두려움을 느끼는데 그런 태도를 취하면 더 고약하게 된다.

우리는 학생과 교사 사이의 관계가 매우 중요하다는 사실을 잘 알고 있다. 교육의 문제를 거론할 때 정신과 의사들이 보통 가장 먼저 거론하는 것도 바로 그 관계이다. 교사가 아이에게 충분한 신뢰감을 제공하지 못한다면 그것은 항상 파괴적인 결과를 가져온다. 우리는 아이가 산수(또는 역사, 영어)가 어렵다고 말하면 제일 먼저 해당 과목의 교사가 그와 맞지 않는지도 모른다는 생각을 한다. 실제로 교사의 조롱 때문에 학습 장애가 생긴 아이들의 예는 많이 있다. 그렇다고 해서 내가 교사를 비난하는 것은 아니다. 거기에는 아이가 본래 불안한 성격이거나 예민한 성격인 경우도 많이 있다. 그런 경우는 교사가 아무리 주의해도 아이는 교사를 믿지 못하고, 경계를 한다. 세상에는 둘이 똑같은 아이란 존재하지 않는다. 그렇기 때문에 똑같이 수학 학습에 문제를 보이더라도 각각의 경우를 유심히 살피고 검사를 해야 한다.

이렇게 개인의 발달 이론과 연관 지어서 교육 이론의 문제에 대해서 이야기하고 싶지만 유감스럽게도 이는 뒤로 미룰 수밖에 없다. 간단하게 딱 한 가지만 얘기한다면 수학을 가르칠 때 아이의 '창조적 충동'을 포착하고 그의 놀이 동작을 포착하며, 무엇을 잡으려는 아이의 동작까지 모두 이용하여, 가르침을 통해서 무엇을 잡으려는 아이의 창조적인 운동이 결실을 맺게 하는 것은 참으로 매력적인 일일 것 같다고만 이야기하겠다. 이러한 작업은 가정교사나 복습 교사의 도움을 받을 때 더욱 쉽게 이루어질 수 있고, 아이가 부정적인 경험을 했거나 세뇌처럼 나쁜 교육을 받았을 때 더욱 더 유효하다.

창조성은 놀이에 내재한 것으로, 아마 다른 곳에서는 결코 찾아볼 수 없는지도 모른다. 예를 들어서 아이는 머리를 슬쩍 흔드는 동작을 반복하면서 방 안의 커튼과 바깥에 있는 벽이 (시각적으로) 만나는 지점의 선이 하나, 또는 둘이 되게 하는 놀이를 할 수 있다. 그런 놀이를 아이는 몇 시간이고 할 수 있다. 모유 수유를 하는 아이가 젖이 두 개라는 사실을 알고 있을 거라고 자신 있게 말할 수 있는가? 처음에는 그저 젖이 하나의 복제라고 여기는 것은 아닌가? 어쩌면 여러분은 이런 놀이 행위를 포착할 수 있는지도 모른다. 어떻게 그렇게 하는지 나는 전혀 알 수 없지만. 나는 이제 내가 나의 본업으로 돌아가야 하는 것을 느낀다. 아픈 아이들을 정신과적으로 돌보고, 개인의 정서 발달에 관한 보다 정확하고 실용적인 이론을 정립하는 일 말이다.

마무리하는 차원에서, 여러분은 수학이야말로 체계적으로 꾸준히 배우고 익혀야 하는 과목이라는 점을 어떻게 설명하겠는가? 수학은 한 단계, 한 과정만 건너뛰어도 그 이후의 과정이 무의미해지는 과목이다. 봄철에 특히 수두 때문에 결석하여 수학 과목을 제대로 따라가지 못하는 아이들을 많이 보았다. 시간이 허락한다면 병치레하느라 수업을 빠진 아이들에게 보충 수업을 해주는 것도 좋은 일일 것이다.

내가 말했던 이 모든 것들이 산만하게 여겨질지도 모른다. 그러나 나는 서로 다른 분야의 전공들이 교차하며 새로운 것을 낳을 수 있는 그런 경험에 참여할 수 있었던 것을 기쁘게 생각한다. 누가 알겠는가 이 만남을 통해서 어떤 융합적인 산물이 나올 수 있을지.

거짓 자기 개념(1946)

'도전으로서의 범죄'라는 주제로 연구
세미나에서 발표한 미완의 글.
College All Souls Oxford.

나는 '범죄, 하나의 도전'이라는 주제를 가지고 여러분 앞에 서는 영광을 이미 한 번 누렸다. 그렇기 때문에 나는 초청 연사가 꼭 범죄와 관련된 주제를 가지고 이야기하지 않아도 된다는 사실을 알고 있다. 그럼에도 불구하고 나는 결국 다음과 같은 어려움에 봉착하게 된다: 아무 주제나 괜찮다면, 도대체 어떤 것을 고르는 것이 좋을까?

육 개월 전 초청을 받았을 때 나는 참 자기와 거짓 자기 개념에 대해서 이야기할 계획을 세웠었다. 그러니 이제 내게 남은 것은 여러분들이 그 내용을 유용하다고 판단할 수 있도록 하는 것이다.

여러분을 상대로 범죄에 대한 이야기를 꺼내는 것은 어려운 일이 아니다. 여러분 가운데는 범죄자가 없다는 것을 잘 알고 있기 때문이다. 우리 모두는 어떤 식으로든 참 자기와 거짓 자기로 나뉘어져 있다. 그래서 내가 발표하는 내용이 잔소리처럼 들리거나 설교처럼 들리지 않게 하려면 어떻게 해야 하는지 고민이 많다. 그런 이유 때문에 나는 정상을 비정상과 연관시켜야 한다. 그러는 과정에서 내가 사실은 여기 있는 우리들이 환자이고 반대로 정신과 환자들이 사실은 건강한 사람들이라고 말하는 것처럼 들리더라도 양해해 주기를 바란다.

이 말이 새로울 것이 전혀 없는 발상이라는 사실에 다들 공감할 것이다. 시인, 철학자, 예언가들은 평생 동안 참 자기를 발견하려고 노력해 왔을 것이다. 그들이 가장 받아들일 수 없고 받아들여서는 안 되는 것이 바로 거짓 자기이다. 셰익스피어의 경우 거만하다는 비난을 피하기 위해서 폴로니우스라는 매우 지루한 인물을 창조한 다음 그의 입을 빌려서 수많은 진실의 다발을 들려주었다. 그 가운데는 다음과 같은 충고도 있다:

이것이 특히 중요한 사실이다. 그대 자신에게 충실하라.
그리하면 낮이 지난 다음에 밤은 틀림없이 돌아올 것이다.
당연하게도 그대는 다른 사람들을 속이지 못할 것이다.

아무나 위대한 시인의 시 구절을 떠올려 보시오. 그러면 여러분은 사물을 매우 진지하게 받아들이고 느끼는 사람들에게서 위와 같은 주제를 종종 찾아볼 수 있을 것이다. 또한 여러분은 오늘날의 문제는 사람들이 참다운 핵심을 형식적이고 감성적인 것이나 성공과 용이한 것 속에서 찾고 있다고 말할지도 모른다.

나는 참 자기와 거짓 자기의 문제는 모든 청소년들이 당면한 문제이고, 옥스퍼드 대학이나 캠브리지 대학의 대형 강의실에서 울려 퍼지는 문제라고 생각한다. 이 자리에는 나처럼 위에서 말한 주제에 대해서 관심을 가진 사람들이 많을 것이다. 그러나 나는 그 문제에 대한 해결책을 제시하지는 않을 것이다. 그와 같은 문제를 가지고 있는 사람들이 해야 할 일은 그저 그 문제를 품고 살면서, 완전한 해결책은 아니더라도 시간이 개인적인 종류의 개선책을 제시하는 것을 기다리는 것이다.

여러분도 알다시피 나는 하루 종일 환자를 돌보고 있다. (나는 정신분석을 하고 있으며 소아정신과를 담당하고 있다.) 지금 내가 돌보는 환자 한 명 한 명을 생각하면 그들 모두에게서는 어떤 문제들이 있다. 어쩌면 성숙의 개념이나 성인의 건강이라는 문제와 인격의 문제에 해결책 사이에는 어떤 연관성이 있는 것 같다. 그것은 어쩌면 몇 년 동안 삶의 곤경에 빠져서 옴짝달싹하지 못하고 있다가 갑자기 깨어나서, 그가 할 수 있는 것이라고는 두 가지 문제 사이에서 그 어떤 것도 선택할 수 없다는 것을 발견한 것과 같은 상황일 것이다.

어떤 의미에서 나는 여러분들에게 단순히 모든 개인은 세련되거나 사회화된 자기(self), 즉 개인적이고 내적인 것이라서 친밀한 관계를 통해서나 겨우 만날 수 있는 자기(self)가 필요하다는 말을 하고 있는지도 모른다. 이것이 일반적으로 통용되는 것이고, 우리는 그것을 보통 '정상적인 것'이라고 부른다.

여러분들이 여러분 주위를 둘러보면 여러분들은 '정신이 건강한 사람'들에게서도 개인적인 것이 늘어나면서 자기(self)가 분열되는 것을 느끼게 될 것이다. 그와 반면에 '병이 든 사람'에게서는 정신의 분열이 매우 깊이 진행되어 있는 것을 확인하게 될 것이다. 그것이 극도로 진행된 것이 정신분열이다.

내가 지금까지 이야기한 것은 굉장히 평범하고도 흔한 이야기이지만 동시에 매우 중요한 이야기이기도 하다.

나는 이와 같은 내용을 쓰고 있는데 한 아이와의 상담 때문에 하던 작업을 멈추었다.

그 아이는 나의 동료의 아이로 10세 소년이었다. 그에게는 중요한 문제가 있었다.그는 좋은 환경에서 살았지만, 그것이 다른 사람들에게도 나타나는 문제이지만 그의 삶의 곤경을 막

지는 못하였다. 그가 당면한 실제 문제는 그가 학교에서 커다
란 변화를 일으켰다는 데 있었다. 그는 아주 오랫동안 문제
아이자 다루기 힘든 아이였는데 언제부터인가 수업에 집중
하고 공부하기 시작했던 것이다. 모든 사람들은 기뻐했고 그
렇게 그는 '20세기의 기적'이 되었다. 그런데 문제가 있었다.
그의 변화 뒤에는 긍정적인 변화라고는 결코 부를 수 없는 변
화 또한 일어났던 것이다. 그에게 불면증이 생긴 것이다. 이
해심 있는 부모에게 그는 "학교에서 공부를 잘하게 된 것이
문제에요. 큰일이에요. 내가 꼭 여자 아이가 된 것 같아요."
그가 침대에서 잠을 청하지 못하는 동안 그는 여러 가지 상념
에 빠지는데, 그것들은 그의 아버지가 죽는다거나 그 자신이
죽는 장면이 펼쳐지는 것이다. 그는 아주 열심히 일하다 16살
에 죽어 버린 역사 속의 인물을 자주 떠올리곤 하였다. 그 아
이가 가진 고민과 학교에서 그의 성격이 변화된 일 사이의 연
관성은 아주 명백하였다. 그것은 그가 학교에서 처음으로
'잘 했어요'라는 평가를 받은 다음이었다. 그 무렵 그가 학교
의 통학차에서 내리는 순간 그는 갑자기 새로운 종류의 공포,
즉 그의 눈앞에 보이는 어떤 남자가 그를 죽이러 온다는 공포
를 느꼈다. 그때 그의 생각은 좀 더 복잡해져서, 그가 죽임 당
하는 것이 기분 좋을 수도 있다는 것으로 발전하였다. 그러면
서 그는 이렇게 말하였다: "나는 잘 수가 없어요. 내가 눈을
감으면 누군가가 나를 찌를 것만 같아요."
나는 지금 이 상황에서 이용할 수 없을 것 같은 많은 자료들
은 말하지 않을 것이다. 우리가 비교적 쉽게 대화를 나누었던
상담 시간 동안 그 아이는 자신의 꿈 이야기들을 들려주었다.
그 중 하나가 특히 의미심장했다. 그는 침대 위에 그와 살인
자가 있었고, 그 옆에 칼이 있는 것을 보았다. 그런데 어느 사

이에 살인자가 그의 몸에 칼을 꽂으려는 순간 그는 너무 놀라서 입을 손으로 막은 채 앉아 있었다. 우리는 여기서 살인과 성적 공격이 뒤섞여 있는 것을 볼 수 있다. 이와 같은 꿈을 그 나이 또래의 소년에게서 발견하는 것은 그다지 특별한 일이 아니다. 그런데 이상한 것은 열 살 먹은 그 소년이 그런 문제에 대해 이야기하면서, 그가 공부를 잘 할 때는 그가 아버지와 좋은 관계를 맺는 것이 가능한데 시간이 조금 흐르면 자신의 정체성을 잃게 된다고 말했다는 점이다. 그 순간이 되면 그는 반항적이 되며 바보처럼 시키는 일은 모두 거절하는 것이다. 그는 아버지와 싸우는 것을 질색했기 때문에 보통 교사들을 자극하여 그들이 그에게 화를 내도록 하면서 상황을 뒤집어버리는 것이었다. 그는 그렇게 하면서 그가 실제로 존재한다고 느낀다. 그가 살인자의 꿈을 꾸고 공포에 떠는 것은 그가 착하게 굴 때이다. 그가 두려워하는 것은 죽임을 당하는 것뿐만이 아니다. 오히려 그가 죽임 당하기를 바라는 상황에 처하게 될까봐서이다. 여기에서 우리는 그가 왜 소년과 동일시하지 않고, 소녀와 동일시하는지 하는 이유를 알 수 있다.

여러분들도 짐작했을 것이다. 그에게는 분명히 문제가 있는데, 그것은 흔히 있는 평범한 문제이다. 그는 그의 부모와 좋은 관계를 맺고 있었기 때문에 그의 문제를 명확하게 설명할 수 있었을 것이다. 그는 모든 사람들을 만족시킬 수 있는 거짓 자기의 언어를 사용할 수 있었지만, 무엇인지 모르지만 거기에서 불편함을 느꼈다. 이와 똑같은 상황에서 어떤 사람들은 그들이 실제로 존재하지 않는다는 비현실감을 느낄 수도 있다. 그러나 이 소년의 경우 문제는 그가 여자 아이로 변하거나 수동적인 입장에서 공격을 받는 입장이 될 것 같다는 위협을 느낀다는 데 있었다. 그런데 그것은 그의 진정한 자기에

서 무엇인가가 나와서 다시 자기 주장을 하려는 것이 아주 잔
인한 방식으로 나타난 것이다. 그는 실제로는 끊임없이 반항
하고, 모든 사람들을 만족하게 만들고 싶지 않았던 것이다.
그것이 그가 당면한 문제를 해결하는 데 아무 도움이 되지
않을지라도 말이다.

　내가 이 소년의 이야기를 하는 이유는 내 눈에는 그가 비교적 정
상이며 내가 전에 이미 언급했던 주장을 아주 잘 보여 주는 사례이
기 때문이다. 이 소년이 당면한 문제를 해결하는 것은 청소년기에
있는 모든 아이들이 해결해야 하는 문제이다. 이와 비슷한 현상은
일도 잘하고, 여러 가지 상을 타지만, 그럴 때마다 왠지 모르게 비현
실감을 느끼는 사람들에게서도 찾아볼 수 있다. 그런데 그런 사람
들이 자신이 살아 있다고 느끼는 것은 그들이 무엇인가 잘못할 때
이다. 우리는 때때로 그들이 고의적으로 하지 말아야 할 일들을 하
고, 모든 사람들을 실망시키는 것을 보곤한다.
　모든 사람들에게 시험이 끔찍하게 느껴지는 것도 같은 맥락에서
일 것이다. 시험은 모든 사람들에게서 일종의 입문식(initiation)이
다. 시험은 초등학교에서 시작해서 중학교, 고등학교, 대학교까지
이어진다. 사람들이 시험을 통해서 측정하는 것은 아마 그 개인의
지적 능력뿐만은 아닐 것이다(그것을 측정하려면 간단한 지능지수
테스트만으로도 충분하다). 시험을 통해서 측정되는 것은 그가 '거
짓'에 순응하고 그것을 견디는 능력인지도 모른다. 사람들은 그 거
짓에 순응함으로써 어떤 사회적인 것을 얻는데, 그것은 그들이 학
생으로서의 권리와 의무로 매우 특별한 자리를 마련하며그 시기를
지나면서만 얻을 수 있는 어떤 것이다. 그러나 그것은 불행하게도
영원히 지속되는 것은 아니다.
　이 세상에는 한정된 이익을 얻기 위해 어느 수준까지 순응하는

것을 쉽게 받아들이는 사람들도 있고, 항상 그렇게 하는 사람들도 있다. 저런 문제에 부닥친 사람이 여러분에게 조언을 구하는 일이 생긴다면 여러분은 참 자기(또는 다르게 부르기는 하지만, 참 자기와 같은 것)의 편을 들어야 할 것이다. 참 자기와 관련된 문제가 생길 때마다 외부에 있는 대화자들은 한 개인의 진실성(integrity)을 존중해야 한다. 그러나 당신이 만약 학부형이라면 참자기와 거짓 자기의 투쟁이 배움과 학업 영역에서 전개되지 않기를 바라는 것은 당연할 것이다. 학창시절에 사람들이 얻거나 즐길 수 있는 것들이 너무나 많기 때문에 부모 입장에서는 그들의 자녀가 교양을 쌓을 수 있는 바로 그 시기에 반사회적이 되거나 적어도 사회적이지 않게 되는 일을 매우 안타깝게 여길 것이다.

　그와 같은 문제를 유아기에 대입시켜 설명하면 이해가 더 쉬울 것이다. 여러분은 아이에게 "고맙습니다"라는 말을 가르친다. 그런 말을 가르친 이유는 아이가 진심으로 그런 마음이 들었을 때 그런 말을 할 수 있도록 하기 위해서가 아니라 그것이 예의 바른 태도이기 때문이다. 다르게 말하면 아이에게 예절을 가르치는 것이다. 여러분은 아이가 삶을 조금 더 편하게 살 수 있도록 적당히 거짓말을 할 수 있기를 바라는 것이다. 아이가 언제나 "고맙습니다"라는 말을 하고 싶어하지는 않는다는 사실을 여러분도 아주 잘 알고 있다. 대부분의 아이들은 사회화의 대가로 그런 부정직함을 받아들일 줄 알게 된다. 또 어떤 아이들은 평생 그러지 못한다. 또 어떤 사람들은 아이들에게 아주 어릴 때부터 "감사[1]"라는 말을 너무 일찍 가르치려 들거나 아니면 본인들이 스스로 진실성의 문제에 사로잡혀 있을 수도 있다. 어쨌든지 간에, 세상에는 거짓말을 하느니 차라리 사회로부터 소외되는 것을 낫다고 생각하는 아이도 있을 것이다.

---

1. 역자 주: 원문에는 'ta'로, 'thank you'의 속어이다.

여기까지 나는 계속 정상적인 보통 아이에 대한 설명을 하고 있는 것이다. 그러나 조금 더 나아가 본다면 나는 거짓된 것에 부딪힐 때만 참 자기의 중요성을 확인하고 또 확인해야 하는 필요성 때문에 사는 것이 어렵다고 느낄 아이들에 대해서 이야기 하는 것이기도 하다. 일반적으로 보았을 때 일상생활의 대부분은 타협이 가능하다. 그러나 모든 개인 안에는 타협이 절대 허용되지 않는, 그런 특별한 공간 또한 존재한다. 그것은 과학 분야일 수도 있고 종교, 시, 놀이 분야일 수도 있다. 그 안에는 타협이 설 여지가 전혀 없다.

우울증의 가치(1963)

정신과에 종사하는 사회 사업가 총회를 위해 쓴 글

'우울증' 이라는 용어에는 두 가지 의미가 있다. 하나는 대중적인 의미이고 다른 하나는 정신과적인 의미이다. 신기하게도 이 둘은 서로 닮아있다. 거기에는 아마 어떤 이유가 있을 것이다. 우울증이라고 하는 정서적 상태 또는 장애는 사람들에게 건강염려증과 자기성찰(introspection)을 불러일으킨다. 그래서 우울해진 사람은 자기가 굉장히 나쁜 상태에 있다는 것을 확실하게 느끼고, 그의 심장과 폐와 간의 존재를 끊임없이 의식하고, 관절염 등에 따른 고통들을 아주 잘 느낀다. 그와 반면에 정신분석학에서 편집증적 방어에 해당하고, 정신과 용어로 경조증(hypomania)이라고 부르는 말은 우울한 상태를 부정하는데, 그에 상응하는 마땅한 일상 용어는 존재하지 않는다. (그리스어에서 교만이라고 부르는 hubris가 이 말에 가까울 것이다. 그러나 hubris는 경조증보다는 감정이 고양되는 것에 더 가까울 듯 하다.)

나는 여기서 우울증에는 그 나름대로 가치가 있다고 말하고자 한다. 물론 우울증에 걸린 사람들은 많은 고통을 받고 있으며, 자해를 하거나 목숨을 끊거나, 정신과에 입원해야 하는 경우도 있다는 것이 사실이다. 즉 나의 주장에는 모순이 있는데, 나는 지금부터 그에 대해서 살펴보고자 한다.

정신분석가나 정신과에서 일하는 사람들 중에는 본인도 우울증을 앓고 있으면서 중증인 사례를 돌보거나 다른 사람의 심리치료에 전념하는 사람들이 있다. 건설적인 일을 하는 것이 우울증을 치료하는 데 뛰어난 약인만큼 종종 그들의 환자(우울증 또는 다른 병을 앓는)와 작업하는 과정에서 본인의 우울증을 치료하는 사람들도 종종 있다.

내가 대학생이었을 무렵 의과대학에서는 '우울증 자체에 치유의 싹이 존재한다'고 가르쳤다. 그것이 정신병리학이 가진 밝은 측면이다. 우울증은 죄책감(이는 건강한 발달의 증거다)과 애도 작업과 연결되어 있다. 애도 또한 결국 그것이 목표로 하는 작업을 마친다. 우리가 타고 나는 치유에의 경향 또한 우울증을 어린 시절에 진행되는 성숙 과정과 이어준다. 촉진적 환경에서 이 성숙 과정은 개인의 성숙, 즉 건강으로 인도한다.

개인의 정서 발달

처음에 유아는 곧 환경이고 환경이 곧 유아이다. 유아는 복잡한 과정(나와 다른 사람들은 그것에 대해서 구체적으로 연구하기도 했고, 아직까지는 그 일부분만 파악되었다)[1]에 따라서 사물들을 분

---

1. D. W. Winnicott, 'Paediatrics and Psychiatry' and 'Transitional Objects and Transitional Phenomena', in Collected Papers: Through Paediatrics to Psycho-Analysis, London, Tavistock Publications, 1958.
M. Balint, 'Three Areas of the Mind', International Journal of Psycho-Analysis, vol. 39, 1958.
M. Milner, 'Aspects of the Symbolism of the Comprehension of the Not-Self', International Journal of Psycho-Analysis, vol. 33, 1952.

류한 다음 '환경'에서 '자기'(self)를 분리한다. 그러나 그 전에 중간 상태라는 것이 존재하며, 그때 아이와 관계를 맺고 있는 대상은 주관적 대상이다.

그 다음 유아는 하나의 단위(unit)가 된다. 처음에는 일시적으로 단위 상태에 있지만 나중에는 그 상태를 계속 유지하게 된다. 아이가 하나의 단위가 됨으로써 생기는 결과 중에는 아이에게 내면, 즉 '안'이 생긴다는 사실이다. 이제 안의 것과 밖의 것 사이에 복잡한 교류가 오갈 수 있게 되는 것이다. 그 왕래는 평생 지속되며 우리가 세상과 맺는 주된 관계가 된다. 그리고 그 관계는 우리가 대상과 맺는 관계 또는 충동을 충족시키는 것보다 더 중요하기까지 하다. 이 상호 정보 교환은 투사와 내사라고 불리는 정신 기제를 발동시킨다. 그리하여 아주 많은 일들이 일어나지만 이 자리에서 그것들을 다 소개하기에는 시간이 모자라서 그 다음으로 넘어가겠다.

이 모든 변화의 원천은 개인의 타고난 '성숙 과정'으로 환경은 이를 촉진한다. 이러한 촉진적 환경은 꼭 필요하며, 만약 그 환경이 '충분히 좋지 않다면' 성숙 과정이 약화되거나 내포하고 있는 에너지를 잃게 된다. (매우 복잡한 것으로, 나는 그것에 대해서 자주 설명하였다.)[2] 이렇게 하면서 자아의 구조와 힘은 하나의 현실이 된다. 환경에 대한 어린아이의 의존은 절대적인 것으로부터 점점 약화되어 독립을 향해 나아가게 된다. 하지만 아이의 절대적 독립은 존재하지는 않는다.

자아의 힘이 성장하고 또 설립되는 것은 매우 중요하고, 근본적

---

2. D. W. Winnicott, 'The Observation of Infants in a Set Situation' and 'Clinical Varieties of Transference', in Collected Papers: Through Paediatrics to Psycho-Analysis, London, Tavistock Publications, 1958.

D. W. Winnicott, 'Psycho-Analysis and The Sense of Guilt', in The Maturational Process and the Facilitation Environment, London, Horgarth Press, 1965.

인 건강의 신호이다. '자아의 힘'이라는 개념은 아이가 성장할수록 자연스럽게 그 의미가 강화된다. 아이의 자아는 처음에는 아이에게 적응하며 한동안 그와 아주 밀접하게 동일시하는 어머니의 자아의 지지를 받아야 힘을 얻는다.

그 뒤 아이가 하나의 '단위'가 되는 단계에 이른다. 이 단계에서 아이는 "나는 나다"라는 것을 느끼고, '내면'을 가지게 되며, 충동의 격동을 억제하고 그의 내적인 심리적 현실로부터 비롯되는 긴장과 압박을 통제할 수 있게 된다. 이제 "아이는 우울증을 앓는 것이 가능해졌다." 이 말은 아이에게 정서 발달이 충분히 이루어졌다는 의미이다.

이렇게 보면 우울증에 대한 우리의 관점은 자아의 힘과 자기(self)의 주장, 그리고 개인 정체성의 발견과 아주 밀접하게 연결된다. 그렇기 때문에 우울증에도 가치가 있다고 말할 수 있는 것이다.

임상적으로 봤을 때 우울증은 질병에서 발견할 수 있는 여러 가지 특징들을 가진다. 그러나 정서 장애가 아주 심한 경우일지라도 우울증 증상이 존재한다는 것은 개인의 자아가 완전히 파괴되지 않았고, 내적 갈등을 풀 방법이 없을지라도, 적어도 연속성을 지속할 수 있는 방법은 존재하고 있는지 모른다는 사실을 의미한다.

우울증의 심리학

모든 사람들은 가능한 한 우울증의 심리학이 있다는 사실을 인정하지 않는다. (일부 정신과 의사를 포함해서) 많은 사람들은 우울증의 원인이 생화학적인 것에서 기인한다고 맹신한다. 그것이 아니라면, 중세 시대에 천재들에게 있다고 하면서 '멜랑꼬리아'라는 단어를 만들게 한 '어두운 기질'의 현대판 버전으로 보기도 한다. 우리는 어떤 강력한 저항으로 인해서 우울증에 심리학적인 의미를 부여하는 무의식적인 심리 구조가 존재한다는 생각에 대해 강하게 반발하는 사람들도 존재하리라는 짐작을 어렵지 않게 할 수 있다. 그러나 내 생각에는 병리적 징후들을 낳는 우울한 기분과 거기에 딸려서 오는 다양한 불순물들에는 어떤 의미가 있으며 이제부터 그것들에 대해서 내가 아는 것을 이야기해 보려고 한다. (내 지식은 프로이트, 클라인, 그리고 그 밖에 다른 정신분석학의 선구자들이 설립한 이론 및 나의 이론을 적용해서 얻은 현장의 경험에서 나온 것들이다.)

당연하게도 증오는 이 모든 것 안에 갇힌 채 존재하는데, 그 증오를 받아들이는 것은 쉬운 일이 아니다. 비록 우울한 기분 자체가 증오를 통제하려는 데서 오는 것이라고 할지라도 말이다. 우리가 보게 되는 것은 결국 증오를 조절하려는 임상적인 노력들이다.

정신 신경증을 동반하는 단순한 우울증 사례

학업에 지장을 줄 정도로 심하게 우울증을 앓게 된 14세 소녀가 패딩턴 그린 소아과 병원을 방문했다. 소녀는 30분쯤 되는 심리치료 상담 시간 동안에 그녀의 어머니가 자동차에 깔리는 꿈을 이야기하고, 그것을 그리기도 했다. 꿈에서 자동차 운전수는 소녀의 아버지와 같은 모자를 쓰고 있었다. 그래서 나는 그녀가 왜 어머니의 죽음 같은 것을 생각하게 되었는지를 이해시켜 주기 위해서 그녀가 아버지를 향해 가지는 크나큰 애정을 말하는 동시에 그것이 폭력적인 형태로 표현되는 성적 행위라고 말했다. 그녀는 금방 자기 악몽의 원인이 성적

긴장과 사랑이라는 사실을 이해하였다. 그러자 그녀는 좋아
하는 어머니에게 품는 증오를 받아들일 수 있게 되면서 기분
이 변하고, 우울증에서 나와 즐겁게 다시 학업에 매진할 수
있게 되었다.

이것은 가장 단순한 종류의 사례이다. 꿈을 꾸었다는 것과 그것
이 다시 기억되고 제대로 전달됐다는 사실은 꿈을 꾼 사람이 꿈의
압력이나 긴장과 맞설 수 있다는 이야기가 된다. 앞서 언급되고, 그
려지기도 했던 꿈은 자아의 힘을 드러내며 또 그 내용을 살펴보면
소녀의 내적 심리적 현실 및 개인의 역동을 짐작하게 만든다.

이성애적 입장에서 보았을 때 이 꿈을 충동 발현의 억제라는 결
과를 가져온 억압된 증오와 (어머니의) 죽음의 염원으로 이해할 수
있다. 그러나 이런 식으로 해석한다면 이 꿈이 가진 아주 두드러진
특징을 놓치고 만다: 이 사춘기 소녀의 기분과 그녀가 살고 있지 않
은 면모이다. 만약 그녀가 '살아난다면' 어머니가 다쳤을 것이다.
이 사례에서 우리가 볼 수 있는 것은 한 발 앞선 죄책감의 작용이다.

단위로서의 자기(self)

사람을 도식으로 표현한다면 공이나 원으로 그릴 수 있을 것이
다. 그 원 안에는 그 순간 그 사람의 내적 현실을 구성하고 있는 여러
가지 힘과 대상의 작용들이 모여 있다. 이 내적인 세계를 구성하는
요소들을 가지고 지도를 그려 본다면 현재 세계의 갈등과 긴장을
상징하는 베를린 장벽이 있는, 베를린 시의 지도 같은 것을 상상할
수 있다.

그 도식에서 도시에 내려앉은 안개는(그곳이 안개가 내리는 곳이라면) 우울한 기분을 나타난다. 모든 것이 느리게 진행되며 죽은 상태를 향한다. 그 상대적인 죽은 상태는 모든 것을 지배하며 사람이 외부 대상과 관계를 맺고 또 그 관계를 유지하려는 충동들을 약화시킨다. 그러다가 그 안개는 조금씩 걷히면서 장소에 따라서는 완전히 걷히기도 한다. 그렇게 되면 매우 긍정적인 결과를 낳기도 하는 놀라운 일들이 생긴다. 예를 들어서 말하자면, 크리스마스 무렵에 장벽이 열리는 것이다. 우울한 기분의 강도가 약해지고 긴장과 갈등이 줄어든 곳에서는 멈추었던 삶이 재개된다. 재정비가 일어나며, 서독으로 도망치는 동독인이 생기고, 동독으로 넘어가는 서독인도 생긴다. 어떤 식으로든 교류가 일어나면서 어느 순간이 되면 우울한 기분이 아무런 위험 없이 사라지는 것이 가능해진다. 사람들에게서 베를린 장벽에 해당하는 것은 동에서 서로, 또는 서에서 동으로 조금 움직였다고 볼 수 있다. 정작 베를린에서는 일어날 리가 없겠지만 말이다.

기분과 그 기분의 와해는 긍정적이고 부정적인 내적 요소들이 어떻게 배열되어 있었느냐에 달려 있다. 꼭 전쟁에서의 진형과 같다고 볼 수도 있다. 남자 아이가 장난감 성과 병사들을 올려놓은 부엌 식탁이나 마찬가지다.

여자 아이들은 임신이나 출산에 대한 생각 때문에 내적 요소들의 주관적인 성질—특별한 성질을 의미하는 것은 아니다—을 간직하려는 경향이 있다. 여자 아이들이 아기를 낳을 수 있다는 사실은 본래 여자들의 내면에 살아있지 않은 것(비-생명)에 대한 생각을 부정하는 특성이 된다. 남자 아이들은 여자 아이들에게 그런 능력이 있다는 것을 부러워한다.

여기서 살펴보는 것은 불안이나 불안의 내용보다 한 개인의 자아의 구조와 그 작동 체계이다. 우울증이 생기고, 진행되며, 사라지는 것은 자아 구조가 그에게 부닥친 위기 상황을 잘 버텨냈다는 사실을 의미한다. 그의 내면에 통합된 체계가 승리했다는 징표인 것이다.

위기의 성격

우리는 위기가 어떤 식으로 닥쳐오는지 그리고 그것이 경감되는 일부 경우에 대해서만 얼핏 살펴볼 것이다.

우울증의 첫 번째 원인으로 우리는 사랑에 동반되는 공격성과 공격적인 생각들을 새롭게 경험하는 것을 들 수 있다. 이러한 새로운 경험들은 내적인 재평가를 필요로 하며, 우리가 우울증에서 보게 되는 것은 바로 그러한 재평가이다.

우울증을 달랠 수 있는 것은 위로의 말이 아니다. 우울증에 빠진 사람의 기분을 전환시켜 주려는 온갖 시도나 우울한 아이를 무릎에 앉히며 그와 놀아주고 사탕을 물려주거나 나무를 가리키면서 "저 살랑거리는 나뭇잎들이 너무 예쁘지 않니?"라고 말하는 것은 아무런 소용이 없다. 그 사람에게 그 나무는 죽은 나무로 보이고 나뭇잎 또한 미동도 하지 않은 것으로만 보인다. 아니면 잎이 전혀 없고 검은 빌어먹을(blasted) 건강과 황량한 풍경만 펼쳐져 있을 뿐이다. 우울한 사람에게 기운을 내라고 하는 우리만 바보가 될 뿐이다.

상황을 변화시킬 수 있는 것은 제대로 된 핍박이다. 전쟁의 위협이나 정신과 병동의 못된 간호사나 그것이 어떤 종류이든지 배신 등을 들 수 있다. 바깥에서 일어나는 나쁜 현상은 안에서 일어나는 나쁜 현상의 자리를 차지하면서 내적 긴장이 바깥으로 투사되어 긴장의 완화가 일어날 수 있다. 이때 어쩌면 안개가 걷히기 시작할지도 모른다. 그렇다고 해서 우리가 환자에게 나쁜 것들을 처방할 수는 없는 노릇이다.(어쩌면 전기 쇼크야말로 고의적으로 처방하는 해악인지도 모른다. 전기 쇼크가 가끔 가다 먹히는 것을 그렇게 설명하면 될 것이다. 하지만 그 방법은 결국 인간의 딜레마 문제를 놓고 보았을 때 결국 속임수의 형태를 띤 것일 뿐이다.)

그러나 우리는 우울이 저절로 물러날 때까지 그 우울의 존재를 인정하고, 자발적인 치유만이 그 개인에게 있어서 가장 좋은 일이라고 여기며 그를 대함으로써 우울에 빠진 사람을 돕는 것이 가능하다. 어떤 특정 조건들은 그 결과에 영향을 미치거나, 우울의 결과가 일어나는 것을 서두르거나 늦추기도 한다. 가장 중요한 것은 개인의 내적인 심리경제 체계이다. 어떤 사람에게 그 심리경제 체계는 불안정하고, 임시적인 것일 수 있다. 그렇지 않으면, 또 다른 사람에게는 그의 심리경제 체계안에 중무장을 하고 있지만 그 안에서 좀 좋은 요소들이 서로 대치하고 있을 수도 있다.

놀랍게도 사람에 따라서는 우울증을 앓고 나서 그 이전보다 더 강해지고 현명해지고 안정적으로 되기도 한다. 그러나 그것의 많은 부분은 그 우울증을 불러일으켰던 병질(病疾)에 달려 있다. 그러면 이제 그 병질들의 특성에 대해서 살펴보도록 하자.

우울증의 불순물들

1. 나는 이 범주(範疇) 안에 환자를 좀 더 원시적인 종류의 질환인 조현병에 걸릴만한 성향을 나타내는 자아의 모든 기질적 결함들을 포함시키려고 한다. 거기에는 언제나 해체의 위험이 상존하고, 그 밖에도 해리, 자아상실, 비현실감, 내적 현실과의 분리 등 정신과적

방어들이 임상의 진단표를 작성하게 한다. 우리는 거기에 우울증을 더 심화시키는 막연한 정신분열적 요소도 포함시킬 수 있으며, 그 것을 '정신분열적 우울증'이라 부를 수 있을 것이다. 여기에서 우리 는 자아의 어떤 일반적인 조직(우울증)은 해체(정신분열성schizoid) 의 위협에도 불구하고 버티고 있다는 사실을 알 수 있다.

2. 나는 두 번째 범주에는 피해망상적인 생각으로 고통을 받지만 자아 구조가 그것을 우울증 정도로 방어하고 있는 환자들을 넣으려 고 한다. 그가 피해망상적인 생각을 하는 것은 그가 외부에서 오는 부정적인 요인들과 외상적(外傷的)인 기억들을 잘 처리하여 내면에 서 그를 공격하는 것들을 잘 달래고 있음을 의미한다. 그래서 그 내 적인 공격은 그에게 우울증 정도에 그치게 된다.

3. 세 번째 범주는 내적 긴장을 외부에 건강염려증의 형태로 완화 시켜서 드러내는 사람들이다. 사람에 따라서는 그에게 이미 있는 신체 질환을 이용할 수도 있고, 피해망상적인 생각을 하는 환자(2번 분류)들은 또 다른 종류의 정신신체적 질병을 보이기도 한다. 또한 생리적인 과정이 신체적으로 변질돼서 나타나는 경우도 있을 수 있다.

4. 네 번째 범주로서 우리는 또 다른 종류의 병질을 생각할 수가 있다: 정신과에서 경조증이라 부르고 정신분석에서는 강박적 방어 라고 부르는 것이 그것이다. 그 사람들에게는 우울증이 있지만, 우 울증은 부정된다. 그들에게서 우울증의 갖가지 면모(죽어있는, 무 거운, 어두운, 심각한 등)는 그와 반대되는 것으로 전환된다(살아있 는, 가벼운, 밝은, 경박한 등). 그것들이 때때로 우울증을 막아주기 는 하지만, 환자가 그 자신과 혼자 마주하게 되는 순간 우울증이 다 시 나타나서 곤경에 빠지는 대가를 치러야 한다.

5. 이제 나는 조울증에 대해서 언급하려고 한다. 이것은 환자들이 우울한 상태에서 경조증 상태로 넘어가는 것과 닮은 듯하지만 한 가지 특성 때문에 전혀 다른 것이 된다. 조울증에서 환자들은 두 개

의 전혀 다른 상태로 해리되어 있다. 환자들은 조 상태와 울 상태 사이를 왔다 갔다 하면서, 때로는 그가 내적인 긴장을 통제해야 하기 때문에 우울한 상태에 빠지고, 또 때로는 팽팽해진 내면의 어떤 요소에 사로잡히거나 진작(振作)되어서 조 상태에 빠지게 된다. 그가 어떤 상태에 있든지 간에 환자는 정반대되는 기분과 접촉하지 못하는 것이다.

6. 여기에서 나는 정신분열적인 해리 기제에 빠질까 하는 불안에서 자아의 경계가 팽창되는 사례를 다루려고 한다. 임상적 측면에서 볼 때, 이런 경우는 환자의 우울질 위에 아주 사나운 성격이 형성된 것이라고 할 수 있다. 이러한 상태는 아무 변화 없이 굉장히 오랫동안 지속될 수 있으며, 그러는 과정에서 환자의 성격의 일부가 될 수도 있다.

7. 슬픔과 병적인 우울증 안에는 언제나 일종의 '억압의 회귀'가 존재한다. 어떤 사람이 그의 증오와 파괴성을 전부 통제한다고 할지라도, 그 환자와 아주 가까이 지내는 사람들은 그 통제 때문에 생긴 것들을 참을 수 없어 하는데, 그것은 임상적으로 많이 볼 수 있는 사실이다. 환자의 증오는 아무리 해도 감출 수 없고, 가만히 있을 수 없는 것이다. 그러는 바람에 그의 기분은 반사회적이고 파괴적인 것으로 된다.

나는 이 문제에 대해서 더 자세히 이야기할 수는 없다. 그래서 나는 이제 그저 다른 것들에 오염되지 않은 우울한 기분이 사람들의 자아를 얼마나 강하게 만들고, 인격을 성숙하게 하는지를 강조하려고 한다.

요 약

우울은 정신병리의 일부이다. 그 병리는 심각한 수준일 수도 있고, 장애의 수준 일 수도 있으며, 평생 지속될 수도 있다. 그리고 상대적으로 건강한 사람에게도 일시적으로 일어날 수 있는 일이기도 하다. 우울은 보통 모든 사람에게 일어날 수도 있는 거의 보편적인 현상으로 애도, 죄책감을 느낄 수 있는 능력 그리고 성숙 과정과 관련된다. 우울은 언제나 자아의 강화를 의미하며 그런 의미에서 우울은 해결되려는 경향성을 가지며 우울한 사람은 결국 정신 건강을 회복하려는 경향성을 가진다.

공격성, 죄책감 그리고 회복(1960)

진보 연맹에서 한 강연

 나는 정신분석가로서 활동한 경험을 토대로 해서 정신분석 과정에서 반복적으로 다루어지는 매우 중요한 주제에 대해 서술하고자 한다. 그것은 건설적인 근원에 관한 내용이며, 건설과 파괴 사이의 관계에 관한 내용이다. 이 주제는 또한 멜라니 클라인이 '정서발달의 우울적 자리 이론' 이라는 제목 아래 다룬 내용이기도 하다. 그녀가 붙인 우울적 자리라는 명칭이 좋은 것인지 아닌지는 별로 중요하지 않다. 중요한 것은 정신분석 이론은 항상 발달하고 있다는 사실이며, 멜라니 클라인은 인간 본성 안에 있는 파괴성을 이해하고, 의미 있는 정신분석 용어로 사용하기 시작했다는 사실이다. 그녀는 1차 대전 이후 10년 동안 중요한 발달을 이루는 데 공헌했으며, 많은 분석가들은 프로이트가 진술한 인간의 정서발달 이론에 그녀의 중요한 발견이 첨가되지 않았더라면, 오늘의 정신분석학은 존재할 수 없었을 것이라고 느끼고 있다. 멜라니 클라인의 연구는 프로이트의 이론을 확장시켰으며, 프로이트가 확립한 치료 기법을 결코 변경시키려고 하지 않았다.

 이 주제를 정신분석 기술에 관한 것으로 생각할 수도 있으나 엄밀하게 생각해 본다면 그렇지는 않다. 그러나 내 생각에 이 주제는 죄책감을 한편으로는 파괴성에 다른 한편으로는 건설적인 활동에 연결시킴으로써 '죄책감' 이라는 용어의 이해를 넓혀주었다는 점에서, 사고하는 모든 사람들에게 중요한 것이 되고 있다.

이 주제는 아주 단순하고 명백한 것처럼 보인다. 즉 인간의 내면에 대상을 파괴하려는 생각이 생기고, 그 뒤를 이어서 죄책감이 나타나며, 그 다음에 건설적인 활동이 일어난다는 것이다. 그러나 그것은 실제로 훨씬 더 복잡한 과정으로 이루어져 있다. 이 과정에 대한 포괄적인 서술에서 기억해야 할 사실은 한 개인은 정서 발달의 성취를 통해서 이러한 단순한 연속 과정이 의미를 갖게 된다는 것이다.

정신분석가가 이러한 주제를 다룰 때에는 늘 발달하는 개인이라는 관점에서 생각한다. 이 말이 의미하는 바는 아주 초기 아동 발달 단계로 거슬러 올라가 죄책감의 기원이 어떤 것인지를 추적한다는 것이다. 확실히 아주 초기에 유아는 죄책감에 대한 능력을 갖고 있지 않다고 말할 수 있다. 아이는 좀 더 나중에 그리고 건강하다면, 의식에 기록되는 일 없이도 죄책감을 느끼고 경험할 수 있다고 말할 수 있다. 죄책감의 능력이 전혀 없는 상태와 죄책감의 능력을 지닌 상태 사이에 그러한 능력이 형성되는 기간이 있다. 나는 이 기간에 일어나는 일들에 대해서 아주 깊은 관심을 갖고 있다.

이 시기가 정확히 언제인지는 중요하지 않다. 그러나 아동이 5세 이전에 자신의 파괴적인 생각에 대해서 책임감을 느끼는 능력을 확립한다고 하는 사람은 물론 아무도 없겠지만, 부모는 종종 한 살 이전에 유아의 죄책감이 생기기 시작하는 것을 발견한다고 말할 수 있다. 이러한 발달에 대한 연구는 아동기의 전 과정과 특히 청소년기에 대한 논의를 포함하지 않으면 안 된다. 그리고 청소년기에 대한 논의는 성인에 대한 논의를 포함하지 않으면 안 된다. 왜냐하면 성인들이 처음부터 성인으로 태어난 것은 아니기 때문이다. 사람은 어느 정도는 자신의 나이에만 국한되지 않고 모든 나이에 속해 있으며 나이와 무관한 상태로 존재할 수도 있다.

파괴성이 좌절에 따른 분노나 우리가 반대하는 어떤 것에 대한 미움 또는 두려움에 대한 반응과 관련되어 있을 때, 우리는 비교적 쉽게 그 파괴성을 이해할 수 있는 것 같다. 그러나 파괴성이 개인적으로 좋게 느껴지는 대상, 즉 사랑하는 대상과 관련되어 있을 때, 그 파괴성에 대해서 개인적으로 책임을 지는 일은 결코 쉬운 일이 아니다.

여기서 통합(integration)이라는 단어가 중요해진다. 충분히 통합된 사람은 생생하게 삶을 살아가는 데 필요한 모든 감정과 생각들에 대해서 완전하게 책임을 지는 사람이다. 그와 반대로 우리가 싫어하는 것들을 외부에서 발견할 때 우리는 우리 자신에게 속해 있던 파괴성의 상실이라는 대가를 치르게 되는데, 그것은 통합의 실패를 가져온다.

나는 지금 개인의 감정과 생각 전체에 대해서 책임을 지는 능력이 발달해가는 과정에 대해 이야기하고 있다. '건강'이란 말은 통합의 정도와 밀접하게 관련되어 있으며 이 통합은 책임을 지는 능력을 나타낸다. 건강한 사람에게서 볼 수 있는 한 가지 중요한 사실은 그가 자신의 파괴 충동과 생각들을 처리하는 데 투사의 기법을 자주 사용하지 않는다는 것이다.

나는 지금 정서발달의 원시적인 측면과 관련된 가장 초기 단계들에 관한 내용은 건너뛴 채 이야기하고 있다. 처음 몇 주나 몇 달 동안에 이루어지는 기본적인 정서발달 단계에서 정신적 붕괴가 일어난다면, 이때 정신분열증의 소인이 발생한다. 그러나 여기에서는 이러한 초기 단계들과 관련된 내용은 생략하겠다. 이 글에서 나는 부모들이 초기 몇 달 동안에 유아에게 개인적 존재를 이루는 데 필요한 조건을 잘 제공했다는 전제하에 이야기를 진행하고 있다. 내가 말하는 것은 특정 발달 단계에 있는 정상적인 아동을 돌보는 일이나 심리치료의 특정 단계에서 아동과 성인을 돌보는 일에 똑같이 적용될 수 있을 것이다. 왜냐하면 심리치료 과정에서 발생하는 것은 결코 정말 새로운 어떤 것이 아니기 때문이다. 최상의 심리치료는 개인 발달과정의 첫 단계에서 이루어내지 못한 것을 나중에 어느 정도 이루어내는 것이다.

이제 몇몇 정신분석 치료 사례를 제시해 보겠다. 나는 사례 설명에서 내가 말하고자 하는 생각과 관련된 내용만 기술하고 그 외의 것은 생략하겠다.

사례 1

이 사례는 심리치료사를 분석한 내용의 일부이다. 그는 자신의 환자 중 한 사람에 대해서 나와 이야기하면서 첫 면담을 시작하였다. 그는 치료자와 환자 관계의 경계를 넘어 그 환자가 일하고 있는 모습을 직접 보러 갔다고 말했다. 그의 일은 아주 재빠르고 고급 기술이 필요한 일이었는데, 그는 이 특이한 일을 아주 잘 해냈다. 그 일은 치료시간 동안에 별 의미를 갖지는 않았지만, 그 환자는 마치 무엇에 씌운 것처럼 소파 주변을 서성댔다. 나의 환자(심리치료사)는 그가 자신의 환자를 방문해서 일하는 모습을 직접 본 것에 대해서, 그것이 자신에게는 도움이 되는 일이라고 생각하고 있으면서도 정말 유익한 것이었는지에 대해서는 의문을 가지고 있었다. 그리고 그는 부활절 휴가 때 자신이 한 일에 대해서 이야기하였다. 그는 시골에 별장을 가지고 있었고, 그곳에서 육체 노동을 하고 건축 일과 관련된 다양한 활동을 즐겼으며, 또 기계 장비를 좋아해서 실제로 사용하고 있었다. 이 자리에서 나는

그 사건들이 지닌 모든 정서적인 측면을 묘사하지는 않았을
것이다. 다만 그 당시 그의 분석에서 중요한 자료로 떠오른
여러 가지 기계에 관한 주제에 대해 서술할 것이다. 그는 분
석을 받으러 오는 중에 종종 우리 집 근처에 있는 상점 앞에
서서 진열장 안에 진열되어 있는 기계를 유심히 살펴보곤 했
다. 그 기계는 아주 근사한 이빨을 가지고 있었다. 그러한 행
동은 그가 자신의 구강기적 공격성, 즉 무자비함과 파괴성을
지닌 원시적 사랑 충동에 도달하는 방식이었다. 그를 치료하
기 위해서는 이런 무자비성과 원시적인 사랑 충동을 다루어
야 했다. 그리고 그러한 원시적 충동의 깊은 층에 도달하는
것은 엄청난 저항을 불러일으켰다. (우연히도 그는 이러한 이
론을 알고 있었으며, 이 모든 과정을 지적으로 설명할 수 있
었다. 그러나 그는 생각의 문제가 아닌 본능적인 경험과 신체
적인 느낌의 문제로서 자신의 원시적 충동과 접촉하길 원했
기 때문에 분석을 받으러 다시 왔다.) 그 면담 시간에는 '사
람이 자신의 빵을 먹기도 하고 동시에 그것을 소유할 수 있을
까?' 라는 문제를 포함하여 많은 내용을 다루었다.

이 사례에서 내가 강조하고자 하는 점은, 환자가 건축 일에 관해
말하고 난 후에 자신의 원시적 사랑 충동 및 분석가에 대한 파괴 충
동과 관련된 새로운 자료가 출현했다는 사실이다. 나는 그에게 나
에 대한 그의 파괴 충동(먹음)에 관해 해석해 주면서, 그가 건축 일
에 대해 했던 말을 상기시켜 주었다. 나는 그가 격렬한 몸의 움직임
을 의미있게 사용하면서 일하는 그 자신의 환자의 모습을 직접 보
러갔던 것처럼, 나도 정원을 아름답게 가꾸기 위해 일하는 그의 모
습을 보러갈 수 있다고 말했다. 그는 벽을 뚫고 나무를 베어내기도
했으며, 그러한 일을 매우 즐겼다. 만약 그가 어떤 건설적인 목표 없

이 그런 행동을 했다면, 그것은 무의미한 미친 증상에 지나지 않았을 것이다. 이것은 분석 작업에서 흔히 볼 수 있는 특성으로, 바로 내가 이 강연에서 강조하고자 하는 주제이다.

사람은 누구나 생의 아주 초기에 자신의 사랑 안에 파기적인 목표가 담겨있다는 사실을 인정하기가 어려울 것이다. 그러나 개인이 자신의 파괴적인 충동 안에 이미 건설적인 목표가 있다는 증거를 찾는다면, 그러한 생각을 감당할 수 있을 것이다.

나는 여기서 나에게 치료받은 한 여성을 생각하게 된다. 그 여성의 치료 초기에 나는 거의 치명적인 실수를 하였다. 그것은 바로 구강기 가학성, 즉 원시적인 사랑에 속하는 대상을 무자비하게 먹는 것을 해석한 것이다. 나는 그렇게 해석할 만한 많은 가지고 있었으며 사실 그 해석은 옳은 것이었다. 그러나 그 해석은 10년쯤 앞서서 너무 일찍 주어진 것이었다. 나는 이 사례에서 교훈을 얻었다. 환자는 오랜 치료과정을 통하여 자신을 재조직화하였고, 자신의 원시적 충동을 수용할 수 있는 통합된 사람이 되었다. 그녀는 10년 내지 12년 동안 지속적인 분석을 받은 후 마침내 이 해석을 받아들일 수 있게 되었다.

사례2

한 남성 환자는 내 방에 들어와서 녹음기를 쳐다보았다. 그는 이 녹음기를 보더니 어떤 생각들을 떠올렸다. 그는 분석을 받기 위해 누워서 자신의 새각들을 끌어 모으면서 이렇게 말했다. '나는 이 치료를 마친 후에, 여기서 내게 일어났던 일이 어떻게든 세상을 위해 가치 있는 일이 될 것이라고 생각하고 싶습니다.' 나는 아무 말도 하지 않았지만, 그의 말은 지난 2

년간의 치료과정에서 내가 반복적으로 다루었던 파괴성에 접근하고 있음을 가리키는 것일 수 있다고 마음속에 담아두었다. 그 면담이 끝나기 전에 환자는 나에 대해 시기심을 갖고 있음을 새롭게 인식하게 되었다. 그 시기심은 그가 나를 좋은 분석가라고 생각했기 때문에 생긴 것이다. 그는 내게 나의 좋음에 대해, 그리고 내가 그에게 해줄 수 있는 것에 대해 감사하는 마음을 가지고 있었다. 그러나 그는 어느 때보다 지금 자신이 좋다고 생각하는 그 대상에게 향하는 강한 파괴적인 감정과 접촉하게 되었다. 나는 그가 이 모든 것들을 분명히 인식하게 될 때, 그가 녹음기를 보고 말했던 것과 마찬가지로, 그의 치료가 모든 인류가 사용할 수 있는 어떤 가치있는 일이 될 수 있을 것이라고 말해 주었다. (내가 그것을 상기시킬 필요는 물론 없었다. 왜냐하면 중요한 것은 그러한 일이 일어났다는 사실이지 그것에 대한 토론이 아니기 때문이다.) 내가 파괴와 건설이라는 두 가지 일을 연결시켰을 때 그는 내 말이 맞다고 하면서, 만약 내가 처음에 그가 한 말에 근거해서 해석을 했다면, 즉 그가 쓸모 있는 사람이고 싶다는 소망을 표현했을 때 내가 그것을 파괴하고자 하는 그의 무의식적인 소망을 가리킨다고 해석했더라면, 그것은 매우 끔찍스러웠을 것이라고 덧붙였다. 그는 먼저 파괴적인 충동과 접촉해야 했고, 그것도 자신의 시간에 맞추어서, 그리고 자신의 방식으로 그 충동과 접촉해야 했다. 그가 자신의 파괴성과 보다 밀접하게 접촉할 수 있었던 것은 분명코 그가 궁극적으로 무엇인가를 위해 기여할 수 있다는 생각을 가질 수 있는 그의 능력 때문이었다. 그러나 그가 말했듯이 그가 먼저 파괴성과 접촉하지 못했다면, 그의 건설적인 노력은 거짓이며 의미 없는 것이 되었을 것이다. 그는 과거에 한 그의 분석이 적절한 토대 위에서 행해지지 못했다고 느꼈고, 이것 때문에 재분석을 받기 위해 나에게 왔다. 그는 일에서 크게 성공한 사람이었다. 그러나 그는 어떤 일에 성공을 거둘 때마다 모든 것이 허망하고 거짓되다는 느낌을 느끼곤 하였고, 자신이 가치 없는 존재임을 증명하고 싶은 욕구를 느꼈다. 이러한 느낌은 유형화되어 지금까지 그의 삶을 지배해 왔다.

사례3

한 여자 동료 의사가 자신에게 치료받고 있던 남자 환자에 대해 이야기하였다. 그 환자는 분석가에게서 무엇인가를 훔치려는 충동으로 해석될 수 있는 자료를 제공했다. 실제로 그는 좋은 경험을 한 후에 그녀에게 말했다. '저는 지금 선생님이 저에게 필요한 도움을 주는 요소인 선생님의 통찰력을 미워하고 있어요. 저는 선생님으로 하여금 이 일을 할 수 있게 만드는 것이라면 무엇이든지 그것을 훔치고 싶은 충동을 가지고 있습니다.' 그는 이 말을 하기 직전에 지나가는 말로, 내가 돈을 많이 벌어서 치료비를 더 많이 낼 수 있었으면 얼마나 좋을까 라고 말했다. 여기에서 우리는 그 환자가 관대함과 접촉하고 또 그것을 사용하게 되었을 때, 그는 그 관대함의 밑바닥에 놓여 있는 그리고 원시적인 사랑에 속하는 시기심, 즉 좋은 대상을 훔치고 파괴하고 싶은 충동이 자신 안에 있음을 인식하게 되었다는 사실을 발견하였다.

사례4

다음의 사례는 청소년기 소녀에 대한 면담 기록의 일부이다.
이 소녀는 치료자의 집에서 살면서 치료를 받았는데, 그 가정
에서 이 소녀를 치료하는 X부인은 자신의 자녀도 함께 돌보
고 있었다. 이러한 상황은 장점과 단점을 모두 가지고 있다.
이 소녀는 심각한 질병을 앓고 있었다. 내가 말하려고 하는
사건이 일어날 무렵 소녀는 장기간의 의존과 유아 상태로 철
수했던 퇴행에서 차츰 벗어나고 있던 중이었다. 그녀는 가정
에서나 가족과의 관계에서는 더 이상 퇴행하지 않았다. 그러
나 그녀는 날마다 정해진 치료 상담 시간에는 여전히 심하게
퇴행하곤 했다. 이러한 퇴행은 정해진 저녁 시간 동안에 일어
났다.
이 소녀가 X부인에 대한 깊은 증오심을 표현하는 시간이 다
가왔다. 치료 시간을 제외한 나머지 시간 동안에는 모든 것이
순조로웠지만, 치료 시간에는 치료자를 혹독하고도 반복적
으로 파괴하려고 하였다. 치료자를 죽여 없애버리려고 하는
소녀의 증오심이 얼마나 강한 것이었는지를 모두 다 설명하
기란 불가능한 일이다. 이 사례는 치료자가 상담실에서 환자
와 면담하는 경우와는 달랐다. 왜냐하면 치료자는 그녀를 책
임지고 돌보고 있었고, 그들 사이에는 두 가지 관계가 동시에
유지되고 있었기 때문이다. 그런데 낮 동안에는 여러 가지 새
로운 일들이 일어나고 있었다. 소녀는 집안을 청소하고 가구
를 닦는 일을 하면서 자신이 쓸모 있는 사람이 되려고 노력하
기 시작했는데, 이처럼 집안일을 거드는 행동은 그녀가 아프
기 전에는 한 번도 해본 적이 없는 아주 새로운 일이었다.
청소년기에 집안일을 전혀 돕지 않는 소녀들은 그렇게 많지

않을 것이다. 그런데 그전까지 그녀는 세탁 일조차 도운 적
이 한 번도 없었다. 이처럼 집안일을 도우려는 그녀의 행동
은 전적으로 새로운 변화였는데, 이 변화는 그녀가 치료 시간
에 치료자와의 관계 안에서 사랑의 원시적인 측면을 발견하
기 시작하면서, 다시 말해서 전적인 파괴성의 출현과 함께 일어
났다.

여기서도 같은 생각이 반복해서 제시되고 있다. 환자가 파괴성을
의식하게 되면서 자연스럽게 낮 동안에 건설적인 활동을 할 수 있
게 되었다. 나는 여기서 그 반대의 경우도 마찬가지임을 강조하고
싶다. 그것은 건설적이고 창조적인 경험히 아동으로 하여금 자신의
파괴성을 경험할 수 있도록 만들었다는 것이다.

우리는 환자들에게 뭔가 기여할 수 있는 기회가 필요하다는 추
론을 얻을 수 있다. 이 지점에서 나의 주제는 일상적인 삶과 연결된
다. 우리는 모든 사람에게 창조적인 활동과 상상력이 풍부한 놀이,
건설적인 작업을 위한 기회를 제공해야 하며, 또 그 일을 위해 노력
하고 있다. 나는 이것에 대해 다시 언급할 것이다.

사례를 통해 제시한 생각들을 종합해 보면 다음과 같다.

우리는 지금 죄책감의 한 측면에 관해 말하고 있다. 죄책감은 원
시적 사랑 안에 있는 파괴 충동을 감당하는 데서 생겨난다. 파괴적
인 충동을 감당하는 것은 새로운 결과를 가져오는데, 그것은 사고
를 즐길 수 있는 능력과 신체적 흥분을 즐길 수 있는 능력이다. 이러
한 새로운 능력은 그 안에 파괴적인 요소를 포함하고 있으며, 그것
없이는 새로운 사고와 신체적인 흥분을 즐길 수 없다. 이러한 발달
은 관심의 능력을 경험할 수 있는 넉넉한 공간을 제공하며, 이 관심
을 가질 수 있는 능력이야말로 모든 건설적인 활동의 기초가 된다.

이 모든 것은 정서발달 단계에 따라 아래와 같은 몇 쌍의 단어로

표현될 수 있을 것이다.

멸절 .... 창조
파괴 .... 재창조
증오 .... 강화된 사랑
잔인함 .... 부드러움
더럽힘 .... 청결함
손상 입힘 .... 고침

내가 말하고자 하는 요점을 이렇게 설명해 보겠다. 어떤 사람이 무언가를 새로 고치는 것을 보면서, '아하, 저것은 무의식적 파괴를 의미하는 것이구나'라고 말할 수 있다. 그러나 그러한 생각은 세상에 아무런 도움이 되지 못한다. 그 생각과는 달리, 어떤 사람은 인간의 본성에 속하는 파괴성을 견뎌낼 수 있는 자기 능력을 구축하기 위해 무언가를 새로 고치려고 할 수 있다. 그런데 그 과정이 방해받는다면, 그때 그 사람은 어느 정도 자신의 파괴 충동에 대해 책임을 질 수 없게 될 것이다. 그 결과 그 개인은 우울증을 앓게 되거나 투사라는 기제를 사용하여 자신의 파괴성을 자신이 아닌 다른 곳에서 발견하게 될 것이다.

이 거대한 주제에 관한 설명을 간단히 마무리하기 위하여 일상생활에서 적용할 수 있는 몇 가지 생각을 열거해 보겠다.

1. 어떤 방식으로든 개인에게 기여할 수 있는 기회를 주는 것은 우리 자신의 일부인 파괴성을 수용할 수 있도록 돕는다. 이 파괴성은 사랑 안에 속한 것이며, 또 먹는 것 안에 포함되어 있는 아주 기본적인 우리 자신의 구성 요소이다.

2. 사람들이 건설적이 되는 순간을 지각하고 그렇게 할 수 있는 기회를 제공한다고 해도 그러한 시도가 항상 성공하는 것은 아니다.

그리고 왜 그런지에 대해서 우리는 알고 있다.

3. 누군가에게 기여할 수 있는 기회를 제공한다면, 세 가지 결과를 얻을 수 있을 것이다.

(a) 이것이 꼭 필요한 것이라는 긍정적인 반응을 얻는다.

(b) 기회가 거짓되게 사용됨으로 인해 궁극적으로 건설적인 활동들이 거짓으로 느껴지고, 그에 따라 그 건설적인 활동이 위축되는 현상이 나타난다.

(c) 파괴성에 도달할 수 없는 사람에게 기회가 제공됨으로 인해 그 기회는 자기 비난을 가져오며, 그 결과 임상적인 재난을 불러온다.

4. 이러한 생각들은 죄책감이 작용하는 방식에 대한 지적인 이해를 위해 사용될 수 있다. 이 죄책감은 파괴성이 건설적인 것으로 변형되는 지점에 자리잡고 있다.(내가 말하는 죄책감은 대체로 의식되지 않는 것이다. 그것은 건설적인 활동에 의해 해소되는 잠재적인 죄책감이다. 의식의 영역 안에 있는 임상적 죄책감은 별개의 문제이다.)

5. 이제 우리는 어디서나 일어날 수 있는 충동적인 파괴성에 대한 이해를 갖게 되었다. 이 충동적인 파괴성은 청소년기의 특수한 문제이면서 동시에 반사회적 성향의 일반적인 특성이기도 하다. 만약 건설적인 경향성이 좋은 대상에 대한 파괴 충동을 수용함으로써 발생하는 죄책감에 토대를 두지 못한 것이라면, 그러한 건설적인 경향성보다는 파괴성이, 비록 그것이 충동적이고 변덕스러울지라도 더 정직한 것이다.

6. 이러한 문제들은 부모가 삶을 시작하는 아기에게 좋은 것을 제공하고 있을 때 뚜렷하게 인식되지 않은 채 진행되는 아주 중요한 것들이다.

7. 끝으로, 우리는 흥미있는 철학적 물음을 만나게 된다. '사람은 자신의 빵을 먹기도 하고 동시에 그것을 소유할 수도 있는 것인가?'

희망의 징표, 비행(1967)

Borstal Assistant Governors' Conference,
King Alfred's College, Winchester

강연의 제목이 비록 "희망의 징표, 비행"이지만 나는 "반사회적 경향성"에 대해서 이야기를 나누고 싶다. 그 이유는 그것이 여러분의 자녀나 좋은 가정에서 성장하는 아이들에게서도 종종 관찰되는 정상적인 행동이나 태도에도 얼마든지 적용할 수 있는 경향성이기 때문이다. 그리고 바로 그런 아이들의 태도와 행동이 내가 생각하기에는 반사회적 경향성과 희망 사이의 상관관계를 가장 잘 보여주고 있기 때문이다. 소통이 제대로 이루어지지 않았고, 아이의 반사회적인 행동이 사실상 도움을 요청하는 행동임을 주위에서 제대로 알아차리지 못하면 아이는 딱딱하고 굳은 성격이 될 수 있다. 거기에 반사회적 행동으로 인해 얻는 이차적 이득이 너무 커지고, 아이가 특정한 반사회적 행동을 아예 기술 연마하듯이 하게 되는 경지에 이르면 그 행동의 뒤에 아직도 분명하게 남아 있는 희망의 징표이자 구조 요청 신호는 점점 더 알아보기 어려운 것이 되어버린다.

한 가지 더 하고 싶은 이야기가 있다: 나는 여러분이 지금 하고 있는 일을 절대 할 수 없을 것이다. 나의 기질이 그것을 허락하지 못할 것이다. 아니 그것이 나의 기질 문제이기 이전에, 여러분이 하는 것과 같은 일을 할 수 있는 능력 자체가 내게는 없다. 나는 그렇게 대범하고 강한 사람이 되지 못한다. 하지만 그러한 나 또한 어떤 기술들을 가지고 있고 나름 경험도 가지고 있다. 중요한 것은 내가 알고 있는 몇 가지 것들과 여러분의 일이 만나는 접점, 즉 서로 통하는 길을 찾을 수 있는지의 여부이다. 내가 지금 말하는 내용이 일터로 돌아갈 여러분에게 아무런 영향을 끼치지 못할지도 모른다. 그러나 간접적인 영향력을 행사할 수는 있을 것이다. 왜냐하면 여러분이 생각하기에도, 또 여러분이 맡게 되는 대부분의 소년 소녀들에게 골칫거리가 되는 경향성 같은 것이 존재한다고 한다면 그것은 인간의 본성에 대한 모욕이기 때문이다. 그런 이유로 눈에 보이는 비행이 가난이나 열악한 주거 환경, 해체된 가족, 부모의 비행, 사회 보장 제도의 부재 등과 같은 일반적인 주제와 어떤 관계를 맺고 있는 것은 아닐까 하고 그 상관관계를 찾아보려 노력해야 한다. 내가 바라는 것은 이 강연을 들은 다음 여러분이 사례들을 맡았을 때 거기에는 항상 어떤 시작이 있었고, 어떤 병이 있었으며 그 소년이나 소녀가 박탈을 경험한 아이가 되었다는 사실을 기억할 수 있게 되기를 바란다. 다르게 말하면 과거 그 아이에게 있었던 일은 분명히 그 아이에게 어떤 의미를 가졌지만 그가 여러분 앞에 설 때쯤이면 보통 이미 사라지고 없다는 의미이다.

확실하게 짚고 넘어가야 하는 점이 하나 더 있다: 나는 정신분석가다. 나는 여러분이 하는 일에 정신분석학이 직접적으로 어떤 기여를 하게 될 것이라는 주장을 하고 있는 것이 아니다. 만약 기여하는 것이 있다면 그것은 최근 나오는 연구들 덕택일 것이다. 나도 개인적으로 한 이론의 구상에 참여하기도 했다. 그 이론은 정신분석학이 사실을 바탕으로 하여 개발한 이해 체계를 따라서 구상되고 개발된 것으로 비교적 유효하다고 볼 수 있는 이론이다.

이제 오늘 나의 강연의 핵심 생각을 소개할 때가 되었다. 아주 간단하다. 나는 나의 개인적인 경험을 바탕으로(그래도 내가 만나게 되는 아이들은 여러분이 대하는 아이들보다 나이도 어리고 그들이 겪는 문제 또한 아직 시작 단계에 있으며, 최악의 사회적 조건을 갖고 성장하는 아이들이 아니라는 점을 인정한다) 다음과 같이 주장한다: 반사회적 경향성과 박탈 경험은 절대 분리될 수 없이 서로 연결되어 있다. 다르게 말하면 어떤 특수한 사회 문제(실패)가 사회 전반적인 실패보다 특별히 더 문제의 원인이 되지는 않는다는 말이다. 여기서 언급하는 아이가 어떠한 일을 겪었는지를 말해 보자면, 일이 충분히 좋게 진행되다가 어느 순간 이후 충분히 좋지 않게 진행되었다고 볼 수 있다. 아이의 환경에 일어난 변화는 아이의 삶에 해를 끼쳤으며 그 시기는 그가 사물이나 현상을 이해할 수 있는 나이가 된 다음이었다. 그렇다고 지금 그 아이를 데려와서 이 단상에 세운다고 해서 그가 그 당시 자기가 겪었던 일을 구체적으로 설명할 수 있다고 말하는 것은 아니다. 그래도, 만약 적절한 상황만 형성된다면 아이는 당시 자기가 겪었던 일들을 재현할 수 있을 것이다. 당시 이미 자기에게 일어나는 일들을 의식할 수 있을 만큼 성장해 있었기 때문이다. 즉, 아이는 심리치료라는 특수한 상황에서 그가 생산하는 자료, 즉 놀이나 꿈이나 말을 통해서 본래 겪었던 박탈 경험의 기본적인 특성들을 다시 기억해 낼 수 있을 것이라는 말이다. 우리는 여기서 그 때 일어난 일과, 정서 발달 단계에서 보다 이른 시기의 환경에서 일어났던 변화(장애)을 잘 구분해야만 한다. 산소 부족을 겪은 아기가 만약 그때 자기에게 산소만 충분했다면 일이 더 수월했을 것이라고 남들을 설득할 수는 없다. 아기의 정서 발달을 해칠 정도의 환경의 변화는 반사회적인 경향성을 낳지 않는다: 그런 종류의 변화는 아기의 인격의 왜곡을 가져오며 정신병적 질환에 이르게 한다. 그런 아이는 평생 정신병적인 장애에 시달리거나 현실 원리 문제와 부딪히게 될 것이다. 그에 반해서 반사회적 경향성은 박탈과 연결된 것이지 절대적 박탈과 연결되어 있는 것은 아니다.

반사회적 경향성에서 아이는 박탈 상태 이전의 시기로 돌아가려는 욕구를 느낀다. 박탈 상태를 경험한 아이는 먼저 상상조차 할 수 없는 불안을 느끼고 고통스러워했다. 그러다 차츰 자기를 재정비하면서 중립적인 존재로 거듭난다. 그는 충분히 강하지 못하기 때문에 규칙을 잘 따르는 존재로 성장할 수밖에 없다. 그런 모습은 그를 맡은 사람들에게 있어서는 비교적 만족스러운 상황일 것이다. 그러던 아이는 어느 순간 다시 희망을 품게 되고, 지금 자기에게 무슨 일이 일어나고 있는지를 전혀 의식하지 못하는 상태에서 박탈이 일어나기 이전의 시기로 돌아간다. 거기서 그는 그가 중립적인 상태가 되기 전에 겪었던 불안과 극도의 혼란스러움 등이 가져왔던 공포를 떨쳐 내고자 하는 욕구에 휩싸이게 된다. 그런 아이들의 보호자는 그런 식으로 일어나는 기만적인 일들을 이해해야만 지금 그들의 눈앞에서 벌어지고 있는 일들 뒤에 있는 의미를 깨닫게 될 것이다. 여러 가지 이유로 아이 안에 새로운 희망이 생겨날 때마다, 반사회적 경향성은 하나의 임상 증상이 되며 아이는 여러 가지 문제를 일으키기 시작한다.

지금 우리가 두 가지 종류의 반사회적 경향성을 이야기하고 있다는 사실을 기억해야 한다. 그 중 하나는 어린 아이와 어머니의 관계와 관련된 것이고 다른 한 쪽은 어머니와의 관계가 형성된 다음, 어린 아이와 아버지와의 관계에서 일어나는 일들을 다루는 것이다. 첫 번째 경우 모든 아이들이 해당되지만 두 번째 경우는 남자 아이들과 특히 더 관련이 있다. 어머니와 아이의 관계를 다룬 첫 번째 경우, 어머니는 유아의 욕구를 충족시켜줌으로써 아이가 대상을 창조적으로 발견할 수 있게 도와준다. 그녀는 아이가 세계를 창조적으로 이용할 수 있는 능력을 길러주는 과정을 개시한다. 그것이 만약 성공하지 못하면 아이는 대상과의 연결을 잃고 무엇인가를 창조적으로 발견하는 능력을 잃어버린다. 희망을 품는 순간 아이는 손을 뻗어서 물건을 훔친다. 그것은 충동적인 행위로 아이도 자기가 왜 그러는지를 이해하지 못한다. 그래서 자기도 이유를 알 수 없는 행동을 하게 만드는 충동 때문에 짜증을 느낀다. 그러다 보니 울워스 (Woolworths) 판매장에서 훔친 만년필도 그를 만족시키지 못한다. 아이가 바라고 또 찾아 헤매는 것은 그런 물건이 아니다. 어차피, 그가 구하는 것은 어떤 물건이 아니라 무엇인가를 발견하는 능력 그 자체이다. 그래도 아이 안에서 어떤 희망이 고개를 들기 시작하는 순간 충동적으로 취한 행동(절도와 같은 반사회적 행동)에서 어떤 만족감을 느낄 수는 있을 것이다. 농장에서 사과를 훔치는 것은 저런 행위보다 조금 더 극단적인 성격을 띠는 행위이다. 아이가 훔친 사과 한 알이 먹어 보니 아주 잘 익은 맛있는 사과였을 수도 있고, 쫓아오는 농장주로부터 도망치는 일은 재미있고 짜릿한 경험으로 남을 수도 있다. 그러나 훔친 사과 한 알이 설익은 사과이기 때문에 배탈이 나는 일도 생길 수 있다. 그러면 아이는 그 훔친 물건을 자기가 먹지 않고 그냥 다른 사람들에게 나눠주거나, 자기가 직접 담을 넘어 절도 행위를 벌이는 대신 계획을 짜며 절도 행위에 간접적으로 가담하거나 그 주모자가 될 수도 있다. 그 지경까지 가면 평범한 아이들의 흔한 (사과) 서리에서 반사회적인 행위로 넘어갔다고 볼 수 있다.

첫 번째 유형의 반사회적 경향성의 표현으로는 아주 흔하게 일어나는 '정상'적인 행동들이 있다. 예를 들면, 여러분은 아이가 집에서 아주 당연하다는 듯이 과자를 찾기 위해 찬장을 뒤지거나 두살 된 아들이 엄마의 지갑을 뒤져서 동전을 꺼내 가는 것을 본다. 그런 종류의 행동들을 그 정도에 따라 계속 따라가다 보면 점점 강화된, 아무런 의미도 없는 충동 행위가 맨 끝에 자리하고 있음을 발견한다. 그 충동 행위는 그 사람에게 직접적인 만족감을 전혀 안겨 주지 못하고 그저 하나의 기술 같은 것으로 변모된다. 그리고 그 반대편에는 전혀 다른 것을 보게 된다. 모든 가정들에서 흔하게 볼 수 있는 모습이다: 상대적 박탈 경험을 한 아이는 반사회적인 행동을 하게 되고, 부모는 그런 아이에게 관대하게 굴면서 그가 그 힘들고 아픈 경험을 잘 극복할 수 있도록 도와준다.

아이와 아버지 사이에서 일어나는 일들 또한 저런 일들과 동시에 일어난다. 원리는 똑같다. 아이(여기서는 특히 남자 아이를 가리킨다. 여자 아이라 할지라도 이때는 여자 아이 안에 있는 남자 아이(남성적인 부분)의 이야기다)는 그의 가정이란 결국 사회를 상징하는 울타리이기 때문에, 자기 안에 있는 공격성을 느끼고 표현해도 안전하다는 사실을 깨닫는다. 어머니가 남편에게 보이는 신뢰, 그녀가 필요로 할 때면 사회가 언제나 그녀를 지원해 줄 것이라는 믿음(예를 들어 경찰이), 이 모든 것이 아이가 인간이 기본적으로 취하게 되는 행위에 속하는 여러 가지 공격적인 행위—증오 환상과 연결되어 있는 공격성을 바탕으로 하는—들을 망설임 없이 시도할 수 있도록 해 준다. 아이는 그 모든 것을 종합하여(환경이 제공하는 안정성, 아버지의 지지를 받는 어머니의 지원 등 덕분에) 아주 복잡한 작업을 해낸다: 내면에 있는 공격적인 충동을 사랑의 충동에 통합하는 일이다. 저 모든 과정이 별 탈 없이 잘 진행이 되면 아이는 이제 삶과 사랑에 내재된 공격적인 생각의 실재를 깨닫고 그가 중요하다고 여기는 사물이나 사람들을 그런 생각들로부터 보호하는 방법을 찾을 수 있게 된다. 그는 이제 내면에 실제로 존재하는 공격성에 너무 휘둘리지 않고 살아갈 수 있도록 자기 삶을 구성하고 있는 것이다. 그런 발달 단계에 도달하기 위해 아이는 여러 방면에서 절대로 파괴되지 않는 환경을 필요로 한다. 그러한 이유로 집에 있는 양탄자는 분명 더러워질 것이고 벽을 새로 도배해야 할 일도 생길 것이며 깨진 타일도 가끔 가다 나올 것이다. 그럼에도 불구하고 집은 그 자리에 굳건히 버티고 있을 것이고, 그 뒤에는 부모와의 관계에 신뢰감을 가지게 될 아이가 있을 것이다. 가정이 제 기능을 하고 있는 것이다. 그런데 만약 가정에 어떤 변화(예를 들어, 부모의 이혼)가 일어나 박탈이 일어나게 되면 아이의 정신 구조에 아주 심각한 일이 일어난다. 아이가 생각하기에, 그의 공격적인 생각과 충동이 그런 변화를 가져왔다. 그러다 보니 그는 이제 그것들을 위험한 것으로 인식하게 되어 버린다. 그런 일을 겪은 뒤 아이는 잠시 잃어버렸던 통제력을 되찾고 틀(울타리)과 자신을 동일시하며 충동성과 즉각성을 잃어버린다. 아이 안에 있는 불안이 너무 커져서 그 불안과 맞닥뜨리게 될까 봐 어떠한 시도도 결행할 엄두를 내지 못한다. 그 다음에 첫 번째 유형의 박탈 경험 때처럼, 아이를 돌보는 사람이 보기에는 비교적 만족스러운 상태가 지속된다: 아이는 미성숙한 자기 자신보다는 자기를 돌보는 사람과 동일시하는 쪽을 선택한다.

반사회적 경향성은 바로 저런 상태에 있는 아이가 자신이 잃은 안정성을 회복할 수 있는 기회가 왔다는 희망을 품을 때마다 그가 자기 자신을 재발견할 수 있게끔, 다시 말해서 아이가 자기 자신의 공격성을 재발견할 수 있도록 그를 인도한다. 아이는 당연히 지금 무슨 일이 일어나고 있는지는 전혀 알지 못하고 그저 자기가 누구를 다치게 만들었다는 것, 유리창을 깨 먹었다는 것만 본다. 그렇기 때문에 희망의 징표는 '절도'라는 형태로 표현되지 않고 공격성의 폭발로 표현된다. 그 공격성은 보통 터무니없고 완전히 비논리적이다. 그렇기 때문에 공격적인 아이에게 타일을 왜 깼는지, 돈을 왜 훔쳤는지를 묻는 것은 무의미한 일이다.

이 두 개 유형의 반사회적 경향성의 표현은 사실 서로 연결되어 있다. 굳이 따지자면 둘의 근저에 있는 박탈 경험을 놓고 보았을 때, 절도 행위의 근저에 있는 박탈 경험이 정서 발달 단계상 공격성에로의 접근의 근저에 있는 박탈 경험보다 일찍 일어났다고 말할 수

있다. 희망의 순간에 등장하는 이 두 가지 유형의 반사회적 경향의
표현에 대한 사회의 반응은 둘 다 비슷하게 나타난다. 아이가 어떤
물건을 훔치거나 공격성을 표현할 때, 사회는 그 행위 안에 담긴 메
시지를 알아보지 못하는 것도 모자라, 도덕과 윤리를 내세워 그 행
위와 맞서야 한다고 여기기까지 한다. 그리고 절도 행위나 편집광
적인 폭발에 대한 대중의 일반적인 반응은 처벌을 가하라는 쪽으로
기운다. 그리고 그 모든 것은 비행 아동(이나 청소년)에게 왜 그러한
행동을 했는지에 대한 논리적인 이유(결국 맞지도 않는)를 대라고
강요하는 것을 목표로 한다. 반사회적 아동은 몇 시간씩 이어지는
취조 과정 동안 쉴 새 없이 이어지는 질문 공세를 견디지 못하고 자
백과 설명이랍시고 아무 말이나 지어낸다. 하지만 그러한 자백은
아무런 가치도 가지지 않는다. 그 이유는 그 자백의 내용에 실제 사
실이 들어 있다 하더라도 아이에게 그러한 행동을 하게 만든 진정
한 이유나 근본적인 병인은 들어 있지 않기 때문이다. 즉, 자백을 받
아 내어 여러 기관에 조사 요청을 하는 것은 결국 다 시간 낭비라는
소리이다.

　내가 지금까지 말한 내용이 맞다는 전제하에서, 내가 말한 내용
은 어쩌면 저런 청소년을 대하는 일상적인 태도에 아무런 변화도
가져오지 못할지도 모른다. 그럼에도 불구하고 그 이론을 실제 상
황에 적용할 수 있는 경우는 없는지 살펴보는 것도 나쁘지 않을 것
이다. 예를 들어서, 한 비행 청소년 집단을 담당하고 있는 사람이 치
료적인 성격의 개인적인 접촉을 하려고 할 수도 있을 것이다. 모든
공동체는 어떤 의미에서, 일하기 시작하는 순간 치료적인 효능을
발휘하게 된다. 혼란스러운 집단에 그대로 머무는 것은 아이에게
아무런 도움도 되지 않는다. 그런 집단을 강력하게 이끌 만한 것이
등장하지 않으면 얼마 지나지 않아서 그들 중에 독재자가 등장하는
것을 보게 될 것이다. '치료적'이라는 단어에는 또 하나의 의미가

있다: 다른 사람과 함께 보다 깊은 소통을 나눌 수 있는 위치에 선다는 것이다.

나는 거의 대부분의 경우, 밤낮으로 그 일을 하는 사람들이 한 아이에게 치료 받아보거나 개인적인 접촉을 가질 기회를 주기는 어려울 것이라고 생각한다. 나는 아무에게나 저 두 가지 방법을 사용해보라고 가볍게 권하지 않을 것이다. 하지만 그런 일을 할 수 있는 사람도 분명히 존재하며, 그런 치료적인 성격의 시간의 가장 큰 수혜자는 바로 청소년들이라고 생각한다. 하지만 잊지 말아야 할 절대적인 차이는 그 사람이 전체 조직 계획을 맡고 있느냐, 아니면 아동과 개인적인 교류를 맺고 있느냐에 따라 전혀 다른 태도이다. 먼저, 두 가지 경우 반사회적인 표현을 받아들이는 방식이 전혀 다르다. 전자처럼, 한 집단을 책임지는 사람에게 있어 반사회적 행위는 절대 받아들일 수 없는 행위이다. 반대로, 후자처럼 개인적인 교류를 맺으며 진행하는 심리치료 상담에서 윤리는 아동이 그 주제를 화제로 삼지 않는 한 나올 자리가 마땅히 없다. 심리치료적인 성격의 상담은 조사 위원회가 아니며, 상담을 진행하는 사람의 목적은 객관적 사실을 캐묻데 있지 않다. 그는 다만 환자가 현실이라고 느끼고 받아들이는 것이 무엇인지에 신경을 쓴다.

정신분석학은 여기서 한 가지 사실을 가르쳐 준다: 실제로, 정신분석가들은 환자들이 그들을 무고하게 비난하고 그들에게 잘못을 뒤집어씌우는 사실을 잘 알고 있다. 예를 들면 정신분석가가 수작을 부리려고 방에 있던 물건의 위치를 바꿨다며 그를 공격한다. 또는 그가 자기보다 다른 환자를 더 편애한다고 믿고 불평을 하는 등의 여러 가지 예를 들 수도 있다. 우리는 이것을 '망상전이'라고 부른다. 자기 자신을 아직 잘 방어할 줄 모르는 분석가는 물건이 어제 있었던 자리에 그대로 있다고 대답하거나 어쩌다 옮긴 것이라 대답할 것이다. 그것도 아니면 이 환자보다 저 환자를 더 편애하지 않으려고 애쓸 것이다. 하지만 그런 반응은 결국 정신분석가가 환자가 지금 그에게 제공한 자료를 이용하는 데 실패한다는 것을 의미한다. 환자는 지금 현재 이 시간, 과거 그에게 현실이었던 상황(박탈)을 지금 이 순간 재경험하고 있는 것이다. 그리고 만약 정신분석가가 그 상황에서 환자가 그에게 부여한 역할을 기꺼이 맡아서 거기에 응답한다면 환자는 자신의 망상에서 치유되는 방향으로 나아갈 수 있을 것이다. 환자가 그 순간 분석가에게 부여하는 역할을 받아들여야만 하는 것이, 집단을 통솔하는 입장에서 한 개인과 교류 관계를 맺는 입장으로 태세 전환하는 것이 얼마나 어려운 일인지를 짐작할 수 있게 한다. 그러나 그 일을 해내면 분명 거기에 따른 보상을 받을 수 있을 것이다. 그대로, 이를 시도하려는 사람들에게 한 번 더 주의를 주고 싶다. 저 문제는 가볍게 접근해서는 안 되는 문제다. 만약 매주 목요일 세 시에 그 소년을 보기로 했다면, 그 시간은 신성한 것으로, 무슨 일이 있어도 그것을 깨거나 흔드는 일은 없어야 한다. 만약 그 소년이 그 약속 시간이 그를 위해 존재하는 시간이고 그가 마음껏 이용할 수 있는 시간이라고 믿지 못하고 그저 불확실한 것으로 남으면 그는 그것을 이용하지 못한다. 그런데 그 시간을 신뢰하게 되는 순간, 필연적으로 일어나는 일은 소년 쪽에서 약속을 취소하는 것이다. 그리고 분석가는 그것을 허용하고 받아들여야 한다. 치료사 역할을 하는 사람은 꼭 그렇게 머리 회전이 좋은 사람일 필요가 없다. 중요한 것은 그렇게 주어진 시간 동안 아이가 그에게 제공하는 자료나 무의식적 협동 작업에 참여하고 거기서 드러나는 것들을 받아들이는 것이다. 그 자료들은 계속 발전할 것이고, 아주 강력한 과정에 시동을 걸게 만들 것이다. 아이 안에서 이루어지는 그 과정이 바로 상담 회기에 가치를 부여한다.

토론

그 다음에 이어진 토론에서 한 참여자가 다음과 같은 질문을 했다: 소년들로 구성된 한 집단에서 앞서 언급한 특수한 방법을 사용할 만한 아이를 어떻게 알아보는가? 나는 두 마디로 요약했다. 아마 조금 전에 흥분하기 시작했고, 다루기 어렵게 보이는 아이를 고르면 될 것이라고 대답했다. 이 특수한 임상문제를 해결하기 위해 우리는 처벌하고 엄격한 태도를 보이는 쪽을 택할 수도 있고, 아이의 태도에서 새로운 희망의 메시지를 읽는 태도를 취하는 쪽을 택할 수도 있을 것이다.

그런데, 그 희망을 구성하고 있는 것은 과연 무엇인가? 아이는 무엇을 바라는가? 어려운 질문이다. 아이 자신도 그 사실을 모르고 있지만, 그는 자기 자신이 박탈을 경험한 시기 또는 강화된 박탈이 그의 현실이 되어 버린 시기로 상대를 데려가려고 한다. 그렇게 해서 치료사 역할을 하는 사람과 함께 그 박탈 경험에 동반된 고통 및 그에 따른 반응을 다시 경험할 수 있을 것이라고 생각한다. 아이가 치료사를 이용하여 박탈의 순간 맛보았던 고통을 다시금 경험할 때, 박탈을 경험하게 되는 순간(시기) 이전의 시기의 기억이 그의 머릿속에 다시 떠오른다. 더 이전의 시기로 돌아간 아이는 거기서 잃었던 '대상을 찾는 능력' 또는 빼앗겼던 울타리의 안정성을 되찾게 된다. 아이는 외부 현실과의 창조적인 관계로 돌아왔으며, 공격적인 충동과 즉각성이 위협적이지 않은 것으로 있었던 시절로 돌아온다. 그 회귀는 절도 행위나 공격성을 표출하지 않고도 일어날 수 있었다. 왜냐하면 그 회귀는 아이가 이전에는 견디지 못했던 것, 즉 박탈 경험에서 비롯된 고통까지 거슬러 올라가 그것과 직면했을 때만 자동적으로 일어나는 회귀이기 때문이다. 여기서 고통은 극도의 혼란,

완전하게 무너지는 인격의 해체, 육체와의 연결의 상실, 완전한 방향감각 상실과 기타 비슷한 종류의 상태를 가리킨다. 아이가 그 시기까지 퇴행했을 때, 그 시기 일어난 일들을 다시 기억하기 위해 그 시기를 다시 한 번 지나가는 것을 보면서 반사회적 아동이 어째서 그런 도움을 평생 구하는지를 너무나 잘 이해할 수 있게 된다. 반사회적 아동은 그와 함께 박탈을 경험했던 순간으로 돌아가 아이가 그 박탈 경험에서 비롯되는 즉각적인 반응을 다시 경험함으로써 그 경험을 다시 기억할 수 있게끔 해줄 수 있는 사람을 만나야만 그 문제에서 벗어날 수 있을 것이다.

[위니캇 박사는 그의 주장을 증명하기 위해 절도 행위 때문에 그를 찾아오게 된 한 소년과의 면담의 시작 첫 부분에 대한 이야기를 들려주었다. 소년은 보호자용으로 준비한 의자에 앉아 뒹굴거리고 있었으며, 옆에 있던 그의 아버지는 아들을 대신이라도 하는 듯, 바른 자세로 앉아 있었다. 그리고 그 상황을 소년이 이용, 또는 통제하고 있었다. 그 소년에게 바른 자세를 취하도록 만들려는 모든 시도는 아마 상담을 무의미한 것으로 만들었을 것이다. 시간이 조금 지나자 소년은 일종의 놀이 같은 것을 하면서 진정하기 시작했고, 소년의 아버지는 그때에야 대기실로 이동할 수 있게 되었다. 그런 뒤 소년과 치료사는 아주 진지하고 심각하게 대화를 나누게 되었다. 한 시간쯤 지나자 소년은 과거 그에게 너무나 힘들고 견딜 수 없었던 어려운 순간, 병원에서 버림받은 것만 같은 느낌을 강하게 받았던 그 순간을 전적으로 다시 경험하면서 그 상황을 기억하고 묘사할 수 있게 되었다.
위니캇 박사가 이 사례를 소개했던 이유는 개인 대 개인으로 치료를 진행할 때는 집단을 지도하거나 운영할 때 이용하는

모든 요소들을 포기해야만 한다는 사실을 보여주기 위해서였다. 물론 개인 대 개인으로 만나는 시간이 끝나 갈 무렵에는 다시 집단을 운영하는 데 필요한 종합적인 태도를 다시 취해야 할 것이다. 위니캇 박사는 구성원이 한두 명밖에 되지 않는 집단이라 할지라도 소년원에서 종합적인 태도와 개인적인 작업을 병행하는 일은 어려울 것 같다고 거듭 강조했다. 그래도 그렇게 함으로써 어떤 어려움들이 존재하는지, 그리고 어떤 해결 방법들이 존재하는지를 찾아보는 것도 나쁘지는 않을 것이라고 덧붙였다.

심리치료 기법(1961)

Association MIASMA
(Mental Illness Association Social and Medical Aspects)

　우리는 다양한 치료법보다는 다양한 질병에 대해 토론하는 것을 더 자주 들어왔다. 물론 이 두 가지는 서로 연관되어 있다. 이 자리에서 나는 질병에 대해서 먼저 이야기한 후에 치료에 대해서 이야기하고자 한다.

　나는 정신분석가이다. 따라서 내가 심리치료의 기초는 정신분석적 훈련이라고 말한다고 해도 여러분은 개의치 않을 것이다. 이것은 분석가가 되고자 공부하고 있는 학생들이 개인 분석을 받는 것을 포함한다. 이러한 훈련과는 별도로, 어떤 학파이건 상관없이 모든 역동 심리학은 정신분석 이론과 정신분석적 초심리학에 기초해 있다.

　심리치료에는 다양한 방법이 있으며, 그 방법은 치료자의 관점에서가 아니라 환자나 사례에 따라서 알맞게 선택되어야 한다. 정신분석적 치료는 어떤 경우에 권할 만한지, 또 어떤 경우에 정신분석 치료가 불가능한지, 그리고 어떤 경우에 정신분석 치료에 대한 논란이 발생할 수 있는지에 관해 먼저 생각한 후에, 그에 따라 정신분석 치료를 적절하게 수정할 치료 방법을 고안해내야 할 것이다.

　나는 비록 정신분석학적인 세계관을 중심으로 일하고 있지만, 내게 오는 많은 환자들 중에서 실제로 정신분석 치료를 받는 사람은 아주 적다.

환자가 정신병적이거나 경계선적인 문제를 가지고 있는 경우에 치료 기법의 수정이 필요하다는 점에 대해 논의할 수 있겠지만, 여기서는 그 문제에 대해 논의하지 않겠다.

여기에서 나는 훈련받은 분석가가 분석 이외의 어떤 것을 하는 것에 대해, 그리고 그것을 유용하게 활용하는 것에 대해 특별한 관심을 가지고 있다. 항상 그러하듯이, 이것은 사용할 수 있는 시간이 제한되어 있을 때 중요하다. 비록 나는 개인적으로 정신분석이 보다 깊은 효과를 가져온다고 생각하고 있지만, 종종 정신분석보다는 다른 치료법들이 더 좋게 보일 때가 있다.

심리치료의 본질적 요소 중 하나는 다른 치료와 혼합될 수 없다는 점이라고 말할 수 있다. 만약에 전기 충격요법을 사용한다면, 그 요법은 전체적인 임상적 특성을 변화시키기 때문에, 심리치료는 더 이상 가능하지 않다. 이때 환자는 신체에 대한 치료를 두려워하면서도 은연중에 갈망할 것이기 때문에 심리치료자는 결코 환자의 진정한 문제와 만날 수 없을 것이다.

다른 한편으로 나는 신체에 대해 적절하게 보살피는 것이 아주 중요하다는 사실을 잘 알고 있다.

그렇다면 우리의 목표는 무엇인가? 우리는 가능한 많은 것을 하기 원하는가? 아니면 적게 하기를 원하는가? 정신분석에 있어서 우리는 스스로에게 묻는다: 얼마나 많이 할 수 있는가? 이 질문의 다른 쪽 극단에 속해 있는 나의 병원 진료실의 표어는 다음과 같다: 우리가 해야 하는 것은 과연 얼마나 적은가? 이러한 생각은 항상 사례를 다루는 데 있어서 경제적인 측면에 대해 인식하게 해준다. 뿐만 아니라 중심적인 질병을 가족이나 사회 병리에서 찾게 만든다. 이것은 가족 관계의 드라마 안에 자리잡고 있는 이차적인 성격의 문제를 치료하느라고 시간과 돈을 낭비하지 않도록 해준다. 나의 이러한 생각이 독창적이라고는 할 수 없을 것이다. 그러나 정신분석가가 이런 말을 한다는 데 새로운 점이 있다고 하겠다. 왜냐하면 정신분석가들은 특히 장기치료의 늪에 빠진 채 외부 세계의 부정적인 요인에 대해서는 눈이 멀기가 쉽기 때문이다.

환자의 문제들 중 얼마나 많은 부분이 단지 아무도 환자의 말을 제대로 들어주지 못하기 때문에 지속되고 있는 것인가? 나는 아동의 어머니들로부터 아동의 과거에 대한 이야기를 잘 듣는 것 자체가 좋은 심리치료라는 것을 40년 전에 이미 발견하였다. 환자에게는 충분한 시간을 허용해주어야 하고, 치료자는 도덕적 판단에 얽매이지 않는 자유로운 태도를 지녀야 할 것이다. 만약 아동의 어머니가 마음속에 있는 것을 모두 말할 수 있었다면, 마지막에 그녀는 다음과 같은 말을 덧붙일 것이다: '이제 나는 아이에게서 나타나는 증상이 가정 안에서 경험하는 삶의 유형과 얼마나 밀접하게 관련되어 있는지를 이해할 수 있게 되었습니다. 따라서 이제는 아이의 문제를 잘 다룰 수 있을 것 같습니다.' 이것은 비단 자녀들을 데려오는 부모에게만 해당되는 것은 아니다. 성인들 또한 자기 자신에 대해서 이와 같이 말한다. 그러므로 정신분석은 아주 긴 사례 조사라고 말할 수 있다.

여러분은 물론 정신분석에서 말하는 전이에 대해서 알고 있을 것이다. 정신분석 상담에서, 환자는 자신의 과거와 내적 실재에 관한 자료들을 가져다가 분석가와의 관계 안에서, 즉 끊임없이 변화하는 환상 안에서 노출시킨다. 이런 식으로 무의식은 점차 의식화된다. 일단 이러한 과정이 시작되고 환자의 무의식적 협력이 이루어지면, 이때부터 많은 작업이 이루어진다. 이런 과정을 모두 거치기 때문에 평균적인 치료기간은 길어질 수밖에 없다. 첫 면담에 대해 조사해 보는 것은 흥미로운 일이다. 정신분석 심리치료를 시작할 때 분석가는 처음부터 너무 영리한 척하지 않도록 주의해야 한다. 환자는 첫 면담에서 자신의 신념과 의심을 모두 드러낸다. 이 양가감정들은 있는 그대로 표현될 수 있도록 허용되어야 한다. 만약 분석가가 처음부터 너무 많이 개입을 한다면, 환자는 도망가거나, 두려움 때문에 아주 멋진 생각을 만들어내고는 마치 최면에 걸린 것처럼 그 생각을 믿어버린다.

앞으로 더 나가기 전에, 나는 몇 가지 다른 가정에 관해 언급하겠다. 환자는 치료자에게 비밀로 간직하고 있는 영역이 있어서는 안 된다. 물론 심리치료는 환자의 종교 생활, 문화적 흥미, 또는 사적인 삶에 대해 이래라저래라 간섭하지 않는다. 그러나 환자가 자신의 일부분을 치료자로부터 전적으로 방어하고 있다면, 그는 상담 과정에서 필수적인 요소인 치료에 대한 의존을 회피하고 있는 것이다. 치료자에 대한 이 의존이야말로 치료자의 신뢰성을 불러일으키는 요소이다. 그리고 이 신뢰성은 일반적인 의사에 대해 보이는 신뢰보다 더 중요한 전문적 신뢰를 말한다. 의료 행위의 기초를 이루고 있는 히포크라테스 선서가 이것을 명료하게 인식했다는 사실은 무척 흥미롭다.

다시 말해서 치료 작업의 토대를 이루고 있는 이론에 의하면, 신체적인 이유가 아니라 심리적인 이유로 생긴 장애는 개인의 정서발달 과정에서 발생한 과거의 문제에 그 기원이 있다. 심리치료의 단순하고 유일한 목표는 바로 이 과거에 발생한 장애물을 제거하는 것이며, 따라서 이전에는 불가능했던 발달이 계속해서 일어날 수 있게 하는 것이다.

심리적 장애를 일컫는 또 다른 용어는 미성숙이다. 이것은 개인의 정서발달이 성장하지 못했음을 가리킨다. 여기서 말하는 성장은 사람들 및 일반적인 환경과 관계 맺을 수 있는 능력의 발달을 포함한다.

비록 고도로 복잡한 문제를 지나치게 단순화하는 면이 있지만, 보다 명확한 설명을 위해서 심리적 장애 또는 개인의 미성숙의 범주에 대한 나의 견해를 제시해보겠다.

심리적 장애를 세 가지 범주로 나눌 수 있다. 그중 첫 번째는 정신신경증이라고 하는 것이다. 여기에는, 초기 단계에서 충분히 좋은 돌봄을 받았기 때문에 온전한 삶에 내포되어 있는 어려움들을 직면할 수 있고, 또 어느 정도는 그것들을 감당하는 데 실패할 수도 있는, 그러한 단계에 도달한 개인들이 지니고 있는 모든 장애들이 해당된다. 그리고 여기서 말하는 온전한 삶이란 본능에 의해서 끌려가는 삶이 아니라 본능을 즐기는 삶을 의미한다. 나는 이 범주 안에 보다 정상에 가까운 우울증의 형태들도 포함시킨다.

두 번째 범주는 정신병에 해당되는 것이다. 이 경우는 아주 초기에 유아 양육에 있어서 무언가 잘못되었고, 그 결과 개인 성격의 기본 구조 안에 장애가 발생했음을 말한다. 밸린트가 기본적 결함이라고 부른 이 장애는 유아 정신병이나 아동기 정신병을 일으킬 수 있으며, 또는 정신의 깊은 곳에 숨어 있다가 나중에 어려움을 겪게 될 때 노출되어 정신병으로 나타날 수도 있다. 이 범주에 속한 환자는 정신신경증 환자보다 훨씬 더 건강하지 못하다.

세 번째 범주는 위의 두 범주 사이에 있다. 여기에 속한 환자들은 충분히 좋은 시작을 하였으나 어떤 순간에 한 번, 또는 여러 번 반복해서, 또는 오랜 기간 동안 환경의 실패를 경험했던 사람들이다. 이 범주에 속한 아동이나 청소년, 또는 성인이 나타내는 문제 행동 속에는 다음과 같은 메시지가 담겨있다: '...까지는 모든 것이 순조로웠다. 그러나 이제 나의 인격은 환경이 나에게 진 빚을 인정할 때까지는 다시 발달을 시작할 수 없다.' 그러나 박탈과 그 박탈이 만들어내는 고통을 의식 안에 받아들이는 것은 흔히 있는 일이 아니다. 그래서 그들은 말 대신에 비행과 상습적인 범죄로 굳어질 수 있는 반사회적인 행동을 보인다.

우리는 지금 심리적인 질병을 세 개의 망원경을 통해서 보고 있다. 첫 번째 망원경을 통해서 우리는 우선 반응성 우울증을 보는데, 그것은 두 몸 관계(유아와 어머니로 구성된)에서 사랑의 충동을 수반한 파괴 충동과 관련되어 있다. 이 망원경을 통해서 볼 수 있는 또한 가지는 정신신경증인데, 그것은 삼각관계(유아와 부모로 구성된)에 속하는 양가감정(사랑과 증오가 공존하는)과 관련되어 있다. 그리고 이 관계는 이성애와 동성애 모두를 포함하는 성적인 관계 안에서 경험되며, 이때 이성애적인 요소와 동성애적인 요소는 다양한 비율로 배합된다.

두 번째 망원경을 통하여, 우리는 초기 양육 방식의 결함으로 인해 정서 발달의 초기 단계에서 왜곡이 생긴 경우를 본다. 나는 어떤 유아는 다른 유아보다 양육하기가 훨씬 어렵다는 것을 인정한다. 우리가 질병의 원인을 양육의 실패에서 찾는 것은 질병의 원인을 누구의 탓으로 돌리자는 것이 아니다. 우리가 알 수 있는 것은 개인적 자기를 구조화하지 못한 실패, 환경을 구성하고 있는 대상들과 관계를 맺는 능력을 발달시키지 못한 실패가 일어났다는 사실이다. 나는 이 풍부한 주제에 대해 더 깊은 논의로 들어가고 싶은 유혹을 느끼지만 여기에서 만족해야 할 것 같다.

이 망원경을 통해서 우리는 정신분열증 증상들을 만들어 내거나, 또는 정상이고 건강하며 성숙한 사람이라고 하는 많은 사람들의 삶까지도 방해하는 정신병적인 저류(低流)를 만들어내는 다양한 실패들이 어떤 것인지를 볼 수 있다.

이러한 방식으로 질병을 바라볼 때 우리는 그 질병은 자신 안에 있는 요소들이 과장된 것에 지나지 않으며, 정신과적으로 병든 사람들과 우리들이 본질적으로 다르지 않다는 사실을 인정할 수밖에 없다. 그리고 정신과적으로 아픈 사람을 멀리 떨어진 곳에 수용해야 한다는 생각을 버리게 된다. 따라서 약물이나 소위 물리적 치료보다 심리적으로 사람을 치료하거나 간호하는 일은 더 많은 스트레스가 따를 수밖에 없다.

세 번째 망원경은 삶에 본래적으로 내재된 문제와는 다른 성격의 장애를 우리에게 보여준다. 그것은 박탈을 겪은 사람이 갖는 장애이다. 이런 사람은 원한 때문에, 또는 자신이 아기 시절에 경험한 모욕에 대해 보상받고자 하는 욕구 때문에 자신의 삶에 본래적으로 내재된 문제를 다룰 수 있는 단계에 도달하지 못한 사람이다. 여기에 모인 우리는 아마도 결코 이 범주에 속하지 않을 것이다. 우리들 대부분은 우리의 부모에 관해 다음과 같이 말할 수 있을 것이다: 그들은 양육 과정에서 실수를 해고, 끊임없이 우리를 좌절시켰으며, 우리를 자발성과 창조성과 진정한 느낌의 최대의 적인 현실 원리에 직면시켰다. 그러나 그들은 결코 우리를 실망시키지는 않았다. 바로 이 실망이 반사회적 경향성의 기초가 된다. 비록 우리가 자전거를 도난당하는 것을 싫어하고, 폭력을 막기 위해 경찰을 부르는 것을 싫어하더라도, 우리는 이 소년 소녀들이 훔치고 파괴하는 것을 통해서 우리에게 도전을 해야만 하는지를 이해할 필요가 있다.

나는 심리치료의 다양성을 간략히 서술하기 위한 이론적 배경을 살펴보았다.

범주Ⅰ(정신 신경증)

이 범주의 질병을 치료하기 위해서는 정신분석 치료가 바람직할 것이다. 정신분석 치료는 억압된 무의식이 의식화될 수 있는 신뢰할 만한 전문적 환경을 제공하는 것을 통해서 이루어진다. 이 의식화는 전이 안에서 환자가 지닌 개인적 갈등의 수많은 예들이 나타나는 것을 통해서 이루어진다. 바람직한 경우, 본능적인 삶과 그것의 상상적 표현으로부터 오는 불안에 대한 방어들이 덜 경직된 것으로 바뀌고 점점 더 환자를 통제할 수 있는 것이 될 것이다.

범주Ⅱ(초기 양육의 실패)

이러한 종류의 질병을 치료하기 위해서는 환자에게 유아기의 극단적인 의존에 해당하는 의존 경험의 기회를 제공해주어야 한다. 이러한 기회는 조직화된 심리치료와는 상관없이 발견될 수 있다. 예를 들면 우정 관계에서, 신체적 돌봄을 제공하는 프로그램에서, 또 종교를 포함한 문화적 경험 안에서 찾을 수 있다. 아동을 위해 지속적인 돌봄을 제공하는 가족은 아동에게 전적인 수준의 의존으로 퇴행할 수 있는 기회를 준다. 본래 유아의 돌봄 안에 있어야 했던 존재의 연속성을 되찾는 것은 사회 안에 확고하게 뿌리내린 안정된 가정생활이다. 어떤 아동들은 자신의 가정생활과 독립을 향해 나아가는 과정을 즐기는 반면, 또 다른 아동들은 자신의 치료를 위해 가정을 사용하지 않으면 안 된다.

여기에는, 전에는 부모, 가족 그리고 사회단체들에 의해서 제공되던 비전문적인 도움 대신에 전문적인 도움을 제공하는 사회 사업가의 역할이 있을 수 있다. 사회복지사는 대체로 범주Ⅰ에서 묘사된 환자들보다는 범주Ⅱ에 해당하는 환자들을 돕는 심리치료자라 할 수 있다.

여러분이 알다시피, 어머니가 유아에게 해주는 것 중에 많은 부분이 '안아주기'이다. 실제로 안아주기는 매우 중요하고, 아무나 할 수 없는 섬세함을 요하는 일일 뿐만 아니라 유아 양육의 많은 부분이 이 안아주기의 확장에 해당될 만큼 지속적으로 요구되는 요소이다. 안아주기는 유아의 욕구에 적응해준다는 점에서 모든 신체적인 돌봄까지도 포함한다. 아동은 점차 자신의 충동을 사용할 수 있게 되는데, 이와 동시에 아동은 현실 원리와 만나게 된다. 이 현실 원리는 처음에는 쾌락 원리와 충돌한다(그 결과 아동의 전능감은 폐기된다).가족은 이처럼 개인을 안아주고, 사회는 가족을 안아준다.

　개별 사회사업(case work)은 부모와 지역사회 단체들이 해오던 정상적인 기능인, 개인과 상황을 안아주는 일을 전문화한 것이라고 서술할 수 있다. 즉 이처럼 안아줌으로써 성장 경향성을 위해 기회를 주고자 하는 것이다. 이 성장 경향성은 반복되는 환경적 실패로 인한 절망감 때문에 철수가 조직화된 경우를 제외하고는, 모든 개인 안에 존재하고 있다. 이 경향성은 통합이라는 측면에서, 신체와 정신이 조화를 이루는 과정이라는 측면에서, 한 사람이 타자와 연결을 맺게 되는 과정의 측면에서, 그리고 대상들과 관계 맺는 능력의 발달에서 설명되어 왔다. 이 과정들은 환경이 안아주고 개인의 창조적 충동을 만나주는 일에 실패함으로써 중단되지만 않는다면 계속해서 진행될 것이다.

범주III (박탈이 발생할 경우)

　자신의 과거사에 자리잡고 있는 박탈 경험에 의해 지배받는 환자들을 치료할 경우, 치료적 접근은 앞에서 말한 두 가지 범주와는 달라야 한다. 그들은 정상적이거나 신경증적일 수 있고 혹은 정신병적일 수 있다. 처음에는 누구도 그들의 개인적 유형이 어떤 것인지 잘 알지 못한다. 그러나 희망적이라고 느끼기 시작하면, 이 소년 소녀들은 증상(훔치거나 도둑맞기, 파괴 행동을 하거나 파괴 행동의 희생자가 되기)을 드러냄으로써, 환경으로 하여금 자신들에게 주목하게 하고 행동하게 만든다. 이때 환경이 그들에게 하는 행동은 대개 징벌적이다. 그러나 환자에게 필요한 것은 과거에 그가 박탈당한 것에 대해 충분히 인정해주고 보상해주는 것이다. 이미 말했듯이, 이것은 종종 불가능하다. 왜냐하면 그 사건에 대한 너무나 많은 부분이 의식에 남아 있지 않기 때문이다. 그러나 반사회적인 행동들의 과거 역사에 대해 진지하게 탐구함으로써 우리는 종종 이 문제에 대한 실마리와 해결책을 얻게 되는데, 이것은 아주 중요한 일이라고 할 수 있다. 비행에 대한 연구는 가정이 온전한, 비교적 정상에 속하는 아동들의 반사회적 행동에 대한 연구에서부터 시작해야 한다. 그렇게 함으로써 나는 아동의 발달 고정 전체를 바꾸어 놓은 박탈과 심한 고통의 뿌리를 추적할 수 있었다(이 사례들은 책으로 출간되었다).

여기서 중요한 하나의 문제는, 사회 안에는 반사회적인 경향성이 안정된 비행으로 자리잡고 있는, 치료되지도 않고 치료할 수도 없는 사례들로 가득 차 있다는 사실이다. 여기에서 특수한 환경을 제공해야 할 사회적 요구가 생기며, 이것은 두 종류로 구분된다.

1) 아동들의 사회화를 목표로 하는 환경들
2) 일정 연령이 될 때까지, 그리고 성인이 되어 세상으로 나가 반복해서 문제를 일으키기 전까지, 아동들을 사회로부터 격리 보호하기 위한 환경들. 이러한 환경은 매우 엄격한 관리를 통해서만 순조롭게 운영될 것이다.

내가 말하고자 하는 것은 가정에서 부적응 아동을 돌보았던 작업에 기초해서, 특히 소년원에 수감된 비행 아동의 성공적인 관리에 기초해서, 아동 돌봄의 체계를 세우는 것은 위험한 일이라는 점이다.

지금까지 말한 것을 토대로 나는 심리치료의 세 가지 유형을 비교해보겠다.

마땅히 치료자는 임상 현장에서 사례에 따라 치료법을 바꿀 수 있으며, 필요하다면 한 가지씩 또는 동시에 모든 종류의 치료법을 사용할 수 있다.

정신병적 성질의 질병(범주II)은 필요하다면 신체적인 돌봄을 포함하여 복잡한 종류의 '안아주기' 환경을 조직할 것을 요구한다. 환자 주위의 직접적인 환경이 이 요구에 부응해주지 못할 때 전문적인 치료자나 간호사의 개입이 필요해진다. 나의 친구였던 고(故) 존 리크맨은 다음과 같이 말했다: '미쳤다는 것은 당신을 버텨줄 누군가를 발견할 수 없다는 것입니다.' 여기에는 환자의 질병의 정도와 증상을 견뎌내는 환경의 능력이라는 두 가지 요인이 작용한다. 이렇게 해서 세상에는 병든 사람들이 정신병원에 있는 사람들보다 더 많이 존재한다.

내가 말하는 심리치료는 우정과 유사한 것으로 보일 수 있다. 그러자 치료자는 제한된 기간과 정해진 시간에만 대가를 받고 환자를 본다는 점에서 우정과는 다르다. 또 모든 치료의 목표는 전문적인 관계를 끝내는 지점에 도달하는 것이라는 점에서 우정과는 다르다. 치료의 종결과 함께 환자는 스스로 자신의 삶을 책임지게 되고, 치료자는 다음 환자를 돌보는 일을 시작하게 된다.

다른 전문직의 사람들과 마찬가지로 치료자는 사적인 생활보다는 자신이 하는 일에서 높은 수준의 태도를 유지한다. 그는 시간을 잘 지키고, 환자의 욕구에 잘 적응하며, 환자와 접촉하는 과정에서 좌절을 겪는다 해도 그것을 그대로 발산하지 않는다.

이 범주에 속해 있는 환자는 분명히 치료자의 인내심을 시험할 것이며 이 과정에서 치료자를 힘들게 할 것이다. 왜냐하면 그들은 인간적인 접촉과 진정한 감정을 필요로 하기 때문이다. 그들은 자신들이 의존하고 있는 관계가 전적으로 신뢰할 만한 것이어야 한다고 믿기 때문에 치료자의 신뢰성을 철저히 시험하지 않으면 안 된다. 환자가 아동기에 성적 유혹을 경험했을 경우, 이 과제는 가장 커다란 어려움에 부딪치게 된다. 왜냐하면 치료 과정에서 환자는 치료자가 자신을 유혹한다는 망상을 거듭해서 경험하기 때문이다. 따라서 그 환자의 회복은 아동에게 상상 속에서의 성적인 삶 대신에 너무 일찍 현실적인 성을 경험하게 함으로써 무한한 놀이를 위해 필요한 환상세계를 망치게 한, 그의 아동기 시절의 성적 상처를 치유할 수 있느냐에 달려 있다.

정신신경증 환자(범주I)을 위한 치료에서는 프로이트가 제시한 전통적인 정신분석적 접근을 사용할 수 있을 것이다. 이러한 접근이 가능한 것은 환자가 치료 과정에 어느 정도의 신념과 신뢰의 능력을 가지고 들어오기 때문이다. 분석가는 이러한 능력을 바탕으로 해서 전이가 자연스럽게 발달하도록 허용해주는 반면, 환자는 망상 대신에 상징적 형태로 표현된 꿈, 상상, 그리고 생각들을 내놓는다. 그리고 분석가는 환자가 내놓은 이 자료들을 환자의 무의식의 협력을 받으면서 해석한다.

정신분석의 기술에 대해 더 많은 이야기를 할 시간은 내게 없다. 그것은 배울 수 있는 것이고 어려운 일이지만, 정신병적 장애를 위한 치료만큼 사람을 지치게 하는 것은 아니다.

이미 말했듯이 반사회적 경향성을 지닌 환자들을 위한 심리치료는 환자가 이차적인 습득과 비행의 기술이 확고하게 자리잡기 전에, 즉 반사회적인 행동이 나타나기 시작한 지 오래되지 않았을 때 행해야만 효과적일 수 있다. 환자가 자신이 환자라는 것을 알고, 실제로 장애의 뿌리에 접촉할 필요성을 느끼는 초기 단계 동안에만 그의 치료가 가능하다. 이러한 환자의 치료 과정에서, 의사와 환자는 환자의 과거에 대해 알고 있는 모든 것을 포함해서, 가능한 모든 실마리를 사용하는 일종의 탐정 놀이에 몰두하기 시작한다. 그리고 이 작업은 깊이 묻혀 있는 환자의 무의식과 의식적인 삶 그리고 기억 체계 사이에 존재하는 비교적 얇은 정신층에서 이루어진다.

무의식과 의식 사이에 있는 이러한 정신층은 정상적인 사람의 경우 문화적 추구로 채워진다. 이와는 대조적으로, 비행을 저지르는 사람의 문화 생활은 지나치게 얇은 것으로 유명하다. 왜냐하면 그들에게는 기억되지 않는 꿈이나 현실로 도피하는 것 이외에는 다른 것을 선택할 수 있는 자유가 없기 때문이다. 중산 영역을 탐구하고자 하는 어떠한 시도도 그들을 예술과 종료 혹은 놀이로 인도하지 못하기 때문에, 그들은 다만 사회에 해가 되고 개인에게 유익이 되지 못하는 반사회적 행동에 강박적으로 이끌린다.

치료 (1970)

St.Luke's Church에서 의료진을 대상으로 한 강연, Hatfield

나는 지금 이 기회를 통해서 모든 사람이 한 번쯤은 할 법한 어떤 생각이나 느낌들에 대해서 이야기를 나누려고 한다.

오늘 이야기할 내용은 내적 체험(특별히 나의 전문영역은 아니다)에 관한 것은 아니다. 오히려 나와 같은 의사들이 하는 의료행위의 기반이 되는 철학, 다시 말해서 우리가 외부와 맺는 일종의 관계에 대한 것이다.

다음과 같은 좋은 단어가 있다: cure (보살핌, 처치, 치료). 만약 이 단어가 말을 할 줄만 알았다면 분명 우리에게 먼 옛날이야기를 들려주었을 것이다. 단어는 그 단어의 어원, 뿌리와 같이 귀중한 것이 있다. 역사를 가지고 있는 것이다. 그래서 단어도 때로는 인간들처럼 자기를 표현하고 자기 정체성을 지키기 위해 싸워야만 할 때가 있다.

제일 피상적인 차원에서 영어 단어 cure는 종교행위와 의료행위 사이에 있는 공통분모를 드러낸다. 내가 알기로 cure라는 단어는 본래 care(보살핌, 관심, 주의)를 의미했다. 그러다가 1700년경에 들어와서 단어의 의미가 조금씩 변화하기 시작하면서 의료적인 처치(예를 들어 온천요법)라는 의미를 갖기 시작했다. 한 세기가 지난 뒤에는 결말, 해결이라는 의미가 더해졌다. 환자는 건강을 되찾았고 병은 제거되었으며 악은 퇴치(치유)되었다.

> 물과 피가
> 죄에 가해진 이중 처치이기를

이 시 구절만 보더라도 내가 지금 주목하고 있는 이행(transition), 즉 care(보살핌)에서 cure(보살핌, 처치, 치료)로의 이행을 비교적 명백하게 볼 수 있다.

의료현장에서 저 단어가 어떻게 사용되는지만 보더라도, 그 단어가 가지는 두 가지 의미, 서로의 반대편 끝에 위치한 의미 사이에는 커다란 간극이 있다는 것을 볼 수 있다. 처방, 치료, 병과 그 원인의 제거라는 의미를 가지는 cure는 오늘날 보살핌, 관심, 주의를 의미하는 care를 따라가려는 행보를 보이고 있다. 의료현장에 있는 의사들은 두 의미 사이의 연결이 끊어지지 않도록 끊임없이 노력을 하고 주의를 기울인다. 일반의의 역할은 환자를 보살피고 그에게 주의와 관심을 주는 것이지만, 그것 외에도 그는 치료약이나 치료방법에 대해서도 알고 있어야 한다. 반대로, 병의 진단과 제거의 문제에 집중하는 전문의 또한 환자를 '보살피는 행위'도 그가 행해야 하는 의료행위에 포함된다는 사실을 잊지 않도록 노력해야 한다고 말할 수 있다. 첫 번째 경우 의사는 사회의 일꾼으로서 대략 신부나 목사와 같은 풀에서 '전도'하고 있다고 말할 수 있다. 또 다른 경우, 의사를 진단을 내리거나 병을 다루는 기술자로 볼 수도 있다.

의료분야 영역이 너무 넓기 때문에 어느 순간 전문화가 이루어지는 것을 막을 도리는 없다. 하지만 그런 문제점을 인식하고 그것들에 대해서 생각해보기로 한 이상, 종합적인 접근을 시도하는 것도 나쁘지는 않을 것이다.

사람들은 의사나 다른 의료계 종사자들에게 무엇을 바라고 또 기대하는가? 또, 우리 의사나 의료계 종사자들은 자기가 미성숙하거나 병에걸렸거나 나이가 들었을 때 동료들에게 어떤 것들을 바라는가? 미성숙이나 병, 노쇠 상태는 의존을 야기한다. 사람들은 그들(의사)에게 기댈 수 있기를 바라고 의존할 수 있기를 바란다. 의사뿐만 아니라 간호사, 사회복지 관련 종사자들이 그 '기능'면에서 신뢰할 수 있는 사람이 되기를 바라는 것이 아니라, 인간적으로 신뢰할 수 있는 사람이기를 바란다. 그리고 그러한 신뢰성(그 사람에게 의존할 수 있다는 의미), 환자들을 대하는 전반적인 태도의 밑바탕에 깔려있기를 바란다.(이 점에서 현재 우리 의사들은 의존이 있는 곳이 있다면 그 의존을 인식하고 거기에 맞게 대응할 수 있다고 말할 수 있다.)

여기서 효과적인 치료법이나 약의 가치를 부정하자는 것은 아니다.(예를 들면, 지금 나에게 장애가 없고 내 아내가 아직 살아 있는 이유는 다 페니실린 덕분이다.) 의료행위와 외과행위에 적용되는 과학을 걸고 넘어지는 일은 절대 없을 것이다. 이런저런 약의 효능을 과소평가하지도 않을 것이다. 일단 그런 것들을 다 받아들이고 나면 관찰자와 사고자(생각하는 사람)은 다른 주제로 넘어가서 그것들을 검토할 수 있게 될 것이다.

오늘 강연의 주제는 신뢰와 의존의 만남이다. 조금만 지나면 이 주제가 우리를 너무 끝없이 복잡한 곳으로 데려간다는 사실을 깨닫게 될 것이다. 그런 이유 때문에 우리는 토론의 범위를 제한하기 위해 임의적으로 경계선을 정하지 않을 수 없다.

여러분은 내가 설명하는 방식을 보고 내가 지금 자기 자신을 위해서 일하는 의사와 사회를 위해서 일하는 의사를 구분하고 있다는 사실을 눈치 챘을 것이다.

사실대로 말하자면 내가 지금 비록 의료계를 비판하고 있기는 하지만 그 업계에서 오십 여 년간 일을 했다는 사실을 자랑스럽게 여기고 있으며, 평생 의사 이외의 직업에 종사하고 싶다는 생각을 한 번도 한 적이 없다는 점을 밝힌다. 그럼에도 불구하고 의사로서의 우리의 태도나 우리의 사회적인 목표들에서 눈에 확 들어오는 잘못된 점들 또한 외면할 수 없으며, 똥 묻은 개가 겨 묻은 개를 나무란다는 속담 또한 잘 기억하고 있다.

동료의 잘못을 가장 잘 보게 되는 순간은 아마 자기 자신이 환자가 되었을 때일 것이다. 그리고 그와 동시에 병에 걸렸다가 완치됐을 때 자기가 의료계에 얼마나 큰 빚을 지고 있는지를 가장 많이 실감하게 된다.

물론 의료사고는 여기에 해당되지 않는다. 나도 개인적으로 실수를 한 적이 있으며 그것들을 떠올리기도 싫다. 그 중 한 사건을 들어본다면, 인슐린이 널리 보급되지 않았던 시절, 상사들의 지시를 아무 생각없이 따랐던 나의 무지로 당뇨병 환자를 잃은 적이 한 번 있다. 어차피 사망할 환자였다고 하더라도, 그 사실을 알았다고 해서 내 마음이 가벼워질 일은 결코 없을 것이다. 그 다음에도 더 큰 실수를 저지른 적도 있다. 동료들 사이에서 어느 정도 자리를 잡기 전에 자신의 무지를 들키지 않는 초보의사는 행복할 것이다. 그는 그들 앞에서 사고에 사고를 거듭 저지르고 다닐테니까 말이다. 우리는 이미 다른 사람이 다져놓은 길을 그대로 따라가고 있을 뿐이다. 실수를 받아들이자. 인간을 정감있는 존재로 만드는 것은 바로 그런 면이다.

지금 나의 관심은 여러분이 의료행위와 외과행위를 어떻게 하고 시행하고 있는지, 사람들을 어떻게 돌보고 있는지 그 방식을 보는 것이다. 물론 그것을 잘하고 있을 때의 이야기다. 잘못한 일에 대한 후회나 죄책감이 아니다.

무엇을 고를까? 이에 답하기 위해서 나는 정신분석계와 소아정신과라는 특수한 분야에서 내가 얻은 경험을 참고하고 언급하지 않을 수 없다. 나는정신의료계도 일반 의료계에 엄청난 도움을 줄 수 있다고 생각한다. 정신분석학은 억압된 무의식을 해석하는 데 멈추지 않는다: '신뢰'에 전문성을 부여하여 그런 종류의 작업이 그 틀 안에서 잘 이루어질 수 있게 한다.

정신분석학에 눈을돌리기 시작했을 당시 나는 아동과 그들의 부모를 돌보는 소아과의사였다. 정신분석학의 토대가 되는 것은 (분석심리학도 마찬가지) 특정한 이론과 그 길을 걷기로 결심한 몇 명의 선택받은 사람들의 깊은 수련이다. 그리고 그 수련의 목표는 무의식적 동기까지 갈 수 있으며 '전이'라고부르는 것을 전적으로 사용하는 심리치료를 가르치는 일이다.

이제 나와 동료들의 작업에서 도출한 원칙 몇 가지를 들 예정이다. 이를 설명할 수 있는 여섯 개의 범주는 다음과 같다.

1. 위계
2. 누가 병에 걸리는가? 의존성
3. 우리에게 보살핌-치료(care-cure)의 자리는 무엇을 의미하는가?
4. 다른 효과
5. 신의 가호를 비는 행위로서의 감사
6. 안아주기(holding). 용이하게 하기(facilitation). 개인의 발달

1. 가장 먼저, 위계의 문제가 있다. 우리는 지금 우리가 한 남성이나 여성, 아동과 마주하고 있다는 사실을 깨닫는다. 서로 똑같이 평등한 두 사람만 있다. 모든 위계질서가 무너진다. 나는 의사일 수도 있고 간호사, 사회노동자, 감독관, 그것도 아니면 정신분석가나 사제일 수도 있다. 그 사실은 아무 차이도 낳지 않는다. 중요한 것은 당사자들 사이의 상호관계, 그 안에 있는 풍요함, 그리

고 그것이 가져오는 복합적인 인간적 색조이다.

사회 내부에는 위계질서가 존재하지만 임상현장에서 그런 것은 존재하지 않는다.

2. 그러다 보니 우리는 바로 다음과 같은 질문을 하게 된다: 두 사람 중 병에 걸린 사람은 누구인가? 그것은 가끔 단순한 편의의 문제일 때도 있다. 우리가 잘 이해해야 할 것은 병이라는 개념, 다시 말해서 '병에 걸렸다'고 '인정' 받는 것은 즉각적인 위안을 안겨 준다는 것이다. 그 이유는 병에 걸렸다는 것은 곧 의존성에 정당성을 부여하며, 그 사실을 수용하는 환자는 거기서 특별한 이득을 얻을 수 있다. "당신은 병에 걸렸습니다"라는 말은 나를 아주 자연스럽게 환자의 필요에 응하는 사람, 다시 말해서 적응과 관심, 신뢰의 필요에 응하는 사람이라는 위치에 올려놓는다. 또 다르게 표현하자면 보살핌(care)이라는 의미에서의 치료(cure)를 하는 사람인 것이다. 의사나 간호사, 다른 기타의 간병인들 모두 환자에 대해서 아주 자연스럽게 전문적인 태도를 갖추며, 거기에는 우월감이 개입할 여지가 없다.

그러니까, 두 사람 중 누가 병에 걸렸는가? 병을 고치는 편에 있다는 것도 어떤 의미에서 병이라고 말할 수도 있을 것이다. 동전의 또 다른 면인 것이다. 우리는 환자가 우리를 필요로 하는 만큼 그를 필요로 한다. 얼마 전 더비의 최고 사제는 생 뱅상 드 폴이 제자들에게 했던 말을 인용하기도 했다: "가난한 자들이 그들을 도우려는 우리들을 용서할 수 있도록 기도하라." 우리 또한 환자로서의 그들의 요구를 우리가 들어 주는 것을 용서받기 위해서 기도해야 하는지도 모른다. 우리는 지금 사랑을 말하지만, 만약 전문가를 통해서 그 사랑을 전달해야 하는 상황이라면, 그 단어의 의미를 다시 한 번 잘 설명할 필요가 있다. 20세기에 그 역할을 맡고 있는 것은 바로 정신분석가다.

3. 이제 '보살피고', '치료하는' 일을 하는 우리가 그 보살피고 관심을 가지는 역할을 맡을 때 어떤 일들이 생기는지를 한 번 살펴보자. 그에 대해서 다섯 가지를 열거하려고 한다:

(a) 우리가 해야 하는 일은 보살피고 치료하는 일이며(care-curer), 우리는 굳이 도덕군자처럼 굴지 않는다. 병에 걸린 것은 참 나쁜 일이라고 환자에게 말하는 것은 그에게 아무런 도움도 되지 않는다. 절도범이나 천식환자, 조현병환자를 어떤 도덕적인 범주에 넣는 것도 마찬가지로, 환자에게는 아무런 도움도 되지 않는다. 그는 우리가 그를 평가하기 위해서 있는 것이 아니라는 사실을 잘 알고 있다.

(b) 우리는 매우 성실하고 거짓말을 하지 않으며, 모를 때는 모른다고 솔직하게 말한다. 병에 걸린 사람은 우리가 진실을 두려워하는 것을 견디지 못한다. 우리가 만약 진실을 두려워한다면 다른 직업을 찾는 것이 나을 것이다.

(c) 우리의 '신뢰성'은 직업 현장에서만 유지할 수 있는 종류의 것이다. 가장 중요한 것은 일적으로 신뢰할 수 있는 존재일 때만 우리의 환자를 불확실성으로부터 보호할 수 있다는 점이다. 많은 사람들이 고통에 사로잡히는 이유는 팔자에 그것이 새겨지기라도 했듯이, 불확실성의 지배를 받으며 살아왔기 때문이다. 우리까지 그들을 그렇게 만들 수는 없다. 불확실성 뒤에는 정신적 혼란이 자리하고 있으며 매우 혼란스러운 신체적 작용, 다시말해서 형용할 수 없는 물리적인 불안이 자리한다.

(d) 우리는 우리에 대한 환자의 애정과 증오를 받아들인다. 그들은 우리의 마음을 움직이지만, 우리는 그 어느 쪽의 감정도 유발하지 않는다. 우리는 전문적인 관계에서 정서적 만족감(애정이나 증오)을 얻을 수 있을 것이라고 기대하지 않는다. 그런 만족감은 개인적인 생활에서 얻고, 우리의 꿈이 형체를 띠며 여러 가지 상들을 드

러내는 우리의 개인적인 현실이나 내적 현실에서 얻는다. (정신분석학은 그런 현상들을 매우 중요하게 여기며, 환자와 분석가 사이에서 발생하는 모든 특수한 의존들을 '전이'라고 부른다. 약물치료를 하는 의사와 외과의들은 이 특수한 분야에서 일어나는 것들에 대해서 정신분석학으로부터 배울 것이 아주 많이 있을 것이다. 아주 쉬운 예를 들어보자: 만약 의사가 제 시간에 오면, 그는 자신에 대한 환자의 신뢰도가 눈에 띄게 높아진다는 것을 경험하게 된다. 그 결과, 환자의 불안은 상당히 경감될 뿐만 아니라 그의 신체적인 기능이나 조직의 회복을 돕는 물리적인 작용이 강화될 것이다.)

(e) 우리는 보통 의사나 간병인이 환자에게 아주 심하게 구는 데서 즐거움을 느끼기 때문에 그에게 심하게 구는 것이 아니라는 사실을 잘 알고 있다. 우리의 일에 잔인성이 개입하는 것은 사실이지만 그것이 내 안에 있는 잔인성을 충족시키기 위해서 나오는 것이 아니다. 우리는 그 잔인성을 우리 직업 현장에서 풀 생각을 할 것이 아니라 삶 자체를 향해서 그것을 풀어야 할 것이다. 우리 직업에서 복수의 감정이 자리할 곳 또한 없다. 물론 의사들이 벌인 잔인한 행위, 복수 행위를 들 수도 있겠지만 그런 종류의 일을 행할 경우 비난을 받기 쉽다.

4. 병을 받아들이는 행위가 가져오는 결과와 우리들에 대한 환자의 의존 욕구가 미치는 영향을 이해하려면 먼저 성격 구조에 대해서 보다 복합적인 질문을 던져 보아야 한다. 예를 들어서 상상력을 이용하여 다른 사람의 생각이나 감정, 기대와 두려움에 깊숙이, 정확하게 파고드는 것은 정신이 그만큼 건강하다는 증거다. 그 반대의 경우 역시 마찬가지다. 개인의 선택으로 보살핌-치료(care-cure)를 행하는 길을 선택한 성직자나 의사들은 그런 일에 특히 능숙할 것이라고 생각한다. 그러나 퇴마사(exorcist)나 민간의 '치료자'에게는 그런 능력이 특별히 필요하지 않다.

교차동일시를 너무 능숙하게 다룰 줄 아는 것도 때로는 매우 피곤한 일이다. 그러나 그런 자질(교차동일시를 할 수 있는 능력)을 측정할 수 있는 방법이 있다면, 의대에 지원하는 학생들을 뽑을 때 참고 기준으로 삼는 것도 나쁘지 않을 것이다. 여기서 내가 교차동일시라고 부르는 것은 다른 이의 입장에 서기도 하고 다른 사람이 자기 입장에 서는 것을 허용하는 것(역지사지)을 의미한다. 교차동일시가 인간적인 경험을 보다 풍부하게 만들며, 그것이 잘 되지 않는 사람들은 만사가 재미없고 다른 사람들까지 지루하게 만드는 것은 부정할 수 없는 사실이다. 그뿐만 아니라 그런 사람들은 의료현장에서도 직무를 기능적으로 행할 뿐 그 이외 다른 모습을 보여주지 못한다. 사정이 그렇다 보니 자기도 모르는 사이에(환자들에게) 굉장한 상처나 고통을 주는 경우가 많다. 제임스 볼드윈(James Baldwin)은 최근 BBC와의 인터뷰에서 기독교인들이 명명하기를 잊고 사는 죄를 하나 들었는데, 그것은 다른 사람에 대한 무지였다. 그러나 정신착란증적인 교차동일시는 말할 수 없는 재앙을 낳는다.

5. 이제 감사에 대해서 이야기를 할 차례다. 앞에서 생 뱅상 드 폴의 말을 인용하면서 이를 언급했는데, 감사는 매우 기분이 좋은 것이다. 우리는 환자가 감사의 표시로 가져오는 구하기 힘든 위스키나 초콜렛 상자를 좋아한다. 그러나 감사는 그렇게 간단한 것이 아니다. 환자들은 모든 일이 잘 풀릴 때는 그것이 당연한 것인 줄 안다. 그러다가 부주의나 실수가 등장하면(예를 들어서 솜을 복막에서 빼는 것을 잊어버렸다거나 하면) 갑자기 존재감을 뽐내며 불평하기 시작한다. 다르게 말해서 감사하는 것, 적어도 지나치게 감사하는 것은 대부분의 경우 가호를 비는 행위이다: 그 안에는 복수의 에너지가 잠재하기 때문에 빨리 달래는 편이 좋다.

입원실에 누워 있을 때 환자들은 간병인들에게 고마움을 느끼며 유언장을 쓸 때 그들에게도 인심을 후하게 쓸 계획을 세우거나 이미 작성한 유언장을 수정하려고 하지만 의사나 그들을 돌보는 간병인들은 이제 곧 퇴원하게 될 그 우울한 환자가 그저 얼른 그들을 잊기를 바란다. 정작 그 환자는 그들의 기억 속에 남아 있을지도 모르더라도 말이다. 나는 애도 경험을 반복해서 하는 사람들은 오히려 의사와 간병인들이라고 감히 말한다. 우리 직업이 가진 위험 하나는 계속 환자를 떠나보내는 경험이 우리들을 무감각하게 만들어, 환자에게 관심이나 애정을 별로 주지 않으려고 하게 된다는 것이다. 아프거나 공중전화기 박스에서 발견되거나, (에르네스트처럼) 빅토리아 역 분실물 센터에 있던 가방에서 발견되는 아기들을 돌보는 간호사들이 특히 그런 모습을 보인다.

시골 일반진료가 이와 같은 문제에 대한 해답을 줄 수 있는지도 모른다. 실제로, 시골에서 진료하는 의사는 그의 환자들 사이에서 살고 있다. 그것이야말로 의료 행위를 실천하는 가장 좋은 방법일 것이다. 의사와 환자는 항상 같은 공간에 살고 있지만 의사와 환자로서는 가끔씩만 만나게 되는 그런 상황이 좋다.

일반진료를 하는 의사는 해를 끼치는 요인들을 제거하는 것을 목표로 하는 치료법 에서보다는 보살핌-치료(care-cure)를 전문으로 하는 사람들에게 배울 수 있는 것이 더 많다.

6. 의료 행위를 실시하는 데 있어서 특히 더 도입해야 하는 점이 하나 있다. 나는 그것을 소개하고 이야기를 마무리할 생각이다: 보살핌-치료(care-cure)는 안아주기의 확장된 개념이다. 그것은 뱃속에 있는 아기와 그 다음에 팔에 안겨 있는 아기에게서 시작한다. 보살핌-치료는 어린 아이의 성장 발달 과정을 통해서 풍요로워지며, 발달 과정은 아기가 지금 무엇을 느끼고 무엇을 필요로 하는지를 정확하게 아는 어머니 덕분에 일어날 수 있다.

성장과 성숙과정을 가능하게 하는 촉진적 환경은 어머니와 아버지의 보살핌과 가족의 기능을 가리킨다. 그 조합이 민주주의를 형성하는데, 그 민주주의는 바로 가족의 촉진적 기능의 정치적인 확장판이다. 그 안에서 성숙한 개인은 그들의 나이와 능력에 따라서 정치에 참여하기도 하고 정치 구조의 유지와 재건에 힘쓰기도 한다.

이때 같이 발달하는 것은 개인의 정체감이다. 개인의 정체감은 모든 인간에게 필수적인 것으로, 아이에게 충분히 좋은 어머니가 존재했고 그가 미성숙했던 시기에 그의 환경이 안아주기를 제공해 주었기 때문에 현실이 될 수 있었던 요소이다. 성숙과정만 가지고서는 한 사람이 한 개인으로 성장하는 것은 불가능한 일이다.

그렇기 때문에 내가 보살핌-치료(care-cure)적인 치료(cure)를 이야기하는 것은 곧 간병인에 대한 환자들의 의존 욕구를 충족시켜 주려는 의사와 간병인들의 본래적인 경향에 대해 말하는 것과 같다. 건강의 측면에서 이야기하는 것이다: 그것은 미성숙한 개인 안에 본래 존재하는 경향으로, 양육자가 아이의 성장 발달을 촉진하는데 필요한 요인들을 마련하게끔 만든다. 그것은 치료법(또는 치료약)으로서의 치료라고 하기도 애매하고 우리 직업의 신조일 법한 보살핌-치료라고 하기도 애매하다.

사회적인 병의 경우, 우리가 흔히 과학적 접근이라 부르는 모든 진단과 예방법이나 치료-약(remedy-cure) 보다 보살핌-치료가 더 중요할 것이다.

이런 부분에서 우리는 사회복지에 종사하는 사람들과 같은 위치에 있다. 그들은 안아주기라는 용어의 매우 복잡한 확장판이자 보살핌-치료의 실제 적용인 사례별 복지 사회 작업(casework)이라는 용어를 가지고 있다.

환자는 우리가 우리의 직업이 요구하는 전문적인 태도를 제대로 갖췄다는 전제 하에, 어떤 전문적인 배경 안에서 그의 삶에서 일어날 수 있는 어려운 정서적인 문제와 다른 사람과의 관계에서 일어나는 문제에 대한 개인적인 해답을 찾을 수 있게 된다. 그때 우리가 그에게 처방한 것은 치료약 같은 것이 아니라, 그의 발달을 촉진한 것이다.

임상현장에 있는 의사에게 보살핌-치료를 요구하는 것은 너무 많은 것을 바라는 것일까? 요금 인상 요구를 보면 아무래도 우리 직업의 그러한 측면(보살핌-치료)이 성공을 거두지는 못한 것 같다. 그 측면은 그 외에도 위계질서에 혼란을 주기도 한다. 그러나 소질 있는 사람에게 보살핌-치료를 배우는 일은 그렇게 어려운 일이 아니며, 의사로서의 실력이 뛰어난 데서 오는 만족감보다 훨씬 더 큰 만족감을 줄 것이다.

그런 때문에 나는 우리 직무에서 발견할 수 있는 보살핌-치료의 면모에서 생의 초기단계에서 배웠던 여러 가지 원리 원칙들을 실천할 수 있는 틀 같은 것을 발견할 수 있다고 생각한다. 당시 미성숙했던 우리는 충분히 좋은 엄마와 부모로부터 충분히 좋은 보살핌과 돌봄을 받아서 가장 좋은 예방 의학을 미리 받을 수 있었다.

우리가 하는 일이 자연스럽고 보편적인 현상과 전적으로 연결되어 있고, 시와 철학, 종교가 우리에게 주는 가장 좋은 것들과 연결되어 있다는 사실을 깨닫는 것은 언제나 안심되는 일이다.

제 2 부

가족

사회에 대한 어머니의 공헌(1957)

위니캇의 라디오 방송 후기

나는 개인적으로 모든 사람 안에는 그 사람을 어떤 것으로 이끄는 지배적인 관심사, 저항할 수 없이 깊은 욕구가 존재한다고 생각한다. 만약 그 삶이 충분히 오래 지속되어 그 삶을 돌아볼 기회가 생긴다면, 우리는 그 사람의 개인적인 삶과 직업적인 삶에서 일어나는 모든 활동을 아우르며 절대 억누를 수 없는 어떤 경향 같은 것을 발견하게 된다.

내 이야기를 해본다면, 나는 내가 이 직업을 선택하게 된 데 있어서 평범한 좋은 엄마를 발견하고 그것의 가치를 파악하려는 욕구가 얼마나 크게 영향을 미쳤는지를 새삼 깨닫는다. 아버지 또한 중요한 존재이며 모성에만 관심을 기울여서는 안 될 것이다. 나는 아버지라는 존재와 그 존재가 아이의 교육에서 차지하는 역할에도 눈길을 돌려야 한다는 사실을 매우 잘 알고 있다. 하지만 나의 경우 가장 이야기를 함께 나누고 싶고 대화 욕구를 자극했던 대상은 언제나 어머니라는 존재였다.

우리 인간 사회에는 아무래도 부족한 것이 있는 것 같다. 아이들은 어느덧 성장해서 아버지, 어머니가 되지만 성장한다고 해서 그들의 삶에서 어머니가 초기 단계에 그들에게 베풀었던 여러 가지 보살핌의 가치를 깨닫게 되는 것은 아닌 것 같다. 이것은 인간의 삶에서 어머니가 차지하고 있는 역할을 인식하게 된 것이 얼마 되지 않았기 때문이다. 이것은 매우 자세하게 설명해야 할 부분이다.

자기를 낳아준 부모에게 자녀가 고맙다고 인사해야 한다고 말하는 것은 결코 아니다. 물론 자녀는 부모가 서로를 사랑해서 만났고, 그 관계를 통해서 기쁨과 만족감을 느끼고 자기를 낳았다고 생각하고 싶어한다. 그러나 부모는, 특히 부모는 아이를 낳았다고 해서 자녀가 그들에게 고마움을 느끼고 그것을 표현하기를 바라서는 안 된다. 아이가 이 세상에 나오고 싶어서 나온 것이 아니기 때문이다.

아이에게 가정을 주고 가족을 주었다는 이유로 자녀가 부모에게 어떤 의무를 가진다는 이야기가 아니다. 물론 고마운 마음을 느낄 수는 있다. 보통의 좋은 부모는 실제로도 가정을 이루고 가족과 함께 살면서 자녀가 자기(self)를 찾고 세상을 발견하며 세상과 좋은 관계를 맺는 데 필요한 기본적인 보살핌을 제공한다. 그렇다고 해서 자녀에게 고마움을 느끼거나 이를 표현하라고 요구하지 않는다. 부모는 자녀에게 감사 인사를 받기보다는 그 또한 언젠가 좋은 부모가 되고 좋은 가정을 이루기를 바란다. 반대 경우도 생길 수 있다. 자녀는 자기를 낳아 놓고는 마땅히 받아야 하는 양육 조건과 환경을 제대로 제공하지 않았다는 이유로 부모에게 불만을 표출할 수 있다.

반 세기 전부터 가정의 중요성에 대한 사회적인 인식이 생겨나기 시작했다 (그 배경이 좋지 못한 가정이 사회에 미치는 부정적인 영향을 발견했기 때문이라는 점은 참으로 유감스럽지만 어쩔 수 없는 부분이다). 길고도 손이 많이 가는 아이의 양육이라는 과제를 우리가 왜 완수해야만 하는지에 대한 이유는 그럭저럭 잘 알고 있다. 더 나아가 그 행위야말로 우리 사회를 이루는 기본 토대를 형성할 수 있게 만드는 유일한 방법이자 우리 사회의 시스템 내에서 민주주의적 경향성이 꽃피울 수 있는 유일한 행위로 여긴다.

가정에 대한 책임은 부모가 져야 하는 것이지, 아이가 져야 하는 것이 아니다. 다시 한 번 말하지만, 나는 그 어느 누구에게도 어디에다 감사함을 표하라고 말하지 않는다. 내가 관심을 가지는 부분은 아이의 수태부터 시작해서 가정을 꾸리게 되기까지의 과정이 아니라, 그 양극 사이 어딘가에 위치한, 태어나기 직후부터 이후의 몇 개월 동안 어머니와 아이 사이에서 맺어지는 관계이다. 나는 평범한 보통의 어머니가 남편의 도움 덕분에 아이에게 전념하는 과정에서 개인과 사회에 지대한 공헌을 한다는 사실에 주목하기를 바란다.

아이를 돌보는 데 전념하고 정성을 다 하는 어머니의 공헌을 우리 사회가 인식하지 못하는 이유는 그 공헌이 너무 커다란 것이어서가 아닐까? 어머니의 공헌을 인정한다는 것은 이 세상의 모든 건강한 남성이나 여성이 한 개체로서 의미 있는 세상에서 한 삶을 살아가고 있음을 실감할 수 있게 한 여성에게 무궁무진한 빚을 지고 있다는 것을 의미한다. 그리고 그러한 사람의 의존은 그에게 의존이라는 개념조차 없었던 유아 시절에는 절대적이었다.

다시 한 번 말하지만, 어머니의 공헌을 인식하게 되었다고 해서 감사한 마음이나 칭찬이 생긴다는 것은 절대 아니다. 그저 우리 안에 존재하고 있는 불안이 경감될 뿐이다. 만약 우리가 사회가 어머니에 대한 의존의 실재를 부정하고 이를 인정하는 데 시간을 들인다면 그 의존에 대한 불안과 두려움이 우리의 성장을 가로막고 퇴행을 야기할 것이다. 어머니에 대한 의존은 모든 개인의 생의 초기 단계에서 관찰할 수 있는, 실제로 존재하는 '역사적인 사실'이다. 어머니의 역할을 제대로 인식하고 인정하지 않으면 의존에 대한 막연한 불안이 우리 내면에 계속 자리할 것이다. 그리고 그런 불안과 두려움은 '그 여자'에 대한 두려움 내지 '어느 여자'에 대한 두려움의 형태를 띠거나 경우에 따라서 상대적으로 알아보기 힘든 형태를 띠게 된다. 어떤 경우라도 그 뒤에는 지배에 대한 두려움이 자리 잡고 있을 것이다.

하지만 지배에 대한 두려움은 불행하게도 한 집단이 다른 집단의 지배를 받게 되는 것을 막지 못한다. 그 두려움은 오히려 특정한 지배, 혹은 그들이 스스로 지배받을 것을 선택하게 만든다. 만약 독재자의 심리를 연구해 본다면 우리는 그의 내면에서 벌어지는 여러 가지 투쟁 중에는 그가 무의식적으로 그 지배를 두려워하는 여인을 통제하기 위해 벌이는 투쟁도 있음을 발견하게 될 것이다. '그녀'의 지배를 두려워하는 독재자는 그런 이유로 그녀를 대신하여 행동하려 하고, 그 대가로 '애정'과 절대적인 복종을 요구한다.

사회 공동체의 역사를 연구하는 많은 전문가들은 집단을 이루며 살았던 인간들이 벌인 여러 가지 종류의 비논리적인 행동의 동기가 '여자'에 대한 두려움에서 비롯되었다고 생각했지만, 그 두려움의 원천까지 거슬러 올라가는 경우는 거의 없었다. 하지만 개인의 삶을 거슬러 올라가다 보면 여자에 대한 두려움은 사실 '그녀'에 대한 자신의 의존을 깨닫게 되는 데에 따른 두려움에서 비롯된다는 사실을 볼 수 있다. 그런 이유로, 사회적인 관점에서 우리는 초기 단계 어머니-유아의 관계를 연구하는 것을 장려할 필요가 있다.

나로 말한다면, '헌신'이라는 단어에 담겨 있는 모든 의미들을 발견하고 내가 인식하고 체험했던 어머니의 헌신과 나의 어머니에게 고마움을 표현하고 싶다는 욕구를 느꼈었다는 것이다. 그런 맥락에서 남성은 여성에 비해 불리한 위치에 있다. 남성은 여성처럼 나중에 그 자신이 어머니가 되어 그의 어머니와 같은 위치에 서는 일 자체가 불가능하다. 그에게 남은 선택지, 그의 유일한 선택지는 어머니가 해낸 일들을 최대한 많이, 깊게 연구하는 것뿐이다. 남성 안에 있는 모성은 아무리 발달한다 하더라도 그를 충분히 먼 곳까지 이끌어주지는 못하며, 남성 안에 있는 여성성은 그가 가장 근본적인 문제를 다루려고 하는 순간 결국 막다른 골목에 도달한다.

이런 문제에 직면한 남성에게는 어머니의 역할, 특히 생의 초기 단계에서 갖는 역할을 객관적으로 연구하는 것이 문제에 대한 해결책이 될 수 있다.

오늘날에는 삶의 초기 어머니의 중요성을 부정하고, 대신 생후 몇 달간 뛰어난 물리적 보살핌만 충분히 주면 된다는 주장을 하는 사람들이 종종 있다. 그리고 그 연장선상에서 좋은 유모만 있으면 된다고도 말한다. 또 어떤 어머니들에게는(우리나라의 일이 아니기를 간절히 바란다) 아이에게 '보살핌을 주어야 한다고' 말하는 경우도 있다. 이것은 보살핌을 모성적인 상태에 내재한 자연스러운 태도로 보지 않는 것을 의미한다. 우리가 어떤 현상을 이해할 때, 먼저 그 현상을 보지 못하고 넘어가거나 일부러 보지 않는, 그 현상을 부정하는 단계가 선행한다. 해안가에 커다란 파도가 몰려오기 전 바닷물이 급격하게 빠지는 것과 같다.

어머니와 아이 사이에 끼어드는 것은 행정적인 절차와 규범, 위생 수칙, 육체의 건강을 장려하는 바람직한 욕망 외에도 수두룩하다. 그와 같은 간섭에 반발하며 자기가 한 노력을 들고 나올 어머니는 딱히 없을 것이다. 첫째나 둘째를 낳느라 의존 상태에 있는 젊은 어머니들 대신 나설 사람이 필요하다. 의사나 간호인들에게 아무리 불평, 불만을 품고 있더라도 그들을 상대로 파업을 벌일 산모는 없을 것이다. 그녀의 유아를 돌보는 것이 먼저이다.

내가 참여하는 라디오 대담 중 상당수는 어머니들을 대상으로 하지만 정작 가장 많이 관련된 젊은 어머니들은 그 프로그램을 듣고 있지 않으리라 생각한다. 그런 상황을 바꿔 볼 생각도 전혀 없다. 나는 아기를 돌보는 기쁨을 깨달은 젊은 어머니가 그런 기쁨을 느낄 때마다 자기에게 무슨 일이 일어났는지를 알고 싶어하리라고 생각하지 않는다. 그들은 이러 저러한 지침들이 즐거움과 창조적인 경험의 가장 중요한 요소인 만족감과 발달을 망치지는 않을까 하는 당연한 걱정들을 한다. 젊은 어머니에게 필요한 것은 보호와 정보이고, 의학이 제공할 수 있는 가장 좋은 물리적 보살핌과 사고 예방에 대한 지식이다. 그녀는 그녀가 잘 알고 있고 신뢰할 수 있는 의사와 간호사를 필요로 한다. 젊은 어머니들은 보통 책을 통해 (어머니로서의 역할, 지식 등) 배우지 않는다. 그래도 나 같은 경우, 대담들을 준비할 때 구어체를 유지하려고 노력했다. 인간의 본성에 관한 이야기를 하는 사람은 심리학 전문 용어를 써 가며 이를 이야기할 것이 아니라, 단순한 언어로 이를 표현하는 데 신경을 써야 한다. 아무리 그 용어들이 학술지에서 사용되는 유식한 용어들이라 하더라도 말이다.

아이를 양육한 경험이 있으며 지금은 주변을 둘러볼 수 있는 여유가 생긴 여성이라면 지금 나올 내용에 흥미를 가질 수 있을 것이다. 어쩌면 그녀는 오늘날 꼭 필요한 것이 된 일을 할 수도 있을 것이다: 보통의 좋은 어머니를 정신적으로 지원하는 일이다. 교육 수준이 높든지 낮든지 간에, 똑똑하거나 모자라거나 하든지 간에, 유복하든지 그렇지 못하든지 간에, 보통의 좋은 엄마를 정신적으로 지원하고 그녀와 그녀의 아이 사이에 끼어들려고 하는 모든 것들로부터 그녀를 보호하는 것이다. 우리는 힘을 합해 어머니와 갓난 아기 사이의 정서적인 연결이 제대로 이루어지고 그것이 자연스럽게 발달할 수 있도록 노력한다. 이와 같은 공동 작업은 아버지가 초반(아내가 아이를 안고 지지하며 그에게 젖을 먹이는 초기 단계 시기, 아이가 아버지를 아직 그렇게 밖에 이용하지 못하는 시기)에 해야 하는 일의 연장 선상에 있다.

가족 집단 안에서의 아동 (1966)

Nursery School Association Conference , New College Oxford

　　최근 들어 가족과 아동을 주제로 한 글들을 많이 찾아볼 수 있다. 사정이 그렇다 보니 안 그래도 드넓은 주제에 새롭고 신선한 의견을 보태기란 어려운 일이다. 그 주제에 대해서 더 이상 말할 수 있는 것이 없는 것만 같고, 어떤 사람들은 이미 한참 언급되고 또 언급된 이 제목 자체가 무의미하다고 말할 것이다. 그래도 최근에 들어서 개인이 아닌 가족에 초점을 두면서 변화를 꾀하는 분위기가 형성 중이다. 사례별 사회복지 사업 모델이 바뀌려고 하고 있다: 우리가 중점적으로 고려하고 관심을 가진 대상은 이제 아동에서 가족으로 넘어가고 있고, 아동은 그 가족의 구성원으로 여겨진다.

　　그런데 우리는 아동을 언제나 그의 가족을 통해(혹은 그의 가족의 부재를 통해)연구해 왔기 때문에 별로 바뀐 것은 없다는 것이 나의 개인적인 의견이다. 그래도 뭐, 그것으로 단조로움을 깰 수만 있다면 나쁠 것도 없다. 정신분석학이 이 분야에 공헌한 바를 살펴보면, 아무래도 정신분석가들이 아동의 심리치료를 개인적인 차원에만 집중해서 한 것은 아닐까 싶다. 아동의 심리치료는 아주 오랫동안 하나의 고립된 현상처럼 취급되어 왔고, 그렇게 되는 것을 피할 길은 없었다. 그러나 이제, 생각이 발전하면서 정신분석학계에서도 새로운 변화가 오고 있다. 그러한 변화는 정신분석가에게만 일어나는 것은 아니고, 사회 사업 전반에서 일어나고 있다. 그래도 한 가지 말해두고 싶은 것은 사회 사업의 경우 이전부터 가족 요인을 생각하며 아동의 문제에 접근해 왔다는 사실이다.

이제 우리는 인간적인 문제에 접근하고 이를 해결하려 할 때, 가족이나 다른 집단에 너무 의미를 부여하느라 개인(아이나 갓난 아기, 청소년이나 성인이냐에 상관없이)을 소홀히 여길 가능성이 있다는 것이 나의 생각이다. 그래도 그것이 어떤 사례건, 사회복지사는 결국 개인이 속한 집단 밖에서 그를 만나게 되기도 한다. 왜냐하면 가장 크게 어려움을 느끼는 것은 개인이고, 변화를 가져올 가능성이 가장 큰 것 또한 개인이기 때문이다.

먼저, 당부의 말로 시작하겠다: 먼저 아동 개인을 생각하라. 아동의 발달과정, 좌절과 절망, 그가 가진 개인적인 도움에 대한 욕구와 필요, 그러한 도움을 이용하는 능력을 기억하라. 가족과 학교 또래 집단, 그를 나중에 사회 집단의 구성원이 되게 해주는 다른 모든 집단들의 중요성 또한 잊지 마라.

모든 사례별 사회복지 사업에서 결정해야 하는 것 중 하나가 주어진 상황에서 누가 환자인지를 결정하는 일이다. 그런데 가끔 보면 환자라고 지명된 것은 아동인데, 정작 문제의 원인과 그 문제를 지속시키는 것은 다른 사람에게 있는 경우를 관찰할 수 있다. 문제의 원인이 어떤 사회적 요인일 때도 있다. 사회복지 사업 관련 종사자들은 그런 특수한 사례들은 자주 접할 것이다. 그것이 어떤 경우이든, 그들은 아동의 증상은 그의 절망의 신호이며 그의 증상은 함께 하는 작업을 통해 해결할 수 있다는 것이다.

실제로, 사회에서 발에 치이도록 자주 볼 수 있는 사례들임에도 불구하고 아동상담소까지 오지 않는 문제들이 수두룩하다. 그곳까지 오는 것은 그 중에서 가장 흔하지 않고 심각한 문제들이다. 다르게 표현하면, 여러분은 가족이나 친척, 주변 지인의 아이들 중에는 작은 도움일지언정, 그런 도움을 필요로 하는 아이들이 수두룩하게 있는 것을 관찰하게 될 것이다. 하지만 그들이 상담소에 발을 들일 일은 거의 없을 것이다. 그런데 우리가 가장 쉽게 도와줄 수 있고, 개인적으로 도움을 필요로 하는 아이들은 바로 그런 아이들이다. 상담소에 드나드는 아이들은 우리의 도움을 필요로 하는 아동들을 전부 대변하지는못한다. 나는 지금 나의 이야기를 듣고 있는 청중은 주로 교사들이며 그들이 평소 상대하는 아동들은 대부분의 경우 임상사례에 해당되지 않는 아동들임을 알면서도 저런 주장을 자신있게 한다. 여러분들이 맡은 학생들은 주변에서 흔히 볼 수 있는 보통의 평범한 아동들이다. 이 세상에는 언젠가 개인적인 문제를 해결하는 데 도움을 필요로 하지 않을 아동은 존재하지 않는다. 여러분은 보통 그런 문제들을 모른 체 하거나, 제출된 과제를 꼼꼼히 점검하면서, 아동에게 어떤 지식을 전수하면서, 그것도 아니면 아이의 창조적 충동이 표현될 수 있는 기회를 제공해주면서 그런 문제들을 다룬다. 전반적으로 생각하면, 여러분(교사)의 심리학에 대한 시각은 사회복지사나 소아 정신과 의사의 것과는 달라야 하는 것이 맞고 앞으로도 계속 그래야 할 것이다.

물론, 이 두 개 유형을 다시 나눌 수도 있을 것이: 여러분의 학생들 중에는 상담소에서 상담을 받아야 하는 아이들도 있을 것이고, 반대로 상담소에서 상담을 받는 아이들 중에는 그곳에서 문제를 풀 것이 아니라, 삼촌이나 이모, 선생님이나 기타 비전문적인 사람과 대화를 나누면서 푸는 것이 나을 아이들도 있을 것이다.

집단과 개인의 관계

나는 이제 가족 집단의 구조와 개인 인격이 어떻게 서로 연결되어 있는지에 대해서 자세하게 이야기할 계획이다. 가족은 첫 번째 집합이다. 이 집합은 모든 집합 중에서 인격이라는 단위 중심에 있는 집합과 가장 유사한 집단이기도 하다. 첫 번째 집합은 통합구조의 재현(복제)에 불과하다. 우리는 성장 발달 측면에서 가족을 첫 번째 집합이라 부른다. 당연한 일이다. 시간의 흐름과 인간의 삶 사이의 관계는 개인과 시간 사이의 관계에 결코 견줄 수 없고, 개인이 어느 시점부터 살기 시작하고, 성장 발달 과정에 의해 그 시간 안에 그의 개인적인 공간을 만들기 때문에 가족을 첫 번째 집합으로 볼 수 있는 것이다.

아이는 어느 순간부터 어머니와의 분리를 시작한다. 아이가 어머니의 존재를 객관적으로 인식하기 전까지는 우리는 어머니를 주관 대상으로 볼 수 있다. 아이는 어머니를 주관 대상으로 이용하는 시기(자기 자신의 한 일부로 알고 이용하는 시기)와 어머니를 자기와 구별되는 대상으로(다시 말해 아이의 전능적인 통제 밖에 있는 존재로서) 이용하는 시기 사이에 굉장히 크게 동요한다. 이때 어머니는 아이의 욕구에 적응하고 그것을 충족시켜줌으로써 아이가 현실 원리와 직면했을 때 받을 충격을 완화시켜 주는데 커다란 기여를 한다. 모성상은 그렇게 재현된다.

어떤 문화권에서는 처음부터 어머니가 한 개인이 되는 것을 의도적으로 막음으로써 상실의 충격으로부터 아이를 보호한다. 이에 반해 우리 문화권에서는 어머니가 차츰 아이에게 적응하는 외적인 존재가 되면서 아이가 그 상실로 인한 충격을 있는 그대로 받게 되는 것을 당연하게 생각한다. 그러나 그 과정(상실 과정)이 항상 잘 이루어지는 것은 아니라는 사실을 인정해야 한다. 그리고 만약 잘 이루어진다면, 그 과정에서 얻게 되는 풍부한 경험이 우리가 한 선택에 정당성을 부여한다. 그런 면에서 인류학은 (사회가 결정한) 의도적인 조기 분리의 영향을 연구하려는 사람에게 아주 흥미진진한 연구거리를 제공한다.

아버지는 그 안에서 두 가지 방법으로 등장한다. 아버지는 어느 시점까지는 모성상을 재현하는 인물 중의 하나이다. 실제로 지난 오십 년간 아버지상에도 변화가 일어나, 모성상의 재현이었던 아버지는 자녀들 눈에 점점 현실감을 띠는 존재가 되었다. 그러나 그러한 면모는 아버지가 가진 또 다른 속성에 반대된다. 아버지의 또 다른 속성은 어머니의 딱딱하고 엄격하며, 가차없고 완고하며 파괴할 수 없는 성격을 띤 면모이다. 아버지는 그런 속성을 가진 존재로서 아이의 삶에 등장해 점차 어머니와는 또 다른 한 인간으로서, 아이가 두려워하고 증오하며, 사랑하고 존경하는 하나의 인간으로 변해 간다.

이런 식으로, 두 개의 채널을 따라 한 집단이 형성되었다. 먼저, 성격이 성장 발달 과정을 따라서 확장되었다. 그 다음 순서는 어머니와 어머니가 그 특별한 아이에게 보이는 태도에 달려 있다. 어머니를 대신하는 인물들을 대하는 어머니의 태도, 하나의 주어진 장소에서의 사회가 취하는 태도, 그리고 위에 언급한 아버지상의 두 가지 면모 간의 균형에 달려 있다. 아버지가 어떤 종류의 사람인지에 따라서 아이는 가족을 형성할 때 아버지를 사용할지 안 할지, 어떤 식으로 사용할지를 결정한다. 어차피 아버지의 존재 방식은 부재하느냐 아니면 굉장히 비중 있게 존재하느냐 두 가지 뿐이고, 그 존재 방식에 따라 '가족'이라는 단어가 아이에게 갖는 의미는 전혀 달라진다.

지금 한 이야기와 관련해서 생각나는 아이가 한 명 있다. 자신의 중간대상을 '가족'이라고 부르는 소녀가 있었다. 아주 일찍부터 부모와의 관계에서 결핍을 경험한 것처럼 보였던 그녀는 그 결핍을 보상한답시고 아주 어릴 때부터 자신의 중간대상에게 '가족'이라는 이름을 붙였었다. 그런 종류의 사례로는 그녀가 유일한데, 그녀는 삼십 년이 지난 오늘날까지도 부모가 서로 남남이 되었다는 사실을 받아들이지 못하는 자기 자신과 싸우고 있다.

　나는 이로써 아이와 그의 가족에 대해 단순하게 접근하고 다루는 것은 그 아이가 그 가족을 얻기 위해 거쳤던 복잡한 과정들을 무시하는 일이라는 사실을 잘 알았기를 바란다. 단순하게, 아버지와 어머니가 거기에 있고 아이들이 새로 태어나며 부모와 아이들로 이루어진 가정에 이모 삼촌, 사촌들이 추가되고 늘어나는 것이 아니다. 바깥에서 볼 때는 그렇다. 그러나 한 집에 사는 다섯 명의 아이들에게는 가족이 다섯 개 존재하는 것이나 마찬가지다. 굳이 정신분석가가 아니더라도 그 다섯 개의 가족이 서로 꼭 닮았으리라는 법은 절대 없으며, 어떤 경우라도 절대 같은 것이 아니라는 사실은 잘 알 수 있을 것이다.

현실 원리

　가족의 개념을 소개한 것과 동시에, 객관적인 인식 대상으로 변화하는 주관적 대상의 개념을 소개했으니 이제 더 멀리 나아가 볼까 한다. 인간의 발달 과정 중에 가장 놀라운 변화가 일어나는 순간은 개인이 첫 번째 관계에서 두 번째 관계로 넘어가는 순간이다. 나는 중간대상과 중간현상과 관련된 나의 모든 관찰, 다르게 말하면 아기의 인지 능력에 아직 한계가 있고, 아기의 대상관계 대상이 아직 주관적 대상으로 한정되어 있는 시기에 아기가 이용할 수 있는 것들을 관찰하고 연구하면서 이 분야에 기여를 한 바가 있다. (주관적 대상에 대한 이야기가 나와서 말인데, 저 때쯤 되면 저 대상은 더 이상 '내적 대상'으로 불릴 수 없다. 그 대상은 외부 세계에 있는 대상으로, 우리에게 주관적으로 인식되는 대상, 다르게 말해 아이의 창조적 충동과 그의 정신의 산물이라 볼 수 있다. 일이 복잡해지는 것은 이제 내적 세계를 갖추게 된 아이가 외부 세계에서 어떤 대상을 가져와 내적인 상으로 만들 때이다. 지금 언급하는 단계는 저 단계의 이전 단계에 해당된다.)

우리는 이제 한 가지 어려움에 부딪힌다: 아이가 주관적 대상과 관계를 맺게 되었다는 것은 객관적 인식이 거기에 존재한다는 사실을 의미한다. 다르게 말해서, 아이에게 사물을 객관적으로 인식할 수 있는 능력이 있지 않다면 그가 어머니의 왼쪽 귀의 형태를 그렇게 감쪽같이 똑같게 창조할 수는 없다는 이야기다. 그럼에도 불구하고 그 단계에 있는 아이에게 어머니의 왼쪽 귀는 (객관적 대상이 아니라) 주관적 대상이다. 아이는 아이에게 발견되기 위해 그 자리에 있었던 그 특별한 귀 쪽으로 손을 뻗고 이를 발견하고 창조한다. 연극 무대의 커튼이 짜릿한 이유도 바로 그런 부분에 있다. 무대의 커튼이 올라가면 우리는 각자 무대 위에서 펼쳐질 이야기를 창조한다. 그리고 공연이 끝난 뒤, 각자가 창조한 내용은 무대 위에서 실제 공연됐던 내용에 대해 이야깃거리를 제공해 줄지도 모른다.

여기까지 오면, 속임수 같은 것이 어딘가에 존재한다는 말을 하지 않고는 이야기를 이어 갈 수 없을 듯 싶다. 그 속임수는 대상들과 관계를 맺는 능력의 발달 자체에 기인한다고 볼 수 있다. 나는 지금 나의 강연 내용을 내가 상상했던 청중을 향해 읽고 있는 중이다. 그래도, 다른 한편으로는 지금 실제 내 눈 앞에 있는 청중을 생각하면서 글을 쓴 것도 사실이다. 나는 지금 내 앞에 있는 청중과 내가 글을 쓸 때 당시 상상했던 청중이 어느 정도 일치한다고 믿고 싶지만, 둘이 실제로 얼마나 연관이 있을지는 전혀 예상할 수 없다. 이 글을 쓰기 위해 나는 놀이(play) 하고, 내가 내가 중간영역이라고 부르는 공간에 대해서 공연(play)한다. 그곳에서 나는 나의 청중이 바로 지금 이 자리에 앉은 여러분이라고 생각하며 공연하고 있다.

모든 아이의 발달에서 내가 가끔 '중간현상'이라 부르는 단계는 매우 중요한 단계이다. 그 단계에는 시간이 필요하며, 아이가 환상을 이용하고 내적 현실과 꿈의 힘을 빌고 장난감을 가지고 놀 수 있는 능력을 갖출 수 있도록 하는 '평균적 기대 환경'[1]과 아이에게 매우 섬세하게 적응하는 사람도 마찬가지로 시간을 필요로 한다. 아이는 놀 때 속임수가 존재하는 그 중간영역에 들어간다. 그런데 내가 이미 말했듯이 그 속임수는 건강한 성질의 것이다. 아이는 먼저 그와 어머니 혹은 그와 아버지 사이에 있는 공간을 이용한다(어느 쪽 부모든 상관 없다). 그 공간 안에서 일어나는 모든 일들은 두 대상(아이-어머니, 아이-아버지)의 결합 또는 그 미분리를 상징한다. 이것을 이해하기란 굉장히 어려운데, 만약 그것을 제대로 이해하게 된다면 사물을 바라보는 시각이 달라질 것이다. 어쩌면 기적을 개념으로라도 접하지 못하고 성장한 사람들의 경험 세계에 종교가 들어갈 자리까지 마련할 수 있게 될지도 모른다.

다시 내 의견으로 돌아와 여기서 중요한 것은 아이가 주기적으로 경험하는 관계 맺기 경험을 통해 중간영역을 형성할 수 있게 되기까지 시간이 필요하다는 사실이다. 그 중간영역 안에서 아이는 상징을 누릴 수 있는데, 결합의 상징은 결합 그 자체보다 인간의 경험을 풍부하게 만들어 준다.

---

1. Heinz Hartmann 에게 빌린 표현이다.(H.Hartmann, Ego Psychology and the Problem of Adaption, 1939)

일탈과 회귀

다시 한 번 말한다. 보통의 정상적인 발달 과정 중에 있는 아이가 그 단계를 충분히 탐색하기 위해서는 시간이 필요하다. 한 가지 덧붙이면 그는 하루, 아니 아예 같은 한 순간에, 모든 종류의 대상관계를 경험해 볼 필요가 있다. 예를 들어 여러분은 아이가 그의 이모나 강아지, 나비와 관계를 맺으면서 즐거워할 뿐만 아니라 그 대상들을 객관적으로 인식하는 것 또한 할 수 있으며 발견이 주는 풍부함을 누리는 모습을 목격하게 된다. 그렇다고 아이가, 그가 발견한 세계에서 살 준비를 마쳤다는 말을 아니다. 그는 언제든지 다시 아기 때의 요람으로 돌아가고, 어머니의 냄새 또는 그에게 익숙한 냄새에 빠져들면서 주관적 환경을 다시 만들 수도 있다. 내가 말하려고 하는 것은 아이에게 과거의 흔적, 잔해를 제공하는 것은 바로 그의 가족 도식이라는 사실이다: 아이는 그가 사는 세상을 '발견'한다. 그런데 그의 발견에 의미를 부여하는 것은 다른 것이 아니라 '회귀 여행'이라는 소리다. 만약 그의 가족이 친가족이라면(고아, 또는 입양 등이 아닌) 아이는 회귀 여행을 하는 데 별 어려움을 겪지 않을 수 있다. 가족이란 본래 그 자신을 향해, 그리고 그 구성원을 향해 안으로 굽기 때문이다.

군이 이를 묘사하는 예를 들 필요는 없지만 그대로 언제 한 번 분석을 하면서 일어났던 일을 소개할까 한다:

많은 환자들이 종종 그렇듯이, 한 환자가 어린 시절부터 축적한 트라우마 경험을 요약하는 사건 하나를 소개했다. 그것을 이야기할 때 사용하는 언어 자체가 시간의 중요성을 강조하고 있었다. "아마 제가 두 살 때쯤의 일일 거예요. 온 가족이 바닷가에 있었어요. 저는 점점 엄마로부터 멀어지면서 이런 저런 것들을 발견하기 시작했어요. 조개가 보여서 이 조개에서 저 조개로 계속 이동해 갔어요. 조개가 지천으로 깔려 있었어요. 그러다 갑자기 겁을 먹고 방금 제게 무슨 일이 일어났는지를 깨달았어요. 저는 세상을 발견하는 일에 관심이 쏠려서 엄마를 잊어버린 거예요. 그리고 그 순간, 그것을 이제야 깨달았지만, 저는 엄마가 저를 잊었다고 생각했어요. 그래서 다시 돌아가서 아마 그때 몇 미터 떨어지지 않은 곳에 있었던 엄마한테 뛰어 들었어요. 엄마는 저를 안아주었고 저는 엄마와의 관계를 회복하고 있었어요. 그런데 그때 제 모습이 엄마한테 별로 관심을 가지고 있지 않은 것처럼 보였나봐요. 정신을 다시 차리고 불안한 상태에서 저를 회복하는 데 시간이 필요했거든요. 그런데 그 순간 엄마는 갑자기 저를 땅에 내려놓았어요."

그녀는 (내 앞에서) 그 사건을 다시 경험하고 있었고, 자기 반응을 분석한 다음 이렇게 덧붙였다: "이제 알겠어요. 무슨 일이 있었는지. 저는 그 다음 단계로 넘어가기 위해 평생 이 날을 기다려 왔어요. 만약 그때 엄마가 저를 땅에 내려놓지 않았다면 저는 엄마의 목을 감싸 안고 기쁨과 행복의 눈물을 펑펑 쏟았을 거예요. 그런데 일이 그렇게 되었기 때문에 저는 평생 엄마를 다시 찾지 못했어요."

환자가 전한 이야기는 당연히, 그런 비슷한 상황들에 대한 추억으로 구성된 특정한 상황 도식에 포함되어 있는 내용이었다. 우리는 이 예를 통해 회귀 여행이 별 어려움 없이 잘 진행되고 있을 때 신뢰가 얼마나 섬세하게 조직되고 형성되는지를 볼수 있다. 이 주제는 세 권에 달하는 리처드 처치의 자서전에서 잘 드러난다(특히 마지막 권이 그러하다).

두 살 된 아동의 관찰을 통해 알 수 있는 것은, 별 위험을 내포하고 있지 않은 여행도 존재하지만 만약 잘못되면 아이의 삶에 평생 남을 손상을 입힐 수 있는 여행 또한 존재한다는 사실이다. 그 안에서 가족 구성원들은 각각 다른 역할을 맡고 있는데, 아이들은 자신들의 경험을 보다 넓히고 저런 종류의 왕복 여행에 보다 잘 대비할 수 있도록 가족 구성원들을 활용한다.

많은 아이들이 집과 학교에서 전혀 다른 모습을 보이는 것도 바로 저런 이유 때문이다. 가장 흔하게 접할 수 있는 도식은 학교에서는 새로운 것들을 발견하느라 신난 아이가 집에 돌아오면 보수적이고 자기 안에 갇혀 있으며, 의존적이며 공황에 가까운 상태에 빠져 있는 모습이다. 이때 어머니나 주변의 다른 가까운 사람이 그에게 아주 섬세하게 적응하여 위기를 면하는 경우가 많다. 반대 경우도 일어날 수 있지만, 학교에서는 다른 사람이나 환경을 신뢰하는 아이가 집에서는 쉽게 폭발하고 자신감이 떨어지며 너무 어린 나이에 독립적인 모습을 보이는 것은 정상적인 경우가 아니기가 쉽다. 이때는 그 이후 그 아이나 가정에 어려움이 생길 것이라는 예상을 쉽게 할 수 있다. 그런 종류의 일은 아이가 가족 내에서 자기 자리를 찾지 못하거나 자리 자체가 없을 때 일어난다. 셋째가 태어나 둘째가 가운데에 끼는 경우를 그런 예로 들 수 있다. 그리고 그는 그대로, 누군가가 그의 성격이 변했다는 사실을 깨닫거나 그가 좋은 가정에서 자랐음에도 불구하고 박탈을 경험했다는 사실을 눈치챌 때까지 그런 상태에 머무르게 된다.

신의와 배신

나는 이제 발달 중에 있는 개인과 그의 가족과의 관계의 또 다른 면모를 다루려고 한다. 아이가 성장하면서 부딪힐 수밖에 없는 신의의 문제, 갈등이 이와 관련된다.

문제를 아주 단순하게, 이렇게 표현할 수 있다: 어머니로부터 떨어져 아버지에게 갔다가 다시 어머니에게 돌아간 아이와 그런 경험이 전혀 없는 아이 사이에는 굉장히 큰 차이가 존재한다.

문제를 조금 더 세련되게 표현하면, 생의 초기단계에 있는 아이는 내면에 있는 긴장이나 갈등을 담을 준비가 안 되어 있다. 그런 일은 사회복지사의 몫이다. 우리는 일정한 기간 동안 여러 사례들을 다루면서 그 사례 고유의 문제, 갈등과 긴장을 담아내는 것이 성인에게도 얼마나 힘든 일인지를 잘 알고 있다. 사회 복지사의 입장에서 더 중요한 것은 사례가 속한 집단의 구성원들을 대상으로 어떤 상대적인 조치를 취하는 것보다 그 사례 안에 있는 긴장과 갈등을 담아 내는 것이다.

미성숙한 아이가 그의 신의를 요구하지 않는 상황을 필요로 하는 것은 당연한 일이다. 그런 상황을 제공해주는 것이 바로 가족이다. 가족은 만약 그 상황이 성장 과정에 포함된 것이 아니었다면 배신 행위로 여겨졌을 일들이나 상황을 아이에게 허용한다.

아이는 어머니와의 관계에서 아버지와의 관계로 넘어가는데, 그러는 과정에서 아버지에게 보이는 것과 같은 성질의 태도를 어머니와의 관계에서도 보이게 된다. 아이는 이제 어머니를 아버지의 것과 같은 객관적인 시각에서 바라보게 되지만 그와 동시에 어머니를 향한 증오와 두려움을 내포하는 애정 관계 같은 것을 아버지와 맺게 된다. 그 자리에서 어머니에게 돌아가는 것은 위험한 일이다. 그

러나 그 와중에 어떤 것이 형성되어 아이는 결국 어머니에게 돌아
가게 된다. 익숙했던 위치로 돌아온 그는 이번에는 아버지를 객관
적으로 바라보게 되며 그 감정 안에는 증오와 두려움이 자리한다.

저런 식으로 갔다가 돌아오는 경험은 아이가 평소 집에서 하는
경험들처럼 이어진다. 물론, 어머니-아버지의 관계에서만 일어나는
것은 아니다. 아이는 어머니에게 갔다가 유모에게 갔다가 다시 어
머니에게 돌아올 수도 있고, 어머니에서 이모, 할머니, 누나에게 갔
다가 돌아올 수도 있다. 아이는 가족이 그에게 제공하는 모든 기회
들을 시험하면서 거기서 야기되는 불안과 직면하는 기회 또한 얻는
다. 그런 경험들에서 오는 갈등을 통제할 수 있게 되면서 거기에 동
반된 자극과 흥분을 즐길 수 있게 되기까지 한다. 한 가정의 형제 자
매들은 신의의 문제를 동반하는 모든 긴장과 갈등 및 그들이 감지
하는 어른들 간의 긴장과 질투를 그들의 놀이에 투입하기도 한다.
어떤 의미에서 바로 저런 모습이 우리가 이론에서 보는 전형적인
가정 생활이다. 아이들이 '엄마 아빠 놀이'를 즐기는 이유는 그 놀
이가 그들의 경험 세계를 넓혀 주고 불신을 경험하는 기회를 주기
때문인지도 모른다.

손위 형제들과 나이 차이가 많이 나는 막내들을 관찰하다 보면
놀이가 얼마나 중요한지를 실감하게 된다. 당연한 이야기겠지만 막
내는 형,누나들의 놀이를 이용하지 못한다. 그 놀이에는 그보다 훨
씬 더 오래 산 그들만의 역사가 있고, 시간이 흐른 만큼 막내인 그에
게는 발달된 고도의 복잡한 놀이이기 때문이다. 그래서 그는 그 놀
이에 기계적으로 참여하면서 소외감을 느끼거나 무력감을 느낄 것
이다. 그의 수준을 넘어서는 놀이에 창조적으로 참여할 수 없기 때
문이다. 막내가 복잡하게 교차되고 겹쳐진 신의의 문제들을 재조직
하려면 맨 처음부터, 가장 간단한 단계에서 출발해야 할 것이다.

가족의 놀이 안에 발견할 수 있는 감정들이 긍정적이고 리비도적

인 특성을 가진다는 사실은 잘 알고 있다. 하지만 자극과 흥분을 야기하는 내용은 아마 교차 신의와 연결된 신의의 문제와 관련된 내용일 것이다. 그런 면에서 볼 때 가족과의 놀이는 삶을 준비하는 데 가장 좋은 예습일 것이다.

우리는 가족과 함께 사는 아이에게 학교가 아주 커다란 위안이 될 수도 있다는 사실을 관찰할 수 있다. 학교에서 하는 놀이는 근본적인 것이 아니기 때문에, 많은 시간을 노는 데 할애하는 아주 어린 아이들은 얼마 지나지 않아 어떤 소질을 길러 주는 놀이로 넘어 가게 된다. 그 다음에 오는 것이 집단 규율의 문제이다. 모든 것을 단순화하는 것으로, 아이에 따라서 그 간소화를 잘 받아들이는 아이도 있고 거기에 불쾌감을 느끼는 아이도 있다. 아이가 보기에 학교에서 하는 놀이는 너무 (빨리) 단순화시켜 버린 것으로, 집에서 하는 놀이와 비교해서 퇴화되고 빈약해진 것으로 다가온다. 적어도 집에서 하는 놀이를 지지하고, 집에서 '가족 놀이' 하는 것을 지지하는 가정에서 자란 아이들은 그렇게 느낀다.

반대로, 외동이거나 혼자 있기를 좋아하는 아이는 놀이 집단에 일찍 끼는 것이 유리할 것이다. 그 집단을 통해 놀 수 있는 기회를 얻게 되는데, 여기서 놀이는 아이의 창조성을 길러 주는 상호 관계 및 교차 신의 문제들을 펼칠 수 있는 기회를 제공하는 측면에서 이해할 수 있다.

아이를 언제 학교에 보내야 하는 것이 맞는지를 위에서 일방적으로 결정할 수 없는 이유도 바로 그 때문이다. 그것은 예민하고 섬세한 문제이기 때문에 아이 한 명 한 명을 따로 놓고 따져야 실질적인 도움을 줄 수 있을 것이다. 우리는 다양한 곳에 다양한 종류의 해결 방법을 제시해야 할 것이다. 불확실한 상황이라면, 아이에게 가장 풍부한 경험을 제공할 수 있는 곳은 보통 아이의 가정이다. 그렇다고 하더라도, 하루에 몇 시간은 가족과 떨어져 있어야만 창조적인 상상 놀이를 할 수 있는 아이들도 있기 때문에 그런 아이들을 발견할 줄도 알아야 한다.

초등학교 교육의 수준은 아이가 삶에서 만나게 되는 어려움들을 해결하기 위해 배우고, 특정한 신의들을 선택하고, 학교 교복을 받아들이는 것과 동시에 학교의 규칙과 규율을 받아들일 수 있게 되는 시기와 어울린다. 저런 태도는 사춘기까지도 유지될 수 있는데, 이때 아이가 저 조건들을 수용한다는 것은 교사에게는 편할지 몰라도 당사자에게는 결코 좋은 일이 아니다. 가족들과 놀면서 창조적으로 발달한 여러 가지 실험과 교차 신의의 문제들이 사춘기 때 다시 등장하게 되리라고 예상할 수 있다. 그러나 이때 청소년을 고조시키는 것은 저런 실험과 교차 신의의 문제들뿐만 아니라 사춘기의 성적 발달에 동반되는 새롭고 강력한 리비도적 경험들이다.

청소년에게 그의 가족은 매우 중요한 존재이다. 그것도 그럴 것이, 아무리 평범한 보통 청소년이라 할지라도 그의 내면에 자리하고 있는 강력한 사랑에는 강력한 증오 또한 당연히 따라오기 때문에 그는 불안해 할 수밖에 없다. 그러나 가족이라는 울타리가 유지되는 한 청소년은 두 살에서 다섯 살 때까지 했던 '엄마 아빠' 놀이를 청소년이 된 다음에도 (상상으로) 할 수 있는 것이다.

가정을 보통 부모라는 존재가 지탱하는 구조물이자 아이들이 성장하고 살아갈 수 있는 울타리로 보는 경향이 있다. 아이들이 사랑과 증오를 발견하고, (남들의) 호감과 관용을 살 수도 있지만 짜증과 격분 또한 일으킬 수 있는 그런 곳으로 본다.

그러나 내가 전에 언급한 것처럼, 정작 배신과의 직면에 있어서 가족이 차지하는 역할은 조금 과소평가하고 있는 것은 아닐까 싶다. 가정은 모든 집단의 출발점이 된다. 그 집단들이 모이고 점점 커지고 확장하면서 크고 작은 규모의 사회로 성장하는 것이다.

성인이 된 아이들이 살아가게 될 현실 세계에서 신의는 그 정반대인 배신/불신의를 내포한다. 그렇기 때문에 성장 과정에서 그런 것들을 전부 경험했던 아이는 현실 세계에서 자기 자리를 찾는 데 있어 유리한 위치에 서 있다고 말할 수 있다.

결과적으로, 사람들의 과거를 거슬러 가보면 내가 배신이라고 부르는 것들 또한 우리 삶의 근본적인 일면임을 깨닫게 된다. 더 구체적으로 말하자면, 만약 내가 '나'로 존재한다는 것은 곧 내가 '나아닌 것'에는 불성실하다는 것을 의미한다는 뜻이다. 이 세상에 존재하는 모든 언어 중에서 가장 공격적이고 위협적인 말은 "나는 이다"라는 말이다. 그러나 저렇게 말할 수 있는 사람만이 한 사회를 구성하는 성인이 되는 데 필요한 것을 실제로 소유하고 있다는 것을 잊지 말아야 한다.

아동과 학습(1968)

'Family Evangelism'을 주제로 한 세미나 강연. Christian Team-work Institute of Education, Kingswood College for Further Education

지금 여러분들 앞에 선 나는 한 명의 인간이자 소아과 의사, 소아정신과 의사이자 정신분석가의 입장에서 강연할 예정이다. 한 걸음 물러서서 생각해 보니, 한 사십여 년 전이었다면 어느 누구도 종교를 지도하는 사람들에게 어떤 긍정적 내용의 강연, 긍정적인 영향을 줄 만한 강연을 해달라는 부탁을 정신분석가에게 할 생각은 못했을 것이라는 사실을 깨닫게 된다. 내가 종교를 가르치는 사람이거나 그것도 아니면 기독교인이라서 이 자리에 초대받았다고 생각하는 사람은 없을 것이라고 믿는다. 나는 그저 인간의 성장이나 삶, 자기실현의 문제에 관심을 가지는 분야에서 쌓은 오랜 경력 때문에 이 자리에 서게 된 것이다. 협회장님은 앞서 내가 아동의 행동에 대해 매우 탁월한 지식을 가지고 있다는 식으로 소개했지만 아무래도 어느 책 뒷표지에 적힌 소개글을 보신 것 같다! 여러분은 어쩌면 나의 앎이 겉으로 드러나는 성격 구조의 피상적인 현상이나 우리 눈에 실제로 보이는 여러 가지 행동들에 한정되어 있지 않고 그 너머에 있는 것들까지도 볼 수 있을 정도라고 기대할는지도 모른다. 우리는 여기서 '자기실현'이라는 표현을 떠올릴 수 있다. 사람들 중에는 그 사람 안에 있는 무의식적 동기와 행동, 내적 갈등의 관계성을 보지 못하고 아동의 행동을 연구하는 사람들이 있다. 그런 사람들은 종교를 가르치는 사람과 절대로 제대로 된 소통을 하지 못한다─아마 협회장님이 하려고 했던 말도 저런 것일 것이다: 내가 가족과 사회라는 집단 안에 있는 인간의 발달에 관심을 가지는 사람이란 사실 말이다.

웨슬리언 감리교 전통을 따르는 집안에서 자란 나 자신은 정작 그 안에서 교회 활동과 관련된 모든 활동들로부터 자유로운 채로 자란 것 같다. 지금 와서 생각하지만, 나는 내가 받은 종류의 종교 교육 덕분에 모든 가능성에 대해 열려 있는 사람으로 성장할 수 있었다는 점을 매우 기쁘게 생각한다. 나는 지금 이 자리에 있는 사람들은 종교를 매주 일요일 교회를 가는 것으로만 생각하는 사람들이 아니라는 사실도 매우 잘 알고 있다. 그래서 여러분이 허락해 준다면, 다음과 같은 말을 하고 싶다: 우리가 보편적으로 종교라고 부르는 것은 인간의 본성에서 비롯된 것이다. 그런데 또 다른 사람들은 인간의 본성 바깥에 그 기원을 둔 어떤 계시를 통해 인간의 본성이 야만성에서 벗어날 수 있었던 것이라 말한다. 종교의 가르침과 종교 행위 실천에 긍정적인 영향을 미칠 수 있는 것을 정신분석학에서 찾아보려는 결심을 했다면, 이제 여러 가지 흥미로운 질문들을 서로에게 던져 보고 이야기를 나눌 차례이다. 모든 것을 객관적인 시각을 가지고 구체적으로 관찰하는 오늘날, 기적은 과연 필요한 것인가? 죽음 뒤에 새로운 삶이 있다는 생각에 집찰할 필요는 과연 있는가? 신화가 사유보다 밑에 있다고 보아야 할 것인가? 개인(아동이나 청소년, 성인)에게 도덕성을 주입함으로써 그가 본래 가지고 있는 선량함을 뺏는 일을 계속해야 하는가?

지금 내게 주어진 시간을 초과하지 않고 내 전문이 아닌 이야기까지 하지 않도록, 한 가지 주제만 가지고 이야기하겠다. 내가 이 자리에 선 이유는 어쩌면 언젠가 아동의 '~을 믿는 능력'에 대한 이야기를 한 적이 있기 때문인지도 모른다. 여기서 우리가 던질 질문은 '거기에 무엇은 덧붙이는가'이다. 무엇을 믿는 능력 말인가? 나는 여기서 실제 경험과 교육을 구분한다. 먼저 교육에 대해 말하자면, 여러분은 여러분이 태어나기 전부터 이미 속해 있던 문화적 또는 종교적인 세계관 (정확히 말하면 부모의 세계관), 아니면 성장한 뒤 직접 선택한 세계관에서 자신에게 의미 있는 여러 가지 믿음을 교육을 통해 전달하고 싶을 수 있다. 하지만 그것도 아이에게 믿는 능력이 있어야 이루어질 수 있다. 그리고 그 능력은 결코 교육을 통해 발달되지는 않는다. 교육은 그 능력을 발달시키지 않고 단어의 의미를 확장하고 우리가 평소 부여하지 않는 의미만 거기에 덧씌울 뿐이다. 믿는 능력은 그 사람의 경험의 문제이다: 그가 경험한 것들-아기였을 때, 어린아이였을 때— 받았던 보살핌 경험의 문제다. 어머니, 어쩌면 아버지나 아기의 일차적 환경에 포함된 주변인이 그 경험에 등장하지만, 어디까지나 어머니가 제일 먼저다.

나는 언제나 성장과 발달의 문제를 생각한다: 내 앞에 있는 사람의 상태를 살필 때 나는 그 사람을 그의 주변 환경과 연결해서 생각하고 또 그 사람이 엄마의 뱃속에서 생겨났을 때부터, 아니면 적어도 그가 태어났을 때부터 지금까지의 성장과 연결해서 생각한다.

아기는 그가 부모로부터 물려받은 어떤 성향들을 타고 나며 그 성향들로 인해 성장 발달 과정으로 힘차게 나아간다. 그 성향들 중에는 인격의 통합 및 신체-정신의 통합 상태로 아이를 인도하고, 대상관계로 이끄는 성향들이 존재한다. 그리고 아이가 점차 성장하면서 타인의 존재를 인식하기 시작할 무렵 그 대상관계는 개인 상호간의 관계로 변모한다. 이 모든 것은 아이 안에서 나오지만 촉진적 환경 없이는 성장 과정이 일어날 수 없는 것도 사실이다. 여기서 요구되는 것은 기계적인 완벽함이 아니다. 그런 의미에서 '충분히 좋은 엄마'라는 표현이 성장 과정에서 아이가 물려받은 요소들을 구체화하는 데 필요한 것을 아주 잘 묘사하고 있다고 생각한다. 모든 발달은 처음에는 아이가 물려받은 굉장히 활기차고 생생한 성향(통합 경향성, 성장 경향성, 아기가 어느 날 걷고자 하는 성향 등) 덕분에 일어난다. 환경이 충분히 잘 기여한다면 그 모든 일들은 아이 안에서 잘 일어날 수 있다. 그러나 만약 충분히 좋지 못하면 생의 실마리가 끊어지며 제 아무리 강력한 성향을 물려받은 아이라고 해도 자기 실현으로 나아가기 어려울 것이다.

충분히 좋은 엄마는 먼저, 아기의 욕구에 매우 잘 적응할 수 있는 능력을 가진다. '충분히 좋은'이라는 표현이 의미하는 것은 평소 아기에게 전적으로 동일시하는 어머니들의 기막힌 능력을 가리킨다. 어머니들은 임신 말기 그리고 아기가 태어난 후 그에게 완벽하게 동일시함으로써 아기가 무엇을 느끼는지를 거의 전부 다 알 수 있다. 그렇기 때문에 아기의 욕구에 전부 적응하면서 그의 욕구를 충족시켜줄 수 있는 것이다. 그 덕분에 아기는 건강의 시작인 성장의 연속성을 형성하게 된다. 그렇게 어머니는 아기의 정신 건강의 기초, 아니 그 이상의 것을 다진다. 자기실현과 성숙과 그 안에 내재한 위험과 갈등, 성장과 발달이 야기하는 모든 불편함까지 포함해서 말이다.

그렇게 어머니―뿐만아니라, 처음에는 어머니가 (아기와) 맺는 것과 같은 신체적 관계는 못 맺지만 아버지 또한 신경질을 내지 않고 아기와 동일시하면서 그의 필요에 응할 수 있다. 그런 식으로 어머니는 짜증이나 화를 느끼지 않고 아기와 동일시하고 그에게 적응할 수 있다. 아버지 또한 마찬가지로(비록 처음에는 어머니와 아기 사이에 있는 물리적인 연결을 맺지는 못하더라도) 아기에게 동일시하고 적응할 수 있다. 몇 천년 전부터 이 세상에 태어난 대부분의 아기들은 처음에 충분히 좋은 엄마를 만난 편이다. 만약 충분히 좋지 않은 엄마가 더 많았다면 정신이 멀쩡한 사람보다는 미친 사람이 더 많았을 텐데, 그렇지는 않은 실정이다. 어떤 여성들에게는 아기에 대한 엄마의 동일시는 위협으로 다가온다. 그들은 (아기와 동일시를 한 다음) 자기 정체성을 되찾을 날이 과연 올까 걱정한다. 그리고 그런 불안이 엄마에 따라 처음에 아기에게 그렇게 극단적으로 적응(동일시)하는 것을 잘 하지 못하게 만드는 경우가 있다.

　일어나는 일들을 보면 모성상들은 아기의 충동 욕구를 확실히 만족시켜 주는 것 같다. 그러나 정신분석학이 생긴 이래로, 첫 오십 년간은 위에 언급한 부모-아기 관계에서 발견하는 면모에 너무 초점을 두었다. 정신분석학계는 아동의 발달 연구에 지대한 영향을 끼쳤음에도 불구하고 정작 아이를 안는 방법이 중요하다는 사실을 인정하는 데는 오랜 시간을 들였다. 그런데 잘 생각해 보면 그것이야말로 핵심이다. 과장해서 상상을 해보자: 입에 담배를 문 채 아기를 다리로 붙잡고 목욕물 위로 빙빙 돌리며 목욕시키는 사람이 있다고 상상해 보자. 아기가 필요로 하는 건 결코 그런 것이 아님을 여러분도 잘 알고 있을 것이다 아이가 필요로 하는 것들에는 굉장히 섬세한 것들이 많이 들어 잇다. 나는 수천 명의 어머니들을 만나 대화를 나눴다. 만약 여러분이 손으로 아이의 머리와 몸통을 들고 있는데 '그것'을 온전한 하나로 생각하지 않고 휴지나 다른 물건을 잡기 위해 손을 뻗는다면 머리는 뒤로 젖혀지며 아이는 머리와 몸통 두 부분으로 분리된다. 이때 그는 소리를 지를 것이고 평생 그 경험을 잊지 못할 것이다. 무서운 것은 기억에서 완벽하게 사라지는 경험이란 절대 존재하지 않는다는 사실이다. 그 사건 이후 아이는 평생 모든 것들에 대해서 믿음을 충분히 갖지 못할 것이다. 아이들은 좋았던 일들을 기억하지 못하고 나빴던 일들만 기억한다고 볼 수 있다. 그 이유는 그들은 그 순간 그들의 존재의 연속성이 갑자기 끊기고, 자기 머리가 뒤로 넘어갔다거나 그와 비슷한 일이 일어났다는 사실을 기억하기 때문이다. 그 사건은 그들의 방어 시스템을 전부 뚫고 들어와 그들이 거기에 반응하게 만들었다. 그들에게 일어났던 일은 굉장히 고통스러운 것이었고 그들은 그것을 절대 잃지 못할 것이다. 그것과 평생 함께 살아야 하며, 만약 보살핌을 받는 과정에서 그와 같은 일이 또 반복된다면 그들은 결국 환경을 불신하게 될 것이다.

아이들은 모든 일이 잘 돌아갈 때는 그 사실을 인식조차 못하기 때문에 고맙다는 말을 절대 하지 않을 것이다. 가족도 마찬가지로 빚으로 여기지 않은 넓은 차원의 빚이 아닌 빚이 존재한다. 균형 잡힌 성인으로 성장한 사람은 특별히 갚아야 할 빚 같은 걸 가지지는 않는다. 그러나 그가 그렇게 될 수 있었던 데는 초기 단계에서 그에게 도움을 준 사람이 있었기 때문이라는 사실은 부정할 수 없는 사실이다.

아이를 안고 조작하는 문제는 인간의 신뢰성의 문제를 제기한다. 내가 여기서 언급하는 종류의 동작들은 컴퓨터로는 할 수 없는 것들이다. 여기서 신뢰도는 (더 정확히 말하면, 신뢰의 부재) '인간적'이어야 한다. 어머니의 아이에 대한 적응은 처음에는 굉장히 중요하다. 그러다 시간이 지나면서 그 적응은 점차 줄어든다. 그러는 과정에서 아기는 당연히 욕구 불만을 느끼기 시작하고 화를 내기 시작하며, 어머니와 동일시할 필요성을 느낀다. 언젠가 한 번은 어머니가 그에게 젖을 물리기 전에 엄마 입에 손을 대면서 그녀에게 영양을 공급하는 삼 개월 된 아이를 본 적이 있다. 그는 엄마가 자기에게 젖을 줄 때 어떤 기분인지를 조금은 짐작할 수 있었던 것이다.

아기는 수 분 동안 엄마나 아빠, 보모의 내적 이미지를 생생하게 유지할 수 있다. 하지만 아이의 그런 삶의 단계에 있을 때 엄마가 두 시간 동안 자리를 비운다면 그의 안에 있는 엄마의 이미지는 점점 희미해지면서 사라지기 시작한다. 다시 돌아온 엄마는 이제 낯선 사람이자 그냥 다른 사람이다. 그러다 보니 아이는 내면에 있는 (어머니의) '이미지'에 다시 생명력을 불어넣는 것을 잘 하지 못한다.

그는 이후 한 이 년간은 어머니와의 분리를 잘 견디지 못한다. 두 살쯤 되면 아버지나 어머니에 대해 충분히 잘 알게 된 아이는 이제 대상이나 상황에만 관심을 가질 것이 아니라, 실제 현실에 존재하는 사람에게도 관심을 가질 수 있게 된다. 두 살 된 아이가 그의 옆에 어머니의 존재를 실제로 필요로 하는 경우는 그가 입원이라도 했을 때와 같은 경우이다. 그에 반해 갓난 아기는 24시간 내내 그의 개인적 경험의 연속성을 보장하는 안정적인 환경을 필요로 한다

나는 어머니들과 대화를 하고 아동들을 관찰하는 것 외에도, 성인들을 상담하면서 많은 것을 배울 수 있었다. 그들은 모두 치료 과정에서 아이가 되고 아기가 되어 나와 이야기를 나누게 된다. 현재 내게 치료를 받는 스물 다섯 살 된 여자 환자 한 명이 있는데, 그녀는 나를 일주일에 세 번 봐야 그녀 안에 있는 나의 이미지를 '살아있는' 것으로 유지할 수 있다. 두 번까지도 어떻게든 유지할 수 있지만 일주일에 한 번 보는 것으로는 어림도 없다. 내가 아무리 그 한 회기 시간을 길게 잡고 진행하더라도 말이다. 그녀는 이미지가 점점 흐려지고 모든 감정과 의미가 사라지는 것을 지켜보는 것이 너무나 고통스럽고, 그래서 차라리 죽어 버렸으면 좋겠다고 말했다. 이런 식으로, 치료의 양상은 어떻게 해야 부모의 '이미지'를 생생하게 유지할 수 있는가, 그 방법에 따라 달라진다. 사람들에게 신뢰감을 주는 일을 수행할 경우 자연적으로 부모 '상'이 된다. 나는 지금 이 자리에 있는 모든 사람들은 훌륭한 직업들을 가졌을 거라 생각한다. 다들 잘 알고 있을 것이다. 우리 모두 그 제한된 영역에서는 집에 있을 때보다 더 올바르게 행동한다. 여러분의 고객은 여러분에게 의존하며 기댄다.

인간이 언어에 담긴 의미를 이해하기 훨씬 전부터 의사 소통의 수단으로서 신뢰 행위가 존재했다―아이를 재울 때 어머니가 취하는 태도, 그녀의 손길,음과 목소리 톤, 이 모든 것은 언어가 가진 의

미를 이해하기 훨씬 전부터 의미 전달의 수단이자 의사 소통의 수단이었다.

우리는 신뢰를 가진 사람이다. 이 넓은 강당에 모여 있는 사람들 중 천장이 갑자기 무너지지는 않을까 걱정을 하는 사람은 아무도 없다. 이곳을 만든 건축가를 신뢰하는 것이다. 신뢰한다는 것은 다르게 말하면 누군가가 우리가 삶을 잘 시작할 수 있도록 해주었다는 것을 의미한다. 우리는 (그 사람을 통해) 일정 기간 동안 사랑 받는 존재이며, 그렇기 때문에 주변을 믿고 계속 성장해 나가도 된다는 무언의 확신을 받으며 살았다.

언어 발달 단계의 전 단계에서 안아주기와 조작하기를 적절하게 받지 못한 아동은 박탈을 경험하게 된다. 그런 박탈을 경험한 아이에게 해줄 수 있는 것은 사랑을 담아 그를 안아주고 조작하는 것이다. 아이에게 저런 행위를 베푸는 시기가 지난 뒤에 이런 일을 하는 것은 어렵겠지만, 시도해 볼 가치는 있다. 어려움은 아이가 언어 발달 전 단계에서 그 사랑(안아주기, 조작하기)을 실험할 필요, 다르게 말하면 아이가 가진 파괴성이 내재된 원시적인 사랑을 그 사랑이 견뎌내느냐를 실험할 필요가 있다는 데서 나온다. 모든 것이 정상적으로 진행될 때 그 공격성은 먹는 행위나 발길질, 놀이, 경쟁 같은 행위로 승화된다. 그러나 그 단계에 있는 아이는 아직 굉장히 원시적인 상태에 있다: 사랑할 만한 사람이 등장하는 순간 파괴가 일어난다. 만약 거기서 살아남는다면 이제 그 자리를 차지하게 되는 것은 파괴 '발상' 이다. 그러나 먼저 파괴가 있고, 언어 발달 전 단계에서 하는 사랑 경험을 하지 못한 아이를 사랑하게 된다면 고생할 각오는 해야 할 것이다: 타일도 깨질 것이고 기르는 고양이가 아이에게 시달릴지도 모른다. 그 외에도 여러 가지 사건 사고가 있을 것이다. 그래도 여러분은 그 공격들을 견뎌내고 살아남아야 한다. 바로 그 때문에 여러분은 사랑을 받을 수 있을 것이다.

만약 내가 지금 갑자기 일어나서 나는 좋게 시작했다고, 출발이 좋았다고 하면 왜 자랑으로 들릴까? 내가 말하려는 것은 내가 이런 저런 일을 할 수 있게 된 것은 나라는 개인이 잘나서가 아니라 내가 물려받은 (성장) 경향성 혹은 아니면 누군가의 덕분이라는 이야기이다. 자랑처럼 보이는 이유는 나라는 사람이 자식은 부모를 고르지 못한다는 말을 믿지 못하기 때문이다. 그러다 보니 나는 내가 부모를 잘 골랐다는 생각을 하게 되는 것이다. 기발한 발상 아닌가? 바보 같아 보일지라도, 인간의 본성을 다루는 우리는 적어도 성장과 발달의 문제에 한해서는 역설을 받아들일 수 있어야 한다. 우리가 느끼는 것과 관찰을 통해 사실로 드러난 것들을 화해시킬 수도 있다. 역설은 해결되는 것이 아니라 보라고 있는 것이다. 이 부분에서 각자 길이 갈라지기 시작한다. 우리는 우리가 느끼는 것을 관찰하면서 동시에 우리 뇌를 사용하여 우리의 감정을 불러일으키는 것이 과연 무엇인지를 찾아야 한다. 안아주기와 조작하기를 통해 표현되는 언어 발달 전단계의 사랑이 성장 중에 있는 아기에게 아주 근본적인 중요성을 가진다는 나의 가정으로 돌아오자. 우리는 우리의 개인 경험을 토대로, 예를 들어 무한한 팔에 대한 것을 아기에게 가르칠 것이다. '하나님'이라는 단어까지 가져와 교회와 기독교 교리의 특별한 연결 같은 것을 지을 수도 있을 것이다. 물론 그렇게 되기까지는 많은 단계를 거쳐야 할 것이다. 바로 그 자리에 교육이, 아이의 믿는 능력에 따라 그곳에 자리잡는다. 윤리를 가르칠 때 우리 주관에 따라 어떤 것들이 죄악이고 아니고를 규정한다면, 아이가 선악을 어떻게 받아들이고 느낄지에 대한 '아이 소유의' 능력을 빼앗고 있지 않다고 확신할 수 있는가? 아이에게 "이것이나 저것을 하려는 충동"의 존재를 느끼는 순간 자체를 빼앗기란 굉장히 쉽다. 개인은 바로 저런 (충동을 느끼는) 순간 개인 발달의 한 과정을 체험하고 있는 것이다. 누군가가 만약 그에게 "이건 하면 안돼, 나빠"라고 말했다면 아이는 결코 저런 체험을 하지 못했을 것이다. 위와 같은 상황에서 예상되는 아이의 반응으로 두 가지를 들 수 있다. 하나는 아이가 거기에 순종하여 결국 포기하는 것이고 다른 하나는 반항을 하는 것인데 이때는 아무도 얻는 것이 없으며 아무런 발전도 일어나지 않는다.

아이는 처음에는 가족을 통해, 그 다음에는 학교와 사회에서 신뢰있는 안아주기 경험을 하면서 믿는 능력을 형성하게 된다. 그것이 있어야 아이는 여러분의 가르침을 익히고 그의 안에 저장할 수 있을 것이다.

청소년의 미성숙(1968)

Tyne의 Newcastle에서 열린 영국학생건강협회의
21회 연례 모임에서 발표된 심포지엄 내용의 일부

예비적 관찰들

이 광범위한 주제에 대한 나의 언급은 나의 특별한 경험영역으로 부터 온 것이다. 나의 언급들은 심리치료적인 태도의 기본 틀 안에서 이루어진 것이다. 심리치료사인 나는 자연스럽게 다음 사항들과 관련에서 생각하고 있는 자신을 발견한다.

개인의 정서 발달;
엄마와 부모의 역할;
아기의 욕구의 자연스러운 발달로서의 가족;
학교와 가족 개념의 확장으로 보여지는 다른 집단들의 역할, 그리고 고정된 가족유형으로부터의 해방;
청소년들의 욕구와 관련된 가족의 특수한 역할;
청소년의 미성숙성;
청소년의 삶에서 성숙의 점진적 획득;

　　심각한 개인 자발성의 상실 없이 개인의 사회집단들 및 사회와의
동일시를 획득하는 것;
　　그가 성숙한가 미성숙한가의 여부와 상관없이, 개인 단위들이
모여 구성하는 집단명사로서 사용되는 말인 사회의 구조;
　　자연적인 성장 과정의 절정으로서의 정치, 경제, 철학 그리고
문화의 추상적 내용들;
　　수많은 개인적 행동유형들이 겹쳐져서 거대한 하나로 이루어
진 세계.

　　성장 과정은 역동적인 것이며 이 역동성은 개인이 타고난 요소이
다. 여기에서 충분히 좋은 촉진적 환경은 개인의 성장과 발달을 시
작하는 데 필수적인 요소이다. 거기에 행동유형을 결정하는 개인의
유전인자가 있으며 성장과 성숙을 이루려는 타고난 경향성이 있다.
그러나 충분히 좋은 환경적 제공이 없다면 정서 발달의 영역 안에
서는 아무것도 발생하지 않는다. 유의할 사항은 완전이라는 단어는
이 진술에 끼어 있지 않다는 점이다. 완전은 기계에 해당하는 말이
며, 욕구에 대한 인간의 적응의 특징인 불완전은 촉진적 환경이 지
닌 본질적 성질이다.
　　이 모든 것의 기초는 개인의 의존이라는 개념이다. 이 의존은 처
음에는 거의 절대적인 의존으로부터 상대적인 의존으로, 그리고 독
립을 향해 순서에 따라 점진적으로 변해 간다. 독립은 완전한 것이
되지 않으며 자율적 단위를 이룬 것으로 보여지는 개인은 실제에
있어서 결코 환경으로부터 독립적일 수 없다. 비록 거기에는 그 개
인이 성숙함으로써 자유롭고 독립적이라고 느끼며 행복과 개인 정
체성을 가지고 있다는 느낌을 만들어 낼 수 있는 방식들이 있기는
하지만 말이다. 교차동일시의 덕택으로 나와 나-아닌 것 사이의 선
명한 경계선이 탄력성을 갖는다.

지금까지 내가 한 것은 인간 사회가 담고 있는 백과 사전적인 지식의 다양한 부분들을 열거했을 뿐이다. 이것들은 마치 하나의 끓는 가마솥과 같은 개인의 성장 과정 안에서 끊임없이 표면에 비등하는 역동적인 것들이다. 내가 여기에서 다룰 수 있는 부분은 아주 작은 것일 수밖에 없다. 그러므로 내가 말하고자 하는 것을 인간성의 거대한 배경 안에 두는 것이 중요하다. 이 인간성이란 많은 다른 방법으로 볼 수 있고, 또한 망원경의 한쪽 끝이나 다른 쪽 끝에서 볼 수 있을 만큼 커다란 것이기 때문이다.

질병인가 아니면 건강인가?

일반적인 내용에서 구체적인 내용으로 들어가자마자 나는 내가 수용하는 것과 거부하는 것을 선택하지 않으면 안 된다. 예를 들면, 개인의 정신의학적 질병의 문제가 있다. 사회는 모든 개인 구성원들을 포함한다. 사회구조는 정신의학적으로 건강한 구성원들에 의해 세워지고 유지된다. 그럼에도 불구하고 사회는 병든 사람들을 포함해야 한다:

미성숙한 사람들(나이에 비해서);

정신병리적인 사람들(박탈의 최종 산물임. 그들은 희망적이라고 느낄 때 그들의 박탈 경험의 사실을 사회에 알리려고 한다. 그 박탈은 좋고 사랑 받는 대상의 박탈일 수도 있고, 자발적 운동으로부터 오는 긴장을 견디기 위해 의지할 수 있는 만족스러운 구조의 박탈일 수도 있다);

신경증 환자들(무의식적 동기와 양가감정에 사로잡힌 자들);

우울증 환자들(자살을 생각하거나 이에 대한 대안으로 커다란 성취의 공헌을 이룩하려는 양극 사이를 배회하는 사람들);

분열성 환자들(정체감과 진정한 느낌을 가지는 개인으로서 자신을 세워 가야 하는 평생의 과제를 이미 부여받은 사람들);

정신분열증 환자들(진정한 느낌을 적어도 아픈 동안에는 가질 수 없으며, 대리적 삶을 기초해서만 (겨우) 어떤 것을 성취할 수 있는 사람들.)

우리는 이것들에다 가장 어색한 하나의 범주를 더해야 하겠다. 여기에는 권위와 책임을 지는 위치에 자신들을 관여시키는 많은 사람들이 포함된다. 즉 사고체계에 의해 지배당하고 있는 편집증 환자를 말한다. 이 사고체계는 항상 모든 것을 설명하는 데 사용되어야 하며 그렇지 못할 때에는(그런 식으로 병적인 개인에게 있어서) 심한 생각의 혼동, 혼돈감, 모든 예측 가능함의 상실 등의 상태에 빠진다.

어떤 정신의학적 질병의 서술도 겹치는 부분을 갖고 있다. 사람들은 질병의 분류에 딱 맞도록 분류되지 않는다. 이것이 물리학자와 외과의사들이 정신의학을 이해하기 어렵게 만드는 요소이다. 그들은 말한다: "당신을 질병을 앓고, 우리는 치료를 한다(또는 일 년이나 이 년 안에 치료를 할 수 있다)." 어떤 정신의학적 명칭도 정확학 규범에 맞는 것이 아니며 모든 명칭 중에 "정상" 또는 "건강"이라는 명칭도 이 점에서는 마찬가지이다.

우리는 질병이라는 관점에서 사회를 바라볼 수 있다. 사회의 병든 구성원들이 어떻게 이런저런 방식으로 사람들에게 관심을 강요하는지, 개인에게서 시작되는 질병의 분류에 의해서 사회가 어떻게 채색되는지 등의 관점들이 그런 것이다. 또는 어떤 특정 시기에 그 사회의 구성원들을 왜곡시키고 무능하게 만드는 하나의 사회를 제외하고 정신의학적으로 건강한 개인들을 배출시킬 수 있는 가정들과 사회적 단위들 안에서 어떤 일이 이루어지는지를 연구할 수 있다.

나는 이러한 방식으로 사회를 바라보는 것을 선택하지 않는다. 나는 건강의 관점에서, 즉 정신의학적으로 건강한 구성원들의 건강으로부터 자연스럽게 나타나는 성장과 지속적인 새로워짐의 관점에서 사회를 바라보는 것을 선택한다. 때로는 한 집단의 병리적 구성원들의 비율이 너무 높아서 그 집단 자체가 건강을 유지하지 못할 수도 있다는 사실을 알면서도 나는 그렇게 말한다. 그럴 경우에는 사회 자체가 정신병리의 희생물이 되고 만다.

그러므로 나는 사회를 볼 때 마치 그것이 정신의학적으로 건강한 사람들로 구성되어 있는 것처럼 보려고 한다. 그렇다고 해도 사회는 너무 많은 문제들을 가진 것으로 드러날 것이다. 실로 사회는 너무 많은 문제들을 갖고 있다.

독자는 내가 정상이라는 단어를 사용하지 않는 것을 알 수 있을 것이다. 이 단어는 편리한 사고에 지나치게 얽매어 있다. 그러나 나는 정신의학적 건강이라는 것이 존재한다고 믿는다. 이 말은 내가 사회를 연구함에 이어서 개인적 삶의 완성을 향한 개인의 성장이라는 측면에서 바라보는 나의 관점이 정당한 것이라고 믿고 있다는 것을 의미한다. 공식은 이것이다. 개인이 없이는 사회가 세워지고 유지되고 계속적으로 재구성될 수 없듯이, 사회 없이는 개인적 삶의 완성이란 있을 수 없으며, 그 사회를 구성하고 있는 개인들의 집단적인 성장 과정 없이는 사회가 있을 수 없다. 그리고 우리는 세계 시민을 추구하겠다는 생각을 집어치우고, 다만 여기저기에서 그들의 사회적 단위가 사회의 지역성을 넘어서, 민족주의를 넘어서, 종

파의 경계를 넘어서 확장되는 사람들을 발견하는 것에 만족해야 한
다. 실제로 우리는 정신의학적으로 건강한 사람들이 그들의 건강을
위해 그리고 그들의 삶의 완성을 위해, 사회의 한 제한된 영역에, 아
마도 지역 볼링 클럽 같은 데 충실하고 있다는 사실을 받아들일 필
요가 있다. 그래서 안 될 이유가 어디 있겠는가? 우리가 비탄에 빠지
게 되는 것은 우리가 어디에서나 길버트 머레이(Gilbert Murray)를
찾기 때문이다.

중심적 논지

　내 논지에 대한 긍정적인 진술은, 충분히 좋은 모성 돌봄의 중요
성에 관해 지난 오십 년간 발생한 엄청난 변화로 나를 곧바로 데려
다 준다. 이 모성 돌봄은 아버지를 포함한다. 그러나 내가 아기에 대
한 그들의 전체적인 태도와 돌봄을 서술하는 데 있어서 아버지들은
모성적이라는 용어를 사용하도록 허용해야 할 것이다. 부성적이라
는 용어는 모성적인 용어보다 조금 나중에 와야만 한다. 점차로 남
성으로서의 아버지는 중요한 요소가 된다. 그 다음에 따라오는 것
이 아버지와 어머니의 결합의 기초가 되는 가정이다. 이 가정은 부
부가 함께 행한 것에 대해, 즉 우리가 새로운 인간 존재라고 부르는
아기에 대해 함께 책임을 진다.
　모성적 제공에 대해 언급해 보겠다. 우리는 이제 아기를 어떻게
안고, 어떻게 다루는가 하는 것이 중요하고, 아기를 돌보는 사람이
누구인가가 중요하며, 이 사람이 실제 엄마인지 아니면 다른 누구
인지가 중요하다는 것을 안다. 우리의 아이 양육 이론에서 같은 사
람이 계속적으로 돌보는 것은 촉진적 환경에 대한 개념의 중심적
특징이다. 이 환경적 제공의 계속성에 의해서, 그리고 이것에 의해

서만 예측불가능함에 대한 방어적 반응의 유형을 형성하지 않을 수 있으며 자신의 삶을 다시 시작하기 위해 끊임없이 애쓰는 불운에 처하지 않을 수 있다.[1]

나는 여기에서 볼비의 연구(Bowlby, 1969)를 언급할 수 있다. 두 살 된 어린아이가 엄마의 심상이 살아 있을 수 있는 시간 이상으로 엄마를 상실하게 된다면, 아이가 이 상실에 대해 반응한다(비록 일시적이나마)는 사실은, 비록 더 철저한 연구가 필요하지만[2], 일반적으로 수용되고 있다. 그러나 이 배후에 있는 생각은 돌봄의 계속성에 관련된 전체 주제로 확대된다. 이것은 두 살 때의 문제만이 아니라 아기의 개인적 삶의 초기, 즉 아기가 인격으로서의 전체엄마를 객관적으로 지각할 수 있기 이전부터 시작되는 것이다.

또 하나의 새로운 특징: 소아정신과 의사로서 우리는 단지 건강에만 관심을 갖는 것은 아니다. 나는 이 점이 정신의학 전반에 걸쳐서 사실이기를 바란다. 우리는 건강 안에서 세워지는 행복의 부요함에 관심을 갖는다. 그 행복의 부요함은 심지어 유전인자가 그 아이를 자체의 목표를 향해 이끌어 가는 경우에도 정신의학적으로 건강하지 못하다는 범주 안에 세워지지 않는다.

우리는 이제 빈민가와 빈곤을 공포의 눈으로만 바라보는 것이 아니라, 아기와 어린아이에게 있어서 빈민가의 가정은 일반적인 질곡들이 전혀 없는 근사한 집에 사는 가정보다 촉진적 환경으로서의 더 안전하고 좋은 곳이 될 수 있다는 가능성에 대해서 열린 눈으로 바라본다[3]. 또한 우리는 받아들여진 관습과 관련에서 사회집단들

---

1. "Joanna Field" (M.mMilner), *A Life of One's Own*, Chatto & Windus, 1934.

2. John Bowlby, *Attatchment & Loss*, London, Hogarth Press and the Institute of Psychoanalysis, 1969

3. 인구과잉, 기아, 전염병 등의 신체적 질병과 재앙으로부터 그리고 호의적인 사회가 선포한 법률로부터의 끊임없는 위협.

사이에 존재하는 근본적인 차이를 고려하는 것은 가치있는 일이라고 느낄 수 있다. 예를 들면 아기로 하여금 탐구하고 발로 차지 못하도록 아기를 포대기로 싸는 것은 우리가 아는 대로 영국 사회에서는 보편적이다. 모형 젖꼭지류나 손가락 빨기, 자체성애적 활동 일반에 대한 지역적 태도는 어떤 것인가? 어떻게 사람들은 초기 삶의 자연스러운 오줌싸기에 대해 반응하며, 그것이 오줌 가리기에 어떻게 관련되는가? 등의 물음들이 가능하다. 트루비 킹(Truby King)의 단계는 아기로 하여금 자신의 도덕성을 발견하는 권리를 허용하려는 어른들에 의해서 아직도 살아서 전승되어 내려오고 있으며, 우리는 이것을 극단적인 허용성의 반대편에 있는 극단적인 주입교육에 대한 반응으로 볼 수 있다. 미국의 흑인과 백인 사이의 차이는 피부색깔의 문제보다 아기에게 엄마젖을 먹이는 문제가 더 큰 것으로 드러날지도 모른다. 대부분 엄마젖을 먹고 자란 흑인에 대한, 우유를 먹고 자란 백인의 질시는 측량할 수 없는 것이다.

나는 지금 전혀 인기 있는 개념이라고 말할 수 없는 무의식적 동기에 대해 관심하고 있음을 주목할 수 있을 것이다. 내가 필요로 하는 실제 자료는 질문지 양식을 통해서 끌어 모을 수 있는 것이 아니다. 컴퓨터는 실험용 모르모트처럼 검사를 받고 있는 사람들의 무의식적 동기를 파악하도록 프로그램 될 수는 없다. 이 지점이 정신분석을 하면서 평생을 보낸 사람들이 인간에 대한 컴퓨터 조사라는 특징적인 모습으로 나타나는 표면 현상 안에 담긴 광적인 믿음에 반대해서 정신건강을 소리치지 않으면 안 되는 바로 그곳이다.

그 밖의 혼동

혼동의 또 하나의 근원은 만약 엄마들과 아빠들이 그들의 아기와 아이들을 잘 키운다면 말썽이 줄어들 것이라는 그럴 듯한 가정이다.

그것은 사실과는 거리가 멀다. 이 점은 나의 중심 주제에 시사하는 바가 크다. 왜냐하면 아기와 어린이 돌봄의 성공과 실패들이 제 값을 받게 되는 청소년들을 바라볼 때, 현재 나타나는 말썽들 중 어느 정도는 현대적인 양육 방식과 개인의 권리에 대한 현대적 태도 안에 담긴 긍정적 요소에 속한다는 점을 암시하고 싶기 때문이다.

당신이 당신 자손의 인격 성장을 증진시키기 위해 할 수 있는 모든 것을 행한다면, 당신은 자신을 놀라게 할 수 있는 결과들을 다룰 준비가 되어 있어야 할 것이다. 만약 당신의 자녀들이 자신들을 발견하기만 한다면, 그들은 자신들 전체를 발견하기까지는 결코 만족하지 않을 것이다. 그리고 그것은 그들 자신 안에 사랑이라고 이름 붙일 수 있는 요소들과 마찬가지로 공격성과 파괴적 요소들을 포함할 것이다. 거기에는 당신이 살아남아야 할 엎치락뒤치락거리는 오랜 싸움이 기다리고 있을 것이다.

어떤 자녀들의 경우 다행스럽게도 당신의 돌봄이 그들로 하여금 재빠르게 상징을 사용하고 놀이하고 꿈꾸고 만족스럽게 창조적일 수 있도록 하는 데 성공적일 수 있다. 그러나 그때에도 여기까지 도달하는 길은 험한 것일 수 있다. 어떤 경우에도 당신은 실수를 저지를 것이며 이 실수들은 파국적인 것으로 보여지고 그렇게 느껴질 것이며, 당신의 자녀들은 심지어 실제로 당신의 책임이 아닌 경우에도 당신 자신이 그 결점들의 책임을 당신에게 있다고 느끼도록 만들려고 할 것이다. 당신 자녀들은 단순히 말할 것이다: 나는 낳아 달라고 한 적 없어요.

당신은 이런저런 소년, 소녀의 개인적 잠재력이 점진적으로 풍부해지는 것으로 나타난다. 그리고 만약 당신이 이 일에 성공적이라면 당신은 당신 자신이 가졌던 것보다 인격 발달을 위해 더 좋은 기회들을 갖게 되는 당신 자녀들에 대해서 질투를 느낄 준비를 해야 할 것이다. 당신은 언젠가 당신의 딸이 아기를 봐 달라고 청할 때, 이것은 당신이 이 일을 만족스럽게 할 수 있을 것라고 그녀가 생각하는 것을 의미하는 것이므로 보상을 받는다고 느끼게 될 것이다. 또는 만약 당신의 아들이 어떤 점에서 당신과 같아지기를 원하거나 당신이 좋아했을 소녀와 사랑에 빠지게 될 때 보상을 받을 것이다. 보상은 간접적으로 온다. 그리고 물론 당신에게 감사하다고 하지도 않을 것이다.

청소년기 과정 안에 담긴 죽음과 살인

이제 나는 자녀들이 사춘기 또는 청소년기에 들어설 때 부모들의 과제에 영향을 끼치는 이러한 문제들로 뛰어들겠다.

비록 이 시대에 나타나는 개인적이고 사회적인 문제들에 관해서 많은 분량의 서적들이 출판되었지만, 청소년들이 자유롭게 자신들을 표현할 수 있는 곳이면 어디든지 청소년기 환상의 내용에 대한 또 하나의 개인적 언급을 할 수 있는 여유는 있을 것이다.

청소년기 성장기에 소년과 소녀들은 어색한 몸짓으로 그리고 실수를 거듭하면서 아동기와 의존으로부터 벗어나서 성인의 위치를 향해 더듬어 나간다. 성장은 단순히 유전적인 경향성의 문제만이 아니라 촉진적인 환경과 매우 복잡하게 짜여지는 문제이기도 하다. 거기에 사용될 수 있는 가정이 있다면 그것은 크게 유용하게 사용될 것이다. 거기에 사용될 수 있거나 옆으로 제쳐놓을 수 있는(부정적으로 사용되는) 가정이 없다면, 청소년 성장 과정을 담아 낼 수 있는 작은 사회단위들이 제공되어야 할 것이다. 이 동일한 자녀들이 비교적 문제없는 어린아이나 유아였던 초기 단계에 있었던 같은 문제들이 사춘기에 나타난다. 만약 당신이 초기 단계들에서 잘 해냈고 지금도 잘 하고 있다고 해서, 당신은 모든 것이 순조롭게 돌아가리라고 기대할 수 없다. 실제로 당신은 말썽들을 기대할 수 있다. 어떤 말썽은 이 나중 단계에 본래적으로 포함되어 있는 것들이다.

청소년기의 생각들을 아동기의 생각들과 비교해 보는 것은 가치 있는 일이다. 만약, 초기 성장의 환상 안에 죽음이 담겨 있다고 한다면, 청소년기에는 살인이 담겨 있을 것이다. 심지어 사춘기의 성장이 큰 위기 없이 진행되고 있을 때에도 심각한 자식 관리의 문제를 다룰 준비가 되어 있어야 한다. 왜냐하면 성장한다는 것은 부모의 자리를 차지하는 것을 의미하기 때문이다. 그것은 정말이다. 무의식 환상 안에서 성장이란 본래적으로 공격적인 행동이다. 그리고 이제 아이는 더 이상 아이의 크기가 아니다.

내가 믿기로는 "나는 그 성(城)의 왕이다."라는 게임을 살펴보는 것은 당연하고, 또 유용하기도 하다. 이 게임은 소년과 소녀들 안에 있는 남성적 요소의 표현이다(이 주제는 또한 소녀들과 소년들 안에 있는 여성적 요소라는 점에서 진술될 수도 있지만 내가 여기에서 이 문제를 다룰 수는 없다). 이것은 초기 잠재기에 속한 아동들의 게임이지만 사춘기에 들어서면 그것은 실제적인 삶의 상황으로 변한다.

"나는 그 성의 왕이다."는 개인적 존재의 선언이다. 그것은 개인의 정서적 성장에 있어서의 성취이다. 그것은 모든 경쟁자의 죽음 뜻하거나 지배의 확립을 의미하는 자리이다. 다음의 말에서 당연한 공격이 드러난다: "이 더러운 부랑자야" (또는 꺼져 버려 더러운 부랑자야"). 당신은 경쟁자의 이름을 부르게 되는데, 그러면 당신이 어디에 있는지를 알게 된다. 곧 그 더러운 부랑자는 왕을 물리치고 대신 왕이 된다. 오피 부부(Opies, 1951)는 그들이 편찬한 옥스퍼드 동요 사전에서 이 동요에 대해 언급한다. 그들은 말하기를 그 게임은 매우 오래된 것이며 호레이스(Horace, 20 B.C.)는 이 아이들이 하는 말을 다음과 같이 기록하고 있다:

> 스스로 왕으로 행동하는 자가 왕이 될 것이며;
> 그렇게 하지 않는 자는 왕이 되지 못할 것이다.[4]

우리는 인간본성이 변했다고 생각할 필요는 없다. 우리가 해야 할 일은 덧없는 것 안에 있는 영원한 것을 추구하는 것이다. 우리는 이 어린이 게임을 청소년과 사회의 무의식적 동기라는 언어로 번역해 낼 필요가 있다. 아이가 성인이 되기 위해서는 성인의 죽은 시체를 딛고 서고자 하는 그의 동기가 성취되어야 한다 (나는 내가 무의식적 환상, 즉 놀이의 밑바닥에 깔려 있는 자료를 말하고 있음을 독자들이 알고 있다고 믿는다). 물론, 나는 소년 소녀들이 실제 부모와의 지속적인 조화의 틀 안에서, 가정에서 반역을 실행함이 없이도 이 성장의 단계를 잘 거쳐 나갈 수 있다는 것을 알고 있다. 그러나 그 반역은 당신이 자녀를 스스로의 권리를 가지고 존재할 수 있도록 키워 줌으로써 그 자녀에게 준 자유에 속한다는 사실을 기억하는 것이 지혜로운 일일 것이다. 어떤 경우에는 이렇게 말할 수도 있을 것이다: "당신은 아기의 씨를 심고 폭탄을 추구했습니다." 실제로 이것은 항상 진실이다. 다만 항상 그렇게 보이지 않을 뿐이다.

사춘기와 청소년기의 성장에 속하는 전체 무의식 환상 안에는 누군가의 죽음이 있다. 놀이를 통해서, 전치에 의해서, 그리고 교차 동일시에 기초해서 이 누군가의 죽음이 상당 부분 잘 처리된다. 그러나 개별적인 청소년의 심리치료 안에서는(나는 한 사람의 심리치료사로서 말하고 있다) 죽음과 개인적 승리가 성장 과정 안에, 그리고 성인의 위치를 획득하는 과정 안에 본래적으로 있는 그 무엇을 드러난다. 이것은 부모들과 보호자들을 충분히 힘들게 한다. 그것은

---

4. *The Oxford Dictionary of Nursery Rhymes*, edited by Iona and Peter Opie, Oxford University Press, 1951.

또한 이 결정적 단계에서 성숙에 속하는 살인과 승리에로 수줍어하
며 나오는 청소년 자신들에게도 힘든 일이라는 사실을 믿어도 좋다.
이 무의식적 주제는 자살충동의 경험 또는 실제 자살에서 드러날
수도 있다. 부모들은 약간만 도와줄 수 있을 뿐이다; 그들이 할 수
있는 최상의 것은 살아남는 것이요, 온전하게, 자기의 색깔을 바꾸
지 않은 채, 중요한 원칙을 포기하지 않은 채 살아남는 것이다. 이것
은 그들 자신들이 성장할 수 없다는 말은 아니다.

청소년의 일부는 희생자가 되거나 성적 성숙과 결혼에서 일종의
성숙을 획득하고, 아마도 부모들 자신들과 같은 부모가 될 것이다.
이런 일이 있을 수 있다. 그러나 그 배후에는 삶과 죽음 사이의 투쟁
이 있다. 만약 너무 쉽게 이 무력 충돌을 성공적으로 회피한다면 그
상황은 완전한 삶의 풍부함을 결핍하고 있을 것이다.

이것은 나의 주된 논점인 청소년기의 미성숙성이라는 어려운 주
제로 나를 데려온다. 성숙한 어른들은 이것에 관해서 알아야 하며,
그 어느 때보다도 자신의 성숙에 대한 믿음을 가지고 있어야 한다.

오해 없이 이것을 서술하기란 어려운 일이라는 것을 인식할 필요
가 있다. 왜냐하면 미성숙이라는 말을 할 때, 그것은 너무나 쉽게 깔
보는 말처럼 들릴 수 있기 때문이다. 그러나 그런 의도는 없다.

몇 살 된 아이가(예를 들자면 여섯 살 된 아이가) 부모의 갑작스
러운 죽음이나 가정의 오해 때문에 갑자기 책임적이 될 필요가 있
을 수 있다. 이런 아이는 조숙할 수밖에 없고, 자발성과 놀이와 자유
로운 창조적 활동을 상실할 수밖에 없다. 더욱 흔하게 청소년은 갑
자기 선거권을 가진 자신을 발견하거나 대학생활의 책임을 떠맡게
됨으로써 이런 입장에 처할 수 있다. 물론 상황이 변하면 (만약, 예
를 들면 당신이 병들거나 죽거나 아니면 재정의 곤란을 겪게 된다
면), 당신은 소년, 소녀로 하여금 때가 무르익기 전에 책임적인 위치
를 떠맡도록 하는 일을 회피할 수 없게 된다; 아마도 더 어린아이들

을 돌보거나 공부를 시켜야만 하고, 살기 위해 절대적으로 돈이 필요할 것이다. 그러나 고의적 정책의 문제로서 어른들의 책임을 청소년들에게 넘겨주는 것은 다른 문제이다; 실로 이렇게 하는 것은 당신의 자녀들을 결정적인 순간에 좌절시키는 것이다. 게임 또는 생명 게임으로 말한다면 당신은 그들이 당신을 죽이러 오는 바로 그 순간에 게임을 포기하는 것과 같다. 이 게임에서 그 누가 행복한가? 분명히 청소년은 행복하지 않으며 이제 그들을 체제적이 된다. 여기에서 상실되는 것은 상상적인 모든 활동과 미숙한 노력이다. 반역은 더 이상 의미 있는 것이 못 되며, 이런 청소년은 너무 일찍 그 게임에서 스스로의 올무에 사로잡혀서 독재자가 될 수밖에 없고 죽음 당하기를 기다리면서 있을 수밖에 없다. 그런데 이렇게 당하는 죽음은 새로운 세대인 자신의 자녀들에 의해서가 아니라 형제 경쟁자들에 의해서이다. 자연히, 그는 그들을 통제하고자 한다.

여기에 사회가 무의식적 동기의 위험성을 무시하게 되는 경우들 중의 하나가 있다. 분명히 심리치료사의 작업에서 다루어지는 일상적인 자료는 보통의 성인들에게 있어서와 마찬가지로 사회학자들과 정치가들에게 별로 사용되지 않는다. 여기에서 말하는 보통의 성인들이란 그들 자신의 제한된 영향력의 범위 안에서, 비록 그것이 항상 그들의 사적인 삶의 세계는 아니라 하더라도, 그 안에서만 살아가는 성인들을 말한다.

내가 진술하는 것은(간단하게 교리적으로 표현해서), 청소년은 미숙하다는 것이다. 청소년에게 있어서 미숙성은 건강의 본질적 요소이다. 이 미숙성의 유일한 치료는 시간이 흐르는 것이고, 시간이 가져다 주는 성숙으로 자라가는 것이다. 이 두 가지 요소가 모였을 때 성인으로 거듭날 수 있다. 이 과정이 일어나는 것을 서두르거나 늦출 수는 없지만 정신질환에 의해 강제로 일어나거나 안에서부터 파괴 또는 고갈되는 일은 가능하다.

　　청소년기 때 나에게 계속 연락한 소녀 한 명이 생각난다. 그녀는 치료를 받고 있지 않았고, 열네 살 무렵이 되어서는 자살 충동을 강하게 느끼기까지 했다. 그녀는 그렇게 한 단계 한 단계 지나갈 때마다 시를 쓰고는 했는데, 낫기 시작할 무렵 쓴 짧은 시를 소개할까 한다:

　　언젠가 상처를 받거든, 손을 거둬
　　절대 이 말을 하지 않을 거라 맹세해;
　　그리고 경계를 늦추지 마 — 그렇지 않으면, 자기도 모르
　　는 사이 사랑을 하게 되어,
　　네가 다시 손을 내밀고 있는 것을 보게 될 테니까.

　　이제 그녀는 자살 시도를 할 우려가 높았던 단계를 지나 희망이 조금 있는 단계에 돌입했다. 오늘날 그녀는 한 가정을 꾸리고 있고, 사회에서 자신이 있을 곳을 찾기 시작했으며 배우자를 신뢰할 수 있을 것 같다는 느낌을 받는다. 그녀는 자신의 가정과 아이를 사랑할 뿐만 아니라 살면서 겪었던 아픔들을 극복하고, 자신의 정체성을 잃지 않으면서 부모와도 새롭게 관계를 맺을 수 있게 되었다. 시간이 그렇게 만든 것이다.

　　비교적 좋은 학교를 다니면서 교칙에 적응하지 못하던 한 소년도 생각난다. 그는 결국 학교에서 도망쳐 배를 탔고, 그렇게 함으로써 붙잡혀서 학교로 다시 돌려보내질 일을 피했다. 그는 어머니가 몇 년 동안이나 마음 고생하게 만들었지만 그녀는 자신의 본분을 다했다. 몇 년 후 그는 다시 돌아와 대학에 입학했고 여행을 다니면서 남들은 듣지도 보지도 못한 언어까지 익힌 덕을 보며 학교 생활에 잘 적응했다. 그런 다음 그는 여러 가지 일을 하다가 직장을 잡고 정착하였다. 아마 결혼한 것으로 알고 있

는데, 그렇다고 결혼을 보편적인 만병통치약으로 여기지는 않았으면 좋겠다. 아무리 결혼이 사회화의 시작을 알리는 신호이기는 하지만 말이다. 이 모든 이야기들은 평범하면서도 놀라운 이야기들이다.

미숙성은 청소년기의 소중한 부분이다. 이 미숙성 안에 가장 신명나는 창조적 사고의 특징이 있으며, 새롭고 신선한 느낌과 새로운 삶을 위한 아이디어들이 담겨 있다. 사회는 책임을 지지 않는 자들에 의해 흔들려질 필요가 있다. 만약 어른들이 책임지는 일을 기권한다면 청소년은 거짓 발달의 과정을 거쳐 조숙하게 성인이 된다. 사회에 줄 수 있는 충고는 이런 것이다: 청소년과 그들의 미숙성을 위해서 사회는 아직 그들의 것이 아닌 책임성을, 비록 그들이 그 책임성을 가지려고 투쟁을 한다 하더라도, 그들에게 넘겨줌으로써 그들이 어른처럼 되는 거짓된 성숙을 획득하도록 해서는 안 된다는 것이다.

어른이 포기하지 않는다면, 우리는 자신을 발견하고 자신의 운명을 개척하고자 하는 청소년들의 노력이야말로 우리가 주위의 삶에서 볼 수 있는 가장 신명나는 것이라고 생각할 수 있다. 이상적 사회에 대한 청소년의 생각은 신명나고 자극적이다. 그러나 청소년기의 중심적인 특징은 미숙성이며 책임적인 존재가 아니라는 사실이다. 이 청소년기의 가장 중심적인 요소는 몇 해 동안만 지속될 뿐이며, 성숙에 도달하게 되면 청소년기의 특성들은 사라질 수밖에 없다.

나는 사회가 항구적으로 생각하는 것은 청소년기의 소년 소녀가 아니라 청소년기의 상태라는 사실을 계속적으로 확인한다. 이 청소년들은 불행하게도 몇 년 안에 성인이 되고 너무 빨리 어떤 틀과 동일시되고 있다. 그런데 이 틀은 그 안에서 새 아기들이, 새 어린이들이, 그리고 새 청소년들이 세상을 향한 비전과 꿈들과 새로운 계획들을 가질 수 있도록 자유로운 틀이 되어야 함에도 불구하고 그렇지 못한 데 문제가 있다.

승리는 성장 과정에 의한 성숙성의 획득에 속한다. 승리는 성인을 약삭빠르게 모방하는 것에 기초한 거짓 성숙에 속하지 않는다. 이 진술 안에는 끔찍한 사실들이 숨겨져 있다.

미숙성의 본질

잠시 미숙성의 본질에 대해 생각해 볼 필요가 있다. 우리는 청소년이 자신의 미성성에 대해서 알고 있거나 미숙성의 특징들이 무엇인지를 알고 있다고 기대해서는 안 된다. 우리도 전혀 그것을 이해할 필요가 없다. 중요한 것은 청소년의 도전을 받아 주는 것이다. 누가 받아 주는가?

나는 내가 이 주제에 대해 말함으로써 그것을 모욕하고 있는 느낌을 갖고 있다는 것을 고백한다. 우리가 이것에 대해 더 쉽게 말할수록 효과는 더 적어진다. 누군가가 청소년들에게 "여러분의 가장 신명나는 부분은 여러분이 가진 미숙성입니다."라고 말한다고 상상해 보라. 이것은 청소년의 도전을 받아 주지 못한 실패를 보여주는 과장된 예일 것이다. 아마도 "도전을 받아 준다."는 이 구절이 이해가 대면에 의해 대치됨으로써 건강한 정신상태로 돌아가는 것을 의미할 것이다. 여기에서 대면이라는 말은 성인이 버티고 서서 자신의 개인적 관점을 가질 수 있는 권리를 주장하는 것을 의미한다. 그리고 그 개인적 관점은 다른 성인들로부터 지지를 받을 수 있는 것이어야 한다.

청소년기의 잠재력

청소년들이 어떤 종류의 것들에 도달하지 못했는지를 살펴보자.

사춘기의 변화는 건강한 아이들에 있어서도 다양한 나이에 발생한다. 소년과 소녀들은 이 변화들을 기다리는 것 외에 할 수 있는 것이 없다. 이 기다림은 모두에게 상당한 스트레스를 주며, 특히 발달이 늦은 아이들에게 그렇다. 그래서 발달이 늦은 아이들은 일찍 발달한 아이들을 모방하기도 하는데, 이것은 내적 성장 과정에 기초하기보다는 동일시에 기초한 거짓된 성숙으로 인도하기도 한다. 어떤 경우에도 성적 변화가 유일한 변화는 아니다. 거기에는 신체적 성장과 실제 힘의 획득을 향한 변화가 있다. 그럼으로써 폭력에 새로운 의미를 주는 실제 위험에 도달하게 된다. 이 신체적 힘과 함께 교활함과 세상 물정에 관한 지식이 따라온다.

다만 시간이 흐르고 삶을 경험하는 것을 통해서만 소년 소녀는 개인적인 환상세계 안에서 발생하는 모든 것에도 불구하고 점진적으로 책임성을 수용할 수 있다. 그러는 동안 공격성은 자살의 형태로 표현될 수 있는 강력한 위험성이 있다; 그와는 반대로, 공격성은 박해를 추구하는 형태로 나타날 수도 있다. 이것은 박해적 망상체계의 광증으로부터 벗어나기 위한 시도이다. 박해가 망상적으로 기대되는 곳에는 이 광증과 망상으로부터 벗어나기 위하여 쉽게 자극받을 수 있는 위험이 있다. 발달된 형태의 망상체계를 가진 정신의학적으로 병이 든 소년(또는 소녀)은 한 집단의 사고체계를 자극할 수 있고 그래서 박해를 불러일으키는 사건들로 인도할 수 있다. 일단 박해적 자리의 특징인 편리한 단순화가 자리잡으면 논리는 아무런 설득력을 갖지 못한다.

그러나 이 모든 것 중에 가장 어려운 것은 성에 대한 무의식적 환상과, 성적 대상의 선택과 관련된 경쟁에 대한 무의식적 환상으로부터 느껴지는 스트레스이다.

청소년 또는 아직 성장 과정중에 있는 소년 소녀는 아직 세상 현실이 보여 주는 잔인성과 고통, 죽이는 것과 죽음을 당하는 것에 대하여 책임을 질 수 없다. 이 책임질 수 없음이 이 단계에 있는 개인으로 하여금 개인의 잠재적 공격성에 대한 극단적 반응, 즉 자살(존재하거나 생각할 수 있는 모든 악에 대하여 병적으로 책임을 지는 행동)과 같은 행동으로부터 건져 준다. 청소년의 잠재적인 죄책감은 엄청난 것인 듯하며, 한 개인이 자아 안에서 좋음과 나쁨의 균형을, 사랑이 있는 증오와 파괴를 발견할 수 있는 능력을 발달시키는 데는 여러 해가 걸린다. 이런 의미에서 성숙은 생의 보다 후기에 속하며 청소년은 그들의 다음 단계, 즉 그 이상을 내다볼 수 있다고 기대해서는 안 된다.

소위 잠자리를 같이하는 소년 소녀들이 성교를 하고(그리고 아마 한두 번에 걸친 임신을 하기도 하고), 그리하여 성적인 성숙에 도달한다는 생각이 때때로 마치 당연한 사실처럼 받아들여진다. 그러나 그들 자신들은 이것이 사실이 아니라는 것을 알고 있으며, 그들은 그러한 성을 멸시하기 시작한다. 그것은 너무 쉽다. 성적인 성숙은 성에 대한 모든 무의식적 환상을 포함해야 하며 개인은 궁극적으로 대상선택, 대상 항구성, 성적 만족, 그리고 성적인 상호조화와 함께 마음속 떠오르는 모든 것을 수용하는 데 도달할 수 있어야 한다. 또한 거기에는 전체 무의식적 환상과의 관계에서 적합한 죄책감이 있어야 한다.

구성, 회복, 복원

청소년은 그들을 위한 프로젝트에 참여함으로써 어떤 만족을 얻을 수 있는지에 대해 아직 알지 못한다. 여기에서 말하는 청소년 프로젝트는 그 자체 안에 신뢰성의 요소를 가지고 있어야 한다. 이 프로젝트가 개인적 죄책감(대상관계와 사랑에 밀접하게 연결된 무의식적 공격충동에 속하는)을 얼마나 많이 줄여 주고, 그래서 내면의 공포와 자살충동 또는 사고를 일으킬 수 있는 소지의 정도를 줄이는 데 어떤 도움을 주는지를 아는 것은 청소년들에게는 불가능한 일이다.

이상주의

청소년 소년 소녀들에 관한 신명나는 것들 중의 하나는 그들의 이상주의라고 말할 수 있다. 그들은 아직 환멸 속으로 가라앉지 않았고, 이 말이 담고 있는 의미는 그들이 이상적인 계획을 구성할 수 있을 만큼 자유롭다는 것이다. 예를 들면, 예술을 전공하는 학생들은 예술이 잘 가르쳐질 수 있다는 사실을 안다. 그래서 그들은 예술을 잘 가르칠 것을 요란스럽게 요구한다. 물론 그럴 수 있다. 그러나 그들이 고려하지 않은 것은 예술을 잘 가르칠 수 있는 사람은 소수일 뿐이라는 사실이다. 또는 학생들이 물리적인 조건들이 잘못되었다는 사실을 알고, 또 그것이 개선될 수 있다는 것을 알기에 그들은 아우성을 친다. 거기에 필요한 돈을 구하는 일은 다른 사람들의 몫이다. 그들은 말하기를 "국가방어를 위한 계획을 포기하고, 새로 대학 건물을 짓는 데 그 돈을 사용하라!"고 한다. 장기적인 안목을 갖는 것은 청소년의 몫이 아니다. 그 일은 여러 해를 살아서 늙기 시작한 사람들에게 보다 자연스럽게 찾아오는 몫이다.

이 모든 것들은 어처구니 없이 압축되어 있다. 그 내용은 무엇보다 중요한 우정의 의미를 빠뜨리고 있다. 결론을 내리지 않거나 미룬 채 살아가는 사람들의 입장에 관한 진술도 생략하고 있다. 그리고 이성간의 대상 선택이나 대상 항구성이라는 점에서 설명되어지지만, 결코 완전히 설명될 수 없는 인간성에 있어서 양성의 문제가 갖는 중요성을 다루지 않고 있다. 또한 창조적 놀이의 이론과 관련된 많은 것들이 당연한 것으로 여겨져서 언급되지 않았다. 게다가 문화유산의 문제가 거기에 있다; 청소년 나이에 해당하는 보통의 소년, 소녀에게 인류의 문화유산에 대해서 약간의 지식 이상의 것을 기대해서는 안 된다. 그런 것이 있다는 것은 아는 것만도 결코 쉬운 일이 아니기 때문이다. 지금의 소년 소녀들이 예순 살이 되었을 때에 그들은 문명세계가 지닌 풍부함과 그 축적된 산물들을 추구하는 일에 있어서 과거에 빠뜨린 사건을 보충하느라고 분주해질 것이다.

중요한 사실은 청소년기가 신체적인 사춘기에 주로 의존하고 있다 하더라도 그것은 신체적인 사춘기 이상이라는 점이다. 청소년기는 성장을 의미하고, 이 성장은 시간을 필요로 한다. 그리고 성장이 진행되는 동안 책임은 부모 또는 대리부모들이 감당해야만 한다. 이 부모 역할을 맡은 이들이 책임을 포기한다면 청소년들은 거짓 성숙으로 건너뛸 것이고, 그들의 가장 소중한 자산인 새로운 아이디어를 가질 수 있고 충동을 바탕으로 행동할 수 있는 자유를 상실하고 말 것이다.

요약

간략하게 말해서, 청소년기가 제 목소리를 내고 활성화되는 것은 신명나는 일이다. 그러나 오늘의 세계에 자신들의 존재를 느끼게 하려는 청소년들의 노력은 응답되어야 하며 대면의 행동을 통하여 현실성을 부여해 주어야 한다. 청소년들이 삶과, 삶의 활기를 갖기 위해서는 성인들을 필요로 한다. 대면은 보복하지 않으면서 또 변론하려 하지도 않는, 그러면서도 자체의 힘을 가지고 청소년을 담아 주는 것을 말한다. 현재의 학생들의 소요와 그것의 드러난 표현은 부분적으로 우리가 자랑스럽게 여기는 아기와 어린이를 돌보는 우리의 태도가 가져온 산물일 수도 있다는 사실을 기억하는 것은 축하할 일이다. 그것은 젊은이로 하여금 사회를 변화시키고 어른들에게 새롭게 세상 보는 법을 가르치게 한다; 그러나 자라나는 소년 소녀의 도전이 있는 곳에서는 성인으로 하여금 그 도전에 응답하게 한다. 그리고 그 응답은 꼭 부드러운 것일 필요는 없다.

무의식적 환상 안에서 이것들은 삶과 죽음의 문제들이다.

제 3 부

사회에 대한 고찰

사고와 무의식(1945)

리버럴지(Liberal Magazine)를 위해 쓴 글

　내 안에 있는 자유당의 이미지는 지적 고찰과 사고를 통해 일을 해결하려는 노력하는 이미지이다. 자유당이 순수 과학과 연관되거나 보다 친숙한 분야에서 일하는 사람들에게 호소하거나 도움을 청하는 이유도 바로 그 때문일 것이다. 과학자들은 본질적으로 과학적인 것을 정치에 도입하려 든다. 그러나 무의식의 존재를 배제하고 인간의 문제를 다루고 생각하면 덫에 걸리거나 착각에 빠진 것이나 마찬가지다. 나는 여기서 무의식의 두 가지 의미를 다 언급하고 있다. 접근하기 어렵고 깊다는 의미와, 무의식을 자기(self)의 일부로 받아들이는 것은 너무나 고통스러운 일이기 때문에 그것을 억압하거나 무의식에 접근하는 것을 적극적으로 피하고 방해했다는 의미 이 두 가지를 전부 이야기하고 있다.

　많은 사람들은 결정적인 순간 무의식적 감정의 지배를 받는다. 이것은 좋은 일일까 나쁜 일일까? 어느 경우이건, 썩 유쾌하지 않은 충격을 피하고자 하는 급진주의 정치가라면 그 사실을 꼭 염두에 두어야 할 것이다. 무의식적 감정에 대한 실질적인 이해 없이 우리 삶을 생각하고 계획하는 사람에게 우리 삶을 맡겼다가는 큰일을 당할 위험이 많다.

　정치가들은 예술가들과 마찬가지로, 그들의 직관을 이용해 인간

의 본성을 깊게 파고 들어 그 경이로운 면모와 가장 추악한 면모를 발견하는 데 익숙한 사람들이다. 직관적인 방법의 주요 단점은, 직관적인 사람들은 그들이 (직관을 통해) 그렇게 잘 '아는 것'에 대해 얘기할 줄을 거의 모른다는 데 있다. 개인적으로, 직관적인 사람이 그가 '아는 것'에 대해 말하는 것을 듣기보다는 사고적인 사람이 본인이 생각하는 바에 대해 말하는 것을 듣는 편이 낫다고 생각한다. 그러나 그 주제가 삶의 계획이라면, 사상가들로부터 우리를 보호해 달라고 신에게 빌어야 할 것이다. 첫 번째 이유는 그들이 무의식의 중요성을 거의 믿고 있지 않기 때문이다. 두 번째 이유는 만약 무의식의 중요성을 믿고 있다 하더라도 사고가 감정을 대신하게 놔둘 수 있을 만큼 인간의 본성에 대한 우리의 이해가 충분하지 않기 때문이다. 문제는 사상가들이 제시하는 계획이 언제나 굉장해 보인다는 사실이다. 결함이 발견된다 하더라도, 더 뛰어난 고찰이 이를 메우다 종국에는 이성적 고찰의 결과물인 최고 작품이 생각하지 못했던 작은 디테일, 예를 들면 탐욕으로 인해 무너지게 된다. 그 결과 비합리가 다시 승리하며 논리에 대한 우리의 의심만 더욱 커진다.

내가 보기에 지난 이십 년간 소개된 영국의 경제 발전은 위에 말한 안타까운 일들을 아주 잘 드러내는 예시 그 자체이다. 경제학자들만큼 이 복잡하고도 또 복잡한 '경제'라는 분야를 명확하게 바라보고 생각할 수 있는 사람도 없을 것이다. 그리고 이를 생각하는 것은 꼭 필요한 일이었다. 그러나 무의식과 끊임없이 대면하는 일을 하는 사람들에게 경제학이란 탐욕에 대한 언급을 전혀 찾아볼 수 없는 탐욕에 대한 학문으로 다가온다. 탐욕을 대문자로 쓰는 이유는 그것이 한 대 맞고 끝나는 아이들의 단순한 탐식과는 다른 것이기 때문이다. 지금 내가 말하는 탐욕은 누구나 그 존재를 인정하기 두려워하지만 인간의 본성의 밑바탕에 자리하며, 육체적, 정신적 건강을 포기하지 않고서는 결코 배척할 수 없는 원시적인 사랑의 충동을 가리킨다. 집단적 탐욕과 개인적 탐욕의 존재와 그 가치(그리고 위험까지도)를 인정하고 이를 활용하는 것이 건강한 경제라는 것이 나의 생각이다. 반대로, 건강하지 못한 경제에서 탐욕은 병이 든 특정 개인이나 특정 집단에서만 나타난다. 그런 사람들을 두고 우리는 그들을 제거하거나 감금해야 한다는 생각을 기본으로 깔고 사고하고 말한다. 대전제부터가 틀린 것이기 때문에 일부의 똑똑한 경제는 그저 똑똑하기만 하는 데 그친다. 다시 말해 흥미 있게 읽을 정도는 되지만 그것을 기초로 계획을 세웠다가는 위험한 꼴을 당하기 쉽다는 이야기다.

사고 기능을 중시하는 사람들에게 무의식의 존재는 성가시거나 난처한 것일지도 모른다. 하지만 그것은 주교(성직자)에게 사랑이 곤란하거나 난처한 것과 같은 맥락이다.

정신분석학적 연구에 대한
무관심의 대가(1965)

'정신 건강의 경제적 비용'을 주제로 한 강연.
National Association for Mental Health Annual Conference,
Westminster

정신분석학 연구에 대한 무관심의 대가를 측정하려면 먼저 그 연구의 성격이나 성질을 알아볼 필요가 있다. 과학도 바로 이 지점에서 갈리는 것이 아닌가? 한 쪽에는 수용할 수 있는 연구, 다른 한 쪽에는 연구의 대상으로 삼는 것이 무의식인 연구로 나뉘는 것처럼 말이다. 사실대로 말하자면, 대중은 보통 무의식적 동기에 대해 관심을 가지지 않는다.

진리에 도달하는 길은 두 가지가 있다: 시 그리고 과학. 연구 결과는 과학에 달려 있다. 창조적이고 상상의 산물일 수도 있는 과학적인 연구는 결국 한정된 목표와 실험 결과 및 예측의 지배를 받는다.

시적인 진리와 과학적인 진리는 나나 여러분이라는 개인 안에서 서로 연결될 것이다. 내 안의 시인은 단번에 진리에 도달하지만, 내 안의 과학자는 진리의 한 일면을 향해 주저주저하면서 앞으로 나아갈 것이다. 그러다 당장의 목표에 도달하는 순간 또 다른 목표가 등장할 것이다.

시적인 진리에는 몇 가지 장점이 있다. 개인에게 깊은 만족감을

주기도 하며, 오래된 진리를 새로이 표현하는 것은 아름다움을 창
조적으로 경험하는 기회가 되기도 한다. 그러나 시적인 진리를 이
용하는 것은 매우 어려운 일이다. 시적인 진리는 감정의 문제다. 우
리는 똑같은 문제를 앞에 두고 모두 똑같은 감정을 느끼지 않기 쉽
다. 사고할 줄 알며 지적인 고찰이 그 영향력을 발휘할 수 있는 사람
들의 경우, 제한된 목표를 가진 과학적인 진리는 특정 분야에서라
도 의견을 같이 할 수 있을 지도 모른다. 시(時)에서 진리는 결정(結
晶)화해서 나온다. 과학은 우리 삶을 계획하는 데 필요하다. 하지만
인간의 본성의 문제 앞에서는 뒷걸음을 치면서, 전체적인 시각에서
인간을 바라보지 못하는 경향이 있는 것도 과학이다.

　나는 윈스턴 처칠 경의 국장(國葬)을 텔레비전으로 보며 그와 같
은 생각을 하게 되었다. 그의 장례식을 집에서 편안하게 앉아 텔레
비전을 통해 지켜보고 있었음에도 불구하고 나를 지치게 만들었던
것은 그 관의 무게와 그것을 들고 있던 여덟 명의 상여꾼들이 우리
모두를 위해 들였던 엄청난 노력이었다. 지금쯤이면 훈장을 넉넉하
게 받았을 그들은 당시 그 장례식의 무게를 어깨에 전부 짊어지고
있었을 것이다. 그 중 한 명은 거의 기절했었다는 이야기를 누가 몰
래 전해 주었고, 납땜을 한 그 관의 무게는 반 톤이나 됐었다는 소문
이 돌기도 했다(나중에 그 관의 무게가 오백 키로였다고 전해졌다).

　아는 사람 중에 실용 학문 분야에 종사하는 매우 창조적인 과학
자 한 명이 있다. 어느 날 그에게 다음과 같은 아이디어가 떠올랐다.
굉장히 가벼운 관을 만들어서 시장에 내놓는 것은 어떨까? 만약 그
가 열댓 명의 정신분석가에게 그들의 생각을 물었다면, 상여꾼이
지고 가는 (관의) 무게는 무의식적 죄의식의 무게, 애통의 상징을 의
미한다는 것을 깨달았을 것이다. 가벼운 관은 애통의 부정이자 경
망스러움의 표시였을 것이다.

　감정을 가진 사람이라면 누구나 이에 시적으로 반응할 수는 있었

을 것이다. 그러나 또 다른 국장(國葬)도 생각해야 하는, 고위 관료들로 이루어진 조직을 상상해 보자. 매우 지적인 사고 수준에 도달하게 되면 이제 시적인 진리와는 또 다른 해답을 찾아야 하며, 이는 바로 과학적인 탐구라는 이름을 갖는다. 우리는 과학의 힘을 빌려서, 가장 먼저 무거운 짐을 드는 사람들의 혈압 변화를 측정할 것이다. 이와 비슷한 수십 개의 연구 계획을 떠올릴 수 있다. 그러나 그리고 문제는 바로 여기에 있다. 그런 연구들이 아무리 겹치고 또 겹친들 그런 연구들이 무의식적 상징주의의 개념이나 애통에 도달할 수 있을까? 여기서 이와 같은 질문을 던질 수 있다. 정신분석 연구를 어떻게 활용할 수 있을까? 정신분석 연구라고 분류할 수 있는 연구들에는 어떤 것들이 있을까?

(정신분석가들이 서로를 위해 쓴 것은 배제하고 생각해 봐야 할 것이다.)

정신분석학적 연구에 자연 과학 모델을 적용할 수는 없다. 모든 분석가들은 각자 연구를 하고 있지만 계속해서 변하는 피분석자의 욕구나 필요 및 그 사람의 성숙 단계들을 따라야 하기 때문에 명확한 연구 계획을 세우고 연구하지는 않는다. 그들은 저 법칙을 따르지 않을 수 없다. 연구의 필요를 위해 우회해서 치료할 수도 없으며 (자연과학 실험에서 하는 것처럼) 관찰 대상인 환경을 그대로 재현하는 것 또한 불가능하다. 가장 좋은 것은 분석가가 과거로 돌아가 환자에게 어떤 일들이 있었는지를 보고, 이론과 비교한 뒤 필요에 따라 이론을 수정하는 것이다.

물론 연구 계획을 못 세울 것도 없다. 가령, 이런 것을 생각할 수도 있다: 인간 발달 이론에 대한 지식을 충분히 갖춘 뛰어난 연구자가 있다. 그는 일정한 금액의 돈과 질문을 하나 들고, 분석가 열 명을 공식적으로 방문하여 단 하나의, 단순한 질문을 던진다: "당신이 지난 달 행했던 분석들에서 흑(黑)의 개념은 어떤 식으로,

혹은 어떤 내용으로 나타났는가? "

　이렇게 수집한 자료는 흥미로운 주제의 논문으로 이어질 수 있다. 흑의 개념이 환자들의 꿈이나 어린아이들의 놀이에서 어떻게 나타나는지를 볼 수도 있고, 거기에 결합하는 무의식적 상징에 대한 힌트도 얻을 수 있을 것이다. 그리고 흑에 대한 각 개인의 무의식적 반응 등을 관찰할 수도 있을 것이다. 두 번째 질문은 이런 것이다. 분석을 통해 관찰한 내용들이 현대 정신분석학 이론을 강화시키는 내용들인가, 아니면 수정하게 만드는 내용인가? 이런 것들을 통해 우리는 무의식에서 흑에 대해 우리가 아직 알지 못하는 것들이 아주 많다는 사실을 깨닫게 될 것이다. 그래도 우리는 이미 많은 것들을 알고 있으며 그 중에는 아직 활용하지 못한 것들도 많이 남아 있다.

　저렇게 쉽게 할 수 있는 연구(의 결과)를 등한시하면 어떤 결과가 나오는가? 먼저, 다음과 같은 심각한 결과를 낳을 수 있다: 저런 식으로 해서 우리는 흑인에 대한 수백만 백인의 무지와 몰이해, 백인에 대한 수백만 흑인의 무지와 몰이해를 지속시킨다. 분석 도중 잠이라도 자지 않는 한 분석가라면 누구나 너무 당연하게 관찰하게 되는 사실을 등한시함으로써 치르는 사회 비용은 과연 어느 정도일까?

　위에서 보았던 것처럼, 정신분석적 연구는 실험용 쥐나 개를 이용한 실험, 아주 넓은 규모의 보드 게임이나 통계, 예측과는 별 상관이 없다. 정신분석 연구의 자료가 되는 것은 오로지 인간이다... 존재하고, 느끼고 행동하며, 타인과 관계를 맺기도 하고 명상을 하는 인간 말이다.

　정신분석적 연구를 구성하는 것은 분석가들의 집단 경험이라는 것이 나의 의견이다. 각각의 분석가들의 경험을 명석하고 지혜롭게 수집하면 될 일이다. 우리 분석가 모두는 아주 자세한 정보들로 이루어진 엄청난 양의 정보들을 모았고, 우리 안에는 여지껏 활용하지 않은 지식이 넘치도록 많다. 하지만 우리의 (분석가로서의) 작업이나 연구의 대상이 되는 것은 무의식적 동기이기 때문에 우리는 계획을 세우는 사람들과는 단절되어 있다. 대중들이 그의 연구에 관심을 가지기를 바라는 인문과학 전문가가 있다면 불행한 일이지만, 그는 무의식에 등을 돌리고 그 연구를 계획하고 진행해야 할 것이다.

어쩌면 우리는 그냥 단순하게 생각해서, 예술이라는 형태를 빌려 구체화되지 않은 이상 우리 사회는 무의식적 동기를 꽤나 꺼려한다는 사실을 인정해야 할지도 모른다. 이 사실을 인정하면 우리는 정신분석 연구를 등한시함으로써 치르는 대가에 관한 질문을 다시 던질 수 있다. 그리고 대답하기를, 그렇기 때문에 우리는 지금도 여전히 경제, 정치, 운명에 놀아난다고 말할 수 있다. 나는 개인적으로 그렇다는 사실에 대해 별 불만을 품지 않는다.

나는 이어서 무의식(개념)을 '과학적인 연구'로 취급하기를 거부함으로써 치르게 되는 대가를 잘 드러내는 예시를 나열하려고 한다. 그것을 나열한다고 해서 특별히 무슨 도움이나 기여를 할 수 있을 것이라 기대하는 것은 아니다. 내게는 정신분석이 가장 좋은 치료 방법이라고 주장하고 이를 증명할 이유나 필요 같은 것은 전혀 없다. 정신분석은 정신분석가에게 둘도 없는 교육 기회이며, 치료가 실패한다 하더라도 그 사실은 절대 변하지 않는다. 지금 내가 하는 주장이 옳다면 정신분석 교육과 연수, 분석 상담을 하는 것은 건강한 사람과 건강하지 못한 사람 모두와 소통하고자 수련하려는 모든 사람들의 동의를 받아야 한다고 생각할 수 있다.

연구자들이 흑의 개념을 묻는 대신 전쟁이나 폭탄, 인구 급증을 주제로 연구를 진행한다고 상상해 보자.

전쟁 개인 또는 집단의 무의식에서 전쟁이 가지는 의미를 이야기하는 것은 터부시된다. 그럼에도 불구하고 그것을 머릿속에 염두에 두지 않으면 제 3차 세계 대전은 언제든지 일어날 수 있다.

폭탄 정신분석 연구의 주제로 열행 반응 물리학의 무의식적 상징과 그 적용, 핵폭탄 등을 선택할 수도 있을 것이다. 정신분석가 중에서도 특히 보더라인(경계선 인격) 환자를 상대하는 정신분석가들이 이에 대한 지식이나 정보를 많이 알고 있을 것이다. 역동 심리학에서 말하는 인격의 해체에 해당되는 것을 물리학에서 찾으면 폭탄을 들 수 있을 것이다.

인구 급증 우리는 보통 경제학적 관점에서 인구 급증을 생각하지만 이 문제에 대해 이야기할 수 있는 것은 그것보다 많으며, '섹슈얼리티'라는 단어는 그 모든 것을 담지 못한다. 정신분석가들 또한 그들의 일상, 현장에서 인구 증가 문제에 부딪히며 산다. 그래도 내가 이미 말했듯이 정신분석가는 자기가 알게 된 사실들을 혼자 간직할 줄 알아야 하며, 인간의 감정에 대해 그가 개인적으로, 심도 있게 관찰한 내용을 굳이 알려고 하는 사람이 존재하지 않는다는 사실을 받아들일 줄 알아야 한다.

나 자신도 엄밀히 말하면 (더 이상) 정신과 의사라고 할 수 없지만, 이제 잠시 정신과 의사의 넓디 넓은 활동 영역에 대해 잠시 생각해 보자.

성인의 정신의학

일부 성인 정신과 병원 또는 의원에서 일하는 정신과 의사들은 환자를 대할 때 현대적이고 인간적인 태도를 취하는데 그치지 않고, 정신분석 연구가 밝혀 낸 여러 가지 사실들을 현장에 적용하려고 애쓰기까지 한다. 또 다른 병원들은 환자들을 인간적으로 대하려고 노력하는 데 그치지만, 수백, 수천 명의 환자들이 병원에 몰리는 현상을 생각하면 그 정도만 해도 나쁘지 않은 태도이다.

정신분석학은 우울 현상을 이해하는 데 이미 많은 도움을 주었다. 그리고 지금도 그들이 쌓아 온 지식이 정신의학 분야로 전해지기만을 기다리고 있다. 정신분석학은 또 우울 상태에 빠진 환자들이 거기서 빠져 나올 수 있을 때까지 그들을 돌보고 목숨을 잃지 않도록 신경을 써주며, 심리치료를 받아가면서 혹은 받지 않으면서 그들 안에 있는 내적 갈등을 해결하는 시간을 가질 수 있게 기여했다.

피난처 같은 것이 필요하거나 잠시 후퇴해 있을 필요성을 느끼는 우울증 환자들을 보면 바로 그런 의미를 가졌던 옛 단어 '수용시설(asylum)'이 그리워진다. 그와 같은 결핍은 인적 낭비와 고통의 원천이 된다. 여기 한 가지 구체적인 사실이 있다: 대중은 자살 행위를 슬픈 사건으로 받아들이고, 정신과 의사의 불찰 때문에 그런 일이 생겼다고 생각하고 그를 비난하지 않는다. 자살 위험은 젊은 정신과 의사에게는 일종의 협박처럼 다가오기 때문에 우울증 환자를 상대로 과한 처방을 내리거나 과하게 보호하는 결과로 이어질 수 있다. 그러다 보니 증세가 별로 심하지 않은 평범한 우울증 환자조차 그에게 공감하며 인간적으로 대하고 치료할 엄두를 내지 못한다.

이제 우울증보다 더 논란이 많은 조현병을 살펴보자. 조현병에 대한 최근 연구들을 보면 생물학적 관점에서 조현병은 유전병이며 생화학적 기능장애다. 그런 방향으로 가는 연구는 전적인 지원을 받는다. 병원 측의 오진으로 분열성 환자들을 다루고 관찰하게 된 정신분석가들이 늘어나면서 그들이 마주하는 증세에 대해 할 말들이 생겼다. 정신분석가들은 조현병을 인격 구조의 장애로 본다.

와해 단계에 있는 피분석자의 정신과적 치료는 정신과 의사 친구가 맡고 있고 자기는 심리치료적인 측면에만 집중할 수 있는 분석가가 있다면 그는 매우 운이 좋은 사람일 것이다. 정신분석학적 연구는 정신과 의사와 정신분석가 간의 의심과 경계심 때문에 상당 부분에서 지장을 받는 측면이 있다. 두 분야의 상호연관성의 가치를 결정하는 데는 정신분석가와 정신과 의사의 수련 방식이나 치료 방식이 비슷하게 개입할 것이다.

크게 놓고 보면 병인론적인 시각으로 그것을 바라봤을 때 정신분석학은 조현병에는 유아기 시절(절대적 의존이 아기에게 사실이자 현실인 시기)의 성숙 과정의 역전(逆轉)이 있다고 본다. 이와 같은 가설은 조현병을 물리적 질환의 영역에서 꺼내어 인간 투쟁의 영역으로 가져온다. 만약 그 가설이 맞다면 올바른 상식을 의학계에 다시 가져올 수 있는 계기가 될 것이다. 실제로도 개인의 내적 투쟁에서 야기된 증상과 쇠퇴 현상에서 야기된 증상을 같은 선상에 놓아서는 안 될 것이다.

여기에 나의 전문 분야인 소아 정신 의학에 대한 이야기까지 하면 책 한 권으로도 요약할 수 없을 만큼 이야기할 것이 많기 때문에 이 자리에서는 하지 않고 강연을 계속할 생각이다.

의료 행위

치료 현장에서 의학과 정신분석학이 상호작용하는 영역은 너무나 넓다. 그렇기 때문에 문제의 표면만 겨우 훑게 될 것이다. 인격의 양상이 두 개로 분리된 환자에게 정신신체 증상은 그러한 심리 문제를 감추기 위해 생긴 것이라면, 인격의 통합이 이루어져야 할 것이다. 마찬가지로, 의사와 정신 분석가 간의 관계 또한 어느 정도 통합이 이루어져야 할 것이다. 자기를 돌보는 사람들끼리도 통합을 이루지 못하는데 환자가 무슨 수로 통합을 이룰 수 있겠는가?

현재 이들 분야에서는 서로 다른 시각을 가진 연구 집단들의 시각을 근접시키고 연구 결과들을 통합하려고 노력하는 전문적인 조직들이 존재한다. 그 중에는 무의식적 동기 개념을 서투르게 전파하는 정신분석학을 연구하는 집단도 포함된다.

교 육

정신분석학 연구를 해당 분야에서 활용하지 않은 결과, 마가렛 맥밀란과 수잔 이사악 및 다른 사람들의 연구를 통해 볼 수 있는 것처럼, 유치원과 초등학교 교육을 소홀히 여긴다. 창조적으로 배울 (수동적인 교육의 반대다) 가능성 또한 줄어들며, 그것도 모자라 결핍된 가정에서 자라 정서 문제를 가진 아이와 그렇지 않은 보통 아이를 구분하지 않음으로써 보통 아이들의 교육에도 지장을 초래한다.

구체적인 예를 하나 들어 보자. 이튼이나 또 다른 학교들에서 행하는 육체적인 처벌은 보통 가정에서 자란 보통 아이들을 대상으로 하고 그들을 기준으로 삼는다. 그렇기 때문에 같은 처벌도 반사회적인 아이나 박탈을 당한 아이에게는 같은 의미로 다가오지 못한다. 그러나 타임지의 사설을 읽다 보면 그런 차이는 아무래도 인정받지 못하는 것 같다. 아이가 건강하냐 건강하지 않냐에 따라서 육체적 형벌의 무의식적 의미는 달라진다. 아이들에게 가르칠 과목을 교사들이 배우는 것처럼, 교육의 역동에 대한 교육과 진로 교육 연수 또한 교사들에게 받게 해야 할 것이다.

엄마-유아의 관계

내가 이 주제와 관련해서 쓴 글은 이미 충분히 많이 있기 때문에 표면적인 것들만 조금 언급하고 넘어갈 계획이다. 그저 다시 한 번 상기시키고 싶은 것은, 정신분석학은 정신 건강의 기초가 되는 것이 유전만이 아니며 건강은 우연적인 사건들의 총합으로만 이루어진 것이 아니라는 점을 밝히려고 한다는 사실이다. 정신 건강의 기초는 어머니가 자기 역할을 잘 수행하는 초기 단계와 건강한 가정에서 보내는 어린 시절 동안 아주 활발하게 쌓인다.

그렇다 보니 정신분석학 연구는 아이를 자연스럽게 잘 보살피는 충분히 좋은 엄마의 편을 적극적으로 들며, 부모가 아이를 양육할 때 서로 협력하여 별 문제 없이 그것을 잘 행할 때도 마찬가지다. 영유아기와 청소년기, 이 특정한 시기에 특히 더 만족스럽게 기능하는 가정 또한 응원하며, 같은 방식으로 아이가 잠재기에 학교 생활을 제대로 할 수 있도록 돕는 부모와 교사 간의 생생한 상호 작용 또한 적극 장려한다.

청소년기

정신분석학은 청소년기와 성적 성숙의 관계를 연구하면서 다른 사람들의 연구까지 취합하여 청소년기에 대한 종합적인 이론을 발달시켰다. 지금 전세계적으로 관찰할 수 있는 청소년 현상 자체가 어쩌면 정신분석학이 새롭게 제시한 여러 가지 개념들이 가져온 긍정적인 결과인지도 모른다. 적어도 나는 그렇게 생각한다.

가정이 가지는 중요한 가치를 인식하고, 개인에게 가정이라는 틀이 필요하다고 생각하는 사람들은 다른 그 어떤 분야의 연구들보다 정신분석학 연구에서 그들의 생각을 뒷받침할 수 있는 근거들을 찾을 수 있을 것이다. 정신분석학은 개인의 성장 발달 과정 중 성숙 과정은 촉진적 환경을 필요로 하며, 그 환경 또한 그것만의 고유한 발달 특성을 가진 복잡한 것이라는 사실을 밝힌다.

가족 주치의

이야기를 그대로 이어서 가족 주치의의 역할에 대해 한 마디 해보는 것도 나쁘지 않을 것 같다. 국가 보건의료 서비스를 시작했을 당시 정신분석가들을 상대로 조사를 실시했다면 일하는 현장에서 접하는 여러 가지 현상들, 그 중에서도 집단의 무한한 건강 염려증과 그것에 대응하는 (환자에 대한) 의사의 건강 염려증에 대한 언급을 했을 것이다. 의사의 건강 염려증은 환자에게 약을 과하게 처방하는 양상으로 표현되기도 한다. 플래닝 자체에 어떤 무의식적 동기가 있으며, 그렇기 때문에 요즘과 같은 플래닝 시대에 사회가 저런 정보까지 요구하기를 바랄 수는 없을 것이다. 다만 그로 인해 우리는 무거운 대가를 치르게 되었다.

그 외에도 우리도 이미 잘 알고 있듯이 대중은 의사를 증오하고 질투하면서도 정작 개인은 자기 주치의를 좋아하고 또 신뢰한다. 아니면 역으로, 대중은 의학 업계를 이상화하지만 정작 개인은 자기에게 딱 맞는 의사를 만나지 못하는 실정이다. 대중이 느끼는 것과 개인이 느끼는 것이 서로 정반대이다. 의사들 또한 무의식적 동기의 갈등 문제에 빠지는데, 그 중에서도 가장 뛰어난 자들이 임상

병리에 너무 깊숙이 빠져 있는 나머지 거리를 두고 자기 문제를 객관적으로 바라보지 못한다.

반사회적 경향성의 특수 사례

정신분석학 연구들을 통해 새로이 알게 된 여러 가지 사실을 가장 잘 활용한 예는 어쩌면 반사회적인 태도에 접근하는 태도인지도 모른다. 정신분석학은 반사회적 아동과 그 아동의 과거를 관찰한 결과, 그가 박탈을 경험했고 특정 트라우마 사건에 반응한다는 사실을 발견했다. 반사회적 경향성의 역동에 관한 연구에 대한 반발이 덜 한 이유는 그 연구를 통해 발견하게 되는 것이 무의식적 동기에 한정되어 있지 않기 때문이다. 반사회적 아동을 관찰해 보면 대부분의 경우 분석 과정을 굳이 거치지 않아도 그가 어떤 박탈 경험을 했는지를 구체적으로 알 수 있는 편이다.

우리 사회는 현재 분리와 관련해서 볼비(Bowlby)와 로버트슨(Robertson)의 연구 결과를 매우 잘 활용하고 있다. 예를 들면 병원에 입원한 아동의 부모가 아이를 방문할 때 보다 편의를 봐주어 그들의 방문을 촉진하거나, 경우에 따라서는 아예 아이와 함께 묵을 수 있게 된 것도 그들의 연구 덕분이다. 전쟁이 일어난 다음 아이들을 보육 시설에 보내기보다는 위탁 가정에 보내는 정책이 빠르게 확산될 수 있었던 이유도 바로 저들의 연구 결과가 반영되었기 때문이다. 그들의 연구를 토대로 그것이 더 경제적이라는 판단 하에 정부의 지원을 받을 수 있게 된 것이다.

우리가 가지고 있는 비행에 대한 지식을 제대로 활용하지 않아 생기는 사회적 비용은 결국 공동체의 몫이 된다. 그래도 여기서 한 가지 긍정적인 점을 언급하고 넘어가야 할 것이다: 정신분석학의 가장 큰 기여이자 어쩌면 유일하게 실용적으로 활용된 방안은 1948년부터 시행된 비행의 의학적 예방 정책에 해당되는 아동법 (Children Act)인지도 모른다.

이 점

　모든 것을 부정적으로 보려는 의도 같은 것은 없다. 프로이트가 삶과 문학, 예술에 영향을 주었던 것처럼 역동 심리학도 갓난 아이와 아이를 양육하고, 교육과 종교(의 실천) 행위에 영향을 미쳤다. 정신분석학적 연구는 개인을 그의 정서 발달 측면에서 생각하고, 건강함을 의존성에서 독립성으로 나아가며, 발달 중에 있는 아이가 때가 되면 (즉 청소년기 '동안'이 아니라 청소년기가 '지난 후') 사회에 동일시하고 성인이 되어서는 사회를 유지하고 또 변화시키는 데 참여하는 것이라고 생각하는 사람들을 모든 방면으로 돕기 위해 등장했다.

　정신분석학이 발견한 것들이 개인의 존엄성을 침해하지 않는 사회에 도달하는 것을 목표로 하는 다른 사상과 일치한다는 사실이 인정받을 날도 언젠가 올 것이다. 이 세상이 수십 년 내로 멸망하지 않으면 사람들의 반감을 사는 무의식적 동기 개념은 결국 우리 사회가 진화하는 데 있어 아주 중요한 요소라는 사실을 깨닫게 될 것이며, 무의식적 동기의 존재를 밝힌 정신분석 연구 덕분에 운명론에 휘둘리지 않을 수 있었다는 평가를 내리게 될 것이다. 우리가 알지 못하거나 이해하지 못하는 것들을 운명론적으로 이해하며 그것을 기정 사실로 만드는 것보다는, 무의식적 동기의 존재를 인정하고 이를 연구하고 이해하려고 노력을 기울이는 것이 우리에게 훨씬 더 득이 될 것이다.

그 페미니즘(1964)

진보 연맹 강연 개략 원고

내가 최근 들어 벌인 일 중에서는 가장 위험한 일이다. 당연히 이와 같은 제목 또한 고르지는 않았을 것이다. 하지만 이번만큼은 위험을 감수해 가면서 나의 개인적인 시각을 밝히려고 하고 있다.

시작하기에 앞서, 남자와 여자는 완전히 같지는 않으며 모든 남자 안에는 여성적인 요소가, 모든 여자 안에는 남성적인 요소가 존재한다는 사실을 인정하고 강연을 시작해도 되겠는가? 남녀 간의 성 차이와 유사점에 대해 이야기하려면 먼저 어떤 시작 지점이 있어야 할 것이다. 나는 청중이 위에 제시한 가정에 찬성하지 않을 경우에 대비해 다른 내용의 강연까지 준비했었다. 이제 잠시 쉴 것인데, 만약 다른 점이 없다고 말하고 싶은 사람이 있다면 지금이 기회이다.

어쨌든, 이것은 광범위한 주제이기 때문에 나는 내가 알고 있는 것 혹은 안다고 생각하는 모든 것을 이 자리에서 전부 말하지는 못할 것이다. 그래서 내가 놓을 수밖에 없었던 내용 중에는 여러분이 중요하다고 여기는 내용이 있을지도 모르는 노릇이다.

발달의 관점

나의 입장에서는 이 문제를 개인의 발달 측면에서, 즉 우리가 "출발"이라고 부르는 시작 지점에서부터 자연스럽게 죽음에 이르는 순간까지로 잡고 생각할 수밖에 없다. 발달의 문제는 나의 분야이다. 나는 남성이 여성보다 아름다운지, 여성에게 사용하는 '예쁘다'는 단어에 대응하는 단어가 남성의 경우 '듬직하다'인지 같은 문제를 따질 생각이 없다. 그런 것은 시인이 더 잘 할 수 있을 것이다.

사실(내가 말하는 '사실'이 무엇을 의미하는지 여러분이 알고 있다면) 남자와 여자는 각자 특유의 형상을 하고 있다. 남자 아이가 커서 남자가 되려고 하고, 여자 아이가 여자가 되기를 희망하는 한 아무 문제도 없다. 하지만 세상일이라는 게 항상 그렇게 잘 풀리지 않는다. 만약 여기서 감정과 무의식을 더 깊이 파고 들어가 본다면 겉으로는 아주 기운이 넘치는 남자다운 남자가 사실은 여자가 되고 싶어하는 사실을 보게 될 것이다. 청소년기에 환상적인 성생활을 누리던 소녀가 사실은 남자들을 계속 부러워하며 살았다는 이야기 같은 것을 쉽게 접할 수 있다. 사실 이런 교차 동일시는 모든 수준에서 일어날 수 있다. 장애나 증상, 문제는 저런 곤란한 것들이 무의식 깊숙이 억압되어 있을 때나 일어난다. 그 중 가장 심각한 문제는 인격의 분리 때문에 남성적인 요소와 여성적인 요소가 분리되거나, 인격 전반에 걸쳐서 작용하는 기능과 국소적으로 작용하는 기능이 분리된 분열성 환자들에게서 나타난다.

이 문제를 다섯 개의 임의 층으로 나누어서 생각해보자:

1. 대부분의 남성은 나중에 남자가 되고, 여성은 여자가 되고, 그 안에서도 몇 개 유형으로 나뉜다: 이성애자, 동성애자 그리고 양성애자가 있다.

2. 사춘기는 느린 속도로 진행되며, 우리는 청소년들이 그 오 년 남짓한 기간 동안 자기에게 있는 모든 가능성을 시험해 보며 놀다가(play) 하나의 성(性)에 정착하여 남자가, 여자가 된다는 가정을 세울 수 있다.

3. 전-사춘기는 자신의 성 정체성을 반대 성(性)에서 찾는 아이들의 비율이 비교적 높게 나타나는 시기이다.

4. 저 시기보다 앞선 시기 즉 잠재기에는 이유는 알 수 없지만, 사람들은 여자 아이가 청바지를 입는 것은 별로 개의치 않아 하면서 남자 아이들은 남자 아이처럼 옷을 입고 남자 아이처럼 행동- 싸우거나 무리를 짓거나- 하기를 기대한다. 그러나 오늘날의 남자 아이들은 그들이 원하기만 한다면 모성적일 수도 있고 창조적일 수도 있다. 그런 유행 또한 계속 변하기 때문에 십 년 뒤에는 또 어떻게 변할지를 알 수 없다.

5. 거기서 더 이른 시기에, 즉 아이가 걸음마를 뗀 시기 대부분의 아이들은 (정신과적 장애를 준비하는 아이들을 제외하고) 반대 성을 가진 부모에게 매우 강하게 끌린다. 또, 동성의 부모에게 양가 감정을(사랑과 증오의 공존 때문에) 품기 때문에 거기서 야기되는 긴장과 갈등이 존재한다. 아이들 중에는 해당 부모에게 자기가 품는 감정에 대응되는 감정을 발견하는 아이도 있고, 그렇지 않은 아이도 있다.

이 부분에서 우리는 환상적인 삶이 존재한다는 가정을 할 수 있다. 아이들은 꿈을 꾸고, 놀고, 상상하며 타인의 상상력을 이용하며, 그들의 온전한 삶은 굉장히 풍부하며 그들의 감정은 격하다. 그렇다 보니 우연적인 요소들이 커다란 역할을 하고 있는 것은 매우 당연한 일이다. 예를 들어:

한 남자 아이는 수줍은 성격인 그의 아버지를 사랑한다. 하지만 자기 안에 있는 자연스러운 동성애 감정을 억압하는 아버지는 그런 자녀의 사랑에 응답해 주지를 못한다. 이럴 때 아이는 아버지로 인해 박탈을 경험하게 된다. 그리고 그런 경험은 그의 이성애 감정을 방해할 수 있다. 아버지와의 관계에서 증오의 감정이 계속 머무는 한 아이는 다른 대상을 향해 다른 감정을 품을 수 없게 된다.

아니면 한 여자 아이가 자신의 아버지를 사랑하는데 어머니가 모든 남자들을 폄하하면서 모든 것을 망쳐버린다. 그러나 아버지와의 기회를 놓친 여자 아이는 그녀의 큰 오빠를 대상으로 이전에 놓친 기회를 만회한다.

또 다른 예이다. 사귀는 사이인 남녀는 여자 아이가 한 살 연상이라는 사실 때문에 매우 괴로워한다. 두 사람의 성별이 바뀌어 남자 아이가 연상인 것이 맞다고 생각하는 것이다.

이런 일도 있다. 사형제 중 셋째로 태어난 아들은 딸을 갖고 싶어 했던 부모가 아무리 그들의 실망감을 내색하지 않으려고 노력했음에도 불구하고 그들의 (무의식적) 욕망을 전부 거두어 들이고 그에게 주어진 역할(딸로 존재)에 자신을 맞추려고 노력했다.

다르게 말하면 부모의 성격, 아이가 태어난 순서, 그 외 다른 요소들, 그 모든 것이 전체 모델에 영향을 미치면서 전형적인 오이디푸스 콤플렉스 상황을 왜곡시킨다.

이제 더 깊이 아니면 더 멀리, 즉 더 원시적인 매커니즘까지 살펴보자. 아기들은 그들의 몸과 어떻게 만나게 되는가? 먼저, 아기들은 흥분을 경험할 때 그들의 몸과 조우(인식)하게 된다. 하지만 좋아하는 사람을 상대로 성적으로 흥분하는 건강한 신체의 남,녀와 그러한 통합 상태를 아직 경험하지 못한 아기들의 상황은 분명 다르다. 모든 것은 그 자연스러운 현상을 대하는 부모의 태도에 달려 있다. 어떤 부모들은 아이가 느끼고 표현하는 것을 거울처럼 비추어 주지 않는다. 또 어떤 부모들은 아직 미미한 새싹 단계에 불과한 것을 있는 대로 자극한다.

특수한 문제

　이것은 따로 놓고 보아야 할 성질의 것이다. 감춰져 있는 여성의 생식기와 겉으로 드러나게 되어 있는 남성의 생식기의 서로 다른 특성에 대한 것이다. 그 특성을 언급하지 않고서는 페미니즘에 대해서 말할 수가 없다.

　프로이트는 성기기 단계를 선행하는 단계로 남근기 단계라는 개념을 만들었다. 우리는 그 시기를 으스대는 시기 혹은 허세와 허풍의 단계라고 부를 수 있을 것이다. 여자 아이들이 남자 아이들에 비해 저 단계 과정을 지나는 것을 힘들어하는 것은 엄연한 사실이다. 비록 짧은 시간 동안이지만 여자 아이들은 그 시기에 자신이 열등하다고 느끼거나 훼손되었다고 느끼며, 그로 인한 트라우마는 외적인 요소(가족 내에서의 자신의 위치, 형제의 성격, 부모의 태도 등)에 따라 달라진다. 부정할 수 없는 사실은 그 시기에 남자 아이는 그것을 갖고 있고, 여자 아이는 그것을 갖고 있지 않다는 사실이다. 이와 관련하여 여자 아이들은 자기들과 다르게 소변을 보는 남자 아이를 부러워하고, 비슷한 방식으로 발기할 수 있는 것을 부러워한다. 남근 선망은 분명 존재한다.

　그 다음 단계 즉 생식능력(genitality)이 꽉 찬 단계인 성기기에 들어선 여자 아이도 남자 아이와 같은 선상에 놓인다. 여자 아이는 아버지의 마음을 사로잡을 수 있고 아이를 가질 수 있기 때문에(직접 혹은 대리로) 남자 아이들에게 있어 매우 중요한 대상이 되고 선망의 대상이 된다. 그리고 사춘기가 되면 가슴이 생기고 생리까지 하게 된다. 모든 신비가 그녀의 것이 된 것이다.

　하지만 프로이트는 마지막까지 남근기 동안 여자 아이가 느끼는 남자 아이들을 상대로 느끼는 '열등감'이 미치는 영향력을 등한시하면 매우 중요한 것을 잃게 될 것이라고 주장했다. (그런데 정신분석가 중에는 프로이트의 주장이 틀렸으며, 그가 단지 여자를 상대로 허세를 부리고 개인적인 이유로 인간의 본성에 괜히 복잡한 요소를 덧붙인다는 것을 보여주려고 했다.)

여자 아이가 남근기에 겪은 트라우마는 다음과 같은 결과를 낳는다:

1. 노출되고 위압적인(지배적인), 발기한 성기에 대한 과대평가.
2. 남자 아이들에 대한 여자 아이들의 부러움.
3. 자신의 성기는 감춰져 있지만 언젠가는 발달해서 모습을 드러낼 것이라는 여자 아이의 환상.
4. 자기도 성기를 가지고 있었지만 이제는 없어졌다는 환상.
5. 자기에게는 성기가 있다는 망상(delusion)과 남근기 동안 여자 아이와 남자 간에 존재하는 차이점을 부정; 여자 아이에게도 남근이 있지만 그것이 감춰져 있다고 생각하는 남자 아이들의 망상으로, 남자들이 프렌치 캉캉이나 스트립쇼 등에 끌리는 것도 그런 맥락에서 이해할 수도 있을 것이다.

이 모든 것은 (성격의) 가학 피학증적인 구조의 형성을 촉진하며, 변태 행위 중에서는 여자에게 남근이 있다는 망상이 존재하고 있음에도 불구하고 성적 결합과 비슷한 상황을 만들려는 노력의 일환이라 볼 수 있다.

여기에 페미니즘의 뿌리가 되는 것이 하나 있다. 페미니즘 안에 다른 수 많은 것들이 들어 있고, 페미니즘이 주장하거나 행동하는 것에서 어떤 논리를 찾을 수 있다 하더라도 어쩔 수 없다. 페미니즘의 근원은 바로 여자, 남자 할 것 없이 여성에게도 여성 성기가 있다는 일반화된 망상과, 일부 여성이나 남성들에게서 찾아볼 수 있는 남근기(다시 말해 성기기 이전의 단계에서)에 고착에 있다.

이와 같은 망상은 사회적 측면에서 여성보다 남성 쪽에 더 최악의 결과를 유발할 수도 있다. 왜냐하면 그와 같은 망상은 여성의 인격의 '거세'에 초점을 맞추면서 수많은 여성들의 공분을 사는, 여성은 더 열등하다는 생각을 강화시키기 때문이다. 그러나 만약 여러분 중에 페미니스트들이 있다면 이 사실을 잊지 말라: 남자들이 여자에게 느끼는 부러움, 선망은 저것과는 비교할 수 없을 만큼, 측정할 수 없을 만큼 크다는 사실 말이다. 여성들의 충만한 능력에 대한 이야기다. 이 이야기는 조금 더 뒤에 가서 말할 생각이다.

여러분도 이것이 보편적인 문제라는 사실을 이해했으리라고 생각한다. 여기서 정상 비정상의 구분 같은 것은 없으며, 단지 비정상(정신신경증)에서는(어느 수준 이상의) 억압 때문에 놀이와 환상이 자유롭게 활동할 수 있는 여지가 없을 뿐이다. 그렇기 때문에 개인 전체성의 일부 면모들은 자기(self) 표현에 사용될 수 없으며 그 개인의 성격 구조 안에 동화될 수도 없다. 그래도 한 가지 알아둬야 할 점은 남근 선망이 존재한다는 사실은 건강한 발달이 어느 수준 이상으로는 분명히 이루어졌다는 사실을 의미한다는 것이다.

그런 이유로 페미니즘 안에는 일정 수준 이상이나 이하의 비정상이 담겨 있다고 생각할 수 있다. 한 쪽 극에는 남근기적인 남성적 허영심이 지배하는 남성 위주의 사회에 대한 여성들의 반발이다. 그리고 또 다른 극에는 신체 발달 과정 중 특정 시기 실제로 존재했던 여성의 열등성의 부정이다. 이런 간단한 설명이 부족하다는 사실은 잘 알고 있다. 그러나 보다 복잡하고 압축된 형태로 그것을 설명할 수 있게 될 때까지는 저 정도로 만족해야 할 것이다.

앞서 언급한 발달의 어떤 면모에 대한 이야기를 계속 하기 위해 이젠 남근기 단계에 있는 남자 아이나 여자 아이의 상태를 한 번 살펴보자. 생의 초기 단계에서 결핍을 경험한 아이들 (그 중에서도 수유 경험 등에서)이 남근기에 들어서 그 시기가 그들에게 다시 한 번 기회를 제공하는 사실에 흥분하며 이를 반기는 것을 보통 관찰할 수 있다. 남자 아이나 여자 아이나 마찬가지다. 두 개 그룹으로 나뉘는 것을 관찰할 수 있다: 초기 단계에서 강하고 풍부한 경험들을 한 다음 남근기 단계에 도달한 아이들 그룹과, 상대적 박탈이나 박탈을 심하게 경험한 뒤 남근기 단계에 도달한 아이들 그룹으로 나눌 수 있다. 박탈을 경험한 뒤 남근기 단계에 들어선 아이들에게 그 단계의 중요성은 과장된다. 즉 어느 단계에서 증상이 나타나건, 아이들한테 나타나는 증상이나 장애에는 어떤 과거가, 역사가 존재한다는 이야기다. 물론, 유전된 병리적 성향 또한 잊어서는 안 될 것이다.

이 모든 것이 정신분석가의 일상을 구성한다. 그러나 치료와 관계되지 않은 이상 발표 자료로서의 가치를 가지지 못하는 것들이다. 사람들은 있는 그대로의 자기 자신들을 받아들여야 한다. 개인의 성장 발달 과정과 환경의 태도, 그것이 미친 영향의 역사를 있는 그대로 받아들이고, 사회와 관계를 맺으면서 서로에게 기여를 하며 살아가야만 한다.

비정상에 고정된 이러한 요소들은 건강에도 자리하고 있지만 개인은 너무 거칠거나 조잡한 것들과의 연결을 적당히 유지하면서도 그것들을 감추는 방안을 마련한다. 예를 들어, 그는 환상을 이용한다.

환상과 심리 내적 현실

어떤 사람들은 환상을 아동 만화처럼 자기 마음대로 배치하고 조작할 수 있는 것으로 여긴다. 그러나 환상은 개인 인격의 핵심적인 부분에 해당하는 개인의 심리적 현실에 깊게 뿌리를 내린다. 병이 내면 세계의 존재를 방해하고 그 결과 심리 내적 현실의 존재를 막아 버리는 경우를 제외하고 말이다. 성숙의 특징은 건강과 마찬가지로 다양한 경험을 통해 개인의 심리 내적 현실이 보다 풍부해지고 개인의 구체적인 경험에 현실성을 부여한다는 점이다. 이를 통해 이 세상에 존재하는 모든 것들은 개인의 내면에도 존재하며, 개인은 구체적이고 '발견되어질 만한' 모든 사람들의 현실성을 체험할 수 있다.

즉 건강에서 여성은 남성과 동일시함으로써 남성으로서의 삶을 찾을 수 있다. 가장 거친 형태의 동일시는 여성에게 남성을 이용할 수 있는 기회를 제공하여 그녀는 자신의 남성성을 남성에게 넘겨줌으로써 자기 안에 있는 여성성을 체험할 수 있는 기회를 얻는다.

반대성에 대한 선망

이쯤 되니 다음과 같은 말을 할 수 밖에 없게 만든다: 여성이라는 사실을 전적으로 누리기 위해서는 남성이어야 하고, 남성이라는 사실을 전적으로 누리기 위해서는 여성이어야 한다.

반대의 성(性)에 대한 선망은 아주 많은 부분에서 본능이 아주 중요한 역할을 하는 시기, 다시 말해 사춘기에서 오십대 정도까지 되는 사람들 대부분이 느끼는 좌절(frustration)을 설명할 수 있다. 그런 종류의 욕구 불만은 성이 별로 중요시되지 않는 문화 생활을 통해 어느 정도 완화될 수 있다.

부부가 서로를 사랑하던 시기는 교차 동일시가 약화되면서 끝나고, 그로 인해 결혼 생활까지 파탄나는 가정들이 있다. 남편은 아내가 여성이라는 점을 부러워했고 아내 또한 남편이 남성이라는 점을 부러워하며 둘 사이의 균형을 맞출 수 있었다. 그런데 이젠 한때 사랑했던 사람들이 서로에게 접시를 던지기 시작한 것이다. 서로에게 접시를 던지는 시점에서 두 사람은 평등하다. 이땐 두 사람은 제휴하면서 교차 동일시를 다시 회복할 수 있는 기회를 얻고, 접시값이 나갈 일 또한 한동안 없어진다.

물론 아이들은 부모 사이에 그런 일이 일어나는 사실을 쉽게 받아들이지는 못한다. 하지만 어쩔 수 없는 일이다. 부모가 성관계를 맺는 대신 서로에게 접시를 던지면서 치거나 받거나 하거나, 접시를 아끼기 위해 결국 헤어지는 쪽을 택하게 될 때까지 작용하는 힘들은 너무나도 강력하여 불가피하게도 아이들에게 영향을 미친다.

우리가 쉽게 상상할 수 있듯이 언제나 완벽하게 부드러운 남자는 그의 파트너에게 다음과 같은 두 가지 반응을 이끌어낼 수 있다: 그녀는 어느 누구도 결코 좋아할 수 없을 만큼 별로인 거칠고 잔인한 남자, '수컷'을 필요로 할 수 있다. 아니면 자기에게 있는 남성성에 기대어 자기 안에 잠재된 여성성의 요소들을 과장할 것이다. 그럼에도 불구하고 모성적인 남성들이 줄 수 있는 도움은 굉장히 많다. 그들은 매우 좋은 모성의 대체가 될 수 있으며, 자녀가 많거나 다시 일터로 돌아가고 싶어하는 아내들의 부담감을 덜어줄 수 있다. 아내들 중에는 남편이 자기에게도 모성적인 모습을 보이고 자기를 대하기를 바라는 여자들도 많다. 조금도 모성애적 보살핌을 필요로 하고 원하지 않을 사람이 어디 있겠는가? 게다가 여성 간의 우정의 경우, 동성애적 문제로 번지는 것을 염려하지 않고 이를 완전히 이용하는 것은 불가능하다.

이 모든 것은 실제 현실에서 일부일처제를 지키기란 얼마나 어려운 일인지를 아주 잘 보여준다. 아니면 일부일처제가 너무 많은 것을 알지 못하는 기독교적 규정이기 때문인 걸까? 사람들은 스스로에게 평생 어느 누군가와 매우 밀접한 관계를 맺었다고 말할 수 있기를 바란다. 그런 삶을 살 수 있기를 바란다. 함께 나눈 경험이 많을수록 얻은 것 또한 많다는 사실을 그들도 매우 잘 알고 있기 때문이다. 사람들끼리 싸우는 것을 관찰하다 보면 그런 사람들의 심리 내적 현실은 상대적으로 빈곤하고, 현실에 대한 환상적 작업이 제한되어 있으며, 문화 생활을 적게 하는 사람일수록 더 괴로워한다는 사실을 보게 된다. 문화 생활은 특히 더 이상 서로를 사랑하지 않게 되고, 결혼이라는 '놀이'의 두 번째 단계에 들어서기 시작한 부부에게 커다란 도움이 된다.

여성과 여성들

이제 나는 우리가 종종 등한시하는 어떤 특별한 면모에 대해 이야기하려고 한다. 남자와 여자 사이에는 음식이나 섹스를 '주는' 대상이 누구이고 그것을 받는 대상이 누구이냐의 차이보다 더 중요한 차이점이 존재한다. 바로 어느 누구도 피할 수 없고 예외일 수 없는 사실은, 모든 남자와 모든 여자는 '여자로부터 나왔다는 점'이다. 우리는 어떻게든 그 곤란한 사실을 잊어버리려고 노력한다. 의만(couvade)이라는 개념도 있고, 아를르캥(Alerquin)의 신화에서는 아이를 낳는 남성도 나온다. 그 외에도 머리에서 출생한 이야기도 종종 등장하면서, 수태, 임신을 의미하는 단어(conception)에는 구상, 발상이라는 의미도 붙게 되었다. 엄마 뱃속에서 생겨난 것(물리적)과 동시에 생각을 통해 머릿속에서 생겨난(정신적) 아이는 아주 행운아라고 볼 수 있다.

어쨌든지 간에 엄마의 자궁 내에서 성장한 모든 남녀는 그들이 제왕절개를 통해 태어났다 할지라도 결국 자궁을 통해서 태어났다.

생각하고 또 생각할수록 남성과 여성을 비교하려면 '여성'이라는 단어가 꼭 필요하다는 사실을 다시금 깨닫는다. 지금 말한 것을 요약하기 위해 조금 더 깊은 차원에 서서 이야기할까 한다:

1. 문제는 사실 모든 개인이 자궁에 있다가 태어났다는 데 있지 않다. 문제는 우리 모두 처음부터 한 여성에게 의존했다는 사실이다. 시작하기에 앞서 이 사실을 다시 한 번 강조하는 것이 중요하다. 우리 모두 처음에는 어떤 여성에게 절대적으로 의존했다가 점차 상대적인 의존을 보였다. 나의 정신 건강이나 여러분의 정신 건강의 모델은 물리적으로 표현되지 않은 이상 사랑이 그 의미를 갖지 못하던 시절부터 어머니로서의 자신의 역할을 충분히 잘 완수한 한 여성에 의해 결정되었다. 우리 모두 '성숙에의 경향'을 물려받고 태어났다. 하지만 그 경향이 제대로 작동하고 기능하기 위해선 먼저 충분히 좋은 환경이 거기에 있어야 한다. 그리고 그것은 아기에게 아주 섬세하게 적응하는 인간의 활동이 있어야 하고, 그 인간은 여성이고, 대부분의 경우는 그 아기의 어머니다.

2. 더 깊이 파고 들면, 갓난 아기의 경험이 있다. 아기는 아직 자기 자신과 어머니, 자기 자신과 환경의 기여, 그를 안고 조작하고 밥을 주기 위한 적절한 동작들을 구분하고 분리할 줄 모르기 때문에 유아의 경험에는 어머니가 그대로 포함된다. 자기(自己)는 아직 구별되지 않고 의존은 절대적이다.

그런데, 이러한 절대적인 의존 그리고 그 다음에 오는 상대적인 의존의 실재를 인정하는 것은 매우 어려운 일이다. 지금 현재를 살고 있는 남성, 여성에게도 똑같이 적용할 수 있는 의존이기 때문이다. 그렇기 때문에 우리는 대문자 '여자(WOMAN)'라고 부르는 아예 따로 분리되어 존재하는 현상이 있고 그것이 우리 삶의 무대 위를 지배하고 있으며 모든 화제의 중심에 있다고 말할 수 있다. 대문자 여자는 이 세상에 태어난 모든 여자와 남자들의 생후 첫 몇 달 간 어머니로서 인식되지 못하고 인정받지 못한 어머니를 가리킨다.

이쯤에서 우리는 지금까지 언급한 것들을 바탕으로 성별의 차이에 대한 새로운 정의를 내릴 수 있다. 여성들은 '여자'와 동일시함으로써 그녀와 맺는 관계를 해결할 수 있는 능력을 가지고 있다. 모든 여성 안에는 언제나 세 명의 여자가 존재한다: (1) 어린 소녀 (2) 어머니 (3) 어머니의 어머니.

신화를 보면 삼대에 걸쳐 여성이 줄곧 등장하거나 세 개의 구분되는 기능을 가진 세 명의 여성들이 등장한다. 자녀가 있건 없건 간에 여성은 그 끝이 없는 연대기 안에 위치한다. 그녀는 손녀이자 어머니이고 또 할머니이며, 어머니이자 손녀이며 또 손녀의 딸이다. 그 덕분에 그녀는 사람들을 속일 수 있다. 남자를 유혹할 때는 매우 달콤한 작은 존재가 되었다가 지배하는 아내이자 어머니가 되고, 나중에는 정감 가는 할머니가 될 수 있다. 모두 같은 것이다. 왜냐하면 그녀는 처음부터 셋이었으니까. 그에 반해 남성은 처음부터 하나의 유일한 것이 되려는 엄청난 욕구를 가지고 시작한다. 하나는 하나이자 혼자인 것을 가리키며, 영원히 그럴 상태일 것을 의미한다.

남성은 자신의 본성을 거스르지 않는 한 여성이 할 수 있는 것을 하지 못한다. 그것은 그들 종(種) 자체에 내재한 성질로 결코 달라질 수 없다. 남성이 여성에게만 가능한 일을 할 수 있게 되는 경우는 병 안에서이다. 나는 아주 이른 나이부터 여성에게 동일시하고, 더 나아가 자기 자신을 젖가슴과 동일시한 환자를 본 적이 있다. 그의 모든 잠재성은 젖가슴의 기능을 하고 있었다. 그의 삶에는 자신을 제외한 다른 남성은 단 한 명도 존재하지 않았다. 그의 '안'에는 그 자신과 여성들만 존재했으며 그의 남성으로서의 육체와 남성적인 기능까지도 거세되다시피 한 상태였다. 그는 무엇을 해도 결코 만족하지 못했으며 남성으로서의 자신의 정체성을 찾기 위해 아내와 헤어지기 위해 몇 년간 아주 열심히 치료를 받으려고 노력했다. 그리고 드디어 그 일들을 해낼 수 있게 되었을 때 그 남성은 다른 남성들과도 새롭게 관계를 맺을 수 있게 되었다. 다시 말하자면 그는 남성 친구를 사귈 수 있게 된 것이다.

내가 보기에 페미니스트인 여성들은 남성들의 이러한 점을 부러워하는 것 같다: 성숙하면 성숙할수록 남성은 고유해진다 (unique). 어떤 남성들은 여성을 이런 면 때문에 부러워한다. 여성은 여성이기 때문에 '여자(WOMAN)'와 개인적으로 맺는 관계에서 오는 문제를 해결할 필요가 없다는 점을 부러워한다. 왜냐하면 여성들은 그녀와 같은 매혹적이고 유혹적이면서 남성들의 기사도 정신을 자극하는 작고 가련한 존재들이기 때문이다. (정작 그 여성들은 아마 이렇게 탄식할 것이다: "과거의 기사도 정신은 대체 어디로 갔는가?")

모든 여성들과 남성들에게 문제는 여전히 남아 있다. 그들 모두 한 때 여성에게 의존했다는 사실이다. 그런데 우리 인격이 활짝 펴고 앞으로 나아가기 위해서는 그 사실이 야기하는 증오(hatred)가 감사함으로 변화하는 것이다.

무모한 사람들

나는 이제 또 다른 자그마한 세부항목 하나를 다룰 생각이다: 남성들은 위험을 찾는가? 전쟁을 없앤다거나 차 사고가 발생하는 것을 막는다거나 에베레스트 산 등반, 화성 탐험, 그것도 아니면 복싱 같은 스포츠를 없앤다거나 하는 일들은 전부 헛된 시도이다.

모든 여성들은 한 명도 예외 없이(과거와 현재, 미래의 여성과 자신을 동일시하면서) 출산의 위험을 안는다. 우리는 출산 행위에 어떠한 위험도 따르지 않는다고 결코 말할 수 없으며 마치 기술이 아무리 발달했다 하더라도 여성들 고유의 자연적인 기능이 위험을 내포한다는 사실은 전혀 변하지 않는다. 그런데 남성들은 여성들이 가진 그 위험성을 부러워한다. 거기에다 여성이 임신하게 만들었으면서 정작 자기는 좋은 자리를 차지하고 여성이 임신 과정과 출산하는 과정, 그 이후에는 아기를 보살피는 일까지, 여성이 짊어지는 큰 책임과 그에 따른 구속을 그저 지켜보는 관객이라는 사실에 대한 죄책감을 가진다. 그래서 남성들은 위험한 일을 찾아 다니고 거기에 뛰어 들면서 평생을 보낸다. 그 중에는 위험한 일에 무분별하게 뛰어드는 것을 멈추지 못하는 경우도 있다. 그들은 여성이 처하는 위험에 최대한 맞추려고 하는 것이다. 그러다 죽으면 남성은 그대로 죽어버리지만, 여성은 언제나 있었고 언제나 있을 것이다. 남자는 잔디와 같다.

다시 말해, 남성들도 그들만의 문제를 안고 있다. 전쟁의 끔찍한 점은 생존자들이 그들의 성숙, 성적인 성숙을 발견하게 된 순간은 그들이 죽을 위기에 처했을 때라는 사실이다. 그래서 전쟁이 없을 때는 맥이 빠진 채로 있다. 그럼에도 불구하고 그들 또한 죽거나 그럴 위험에 처하기를 결코 원하지는 않는다. 자신이 왜 죽어야 하는지에 대한 확실한 이유나 명분이 존재할 때를 제외하고 말이다.

추가 부분

나는 '페미니즘' 이라는 단어를 둘러싼 주제들에는 어떤 것들이 있는지, 남성과 여성 간의 상호작용과 연관되는 것들에는 어떤 것들이 있는지를 살펴보았다. 이야기할 수 있는 것은 아직 많이 남아 있지만, 보면 볼수록 더 많은 것을 발견하게 되고 결국 누락되는 것들이 생긴다는 사실만 더더욱 확인하게 된다.

피임약과 달(1969)

진보연맹 강연

이번에 살펴볼 것은 위니캇이 1969년 11월 8일 진보 연맹에서 강연한 내용이다. 이 강연에 대해 유일하게 남은 흔적은 녹음된 음성으로 청취자는 위니캇 박사의 허물없는 말투에 주목하게 될 것이다. 위니캇은 언제나 진보 연맹에서 강연하는 것을 매우 좋아했는데, 그를 듣는 청중 또한 그와 같은 기분이었다. 녹음 테이프에서 들리는 활기찬 청중의 웃음 소리와 그 외 다양한 소리들이 이를 증명한다. 그러나 불행하게도 바로 그런 소리들 때문에 강연이 잘 안 들리는 부분들이 군데군데 있다. 그것들 외에도 반복해서 등장하는 문장이나 단어와 실제로는 예민하고 심각한 주제를 공개적으로 언급하는 것에 따른 망설임의 흔적인 듯한 감탄사 또한 자주 등장한다. 이러한 이유들 때문에 강연 내용을 편집하지 않을 수 없었다. 그러나 그 작업은 오직 강연 내용을 압축하는 데만 초점을 두었기 때문에 위니캇이 말하지 않은 단어나 문장 같은 것은 등장하지 않는다. 글의 순서는 작가가 발표했던 순서를 그대로 따른다.

강연의 본래 제목은 '피임약'이었다. 그러나 위니캇이 마지막에 언급한 꿈과 결론에서 그가 1969년 7월 달의 착륙과 관련해 쓴 시가 자연스레 연상되었다. 그런 이유로 그 시를 마지막 부분에 추가하고 제목은 그것을 기리는 의미에서 '달과 피임약' 으로 수정되었다. (편집자 주)

나는 사실 피임약을 복용해 본 적이 없다. 피임약에 대해 아는 것도 거의 없다. 그러나 이에 대한 강연을 요청 받았을 때는 그 발상자체가 기가 막히다는 생각을 했다. 그리고 처음에는 피임약과 '진보적인 자아' 라는 주제로 이야기하는 것이야말로 내가 하고 싶어했던 것이라는 생각을 했다.

새삼 깨달은 것이 있는데, 내게는 선동과 관련된 능력 같은 것은 없는 것 같다. 그것에 대해 열심히 떠들었더니 사람들이 피임약을 더 이상 복용하지 않게 되거나 반대로 모든 사람들이 그것을 복용하게 된다면 참으로 굉장한 일일 것이다.

나는 몇 년 전에 뉴 소사이어티지[1]를 위해 다음과 같은 글을 쓴적이 있다. 오로지 청소년기에만 일어나는 우울 주기에 관한 내용이었는데, 오늘날처럼 모든 것이 너무 빠르게 변화하는 시대에 그런 주제를 다뤘다는 것은 당시로선 상당히 앞선 것이었다. 우리는 십여 년 전에 피임약은 빠른 시일 안에 쉽고 안전하게 사용할 수 있는 물건이 될 것이라고 장담하면서 청소년의 삶과 그들 부모의 삶에 큰 변화를 가져올 것이라고 예견했다. 그리고 실제로 큰 변화가 일어났다. 우리는 벌써 피임약이 없었던 시절을 떠올리지 못한다. 여기서 흥미롭게 여겨볼 수 있는 부분은 이와 같은 현상이 우리 상상계에 어떻게 입력이 되는지를 관찰하는 것이다. 내가 보기에 우리는 그쪽 방면에 대해 생각하고 연구한 것이 별로 없는 것 같다.

---

1. 1963년 4월 25일. 'Adolescence: Struggling Through the Doldrums', in The Family and Individual Development, London, Tavistock Publications, 1965, 도 참고.(편집자 주)

그래서 내가 얼마 전에 어떤 작업에 착수했다. 환자가 별로 없던 날, 나는 종이 한 장과 볼펜을 들고 방 안에서 가장 앉기 좋은 장소인 바닥에 앉고 내 자신에게 이렇게 말했다. "좋아, 토요일에 있을 면담을 위해 몇 가지 생각을 적어 보자." 나는 내가 말하고자 하는 바를 잘 알고 있으며 어떤 제약들이 있는지, 일을 어떻게 해야 하는지 ABC부터 잘 알고 있었기 때문에 매우 쉬운 일이었다. 그런데 그 날은, 하루 종일 아무 일도 일어나지 않았다! 유일하게 나온 것이라고는 시 한 편이었다. 나를 많이 놀라게 만든 시였기 때문에 이 자리에서 읽어 보려고 한다. 시를 쓸 줄 모르는 내가 쓴 것이기 때문에 아무 의미도 없는 일이지만… 나는 시 제목을 '조용한 죽음'으로 정했다.

건강한 사람을 위한 바보 같은 알약 같으니라고
신의 뜻과 의지를 기다리는 것은 어떤가
비어 있던 것은 언젠가는 채워질 것이오
의미 없이 임신한 언덕은 줄어들 것이다.
남자들이여! 결심하시오, 자크는 세실에게 가시오
여자들이여! 만족할 때까지 그의 엽록소를 섭취하시오
사고의 위험은 없습니다, 잘 알고 있잖소
당신은 완만한 죽음, 조용한 죽음을 알고 있소, 피임약
자, 저는 이제 펜을 들어야겠습니다:
바보 알약과 어울리지 마십시오,
무슨 꿍꿍이가 있는지를 잘 살펴 보시오!
그리고 그때가 되면 계산하십시오.

글을 쓰기 시작했을 때 머릿속엔 저런 생각들이 자리잡고 있었다. 꼭 나무토막 하나 가져다가 무슨 일을 하려고 할 때 이후 벌어지는 일들을 연상시켰다. 우리는 "나무 조각이나 해볼까"하고 생각한

다. 느릅나무 토막을 가져와 손에 쥐고 있던 정으로 나무토막을 이리저리 열심히 깎아 본다. 우리 손에는 어느덧 웬 마녀 하나가 쥐어져 있다. 우리가 머릿속에 마녀를 떠올리면서 나무 조각을 한 것이 아니다. 그냥 깎다 보니 그 행위 자체가 어느덧 결과물을 바꿔 놓았다는 의미다. 우리는 나무가 그렇게 빚도록 만들었기 때문에 우리가 마녀를 조각하게 되었다는 사실을 깨닫는다.

이와 같은 현상은 다른 예술 분야에서도 똑같이 일어날 수 있다. 그 결과 방금 읽은 것과 같은 바보 같은 시 한 편이 나올 수도 있다. 여러분은 그런 결과를 전혀 예상하지 못했기 때문에 결과물이 나오면 놀라고 만다. 그러니 이제 시 이야기는 그만 하자. 저 시가 나중에 어떻게 될지는 두고 보면 알 것이다.

이제 문제의 또 다른 양상으로 눈을 돌려보자: 논리, 의식적인 논리를 살펴보자는 말이다. 우리 삶에서 매우 가치 있고 중요한 부분이 너무나 지루하고 단순한 것으로 변모한 이유는 우리가 평소 무의식을 잊고 살거나 그것을 배제하고 살아서이다. 아니면 일요일 아침에나 이를 사용하기 때문이다. 우리는 논리적인 것을 찾으려고 하고 또 그래야 한다. 우리는 문명인이고, 지능과 정신, 객관성을 가지고 있다. 2000년이 되면 이 지구의 인구가 몇 명이나 될지를 계산할 줄 알며, 인도의 인구 증가세가 정점을 찍을 날을 정확하게 맞출 수도 있다. 인도까지 갈 것도 없다. 우리는 런던이 언제 인구 과잉 지점에 도달하게 될지(자동차 수는 이미 도달했다)도 알 수 있다.

즉 우리는 다음과 같은 상황을 놓고 논리적으로 그것을 따져 볼 수 있는 능력을 가지고 있다: 그 부모나 가족이 많은 자녀들을 제대로 양육하고 키울 능력을 갖고 있는지의 여부를 전혀 알 수 없는데 대가족을 이루고 산다는 것은 과연 논리적인 일일까? 또, 나라를 그렇게 많은 아이들로 채우는 것은 과연 합리적인 일일까? 이 질문에 대해 우리는 다음과 같이 대답한다: "아니, 합리적이지 않은 일이다." 뭐, 그렇다면 좋다. 그러면 한 가정당 아이 둘, 아니, 그 중 한 명이 다운 증후군으로 태어나거나 소아마비로 죽을 수도 있으니까 셋으로 하자. 그렇게 말한 뒤 당신은 다시 "딸만 세 명 낳아서 아들 생각이 너무 간절할 경우를 생각해서 그냥 넷으로 하자"라고 말할 것이다. 어쨌든 그 수는 은근슬쩍 계속 늘어나면서 여러분은 다시 출발 지점으로 돌아와 결국 아이가 생기는 대로 낳게 된다. 여러분은 또 자기가 스스로에게 걸어 놓은 금기들(예를 들면 성적 억압처럼, 당신에게 왜 아이가 없는지를 설명할 수 있을 법한 금지 사항 등)을 점점 의식하게 되면서 어느덧 순수한 무의식에 대해 말을 하는 자신을 발견하게 된다. 어떤 의미에서 성적 억압은 참으로 재미있고 건설적인 부분이 있으며 성적 충동만큼이나 우리 사회에 이바지하는 바가 있다. 그렇다 보니 우리는 자기도 남들 정도는 하고 있기를 바라며 자기는 어떻게 하고 있는지에 대한 이야기를 털어놓게 되는 것이다.

여러분도 이 질문에 대해서는 많이 생각해 봤을 테니 여러분이 이미 알고 있을 내용을 굳이 다시 가져올 생각은 없다. 지금 우리는 무엇에 대해 말하고 있는가? 전세계의 인구, 돈을 벌기 위한 수단들, 육아 방법, 아이에게 누구나 받을 수 있는 공립 교육을 받게 할 것인지 아니면 어떤 아이에게는 적합하지만 또 어떤 아이에게는 적합하지 않을 (사립) 학교에 보내고 싶은지 등에 대해 말하고 있다. 이 모든 문제들은 우리의 사고를 필요로 하는 문제들이며 감사하게도 똑똑한 우리는 이런 문제들을 생각할 수 있으며 그것을 실천하는 것 또한 할 수 있다. 논리는 너무 많은 아이를 갖지 않는 것이 좋다는 결론을 내리게끔 하며, 아이를 열둘 낳은 사람도 그와 같이 말할 수 있다. 한 쪽에서는 사고 자체의 문제를 따지면서 다른 한 쪽에서는 현실에서 일어나는 일을 따질 수 있는 방법이 분명 존재할 것이다. 한 쪽에선 생각하고, 한 쪽에서는 그것을 살펴보면서 둘 사이의 상관성이 그리 명백하지 않다는 사실을 깨닫게 된다. 한 편에서 이에 대해 생각하고 다른 한 편에서 무엇이 일어나고 있는지를 살펴보면서 그 둘이 다르게 연결되어 있는 것을 볼 수 있다.

이제 사례를 하나 들어 보자. 열여섯 살 소녀의 사례이다. 이 소녀는 그녀에게 태어났을 때 사고가 일어났던 것이라고 내가 그녀에게 말해주기를 바랐다. 실제로 그녀는 핸디캡을 안고 삶을 시작했다: 태어날 때 얼굴에 보라빛이 돌 정도로 목에 탯줄이 감겨 있었다고 한다. 그리고 나의 진료실을 찾아왔을 때의 모습만 봐도, 태어났을 때의 사고가 그녀의 뇌에 상당한 손상을 입혔음을 쉽게 짐작할 수 있는 수준이었다. 그 사고는 그녀에게 아주 큰 장애를 야기하진 않았지만 깊이 없는 성격을 형성하게 만들어 그녀가 그 문제와 평생 씨름할 수 밖에 없게 만들었다. 새로 학교에 들어갈 때마다 사람들은 그녀에게 "네가 조금만 더 노력하면 지금보다 더 잘 할 수 있을 거야"라고 말했다. 그래서 그녀는 노력하고 또 노력했지만, 아무도 그녀에게 "(내가 노력하고 했던 건) 이런 게 아니야."라고 말해주진 않았다. 굉장히 예쁘고 매력적이었던 이 소녀는 그 때문에 정서 발달 면에 있어서 조숙한 편이었다. 내 진료실을 처음 방문했을 때 그녀는 책 한 권을 가지고 왔는데, 그 책을 가리키며 "요즘 읽고 있는 책이에요. 굉장히 흥미로운 내용이에요"라고 말했다. 실제로도 재미있고 흥미로운 책이었지만 그 책을 읽었을 때 나나 여러분이 한 눈에 알아차렸을 법한 내용을 그녀는 전혀 이해할 수 없었으리라는 예상을 쉽게 할 수 있었다. 그 이유는 단순히, 그것을 이해하는 데 필요한 어떤 것이 그녀에게는 없다는 사실 때문이었다.

나와 그녀는 진료실에서 스퀴글 놀이를 했다. 스퀴글 놀이를 하면서 그림을 그려 나가는 중에, 머리로 시작했다가 몸통으로 변한 그림이 하나 있었다. 그 그림에는 탯줄도 그려져 있었다. 나는 그것을 보고 "이 아이 목에는 줄이 있네. 이 사람 목에는 줄이 감겨 있네"

라고 말했다. 노는 도중 아주 우연히 그런 말이 나왔었다. 우리는 놀이를 계속 했고 나중에 가서야 그녀는 "그런데 사실 저는 목에 탯줄을 감고 태어났대요"라고 말했다. 누군가가 그녀가 태어났을 때 있었던 일을 이야기해 주었던 것이다. 그 이야기를 듣고 나는 그녀에게 이렇게 말했다: "그림을 봐 봐. 네가 이걸 그렸어". 그녀가 다시 대답한다: "정말인가요?" 그녀는 탯줄을 생각하고 그것을 그린 것도 아니었고 그것을 보고 그런 생각 또한 전혀 하지 못했던 것이다. 그러나 그 내용은 놀이 자료에서 있는 그대로 드러났고, 나중에 확인해 보니 그녀에게 실제 일어났었던 일로 드러났다. 가족 내에서 전해지는 대하 소설 같은 것이 아니었다. 그녀가 겪은 일이 사실인 것으로 밝혀진 다음에 우리는 그 현실을 마주했다. 나는 그녀에게 이렇게 말했다:(나는 그녀를 전혀 보호하지 않았다.) "잘 들어. 너는 목에 탯줄을 감고 태어났어. 그래서 얼굴이 보라빛이었고, 태어나자마자 장애를 갖게 되었지. 그럼에도 불구하고 너는 참 열심히 노력하며 여기까지 왔어. 네 지능에는 분명 한계가 있어. 시간이 지나면 개선될 수도 있겠지만, 네가 만약 그때까지 기다리면 네가 무엇을 어떻게 해야 개선이 될지를 알 수 있게 될지도 몰라. 그때 가면 정말로 그럴지는 나도 당장 확신할 수는 없지만… 그러나 한 가지 확실한 것은 네 문제는 네가 충분히 노력하지 않는 데서 오는 것은 결코 아니라는 것이야. 뇌가 손상되었다는 것이 문제지." 내 말을 듣고 그녀는 이렇게 말했다: "드디어 나를 제대로 이해해주는 사람을 만난 기분이에요." 그녀가 처한 굉장히 복잡한 상황에서 유일하게 나온 것이 저것이었다. 그때부터 그녀는 다르게 발전했다. 우선 우리 둘의 관계는 매우 좋아졌다. 그녀는 이제 나를 활용할 줄 알게 되었고, 내 쪽에서는 다른 사람들이 그녀에게 무리한 일, 즉 그녀의 능력(성격의 깊이와 지능)이 허락하지 않는 일을 요구하지 않도록 하는 데 주의하며, 그녀가 정상적인 삶을 영위할 수 있는 데 관심을 기울였다.

　그녀는 가끔 크게 발작을 하곤 했는데, 그럴 때마다 온 가족과 주변인, 집안의 동물들까지도 얼이 쏙 빠졌다. 이때 그녀의 부모는 그녀를 집에 두지 못했다. 아무리 그녀를 사랑하더라도 그녀가 갑자기 모든 것을 견딜 수 없게 되었다는 이유로 온 가족의 삶에 혼란을 주는 일을 그들은 견디지 못했다. 어느 날 나를 갑자기 찾아온 것도 바로 그 때문이었다. 그때 나는 그녀를 곧바로 상담했다.(피임약 이야기는 이제 나온다). 그 전날 그녀는 평상시 잘 가지 않는 파티에 참석했었다. 그녀는 굉장히 아름답고 매력적인 소녀였기 때문에 그런 곳을 가면 언제나 누군가 그녀를 주목하고, 얼마 지나지 않아 두 사람은 신나게 어울리며 놀고 파티를 아주 즐겁게 누리게 되는 결과를 가져왔다. 하지만 그 후에는 무슨 일이 벌어지는가? 그녀는 자기 자신을 자제하는 것이 불가능했고, 좋아하는 것과 싫어하는 것, 좋다고 여기는 것과 나쁘다고 여기는 것에 대한 뚜렷한 주관이 있었고 거기에 충동적인 기질까지 더해졌다. 그런데 이번 파티에서는 모처럼 마음에 차는 남자를 만났던 것이다. 그 때문에 그에게 '안 된다'고 하기가 너무나 어려웠다. 파티가 끝난 다음 그와 자지 않으면 그로 인해 생길 좌절과 그 외 다른 온갖 감정이나 상황들을 처리할 방법 또한 전혀 떠올릴 수 없었다. 그녀에게는 그런 문제들을 꿈이나 다른 방법들을 통해 분석할 능력도 없었다. 결국 두 사람은 밤을 함께 보내기는 했지만 그녀는 그와 자는 것을 거절했고 그는 그녀의 의사를 존중해 주었다. 하지만 그녀는 그가 그녀를 범하지 않고, 그로 인해 생겼을 책임을 전부 지려고 하지 않았다는 점에 굉장히 실망하였다. 거기에 그녀를 괴롭히는 생각이 한 가지 더 있었다: 바로 그의 자존심. 그녀는 그의 친구들이 두 사람이 함께 밤을 보냈는데 아무 일도 없었다는 사실을 알게 되면 그를 무시할 것이라고 생각했다. 그런 상황에서 그가 취할 법한 행동은 집에 돌아가는 길에 이야기를 하나 지어내거나 "그녀가 원치 않았어"라고 말하는 것이다. 결단코 좋은 일이 아니다. 그의 모든 것을 중요하게 여기고 존중했던 그녀이기에 그 상상은 그녀를 너무 괴롭게 만들었다. 그래서 몹시도 흥분하고 또 당황스러워 했고, 그런 그녀의 모습에 익숙해질 만큼 익숙해진 가족들 또한 무엇을 어떻게 해야 할지 도통 감을 잡을 수 없었다. 말이 나와서 하는 말이지만, 그녀가 그토록 마음에 들어했던 남자는 흑인 중에서도 피부가 아주 새카만 흑인이었는데, 그녀의 가족에겐 그 문제는 전혀 중요하지 않은 듯 보였다. 문제는 그런 차원에 있는 것이 아니었다. 물론 그녀는 그가 흑인이라는 사실에 짜릿한 감정을 느꼈지만, 어쨌든 문제는 거기에 있지 않았다.

다시 말해 그 남자는 올바르게 행동했던 것이다. 그런 그의 올바른 처신은 그녀를 미치게 만드는 동시에 깊은 안도감을 안겨주기도 했다. 이런 식으로, 그녀의 내면에는 통제되지 않은 갈등이 자리하고 있었다.

그렇게 이야기한 뒤에 그녀는 내게 "아시겠죠. 이건 섹스랑은 아무런 관련도 없는 문제에요. 피임약에 관한 문제에요. 제 친구들은 다 피임약을 먹어요. 피임약을 먹을 수 없다면 제 자신이 열등한 존재, 그저 어린애에 불과하다는 기분이 들어요." 사실 그녀의 부모는, 그녀가 함께 살만한 사람을 만나서 적절한 치료를 시작하기 전까진 피임약이나 그 외의 다른 어떤 피임 수단을 써서도 안 된다고 일러두었던 터였다. 그들은 시간을 벌 요량으로 그녀에게 "피임약은 아직 안 된다. 네가 자제를 해라"라고 말했던 것이다. 하지만 그 열여섯 살 소녀에게 있어 피임약은 굉장한 상징이었다. 피임약을 먹게 된다면 분명 좋아질 것이다. 그녀 같은 사람들은 변화가 오면 모든 일이 잘 풀릴 것이라 생각하는 경향을 가진다. 그녀는 내게 "만약 피임약을 손에 넣으면 그걸 먹지는 않을 거예요. 가지고 있기만 하면

돼요. 그런데 만약 부모님이 제게 "너는 열여섯 살밖에 되지 않았으니까 안돼, 넌 그것을 가질 수 없어" 라고 말한다면 전 피임약을 구해 버릴 거예요. 구할 수 있어요. 구한 다음에는 그대로 먹어 버릴 거예요." 그녀는 바로 그런 타입의 사람이었다. 그녀의 내면 세계는 여러 가지 상황이나 생각들을 정리하고 구상, 조직할 만큼 깊지 못했기 때문에 모든 것이 과장되는 것이었다. 그녀가 요즘도 놀러 다니는 곳에 처음 출입하기 시작했을 무렵에도 현재 (놀러) 다니는 곳에 출입하기 시작했을 시기(그곳은 실제로도 괜찮은 곳이다. 그곳에 출입하는 사람들을 보면 대부분 이해심이 많은 사람들이다)그녀는 어느 날 나를 찾아와 이런 말을 했다: " 오늘 제 생애에서 가장 '사랑스러운' 하루를 보냈어요". 나는 속으로 그녀가 흑인 남성들을 수두룩하게 만나기라도 했나, 라는 생각을 하면서 "무엇을 했는데?"라고 물었더니 그녀는 "작고 예쁜 개울가에 가서 올챙이를 잡았어요" 라고 대답했다. 그럼에도 불구하고 피임약을 갖지 못하고 또 피임약을 먹지 못한다는 사실이 그녀를 계속해서 괴롭혔다. 모든 것이 과장 되어 있는 채였다. 나는 가끔 우리 같은 사람들도 사물을 그런 식으로 바라보고 이해한다고 생각한다.

또 다른 사례가 있다. 내게 꾸준히 상담을 받으러 오는 환자 중에는 어린 시절에 박탈 경험을 아주 제대로 한 여성이 한 명 있다. 그녀는 결혼해서 자식도 낳았지만 현재는 이혼하고 굉장히 외로운 상태였다. 그녀는 치료를 받으면서 많이 좋아졌었고, 조금씩 자기 자신을 풀 수 있게 되었다. 그녀는 결국 어느 날 한 남성으로부터 저녁 식사 초대를 받기까지 하였다. 그녀는 지금 독신이기 때문에 새로운 사람을 만날 수 있는 상황이었고, 실제로 그 사실은 그녀를 굉장히 행복하게 만들었다. 그 남성도 비교적 마음에 드는 상대였다. 약속 당일 두 사람은 자연스럽게 한 방을 쓰게 되었는데, (두 사람 사이에 무슨 일이 일어났는지는 모른다) 나중에 그녀는 그때 일을 두고 다음과 같은 말을 했다: "요즘 사람들이 대체 무슨 생각을 하고 사는지 모르겠어요. 그들은 1969년에는 모든 사람들이 피임약을 끼고 산다고 생각하는 것 같아요. 저는 지난 십 년간 섹스를 생각해 본 적도 없고, 피임약을 끼고 살지도 않았어요. 그날 그가 콘돔을 안 챙기고 오는 바람에 결국 생리 주기라는 구닥다리 핑계를 댈 수 밖에 없었어요." 그런데 여러분도 잘 알다시피, 그것은 참으로 이상한 생각이었다. 그녀는 이어서 "참말로 대단해요. 여자와 자려는 남자가, 그녀는 당연히 피임약을 복용하고 있을 거라 생각한다는 발상 말이에요." 그런데 사실, 1969년도에는 흔하디 흔한 이야기 아닌가? 피임약에 대해 이 두 여성이 가지고 있는 생각 뒤에는 어떤 논리가 있다. 처음 언급했던 소녀와 비교해, 깊은 사고가 가능했던 이 여성은 피임약을 다르게 생각할 수 있었음에도 불구하고 피임약을 저런 식으로 바라보고 있었다.

　나는 한 편에는 논리, 다른 한 편에는 감정이나 무의식적 환상들이 분리된 채 붕 떠 있는 공간 같은 것이 존재한다고 생각하며 그 사실을 여러분에게도 증명할 수 있으면 좋겠다. 이 두 편은 서로 잘 연결되어 있지 않은 채, 잘 융합되어 있지 않은 상태로, 둘 다 있어야 하는 게 맞다. 그리고 우리는 이로 인해 발생하는 모순을 수용할 수 있어야 한다. 물론 분리되어 있는 지성의 영역으로 도망쳐 문제를 해결할 수도 있을 것이다. 그 안에 있으면 우리는 의미나 감정으로부터 행방된다. 이 부분에서 '변증법'을 들 수 있다. 주어진 문제가 어떠한 것이든지 간에 '이것'에 '저것'을 대립하면 문제를 해결할 수 있다. 그리고 만약 그것이 먹히지 않으면 다른 해결 방안을 어떻게든 찾으면 된다. 그런데 만약 분열된 지성의 영역으로 도망가지 않는다면, 그냥 인정하는 것이 낫지 않을까? 우리는 우리 힘으로는 해결할 수 없는 문제들이 이 세상에 존재한다는 사실을 인정하며, 거기서 야기되는 긴장과 갈등을 견뎌야 할 것이다. 내가 앞서 소개한, 태어날 때 장애가 생긴 소녀의 이야기를 통해 말하고자 했던 바도 바로 저것이다. 그녀는 인간으로 태어난 이상 아무도 피해 갈 수 없는 갈등, 모든 것을 의심하게 만들고 그것을 강화시키는 갈등을 견디지 못했다. 확실성과 상식이 내는 음은 굉장히 지루한 음이다. 광기도 물론 마찬가지다. 사람들이 어느 정도까지는 허용하고 참아낼 수 있는 것으로는 불확실성이 유일하다.

나는 이제 대단히 무서운 상상 쪽으로 화제를 옮길까 한다. 여러분 모두 한 번쯤은 다해봤을 상상으로, 그렇게 특별하거나 특이한 상상은 아니다. 과연 어떤 상상일까? 바로 아이를 죽이는 상상이다. 아이가 비정상이거나 다운 증후군이라서, 아니면 어떤 신체장애나 정신장애를 가지고 있어서 아이를 죽인다는 이야기가 아니다. 그런 아이들은 오히려 우리의 보호를 받으며 우리는 있는 힘을 다 해 그들을 도우려고 한다. 여기서 말하는 것은 저런 문제와 상관없이 아기들을 죽이는 일을 가리킨다. 이것은 굉장히 예민한 문제로, 사람들이 그런 문제와 얽히는 것을 달가워 하지 않고 피한다는 것을 매우 잘 볼 수 있다. 여기에는 맬더스주의(생산제한론, 축소주의)적인 분별력, 상식이 작용하며 우리는 저런 일 때문에 귀찮아지는 것을 원하지 않는다. 그런데 사실, 우리가 신경 써야 하는 것은 바로 저런 문제들이 아닐까?

어릴 때 나는 쥐를 가지고 있었다. 그때 내가 그 쥐새끼들을 건드리기라도 하면 어머니는 그냥 "좋아, 그런 내가 다시 가져갈 거야" 하고는 그것들을 먹어 버렸고, 같은 일이 계속 되풀이되었다. 고양이도 똑같이 행동한다. 개는 그렇게 행동하지 않는 걸로 알고 있는데, 사실 개들은 백만 년 전부터 늑대처럼 행동하지 않게끔 키워져서 이제는 길들여진 개 아니면 미친개 밖에 존재하지 않는다. 내 생나의 작은 쥐는 이렇게 문제를 해결했던 것 같다: "나는 피임약 같은 건 필요 없어. 만약 내 새끼들이 제대로 성장할 만한 적절한 환경을 갖지 못할 것이라는 생각이 들면, 또는 내 새끼들한테 더러운 (인간) 아이들의 손길이 닿기라도 하면 나는 그 새끼들은 그대로 먹어 버리고 처음부터 다시 시작할 거야". 이처럼, 아주 간단한 일이다. 신화에 나오는 이야기와 쉽게 혼동되기 때문에 이것이 확실한 이야기라고 자신 있게 말할 수는 없지만 호주 원주민들이 자기 아이를 먹는 경우도 있다고 들었다[2]. 그들은 그런 식으로 그들의 인구 문제를 해결했던 것이다. 그들이 아이를 먹는 이유는 그들을 미워해서가 아니다. 내가 여기서 말하려는 것은, 현재 환경 상황에서 아이들을 제대로 돌볼 수 없다는 판단이 서면 그 문제를 해결할 방도를 찾아냈다는 것이다. 아주 최근까지도 아주 괜찮은 해결 방안이 존재했다. 사람들은 이질이나 기타 질환, 기타 이유로 파리처럼 죽어 나가던 세상이었다. 그러다 어느 날 의사들이 나타나 "(더 이상) 이질이나 말라리아, 같은 유행병들 때문에 죽을 필요가 없습니다"하고 말했던 것이다. 그러다 보니 이제 인구 증가 문제에 다른 식으로 접근할 수 밖에 없게 되었다. 더 이상 사람들을 죽이는 일을 신에게 돌릴 수 없게 된 것이다. 물론, 마지막 한 사람이 남을 때까지 서로 죽고 죽이는 전쟁은 지금도 언제든지 일어날 수 있다.

논리적이려고 한다면 우리는 다음과 같은 어려운 질문에 대답을 해야만 한다: "어떤 아기들을 처리할 것인가? 몇 개월 된 아기부터 사람으로 볼 것인가? 달 수를 다 채우고 태어난 아기들은 대체로 사람으로 취급한다. 그래서 그들은 죽이지 않는다. 이제 출생 이전의 시기로 눈을 돌려서, '생존 할만한' 아기들은 죽이지 않기로 한다. 그때는 의사를 찾아가서 몇 개월이 지나야 그 아기가 생존할 만한 아기인지 아닌지를 판단할 수 있냐고 묻는다. 사 파운드, 삼 파운드, 이 파운드 반...경매에서처럼 그 수는 조금씩 줄어든다. 거기까지 갔

---

2. 프레이저의 황금가지에서 첫째를 잡아먹는 풍습을 가진 New South Wales 부족에 대한 언급이 나온다.

으면 이젠 언제가 살인이고 언제가 살인이 아닌지를 물어 본다. 마지막엔 직전에 멈추면서 이렇게 말한다: "됐습니다. 결심했습니다. 낙태하죠."

나는 현재 가정 생활을 행복하게 영위하고 있지만, 가만히 있지를 못하는 한 젊은 여성 환자를 상담하고 있다. 그녀의 남편이 아시아로 파견 나가게 됐다는 이야기를 들었을 때 나는 그녀가 절대 그것을 감당하지 못할 것이라고 예상했다. 그래서 그녀가 어느 날 전화로 "저 임신했어요. 그런데 이 아이의 아빠를 조금도 사랑하지 않아요. 가정을 깨뜨리고 싶지 않아요. 너무 끔찍해요"라고 말했을 때 조금도 놀라지 않았다. 아기 아빠에게 연락하려 했지만 연락이 닿지 않아 나는 결국 그녀에게 낙태 시술을 받게 했다. 당연하겠지만, 모든 사람들은 내가 일을 그렇게 처리한 것에 굉장히 만족해 했다. 그 여성은 남편이 돌아왔을 때 아무 문제없이 그를 맞이할 수 있었고 그들은 이후에도 아이를 두 명 더 낳았다. 그들 가정은 인내심이 없는 그녀의 외도가 만들어 낸 불청객 때문에 파괴되는 상황을 피할 수 있게 되었다.

그러니까 이 모든 것은 아주 완벽하게 논리를 따른다. 그런데 그 이후 그녀에게 어떤 일이 일어났는가? 낙태했던 삼 개월 된 태아가 마음에 걸리고 불편한 것이다. 그래도 그녀는 그 일을 견뎌냈고 그 일에 대해 나와 이야기를 나눌 수도 있었으며, 그 때문에 자기가 괴로워한다는 사실 또한 인정했다. 그러니까 거기에는 논리만 있는 것이 아니다. 살인 또한 있는 것이다. 우리는 지금 굉장히 중요한 이야기를 하고 있는 것이다.

더 과거 기억을 더듬어 보면, 정신 병동에서 자원 봉사를 하던 열여덟 살 소녀 한 명이 떠오른다. 그 병원은 입원한 환자들을 도와주려고 많은 관심과 노력을 기울였던 곳인데, 그런 노력의 일환으로 정신분열병을 앓고 있는 소년 한 명을 그녀에게 소개시켜 주었다.

내가 하는 이야기지만, 그녀는 실제로 그에게 큰 도움을 주었다. 문제는 그를 크게 도왔던 것과 동시에, 그의 아이까지 임신하게 되었다는 점이다. 그러다 보니 그녀의 어머니는 병원 측에서 너무 무책임하게 대응했다고 생각해 그녀가 더 이상 봉사 활동을 하지 않기를 원했다. 그리고 우리는 그녀에게 빠른 시일 내로 낙태 시술을 받도록 하는 것으로 결론을 내렸다. 모든 절차는 물론 내가 밟아서 일을 진행시켰다. 일을 서두른 이유는 보통 그런 상황에서 의사들은 "다시 한 번 생각해 보고 다시 오세요"라고 산모를 돌려 보내는데, 두 달 후 그들을 다시 찾아온 산모의 머릿속에는 이제 아기에 대한 인식이 확실히 생겨서 만약 낙태를 하게 되면 그대로 트라우마 경험으로 남기 때문이다. 많은 경우 너무 늦어 버린 것이다. 그녀는 이제 태중의 아기를 길러야 하는 처지가 되는데, 그건 이 지구상에 누구도 원하지 않는 아이가 한 명 늘어났다는 의미이고, 그것은 결코 바람직한 일이라고 말할 수 없을 것이다. 요약하면 나는 다른 사람들이 어떤 말들을 할지 신경 쓰지 않고 일을 빨리 진행시켜 태내에 있는 아기를 인식하기 전에 그녀에게 낙태 시술을 받게 한 것이다. 그 덕분에 그녀는 죄의식 같은 것을 느끼지 않고 잘 지낼 수 있었다. 이제 그녀는 그때 그 소년과 결혼할 예정이고, 두 사람은 자기들이 조금 더 강해졌다고 여길 때 아이를 가질 계획들을 세우고 있었다.

나는 그 일의 정서적인 측면, 환상적인 측면에 주목하는 것과 동시에 가능한 한 논리를 따르려고 한다. 나는 객관성을 믿고 있으며, 우리에게는 상황이나 사물을 똑바로 바라보고 거기에 대처하는 능력이 있다고 믿는다. 그렇다고 (무의식적) 환상을 잊거나 배제하여 그것이 지루한 것이 되도록 놔두어서는 안 된다고 생각한다. 무의식적 환상은 사람들이 별로 좋아하지 않는 주제이다. 대중만큼 무의식적 환상에 비호의적인 집단도 없을 것이다. 논리를 따르면, 피임약을 복용하는 것이 맞을 것이다. 피임약은 모든 것을 변하게 만들었고, 사람들은 피임약을 활용할 줄 알게 되었다는 사실을 잘 알고 있다. 하지만 우리는 그 사실에 만족해서는 안 될 것이다. 피임약은 내가 '조용한 죽음'이라고 부르는 물건이기도 하다는 사실을 알아야 한다. 내가 앞에서 시랍시고 나열했던 내용은 서로 대립되는 요소들만 늘어놓았을 뿐, 아무것도 해결하지 못한다. 그럼에도 불구하고 그 시는 내가 생각해 본 적이 없는 방법으로, 내가 하리라곤 상상조차 못했던 발언을 하게 만들었다: 상상계에서 피임약은 아기들의 조용한 죽음을 의미한다는 발언이다. 사람들은 이런 문제에 대해서는 어떤 감정들이 일어날 수 밖에 없다.

아동을 돌보는 내가 하는 말이니 믿으라. 익숙히 보는 문제들이다. 어느 집 둘째로 태어난 아이의 이야기를 예로 들어 보자. 이야기를 나누는 과정에서 나는 그가(또는 그녀가) 자기 다음에 태어나지 않은 모든 동생들을 죽였다는 사실을 알게 되었다. 그 중에는 자기 다음에 온(오지 않은) 동생을 자신이 제거했다는 생각을 하며 죄책감에 시달리는 아이들이 많다는 것을 관찰할 수 있었다. 우리 (정신과 의사들은) 여러분도 이렇게 잘 볼 수 있다시피, 아동의 '환상적인 삶'을 자주 접하기 때문에 이런 문제가 익숙하고 이에 대해 아주 잘 알고 있다.

어쩌면 여러분은 내가 "좋아, 피임약이 아이를 죽이는 모습을 보았으니 피임약을 복용하지 맙시다"라고 말하고 있다고 생각할는지도 모르지만 결코 아니다. 나는 단순히 좋다. "지금 우리는 아기들을 죽이고 있어"라고 말하는 상황이 분명 존재한다는 것을 인정한다. 다만 우리는 지당한 방법으로 그런 행위를 취한다. 아기들이 싫어서 그들을 죽이는 것은 결코 아니다. 그들을 죽이는 이유는 우리에겐 그들이 제대로 성장할 수 있는 충분히 좋은 환경을 제공할 수 있는 능력이 없기 때문이다. 그러나 이쯤 되면 우리는 굉장히 원시적인 영역에 들어서게 된다. 그 영역 안에는 파괴가 존재하며, 그 파괴는 대상관계 안에 내재한 파괴이다. 대상관계는 증오에 앞서 파괴성을 내포한다.

내 문제는 어떤 주제를 다룰 때 거기에 온통 집중하고 몰두하지 않고는 그 주제를 다룰 수 없다는 점이다. 그래서 원고 작성이나 강연을 앞두기라도 한다면 어김없이 다루려는 주제에 대한 꿈을 꾼다. 어젯밤과 같은 경우 꿈을 두 번 꾸었다. 첫 번째 꿈에서 나는 올해 참석하지 않았던, 로마에서 개최되었던 로마 정신분석 학회에 참석하고 있었다. 학회에는 한 대가족이 와 있었는데 놀라울 정도로 많은 가족이 참여하고 있었다. 모든 것이 잘 되고 있는데 갑자기 무대 한 가운데 그 집 딸이 난폭하게 등장했다. 급히 들어온 그녀는 이곳저곳에, 호텔에 전화하면서 "엄마가 가방을 잃어 버렸어요! (…) 당신도 잘 알겠지만 가방은 아마 찾을 수 있을 거예요. 하지만 그러기 위해선 우리 모두 엄마를 위해서 가방을 찾아야 해요!"라고 소리쳤다. 그래서 우리 모두 일하는 걸 멈추고, 학회를 중단하고, 모든 것을 중단하고 엄마의 가방을 찾는 그런 꿈이었다.

피임약 복용에 대해서 우리가 상상하는 내용을 생각하면 꼭 받아들여야 하는 생각, 불행히도 결코 피할 수 없는 생각이 하나 있다. 피임약 뒤에는 여성이 여성으로서의 면모, 특성을 상실한다는 그런 환상이 분명 존재한다는 사실이다.

두 번째 꿈은 아마 남성적인 꿈이었다. 꿈 속에서 놀랄 만큼 아름다운 하얀 물체가 나와 나의 관심을 끌었다. 물체는 어린아이의 머리로, 조각 같은 것이 아니라 이차원적인 조각 표현이었다. 나는 꿈에서 "저걸 봐, 그림자와 빛의 모사(돋을새김)가 너무 뛰어나서 아이의 머리가 제대로 잘 표현되었는지 아닌지를 따지는 것도 잊었네. 그저 그걸 보고 떠오르는 생각이라곤 그림자와 빛의 의미 뿐이네." 그리고 깨기 직전, 다음과 같은 생각을 했다: "이건 흑인과 백인의 문제와는 아무 상관이 없는 일이야. 그 너머에 있는 문제지. 인간 안에 있는 흑과 백에 관한 문제야."

　요즘 나는 한밤 중에 일어나는 일이 잦고 달을 바라보는 것을 매우 좋아하기 때문에, 꿈에서 깬 뒤 꿈에 나왔던 그 하얀 물체가 달이라는 사실을 깨달았다. 그것이 달이었다는 사실을 깨달은 또 다른 이유는 내가 꿈 속에서 나의 주의를 끌었던 점이 또 하나 있었기 때문이다: "이런 빌어먹을! 달에 미국 국기(flag)가 달려 있네!"잠에서 깨어 논리적인 사고를 다시 할 수 있게 되는 순간 나는 내가 다시 월경과 "생리 주간이라는 구닥다리 핑계를 댈 수 밖에 없었죠"라고 말했던 여성의 사례로 돌아왔다는 사실을 깨달았다. 우리는 사실상 지금 달과 여성의 관계, 세계 진화의 역사와 관련된 굉장히 원시적인 것과 마주하고 있는 것이다. 나는 결론을 이렇게 내렸다. 스스로에게 다음과 같은 질문을 던졌는데 그 질문은 "오늘날 우리 사회(문명)이 마주하고 있는 질문은(항상 변하기는 하지만) 시인들은 과연 미국인의 달의 착륙 사건이 준 충격에서 벗어날 수 있을까?"였다. 노래 가사는 이렇게 말한다: "나는 네게 달을 줬지만, 너는 금방 그것에 질릴 거야." 나는 이미 (달에) 완전히 질렸다. 하지만 시인들이 달이 사람의 손을 타지 않고 그들에게 짓밟힌 적이 없었던 때로 돌아간 것처럼 달을 다시 노래하게 된다면, 여러분이나 나나 하늘에 뜬 달, 커졌다가 작아졌다가를 반복하는 달의 모습을 보면서 수많은 의미와 상징을 되찾고, 달이 잃었던 신비와 위엄을 다시 느끼게 되는 날이 오면 우리 자신도 모든 사물이나 현상에서 어떤 의미를 찾으려고 했던 그 시절로 돌아갈 수 있을 것이다. 빛과 그림자가 우리에게 주는 의미를 다시 알게 되는 날이 올 것이다. 미국인들이 금성에 도전하기 전에 시를 되찾고 달의 착륙 사건의 충격에서 회복될 수만 있다면 우리 인간 문명은 자그마한 희망을 안고 앞으로 나아갈 수 있을 것이다. 피임약에 대한 강연의 결론치고는 참으로 이상한 결론이다. 그러나 피임약을 본 적도 없고 복용한 적도 없는 내가 피임약에 대해 알고 있는 것, 상상하는 것을 토대로 생각한다면 피임약은 어쩌면 달과 닮았는지도 모른다. 상상력이 지나친 걸까?

달의 착륙

I
그들이 달에 도착했다
그들이 말하기를
깃발을 꽂았다고
    물론, 아주 꼿꼿한 깃발 말이다
    (저 위에선 신들도 바람을 불지 않는다)

II
영악한 마귀들, 나라면 겁이 나고
        몹시 불안하고
        의심이 들며
        나를 속이고
        기절하고
        뛰고 소리 지르고 웃고 무너질 텐데
그들은 아니다.

III
무슨 달?
그들은 머리를 가지고 하나의 공간을 만들었지
컴퓨터 안에, 고안했지
거의 무한에 가까운 복합성을
그리고 그것의 한계를 실험했지.

그런 다음 그곳에 발을 내딛고,
꼿꼿한 깃발을 세우고,
구슬을 가져왔지
하지만 아이들은 그것을 가지고 놀지 않았지.

IV
변한 것은 무엇?
인간의 승리의 표시일까,
     인간의 위대함의 표시일까,
     문명의 절정일까,
     문화의 꼭대기일까?
자신이 창조한 산물에 만족해 하는
     신을 만들 때인가?

V
내게는 아니야
저것은 나의 달이 아니야
저것은 차가운 순수함의 상장도 아니오
조수(潮水)의 안주인이 아니야
여성의 몸에 주기를 만들고
     캄캄한 밤을 비추다 말다 하는
     박쥐나 유령, 마녀, 이상한 소리를 생성하는
     별을 바라보는 목동의 변덕스럽지만
     예측할 수 있는 전등은 저런 것이 아니야.

VI
발코니로 나온 줄리엣의 꿈에 나타난

마법의 창 위로 뜬 달이 아니야
(유모, 지금 가요)

VII
나의 달에는 깃발이 없어
꼿꼿한 깃발 따위는 없어
나의 달은 그 생생한 아름다움
다양한 빛
환함에 의해 살아가고 있어

전쟁의 목표(1940)

영국 수상은 다행히도, 전쟁의 목표에 대해 이야기하는 것을 원치 않았던 것 같다. 우리는 현존하기(exist) 위해 싸운다.

개인적으로, 나는 현존하기 위해 싸우는 것을 부끄럽다고 생각하지 않는다. 제거당하거나 노예가 되는 것을 원치 않아서 싸우는 것은 별로 특별한 일이 아니다. 못된 짐승도 자기가 공격을 당하면 자기 방어를 하기 마련이다. (Le mechant animal, quand on l'attaque il se defend[1]). 윤리를 논할 것조차 없다. 만약 우리가 그대로 죽어 버릴 정도로 멍청하다면, 반성할 기회조차 잃어버리는 것 밖에 안 된다.

우리의 존재 가치를 위해서 싸운다는 말이 우리가 적보다 낫다는 의미는 아니다. 그러나 어떤 것을 소유하기 위해, 아니면 이미 가지고 있던 것을 뺏기지 않기 위해 싸운다고 한다면 일이 조금 더 복잡해진다. 그리고 만약 우리에겐 적에겐 없는 어떤 특별한 자질이 있어 그것을 지키기 위해 싸운다는 무모한 소리라도 한다면, 증명하기 어려운 소리를 하는 것이나 마찬가지다. 목표는 최대한 단순한 것이어야 한다.

한 나라를 승리로 이끄는 능력이 전쟁이 목표를 잘 말하는 능력과 무슨 상관이 있는지에 대한 감이 잘 안 잡힐 것이다. 우리는 수상

---

1. 원문에 불어로 나옴. 저 나쁜 짐승은, 자기를 공격하면 방어를 해.

이 그의 본래 역할에서 벗어나 행동하게끔 그에게 무엇을 강요해서는 안 될 것이다. 그러나 처칠 경보다 직접적으로 책임져야 할 것이 적은 우리는 그가 주저하는 일을 할 수 있다. 우리는 우리가 실제로 어떤 가치 있는 것을 지키고 있다는 가능성을 살피고 또 그것이 사실이라면, 무엇을 지키고 있는지도 살펴봐야 할 것이다. 그리고 그것을 찾는 과정에서 '민주주의'와 '자유'라는 단어가 나타난다면, 그 단어들이 가진 의미 또한 살펴봐야 할 것이다.

밑 작업을 조금 해본다면, 만약 우리가 적보다 낫다 하더라도 나는 우리가 그들보다 아주 크게 나은 존재들은 아닐 것이라는 전제를 깔고 시작할 것이다. 물론 이렇게 조심스럽게 깔고 가는 전제도 전쟁이 끝난 뒤에는 과장되었다고 여겨질 것이다. 영국인과 독일인의 행동, 태도에는 분명 차이가 있지만 그렇다고 두 나라 사람의 본성에 어떤 근본적인 차이가 있다고 보는 것은 맞지 않다고 생각한다. 그런 차이는 굳이 본성까지 거론하지 않아도 설명할 수 있다고 생각한다. 사람들의 태도야 당연히 여기저기 다 다르지 않느냐, 사실, 가장 중요한 건 태도 아니냐고 말하는 사람들도 많을 것이다. 맞는 말이다. 그러나 (일반적인) 태도가 있고 종합적인 태도가 있고, 이 둘은 분명 다르다. 종합적인 태도는 역사적인 책임에 대한 인식이 있으며, 사람은 자기 적과 동일시하는 경향이 있기 때문에 그의 행동의 동기가 되는 내용들이 점점 많아지고 그 폭이 넓어진다는 사실 또한 염두에 둔다. 그 외에도 개인은 자기 안에 어떤 생각(공격적이거나 잔인한 생각)이 떠오르고 이를 통해 만족감을 느끼기도 전에, 아니면 도무지 받아들일 수 없는 생각이 의식에 떠오르기도 전에 외부에서 그것이 실제 구현되는 것을 보고 안도감을 느낀다는 사실 또한 포함한다. 다시 말해 종합적인 태도에는 실제 현실에서 자신이 생각한 것들이 구체화된 모습을 보면서 개인은 집단의 구성원 전체가 그 생각에 대한 책임을 나누어 가진다는 것을 보고 안도

과 그것이 주는 가능성까지도 부러워하고 질투한다.

이를 다르게 말하면, 만약 인간 문제에서 탐욕이 차지하는 비중을 제대로 측정한다면, 탐욕하고는 전혀 다른 것을 발견하게 된다는 말이다. 바로 탐욕이 사실은 사랑의 원시적인 형태이며, 권력을 강박적으로 추구하는 이유는 카오스와 통제 불능 상태에 대한 인간의 두려움이라는 사실을 깨닫게 될 것이다.

결국, 이는 삶을 위한 투쟁이다. 이 투쟁의 명분으로 내세울 수 있는 것에는 어떤 것들이 있을까? '더 낫다'는 단어 자체를 둘러싸고 쓸데없는 논쟁을 하지 않고 우리가 적보다 낫다는 주장을 하려면 한 가지 방법 밖에 없다: 우리가 적보다 더 높은 수준의 정서적 성숙을 추구한다는 사실을 증명하는 것이다. 예를 들어 우리가 나치는 청소년 혹은 사춘기 문 앞에 있는 아이들처럼 행동하는 집단이라는 것을 증명한다면 우리가 낫다고 주장할 수 있을 것이다. "소유하기 위해 싸운다"(허풍 떠는 게 아니라 실제 행동이 뒤따르면)는 무솔리니식 태도는 "너는 우리 대장을 믿고 따르지?"라고 말하는 것보다는 상대적으로 성숙한 태도이며, 후자의 경우 미성숙한 사춘기 이전 단계에 있는 아이에게나 볼 수 있는 행동이라 말할 수 있다. 그래서 우리는 어른처럼 행동하라고 도발하는 무솔리니에 비해 나치는 자신의 미성숙함을 알지 못하여 상대를 이해하지 못하는 청소년처럼 우리를 도발했다고 이야기할 수 있다.

나치가 (아무것도 알지 못하고) 자신감에 찬 사춘기 직전 아이와 같은 존재라면, 적어도 우리는 어른처럼 행동하려 애쓰는 편이라고 주장한다. 자유롭다고 느끼는 만큼 실제로도 자유롭게 생각하고 행동하려고 애쓰며, 싸울 때는 상대에게 시비를 걸면서 싸우려 들지 않으며, 가능하면 평화를 더 중시하는 싸움꾼이 되려고 노력한다. 이렇게 주장한다면 우리는 그 이념들(평화, 자유 등)을 지키고, 그 단어들이 의미하고 주장하는 바를 이해할 수 있어야 한다. 우리들은 보통 모든 사람들은 자유를 사랑하고 자유를 위해 싸우다 죽을 수도 있다고 믿는다. 이런 믿음이 얼마나 위험한 생각인지는 소수의 사람들만 인지하고 있지만, 왜 위험한지 그 이유까지 아는 사람은 별로 없는 것 같다.

내 생각에는 우리는 자유 개념을 좋아하고 자신을 자유롭다고 느끼고 사는 사람들을 동경하는 것과 동시에 자유를 두려워하며 권위에 굴복하려는 욕구를 종종 느끼기까지 한다. 이를 이해하기 어려운 이유는 의식과 무의식이 일치하지 않고 있기 때문이다. 무의식적 감정과 환상은 의식에서 하는 행동을 비논리적으로 만든다. 그것 말고도 흥분 상태에서 우리가 좋아하는 것과, 흥분하지 않았을 때 좋아하는 것에도 모순이 있을 수 있다.

자유를 행사하고 그것을 누리는 것을 방해하는 요소로 크게 두 가지를 들 수 있다. 먼저, 우리는 물리적인 흥분이 일어난 순간에만 자유를 누린다고 느낀다. 자유는 물리적 성격의 만족감을 그렇게 많이 제공하는 편이 아니며, 매우 강력한 만족감을 주는 경우는 아예 없다. 이에 반해 예를 들어 실제 성행위의 대용물로 변태 성욕적 행위는 변태 성욕 자체와는 별개로 육체적 흥분과 관능적인 경험(물리적 성격의 만족감)을 연상할 수 있다. 그래서 자유를 사랑하는 사람이 때로는 속박과 권위에 끌리는 것도 당연한 일이라 볼 수 있다. 육체의 비밀스러운 쾌락과 그것을 동반하는 생각들에 대해 이야기하는 것이 교양 있는 일은 아니어도 그러한 암묵적인 부정은 자유가 억압되었던 시기에 역사적으로 일어났던 일들을 이해하는데 아무런 도움을 주지 않는다.

그 다음에 들 수 있는 것은 자유를 누린다는 것이 피곤한 경험이기도 하다는 사실이다. 자유로운 사람들도 자유가 주는 책임에서 벗어나 휴식을 취하고 싶을 때가 있다. 그래서 때로는 권위를 오히려 반긴다. 현대식 학교에서 한 학생이 "오늘이 우리가 자유롭게 하고 싶은 일을 꼭 해야만 하는 날인가요?"라는 질문을 했더라는 농담을 다들 한 번 쯤은 들었을 것이다. 그 학생에게는 다음과 같이 대답하는 것이 현명할 것이다: "오늘 네가 무엇을 해야 하는지를 내가 알려줄게. 너는 아직 어린아이고, 네 생각과 행동에 따른 책임을 지기에는 아직 어린 나이니까." 하지만 그 질문을 한 사람이 성인이라면 우리는 그에게 "네, 그렇게 하셔야죠. 자유란 그런 것이니까요!"라고 대답하는 것이 맞을 것이다. 그 성인 또한 자기에게 주어진 자유를 누리려고 최선을 다할 것이다. 이때 우리가 취해야 하는 태도는 그가 쉬고 싶다는 욕구를 느낄 땐 (그에게 자유를 강요하지 말고) 그를 그대로 내버려두는 것이다.

여기서도, 자신에게 주어진 자유를 느끼기 위해선 그것을 측정할 수 있는 기준이 필요하다. 자유가 없는 상태와 비교하지 않고서는 우리가 자유롭다는 사실을 어떻게 알 수 있겠는가? 우리는 북아프리카 노예들을 통해 자신에게 주어진 자유에 대해 거짓된 안도감을 느낀다. 문학이나 영화, 노래들이 다시 노예를 화제로 삼게 된 것도 결국 우리에게 거짓된 자유감을 느끼게 하기 위해서다.

우리 사회는 흑인 노예의 문제를 제외하고는(그 안에는 노예 해방 문제도 포함해야 한다) 자유의 문제에 대해서 진지하게 접근하지 않는다. 독일인들이 취한 전반적인 태도를 보았을 때, 그들은 아무래도 영국인이나 미국인들에 비해 노예화와 노예 해방에 대한 경험이 적었는지도 모른다. 독일인도 그들과 같은 경험을 했다면 문제는 전혀 다른 식으로 나타났을 것이다. 그들은 각 개인 안에 있는 잔인성과 권위에 대한 욕구를 전혀 다르게 다뤘을 것이다. 그들은 미국인들이 과거에는 흑인들을 노예로 삼으면서, 그리고 지금은 노예 해방 운동을 통해 표출하고 구체화하는 잔인성을 그들의 실제 삶의 현장에서 구체화했을 것이다.

자유는 개인의 인격 전체를 긴장과 갈등 상태에 빠뜨린다. 자기가 어쩌면 박해를 받고 있는지도 모른다는 느낌을 받는 자유인의 마음을 달랠 만한 것은 아무것도 없다. 그의 분노나 공격적인 감정을 논리적으로 설명할 수 있는 것이라고는 그의 채워지지 않은 탐욕 뿐이다. 그에게 원하는 것을 할 수 있는 권리를 주고 또 뺏을 수 있는 사람, 다시 말해 의식의 엄격한 지배로부터 그를 구할 사람 또한 없다. 그래서 사람들은 자유를 두려워하는 동시에 그것을 빼앗기는 상황 또한 두려워한다. 그것은 매우 자연스러운 일이다.

자신이 해야 할 일을 지시 받을 때 인간은 안도한다. 그런 그가 할 일은 그에게 지시를 내리며 그를 맡은 영웅을 떠받드는 일이다. 지금 이 시각, 처칠 경과 그의 내각이 우리에게 너무나 어이없는 지시를 내리는 것을 그대로 수용하는 우리들의 모습을 보면서, 우리들이 정말 자유에 극심한 피로감을 느꼈고 그래서 누군가가 우리를 구속하기를 간절히 바랐나 보다 하는 생각이 든다. 상업 거래를 예로 들어 보자. 소규모 소매상으로서는 감당할 수 없을 범주의 법규들이 생겨났다. 그는 처음에는 곤란해 하다가 이내 경계하고, 가장 뛰어난 자들은 결국 사업을 포기하거나 육체적으로 또는 정신적으로 무너진다. 다른 분야에서도 비슷한 현상들이 일어난다. 그런 현상들이 일어나는 이유는 아마 그런 절차에 내재된 (인간들이 자유 다음으로 치는) 잔인성과 어리석음이 그런 일들에 가치를 부여하기 때문일 것이다. 자유를 평화와 연결하고 구속을 전쟁과 연결하는 것을 통해 적절한 균형을 이룰 수 있었다. 물론 누군가가 적절한 시기에 전쟁을 건다는 전제에서 말이다. 돌아보면, 삼십 년에 한 번 꼴로 싸움이 일어나면 그 사이사이 민주주의를 누리고 자유를 누릴 수 있는 것 같다.

실제로 자유로운 처지이고 자신을 자유롭다고 느끼며 욕구 불만을 별로 느끼지 않는 사람, 다시 말해 과도한 흥분 상태가 되어도 그것을 굳이 막지 않고 자기에게 맡겨진 책임을 질 줄 아는 사람을 만나기란 쉽지 않다. 금지하고 검열하는 일은 쉽다. 하지만 그 결과 인격이 피폐해진다.

자유는 그것을 가질 만한 능력이 있는 사람에게 주어져야 한다. 그러기 위해서 싸워서라도 그것을 지킬 만큼 자유의 가치를 알아보는 혜안 있는 사람들이 필요하다. 그리고 이것은 세대를 거듭하면서 다시 시작해야 할 일일 것이다. 순교자는 오직 그가 사는 시대의 사람들만을 위해 자유를 쟁취한다. 전 시대의 노조원들을 위해 자유를 쟁취하는 것이 아니다. 자유를 사랑한다고 해서 거기서 자유가 저절로 나오는 것은 아니다. 노예였던 인간이 자유를 얻었다고 해서 그가 꼭 자유를 사랑하게 될 거라고 보장할 수 없다는 이야기다. 처음으로 주어진 자유를 누리게 된 인간은 그 과정에서 우리도 잘 알다시피 자유가 제공하는 여러 가지 것들, 책임, 능력들을 두려워하게 된다. 그런 다음 점차 타협하게 되고, 그 과정에서 적잖은 것을 포기하기도 한다.

자유를 느끼기란 굉장히 어려운 일이며 다른 사람에게 자유를 주는 일 또한 마찬가지다. 전쟁은 자유가 만들어 내는 긴장 상태를 잠시나마 완화한다. 독재자들은 전쟁이 일어났을 때 가장 좋은 세월을 보내기도 한다. 독재자는 어디에나 존재하며, 의회주의 사회에서는 해낼 수 없는 일들이 전쟁 시에는 일어날 수 있다는 것도 우리는 잘 알고 있다. 일단 모든 사람들이 어떤 일에 동의하게 되면, 이후 그것을 실행하는 일은 별로 어려운 일이 아니다. 전쟁은 사람들에게 충분한 만족감을 줄 것인가? 종전 후에 그들은 새롭게 떠오를 민주주의 사회의 여명을 과연 반기게 될 것인가?

사람들은 지금 우리가 싸우는 이유가 자유를 수호하기 위해서라고 한다. 개인적으로 나는 우리를 이끄는 지도자들 중에 그 고결한 목표(자유)를 이룰 수 있는 사람이 분명 존재한다고 믿는다. 그렇기 때문에 처칠 경이 그것이 필요하다고 여길 때까지는 우리의 자유를 포기할 수 있다. 승리를 쟁취한 뒤, 다시 자유를 느끼고 누리며 타인의 자유 또한 인정하고 수용할 줄 아는 사람들이 많이 있기를 기원하자.

민주주의의 의의는 자유의 행사에 있다. 의회주의 정권은 개인이 그가 원하는 자유를 행사하려면 이 사회를 구성하는 과반수의 동의를 얻어야 하며, 그렇지 못할 경우 그것을 포기해야 한다는 사실을 받아들일 것을 요구한다. 과반수의 동의를 얻지 못하여 자기의 의지가 관철되지 않을 수도 있다는 것을 받아들인다는 것은 인간에게 큰 노력을 요하는 행위이다. 그 노력도, 우리에게는 가끔 가다 지도자를 비논리적으로 교체할 수 있는 가능성이 존재하는 데에 따른 일시적인 만족감을 느꼈을 때나 가능하다. 정권의 안정성을 보장하기 위해 왕이라는 지위를 영구적으로 유지하는 행위의 배후에도 비슷한 맥락의 비논리가 존재한다. 실제로, 민주주의의 핵심은 왕과 수상의 권력 분담이라는 형태 위에 성립된다. 그 변형으로는 미국처럼 일정 기간 동안 한 사람에게 권력을 집중적으로 위임하는 시스템을 들 수 있다.

요즘 내가 한탄하는 일 중 하나는 지금처럼 힘든 시기에, 민주주의의 의미를 국가가 국민을 위한다는 데서 찾을 뿐 반대 경우는 생각하지 않는다는 데 있다. 민주주의의 특징은 국민이 자기 손으로 지도자를 뽑을 수도 있지만 그를 그 자리에서 끌어낼 수도 있으며, 그에 따른 책임을 진다는 데 있다. 그 행위의 난폭함을 논리와 사고가 그나마 완화시키지만 그러한 변화(지도자 교체)를 가장 잘 설명할 수 있는 것은 감정이다.

펠 씨, 저는 당신을 좋아하지 않아요
왜 그런지는, 저도 모릅니다...

다행히도 인간의 본성이란 그러해서, 대중으로부터 사랑 받고 자격 요건이 충분히 됐던 지도자들을 왜 교체했는지에 대한 이유가 그를 교체한 지 얼마 되지 않아, 혹은 먼 훗날에라도 밝혀진다. 대중이 정치인을 파면하는 가장 주된 이유로 들 수 있는 것은 주관적인 이유로, 무의식적 감정에서 그 근원을 찾을 수 있다. 그렇기 때문에 만약 그 정치인이 자리에서 물러나지 않고 고집스레 버틴다면 표출되지 못한 증오와 만족을 얻지 못한 공격성이 온갖 사회 현상을 일으킨다.

지난 몇 년 간 우리 사회에서 민주주의는 패배한 뒤에도 자리에서 내려오지 않고 죽을 때까지, 아니면 고령의 나이에 겨우 은퇴하는 정치인들이 많아지는 바람에 크나큰 타격을 입었다. 그들이 말하기를, 서민원의 구성원은 세게 '때릴' 줄도 알고 본인 또한 공격 받을 것을 각오하고 거기에 대비하는 사람이란다. 처칠이 체임버린(Chamberlain)의 뒤를 이었을 때, 의회의 절차를 제대로 따르고 이은 것이 민주주의로선 얼마나 다행인가. 만일 이틀 후에 그를 교체했다면 우리는 적이 두려워 그를 교체했다는 평가를 받았을 것이다.

내 생각에 로이드 조지가 지난 이십 년 간 정치권에 기여한 바는 다른 고령의 정치인들이 '제거' 당하는 것을 한껏 기피하던 시절 '제거당한' 정당의 대표 역을 맡았다는 데 있다고 본다. 우리는 제거당한 존재로서의 로이드 조지가 필요했다. 그는 아마 자기 능력이 허비되고 있으며, 사회가 그를 제대로 활용하지 못한다고 느꼈을 것이다. 그러나 지금 잘 볼 수 있는 것처럼, 그는 합리적이지 못한 이유로 파면당할 것을 두려워한 정치인들이 아무렇게나 벌여 놓은 일들 때문에 민주주의가 무너지는 것을 막고 있었던 것이다.

최근 대통령 선거에 나온 "세 번째 임기는 없다"는 슬로건도 이와 같은 감정을 아주 잘 반영한다. 루즈벨트를 계속 그 자리에 두는 것은 미국 민주주의의 후퇴를 의미할 수도 있다. 왜냐하면 그것은

그가 다음 번에 물러난다는 것을 의미하고, 그것은 곧 대통령은 최
소 팔 년 간은 비논리적인 이유로 탄핵될 수 없고 희생당할 수 없다
는 메시지가 되기 때문이다. 그런 상황에선 전쟁이나 혁명, 독재의
필요성이 다시 대두될 지도 모른다.

　자기가 해야 할 일을 부여 받기를 더 좋아하는 나치들은 그들이
선택한 지도자에 대해서 책임 같은 것을 느끼지 않는다. 그런 면에
서 그들은 사춘기 직전의 청소년들이 그러하듯이 지도자를 그 자리
에서 끌어 내리지 못한다. 이에 반해 민주주의 정권에 사는 우리는
성인답게 행동하려 애쓰며, 함께 책임지고 노력하며 자유를 추구하
고 있다고 말할 수 있을 것이다. 그런 노력과 책임의 일환으로 아버
지상과의 분리, 논리를 따르지 않는 부친 살해(혹은 그에 해당하는
행동) 같은 것을 들 수 있다. 그럼에도 불구하고 우리가 말하는 자유
에 도달하지 못한다고 지적하는 사람이 나온다고 해도 놀라지는 말
자. 우리가 확실히 주장할 수 있는 것은 우리가 자유를 향해 나아가
고 있다는 사실, 아니면 적어도 전쟁이 일어나지 않는 그 짧은 기간
동안은 거기에 도달한다는 사실이다. 사실, 진정으로 자기가 자유
롭다는 느낄 수 있는 사람들은 모든 시대에서 아주 극소수의 사람
들 뿐이다. 그리고 그 중에서는 우리가 알지 못하는, 유명하지 못한
가치 있는 사람들이 더 많을 것이다.

　그런 이유로, 전쟁의 목적을 말할 때 분명하게 말할 수 있는 것은
딱 한 가지이다: 살아남고 싶으면 싸우려는 의지를 가지고 있어야
한다. 싸울 의지에는 싸울 의지 뿐만 아니라 자유를 행사하고자 하
는 의지(인간이란 동물에게 존엄성을 부여하는 것은 바로 그 의지
이다)도 포함된다. 우리가 적보다 발달의 성숙을 위해 싸운다고 하
면 사람들로부터 호감을 살 순 있지만, 싸워야 할 때 싸우지 않아도
되거나 목숨을 내놓아야 하는 상황이 닥치는 것을 막지는 못한다.

　우리의 첫 번째 목표는 전쟁에서 승리하는 것이다. 승리한다는

가정 하에, 이후 가장 먼저 해야 할 일은 자유를 회복하고, 의회 시스템과 민주주의 삶의 양식을 회복하고, 논리를 따르지 않고도 정치인을 물러나게 만들 수 있는 정치를 재구축하는 일이다. 이것이 두 번째 목표다. 세 번째 목표는 적에게도 성숙한 면모가 있다고 생각하고 이를 찾아 받아들이려는 태도를 갖추는 것이다. 지금 이 시간에도 사춘기 아이들처럼 도발적인 행동을 취하는 수많은 독일인, 이탈리아인들이 성숙에 이르길 바라야 할 것이다. 다르게 말하면 그들이 비록 현재 청소년 혹은 청소년 이전 단계 수준으로 퇴보했어도 그것은 결코 그들에게 성숙에 이르는 능력이 부재해서 고착이 일어난 것은 아니기 때문에 성숙에 이를 가능성이 얼마든지 있다는 소리다.

우리의 첫 번째 목표인 전쟁에서의 승리에 한 가지를 추가할 수 있다. 이 전쟁에서 승리한다는 것은 그 모든 선동이 결국 허풍에 불과했다는 사실을 증명하는 것이다. 우리에게 주어진 과제는 말의 형태를 빌어 표현된 모든 것들을 구체적으로 시험하는 일이다. 그런 이유로 우리 편에서 반(anti)선동 운동을 유발하거나 그런 운동에 찬동하는 사람들은 존경을 받기보다는 의심을 받는다. 선동은 전쟁 장치의 일부일 수도 있지만 지금 이 전쟁에서 중요한 것은 도덕적으로 승리하는 것뿐만 아니라 군사적으로도 승리하는 것이다.

전투가 끝나는 순간 전쟁도 끝나고 평화의 시기가 도래할 것이라는 기대를 충분히 할 수 있다. 군사력의 우위가 승리로 이끈 요인이라면 패자 또한 졌다는 사실을 부끄러워하지 않아도 된다. 싸움에서 이기고 지는 일은 인간의 영혼 자체에는 별 반 차이가 없다.

조금 더 구체적으로 말하면 만약 독일이 승리하면 그것은 그들의 군사력이 우리보다 위에 있었기 때문이지 겉으로 보이는 다른 어떤 면이 더 뛰어나서가 아닐 것이다. 우리의 바라는 대로 우리가 전쟁에서 승리해도 이는 마찬가지다.

만약 작위적인 평화에 만족한다면, 다시 말해 어느 한 쪽의 군사력이 더 우위에 있다고 확실하게 규명되기 전에 평화가 온다면 예전부터 지금까지 이어져 온 전쟁에 대한 죄책감이 다시 수면 위로 떠오를 것이며, 모두가 열망한 평화는 다시 위협을 받을 것이다.

우리는 전쟁의 가치에 대해서는 별로 언급하지 않는다. 놀라울 것도 없는 것이 우리는 전쟁의 참혹함만을 너무 많이 접해 왔다. 하지만 현재 독일인과 영국인 사이에서 벌어지고 있는 싸움은 분명 양쪽의 성숙에 기여할 것이다. 우리는 군사적인 측면에서 만족스러운 결과를 얻는 동시에 양쪽 진영의 병사들 간에 상호 존중이 일어나는 것이 가능한 포화점 같은 곳에 도달하려고 한다. 이는 친선동파와 반선동파 사이에서는, 혹은 불행히도, 평화주의자와 반평화주의자 사이에선 절대 일어날 수 없을 합의점을 찾아보려 하는 것이다. 서로 싸우면서 성장하고 성숙한 인간들 사이에서 생긴 상호 존중감을 바탕으로 새로운 세대가 일어나 자신들의 방식대로 문제를 풀겠다고 나서기 전까지는, 한 이십 년 간은 평화의 시기를 맞을 수 있을 것이다. 이 전쟁의 책임을 누구에게 지게 할 것인가를 따지는 것은 아무런 의미도 없는 일이다. 목숨을 걸고 싸워 쟁취하지 않은 평화는 무력함을 의미할 뿐이다. 전쟁의 책임은 우리 모두에게 있다.

베를린 장벽(1969)

베를린 장벽은 어디서나 쉽게 접할 수 있지만 세상이 하나가 되고 인류가 일종의 단일성을 갖추게 된 뒤 특별한 의미를 가지게 된 현상 중 가장 유명한 예이다.

실제 정치 상황에서 일어나는 이 현상을 분명 다양한 각도에서 살펴볼 수 있을 것이며, 이것은 결코 단 한 사람이 전체를 망라하는 것은 불가능한 일일 것이다. 그러나 실무를 바탕으로 한 정신분석적인 관점에서 몇 가지 거론하지 않으면 안 될 것 같은 것들이 있으며, 나는 그 중에서 이 두 가지를 분리해서 이야기할까 한다.

첫 번째는 개인이라는 개체의 발달과 관련된 것이다. 어떤 한 순간의 개인의 임상적인 상태를 살펴보는 일은 불가능하다. 그 사람의 발달 과정을 그가 그의 환경과 맺은 관계에 비추어 살펴보는 것이 차라리 유익할 것이다. 그러려면 환경이 개인의 발달에 기여하고 영향력을 행사한 부분을 살펴보면 된다. 개인이 타고난 성숙 과정이 아직 잠재적 가능성 상태에 있을 때, 이를 실현시키기 위해서는 일정 수준 이상이 되는 특수한 촉진적 환경이 있어야 한다. 그리고 이와는 별개로, 때와 장소에 따라 사회적 환경은 굉장히 달라질 수 있다. 그래서 하나의 사회적 개체로 변모하는 이 세상이 그것을 이루고 있는 구성원들의 수준보다 더 뛰어나지 못할 것이라는 짐작을 할 수 있다. 개인의 도식을 얻는 것은 어렵지 않은 일이요, 그런 도식을 10억 개 겹쳐 이 세상을 구성하고 있는 개인들의 기여도의 합을 나타내고, 동시에 이 세상 전체의 사회 도식을 얻는 것 또한 가능할 것이다. 그러나 우리는 여기서 한 가지 어려움에 부딪힌다: 개인의 정서 발달 과정에서 한 개체로서 성장하는 단계까지 가는 것은 일정 비율의 사람들 뿐이라는 사실이다. '개인'은 상대적으로 현대적인 개념이다. '온전한'(전체성을 이룬) 사람은 약 몇 세기 전부터 생기기 시작한 존재들로, 이천 년이라는 세월 동안 전체성을 이룬 비범한 사람은 몇 명 되지 않을 수도 있다. 오늘날 우리는 개인이라는 구성 단위가 인류 전체의 기초를 이루고 있다는 것을 너무나 당연한 것으로 받아들이며, 이 '단위'라고 부르는 것과 아직 동화하지 못한 사람은 (그 정의가 어떻든지 간에) 성숙이 시작되는 단계에 이르지 못했다고 생각하는 경향이 너무 심하다.

이 세상은 개인이라는 단위 상태에 이르지 못하고, 그런 이유로 부정적이고 파괴적인 식으로밖에는 이 세상의 통합에 기여하지 못하는 사람들 또한 수용할 수 있어야 한다. 하지만 그쪽 방향으로 계속 나아가기 위해서는 그런 문제를 배제하고 이 세상을 수백만 명의 '동화된' 개인들이 겹겹이 쌓인 사회라고 보는 것이 더 맞을 것이다. 인간이 하는 일보다 더 나은 것을 찾을 수 없다고 주장하면서 말이다.

아무 집단이나 잡고 거기에 속한 아기나 아이, 인간을 연구하다 보면 그 집단에 동화되고 한 개인 단위를 이루었다고 해서 그것이 꼭 편하기만 한 것은 아니라는 사실을 금방 깨닫게 된다. 개인이 그 집단 안에서 찾아낸 것은 다양한 인간의 본능과 정신의 섬세한 욕구, 개인을 둘러싼 환경에서 비롯된 갈등 같은 것들을 담아 낼 수 있는 자기(self)이다. 우리가 상상할 수 있는 가장 건강한 사람의 개인 도식은 구나 원의 형태를 띠고 있을 것이다. 단, 그 원 한 가운데에는 경계선이 그어져 있어야 한다. 그렇게 상상한 건강한 개인은 그의 내면에서 일어나는 갈등이나 바깥에서 오는 갈등 모두를 전부 감당할 수 있는 존재다. 가운데 그어진 경계선을 타고 전쟁이 일어나거나 일어날 가능성이 항상 존재한다 하더라도 양쪽에서는 인간의 발달 과정에 내재된 통합의 힘 덕분에 한 쪽에서는 온화한 요소가, 다른 한 쪽에서는 박해 요소들이 조직되고 정비될 것이다.

내가 지금 설명하고 있는 심리 내적 현실에서 일어나고 있는 전쟁은 단지 그 경계선 때문에 온화한 요소와 박해 요소가 서로 분리되어 있기 때문에 일어나는 것이 아니다. 그 요소들이 바깥으로 나오거나 투사될 수 있다. 그런 이유로 인간은 언제나 신(神)을 만들기도 하고 그들에게 위협이 되거나 필요가 없어진 폐기물을 처리하는 장치를 만들 수 있는 것이다.

임상적인 시각에서 봤을 때 인간은 저런 문제들을 정반대의 방식으로 처리했다. 한 편에선 개인이 인식하는 모든 갈등들이 개인의 심리 내적 현실에 집결하며, 이때 개인은 모든 것에 대해서 책임을 진다. 위험이 될 만한 여지가 있는 움직임은 자동적으로 통제된다. 그러다 보니 우울증이 생긴다. 다른 한 편에서 개인은 심리 내적 현실에서 일어나려고 하는 분쟁의 기운을 견디지 못하고 그가 속한 사회나 보다 넓은 의미의 주변 환경이나 사회 환경에서 그 대신 분쟁의 책임을 질 만한 희생양(대리자)를 찾는다. 그렇게 함으로써 갈등과 분쟁은 언제나 개인의 내면이 아닌 바깥에서 일어나며, 그 사회를 이루는 구성원들이 그 상태를 유지하는 것으로 칠 수 있다. 개인은 그를 둘러싼 외부 세계에서 일어나는 분쟁 때문에 고통을 받으면서도, 그것이 그들의 심리 내적 현실에서 일어나는 갈등과 긴장을 완화시키는 역할을 하기 때문에 이에 안도하며 그 상황에 안주한다.

이상주의자들은 개인의 도식 중앙에 경계선이 없는, 그저 좋은 행동만 하도록 이끄는 온화하고 너그러운 힘들로만 이루어진 사람이 실제로 존재하는 것처럼 말한다. 하지만 그런 문제들에 대해 잘 알고 있는 사람들은 나쁘거나 박해적인 성격을 띤 힘, 요소가 없는 사람이 존재한다면 그것은 단지 희생양 기제가 작동하여 그가 실질적인 피해 혹은 상상 속 피해를 피할 수 있었기 때문이라는 사실을 잘 알고 있다.

마찬가지로, 완벽하게 나쁜('나쁜' 이란 단어에 어떤 의미를 부여하든지 간에) 인간을 상상하는 일 또한 불가능하다. 다르게 말하면 그 안에 나쁜 요소, 핍박적인 요소들로만 구성된 인간은 존재하지 않다는 의미다. 그래도 일부 자살자의 경우 그와 같은 특이점을 발견할 수는 있다. 좋다고 생각하는 모든 요소들은 외부에 방출하거나 투사하고, 나쁘다고 생각하는 모든 요소들은 자기가 짊어지면서 그 악을 자살을 통해 근절시키려는 시도에서 벌이는 자살 사례들이 그 좋은 예이다. (필립 헤셀타인이 쓴 자서전의 결말을 떠올릴 수 있다: 그는 고양이를 밖으로 내보낸 뒤 문을 전부 닫고 가스 밸브를 열었다). 정신과적으로 건강한 사람, 그냥 일반적인 보통 사람의 인격의 구성 요소 중 하나를 우울 상태에서는 전쟁 상태가 허용되는 점을 관찰할 수 있다. 베를린 장벽이 있는 것처럼 모든 일은 , 오늘날 벨파스트(Belfast)의 무장한 평화선으로 불리는 것이 있는 것처럼 벌어진다. 나는 여기서 현재 세계 정세에 비추어 이야기하고 있지만 이 글이 발표될 때쯤이면 더 많은 경계선들이 등장할지도 모른다. 그런 경계선은 최악의 경우 전쟁을 늦추고, 최선의 경우 서로 대립하고 있는 세력들을 장기간 서로 멀리 떨어뜨려 평화의 기술을 연마할 시간을 벌어줄 것이다. 평화의 기술이야말로 서로 대립하고 있는 힘이나 세력들을 분리시키는 임시 경계선의 성공 여부를 판가름할 수 있는 기준이다. 이 기술들이야말로 벽이 선과 악을 떼어놓지 못하는 순간들이 올 때 일시적으로나마 소강 상태를 만들어 낸다.

그런 일들 뒤에는 정치적인 문제가 숨어 있다. 그리고 이런 문제들의 임시 해결 방안은 전쟁이나 내전을 일으킬 수도 있으나, 지금까지 인류가 경험했던 평화의 시기와 모든 문화의 실현 바탕에 해당하기도 한다. 섬들을 생각하면 이를 쉽게 이해할 수 있다: 그 섬이 너무 큰 섬이 아니라는 전제하에, 몇 가지 특수한 조건들은 그 섬에서 평화의 기술들이 실현될 수 있는 여건을 만든다. 여기도 마찬가지다: 그 공동체가 있는 곳이 만약 섬이 아니라면 국경선이 존재할 것이고 그 국경선 주위에는 긴장감이 돌 것이다. 그리고 국경선 양쪽에 사는 사람들의 태도는 그들의 삶의 양식을 결정하며, 우리는 여기서도 대립과 반목의 존재를 부정하지 않고 그것을 받아들이면 매우 풍부하고 긍정적인 결과를 얻을 수 있다는 사실을 금방 관찰하게 된다. 그럼에도 불구하고 정치적으로 가장 어려운 일이 대립과 반목의 존재를 받아들이는 일이다. 그런 반면, 힘이 강화됨에 따라 사람들의 의견을 묻지 않고 그들의 자유를 뺏으며, 경계선을 뒤로 보내는 일은 결코 어렵지 않다. 그리고 그 과정에서 가장 힘이 있는 집단만 자유를 누리며 자신의 법을 따를 것을 강요하며 다른 집단을 지배하게 된다.

이런 것을 보면 특정 지도자나 특정 사상에 빠진 사람의 머릿속에서 어떤 일이 벌어지고 있는지를 쉽게 그릴 수 있다. 특정 지도자나 사상을 향한 열광은 그 사람의 모든 행동에 자신감을 불어 넣고 그를 의심이나 염려, 우울함 따위는 모르는 독재자로 만든다. 그는 그저 우위를 지키고 있기만 하면 된다. 선이 악 위에 있지만 선악의 여부를 결정하는 역할은 독재자에게만 주어진다. 그 집단을 이루는 구성원들에게는 아무런 발언권도 주어지지 않으며, 그런 이유로 선악의 정의를 다시금 살펴보는 일 또한 전혀 일어나지 않는다. 어떻게 보면 독재 체제가 무너지는 순간은 사람들이 그 체제가 정해 놓은 선악의 정의에 질려 이를 더 이상 받아들이지 않는 순간일 것이다. 이때 사람들은 그들의 자발성과 독창성을 지키기 위해 목숨을 걸기까지 한다.

이와 같은 지적을 지금 머릿속에 떠오르는 아무 문제에나 대고 적용할 수 있다. 예를 들어 북아일랜드의 경우 벽은 카톨릭 신자와 개신교 신자 사이에 존재하는 벽이다. 이는 곧 건강한 불가지론자 (agnostic)가 설 자리는 전혀 없다는 사실을 의미한다. 오늘날의 아일랜드에선 카톨릭, 개신교의 정의가 무엇인지를 전혀 논할 필요도 없이 모든 사람들은 카톨릭 신자나 개신교 신자여야만 한다. 그리고 그 정의는 그저 그 지방의 역사적인 뿌리에 기원한 것인지도 모른다. 그 나라는 많은 측면에서 아일랜드 공화국(Eire)과 영국 사이에 존재하는 베를린 장벽이라 볼 수 있다. 만약 아일랜드 공화국이 아일랜드 전체를 통합하게 된다면 그 벽은 두 섬을 가르고 있는 물길 속으로 사라질 것이다. 어쩌면 글래스고와 리버풀 그리고 그 외의 서쪽 지방 주민들을 가르고 있는 부정확한 선 같은 것으로 변하리라고 기대할 수도 있다. 그리고 런던에서는 어쩌면 개신교와 카톨릭 신자 간의 갈등 또한 심화될지도 모른다.

현재 런던에서는 영국의 다른 지역에서와 마찬가지로, 굳건하게 정착한 개신교 정당의 존재는 카톨릭을 보다 쉽게 받아들일 수 있게 한다. 마찬가지로, 카톨릭이 우세한 아일랜드에서는 개신교의 존재를 기후를 받아들이듯, 별 문제 없이 받아들인다. 충돌은 두 개 여론이 만나는 지점에서 생긴다. 이와 같은 면모를 다른 나라에서도 쉽게 관찰할 수 있다. 물론 각기 다른 특수한 상황들을 단순화함으로써 진실을 왜곡하는 일이 생길 수도 있다. 진실이란 굉장히 복잡한데 그래서 흥미로우며, 그 뿌리를 역사 속에 둔다. 그래도 상상력을 발휘해서 우리가 이미 알고 있는 사실들을 가지고 우리의 지식의 폭을 넓힐 수는 있다.

이 모든 문제들의 공통 분모는 쌍을 이루고 있는 분파 사이에 잠재하는 전쟁의 가능성이다. 이 자리에서 내가 가장 관심을 가지고 있는 문제도 바로 이 문제이다: 두 개 분파가 서로 만났어야 하는 자리에 만약 중립 지대가 존재하지 않았더라면 그 두 개 국경선이 만났을 지점은 어떻게 조직됐을까? 여권을 가지고 여행을 다녀야만 하는 우리는 국경선 지대에 있는 자신의 밭을 경작하는 농부가 그 선을 몇 번이고 넘나드는 것을 보면서 감탄한다. 정작 우리가 그처럼 국경선을 넘나 들었으면 분명 총에 맞았을 것이다. 이처럼 우리가 문명이라 부르는 것은 세관(이라는 벽)과 가까워질수록 점점 이루기 어려운 것이 된다. 농부조차 아무렇지도 않게 드나들 수 없는 곳은 전쟁이 일어날 가능성이 다분한 곳이고, 평화의 기술이나 창조성이 전혀 발휘될 수 없다.

이쯤에서 영국과 스코틀랜드 사이의 국경선이 가져온 발전들을 비교해 보는 것도 괜찮을 것이다. (어디서부터가 영국이고 어디서부터가 스코틀랜드인지를 알리는 표시들이 얼마나 애매하고 미미한 것들이다). 조금씩 달라지는 억양부터 시작해서 북쪽에 가깝냐 남쪽에 가깝냐에 따라서 다른 색을 띠는 역사의 흔적 같은 것들을 보는 재미가 쏠쏠하다. 에덴부르크 남단에 위치한 섬 일부의 자그마한 규모는 누가 굳이 그 사실을 알려주지 않아도 우리가 지금 스코틀랜드에 와 있다는 사실을 실감하게 만든다.

영국과 웨일스 지방의 경우 두 지역을 가르는 것은 그 지역의 지리와 산맥들이다. 베를린을 동서로 가르는 벽은 인간이 만들어 낸 추한 벽이다. 그 자리에 벽이 없었다면 전쟁이 일어났을 그곳에는 아름다움이 존재할 수는 없었을 테니까. 그러나 베를린 장벽은 인간이란 본래 우울한 상태에 빠지기도 하고, 자기 안에 자리하고 있는 심리 내적 갈등의 존재를 받아들이지 않는 한 전체성에 도달하지 못한다는 사실을 인식하게 만들었다는 점에서 긍정적인 측면도 있다. 벽은 갈등을 곧장 해결하려고 덤벼들지 않고 그 상황이 야기하는 불편한 정서를 견디겠다는 의지를 가리키기도 한다. 우리는 그 과정에서 (전쟁이나 정복을 통해) 분쟁이 해소되는 시기와 긴장과 압력을 참는 시기(베를린 장벽이나 그와 같은 것을 수용)가 교대로 일어나는 것을 자연스럽게 볼 수 있다.

이런 일은 사회적, 시간적 차원에서 개인에게도 일어나는 것을 볼 수 있다: 감정의 기복이 큰 조현병이나 전체성을 이루고 있다는 느끼는 개인이 그의 심리 내적 현실에 갈등이 자리하고 있다는 사실을 받아들일 때 일어나는 우울한 상태를 예로 들 수 있을 것이다.

자유(1969)

이젠 자유의 의미에 대해서도 한 번 이야기를 할 수 있을 것 같다. 나는 이 주제를 정신분석학이나 다른 분야에서 어떻게 다뤘는지에 대해 굳이 언급하거나 할 생각은 전혀 없다. 그렇다고 내가 그토록 강조하는 건강과 창조의 문제를 자유에 비추어 이야기하지 않을 수도 없을 것이다.

내가 자유 개념을 처음 언급한 것은 개인의 창의성을 파괴하거나 무용지물로 만들어 개인을 절망 상태[1], 자유의 결핍 상태 또는 부족 상태를 거론하며 자유를 이야기한 것이다. 자유를 대신해 잔인함이 그 자리를 차지하여 개인에게 물리적인 압박을 행사하거나 존재 자체를 말살하는 상황, 즉 독재 정권 치하 같은 상황을 예로 들 수 있다. 이런 종류의 지배는 정치 분야 같은 넓은 무대 뿐만 아니라 가정 내에서도 얼마든지 관찰할 수 있다.

우리도 잘 알다시피, 강한 사람들은 언제나 자유감을 느끼고 그것의 존재를 인식했으며, 물리적인 억압을 받을 때 그것이 더 강화되는 것도 느낀다. 이에 대해 나는 언젠가 "감옥을 만드는 것은 돌벽도 아니고 쇠창살도 아니다"라는 속담을 언급했던 것 같다.

정신과적 의미로, 어느 정도 건강한 개인에게 자유감은 그가 환

1.『놀이와 현실』, 제5장 창조성과 그 근원에 빠뜨리는 환경에 대한 이야기를 했을 때이다.

경에 완전히 의존하지 않을 수 있도록 한다. 마찬가지로, 자유를 빼앗겼다가 되찾은 개인이 자유를 두려워하게 되는 경우 또한 있다. 우리는 지난 반 세기 동안 정치 영역에서 그와 같은 일들이 비일비재하게 일어나는 것을 볼 수 있었다: 자유를 다시 찾은 나라들에서 그들에게 주어진 자유를 어떻게 써야 할지 모르고 방황하는 일이 흔히 일어났다.

　나는 그런 정치적 상황에는 관심이 없기 때문에 자유가 개인의 정신과적 건강에 미치는 영향만 다룰 계획이다. 정신분석학 이론이 아무리 흥미롭다 하더라도 이를 접한 사람은 두려움을 느낄 수 밖에 없다. 개인의 정서 발달이 환경과 어떤 관련을 맺고 있는지를 설명하는 이론이 존재한다는 사실, 그리고 이를 통해 성장 장애와 병리를 설명할 수 있다는 것은 사람들에게 커다란 혼란을 준다. 만약 성인들을 상대로 아이의 정서 발달 및 정신질환, 신체화 장애에 관한 강연을 하면 결정론에 대해 절박한 질문을 던질 사람들이 많을 것이다. 정서 상태, 건강,성격 장애 및 행동 장애 관련 이론들은 결정론에 그 뿌리를 둘 수 밖에 없는 것이 사실이다. 그래서 강연하는 사람은 어떻게든 이를 결정론에서 비교적 자유로운 분야와 연관지어서 설명하려 들 것이다. 인간을 이해하는 데 크게 공헌한 프로이트의 연구를 보면, 비중을 가장 많이 차지하는 인격, 성격에 대한 연구는 생물학을 바탕으로 하여 그것의 연장선상에 놓여 있다. 그런데 생물학은 또 생화학과 화학, 물리학의 연장이기도 하다. 우주에 대한 이론에는 뚜렷한 경계 같은 것이 없다. 별의 파동에서 시작해 인간의 정신 건강 및 정신질환으로 마무리하는 것이 가능하다. 중간에 우주의 창조성이나 우주에 대한 창조적인 시각을 제시하는 것 또한 잊지 않는다. 가장 중요한 것은 인간은 살아 있다는 것, 그리고 살아 있는 것은 인간이라는 사실 뿐이다.

　어떤 사람들에게는, 아니, 모든 사람들에게 결정론은 기정 사실로 받아들이기는 어려운 이야기이다. 당연한 일이다. 거기서 벗어 날 수 있는 방법 또한 많이 있으며 그것을 시도했을 때 막다른 곳에 도달하게 되지 않을 것이란 기대를 할 수 있다. 예를 들어 초감각 지각에서 그것을 증명할 방도를 찾을 가능성도 있지만, 결과를 놓고 봤을 때는 양가감정을 느끼게 될 것이다. 그리고 만약 그것을 증명하게 된다면, 결정론을 부정할 수 있는 길이 막히면서 조잡한 유물론에 빠지고 말 것이다. 유물론은 아름답지도 않으며 편안하지도 않지만 우리에게는 결정론을 부정할 수 있는 방법을 찾는 데 모든 시간을 쏟고 싶은 마음 또한 없다.

결정론이 야기하는 불편한 감정 때문에 이에 대한 시비를 종종 따지는 학생을 둔 역동 심리학 교수는 그 문제가 항상 학생들을 괴롭히지 않는다는 사실을 금방 깨닫는다. 대부분의 사람들은 우리 삶의 근본을 이루는 것이 결정론에 의해 정해진다는 사실을 이해할 생각 자체를 별로 하지 않는다. 결정론이란 것 자체가 과연 우리의 이해 범주에 속하는 문제인지를 별개로 하더라도 말이다. 그러다 어느 순간 어느 한 사람에게 있어서는 아주 필사적인 문제가 된다. 하지만 저럴 때를 제외하면 사람들은 선택권이 자기에게 있다고 느끼는 경우가 대부분이다. 이러한 선택의 자유를 느낀다는 점과 새로운 것을 창조할 수 있는 능력이 결정론 이론을 무력화시킨다. 전체적으로 따지면, 우리는 자유로움을 느낀다. 우리에게 있어 결정론은 살다가 가끔 만나게 되는 불편한 요소 정도에 불과한 것인지도 모른다.

그렇다고 많은 사람들이 불편하게 느끼는 것을 무시할 수도 없다. 이러한 불편한 감정은 결정론에 반대하는 저항 움직임의 형태를 띠기 쉽다. 우리는 이러한 두려움이 과연 어떤 것인지를 살펴보고 이를 진지하게 생각해 보아야 할 것이다. 자유롭다는 느낌을 자유롭지 못하다는 느낌과는 너무나 대조되는 것이기 때문에 이를 연구해야 필요가 있다.

복잡하고 복합적인 이 문제에 대해 아주 간단하게 말할 수 있는 것이 하나 있다: 정신질환 자체가 일종의 감옥이라고 느끼게 하며, 정신질환을 앓고 있는 환자는 실제 감옥에 갇힌 사람보다 더 답답함을 느낄 수 있다. 우리는 화자가 말하는 자유가 없다는 느낌이 어떤 것인지를 이해해 보려고 노력해야 한다. 실제 경험을 바탕으로 하는 정신분석 이론들이 이를 잘 알려준다. 우리가 정말 잊지 말아야 할 것은 정신분석학 이론이 비록 건강에 대해 알아야 하는 점이 아직 남아 있지만, 정신질환에 대해 알고 있는 바도 아주 많다는 사실이다. 그렇기 때문에 저 문제를 다룰 때 정신과적 의미의 좋은 건강, 나쁜 건강을 구분하는 기준을 인간의 인격 내에서 작동하는 방어 체계로 삼는 것이 좋은 것이다. 아주 복잡하게 조직되는 방어는 매우 다양한 형태를 띠며, 이를 많은 정신분석학자들이 자세히 설명했다. 이러한 방어 체계의 형성 또한 인격 형성에 있어서 필수적인 부분이며, 그것이 제대로 형성되어 있지 않을 경우 남은 것은 혼란과 그런 혼란에 대응하며 방어 체계를 구축하는 일 뿐이다.

여기서 우리의 생각을 도울 수 있는 것으로 정신과적으로 좋은 건강을 갖춘 개인의 방어 체계는 유연한 반면, 나쁜 건강에서는 그 방어 체계가 상대적으로 경직되었다는 사실을 들 수 있다. 예를 들어, 좋은 건강에서는 '놀 수 있는 능력'에 해당하는 유머 감각이 존재하는 것을 관찰할 수 있다. 이 유머 감각은 방어 체계가 형성될 때 조금 여유 있게 있을 수 있는 일종의 공간(의 확보)을 의미한다. 그 공간을 통해 당사자는 물론이고 그와 가까운 사람 혹은 가까워지려는 사람도 자유롭다는 느낌을 가질 수 있게 된다. 그리고 그 반대편에 있는 건강하지 못한 사람의 방어 체계 안에는 저런 여유 공간이 없기 때문에 환자는 질환 때문에 더더욱 고통을 받는다. 바로 이러한 방어 체계의 경직성이 사람들이 자유롭지 못하다고 느끼게 만들고 그들을 불평하게 만든다. 이는 결정론에서 제시하는 철학적인 질문과는 전혀 다르다. 그도 그럴 것이, 자유 또는 자유가 충분하지 못함의 대안은 인간 본성에 속하는 것이며, 그 문제는 인간의 삶을 항상 뒤흔드는 것이기 때문이다. 그리고 그것은 아기나 어린 아동일수록 심하기 때문에 그들은 부모를 그렇게 절실히 필요로 하는 것이다. 부모는 아이에게 적응하고 또 그에게 많은 것을 가르치기를 반복하면서 아이가 그의 안에서 일어나는 충동(impulsion)을 자유롭게 느낄 수 있기를 기대한다. 이와 같은 충동의 자유야말로 그의 삶은 실재하는 것이고, 살아갈 만한 가치가 있다고 느끼게 하며, 그가 주위의 사물들을 창조적인 시각으로 바라볼 수 있게 한다. 이 충동의 자유는 아이를 교육해야 하는 일과 부모가 그들 개인의 삶을 다시 찾아야 할 필요성과 맞물리기도 한다. 이때는 아이의 충동적인 행위와 자기 표현 욕구의 표출은 조금씩 희생되기는 한다.

우리는 현재 아이들이 조금이라도 그가 온전한 하나의 개체로서 성장해도 된다는 자유를 최대한 느낄 수 있도록 노력했던 문화가 가져온 결과를 맛보는 중이다. 그런데 우리는 아이가 사춘기에 이르면 그 노력이 꼭 그렇게 유쾌하기만 한 결과를 가져오지 않았다는 것을 깨닫게 되었다. 이에 우리 사회는 이렇게 반응했다: 문제 청소년의 교육을 맡게 된 교육자들은 아이들이 좋은 출발을 할 수 있도록 노력한 부모 세대 전체를 부추긴 이론들의 가치에 의문을 가지며 그 이론들을 탓했다. 다르게 말하면 우리 사회는 자유를 주장했던 사람들에게 (아이들을 향해) 엄하고 단호한 조치들을 취하게 만든 것이다. 그런데 이는 독재로 이어질 위험이 다분한 태도이다. 위험은 거기에 있다. 이는 어마어마한 선택의 문제이고, 우리가 하는 일의 기초가 되는 이론에 던져진 도전장이다.

자유를 위협하는 것

자유의 정의를 살펴보았으니 이제 자유를 위협하는 것에는 어떤 것들이 있는지를 살펴볼 차례이다. 위험은 확실히 존재하며, 그것을 연구할 수 있는 가장 좋은 순간은 자유를 잃어버리기 전이다. 자유는 개인 내면의 효율성의 문제이기 때문에 쉽게 파괴되지는 않는다. 이것은 곧 자유를 개인의 방어 체계의 경직성이 아니라 유연성에 비추어 본다는 의미로, 우리가 지금 개인의 (정신) 건강을 이야기하고 있는 것이지 치료 방법을 이야기하고 있지 않다는 것을 의미한다. 그렇다고 해서 환경으로부터 자유로운 사람은 아무도 없다. 그리고 이를 마음껏 즐기는 것이 가능한 사람조차 자유롭다는 느낌을 전혀 받을 수 없게끔 만드는 파괴적인 환경도 존재한다는 사실을 잊지 말아야 할 것이다. 어떤 사람이라도, 계속적인 위협을 받게 되면 정신 건강이 망가질 수 있다. 몇 번이나 말했지만, 잔인함의 본질은 창조적인 충동과 창조적인 생각, 삶에 그 의미를 부여하는 희망의 조각들을 파괴하는 데 있다.

자유에 위협이 되는 것들이 분명 존재한다는 사실을 일단 인정하면 가장 먼저 위협의 대상이 되는 것은 자기가 내외적으로 누리고 있는 자유를 당연한 것이라고 여기는 사람들이라는 말을 할 것이다. 아기나 어린아이를 키우는 부모도 이와 비슷한 상황에 처할 것이다: 부모들은 아이들이 하고 있는 일이 그저 기분 좋고 만족스러운 일이 아니고, 매우 중요한 일이기도 하다는 만족감을 느낄 수 있도록 아이들을 내버려두어야 한다. 일이 너무나 순조롭게 풀려서 부모들이 그것을 너무나 당연하고 자연스러운 일로 받아들인다면, 그들은 새로운 세대의 정신 건강의 토대를 다질 기회를 날리고 있고 그것을 자각조차 하지 못하는 것이나 마찬가지다. 이런 부모는 자기가 믿는 사상이나 종교 같은 것을 전파하려는 의지가 강한 사람 앞에서 쉽게 물러난다. 가장 자연스러운 것들이기도 하다. 가장 외지고 평화로운 바로 그곳에 고속도로가 깔리는 것처럼 말이다. 평온 그 자체를 지킬 줄 모른다. 앞으로 전진하고 발달해야 한다는 강박적이고 초조한 욕구가 모든 에너지를 끌어 모은다. 그래서 제임스 메이너드 케인스(James Maynard Keynes)는 뉴스테이트맨 지의 표어이기도 한 "자유는 경계의 끈을 놓지 않음으로써 얻어진다"라는 발언을 남겼다.

자유나 그 외 다른 모든 자연적인 현상들이 위협을 받는 가장 간단한 이유로 들 수 있는 것은 그것들 안에는 확장욕 같은 충동이 없기 때문이다. 그래서 그것들은 손을 쓸 수 없는 마지막 순간이 올 때까지 계속해서 짓밟힌다. 그렇기 때문에 사람들에게 자유와 자유의 느낌의 가치를 보여주는 것은 큰 도움이 될 수 있다. 거기서 더 나아가, 바로 그러한 느낌이 불가피하게도, 예전에 우리를 구속했던 제약들을 다시 불러 일으키는 결과를 낳을 때도 있다는 사실 또한 알려줄 수 있을 것이다. 물론 여기서 말하는 것은 환경의 제약들이다. 반면, 자유가 억압되는 상황에서만 그것의 존재를 느낀다면, 내가 위에 언급한 유연한 자아 방어 체계로서의 내면의 자유는 제한될 수 밖에 없다.

이제 자연적인 것은 왜 전부 위협을 받을 수 밖에 없는지를 따져보는 일도 흥미로울 것이다. 아니, 이는 그럴 만한 정당한 이유가 있다고도 볼 수 있다. 나는 여기서 우리가 자연적인 것이라 설명하는 모든 것들은 그것이 인간이나 인간의 인격과 연관지어 생각했을 때 건강과 관련된다고 주장한다. 다르게 말하면, 대부분의 사람들은 상대적으로 건강하며, 그 사실을 제대로 알지 못하거나 인식하지 못하고 이를 누린다는 이야기다. 하지만 모든 인간 집단 안에는 정신질환의 지배를 받거나 정체 모를 괴로움에 시달리고, 자기 삶의 가치나 자기가 살아야 할 이유나 의미를 도무지 찾지 못하고 방황하고 고통 받는 사람도 많이 존재한다. 그렇게 고통 받는 사람들이 있는 이유를 아주 간단히 요약해서 말한다면, 그들의 자아 방어 체계가 경직되었기 때문에 그들이 고통을 받는다고 말할 것이다. 우리는 이를 실감하지 못하지만, 이는 사회 계층 간의 격차나 빈부 격차 문제보다 훨씬 더한 문제이다. 물론 저런 격차의 문제들의 여파가 너무 커서 경직된 자아 방어 체계가 야기하는 문제들보다 더 쉽게 우리 삶의 무대 위를 지배하는 일도 있을 수 있다.

정신과 의사나 정신분석가는 삶을 즐기며 창조적으로 살아가는 사람과 창조적으로 살지 못하고 불안이나 붕괴 또는 행동장애에 시달리며 사는 사람이 보여주는 대조적인 모습에 눈길을 주지 않을 수 없다.

다른 식으로 말하면 환경의 결함이나 유전적인 결함이 만든 문제들과 싸우느라 남보다 자유가 부족한 사람에게 건강은 결코 도달할 수 없고 멀리 있는 것으로 생각되어질 수 밖에 없다. 그러한 사람들은 건강에 도달하는 순간 파멸할 것이라는 생각까지 갖고 있다. 부정적인 감정은 이때 엄청 축적되면서 이는 건강을 되찾은 환자가 죄책감을 느끼는 원인이 되기도 한다. 이렇게 따졌을 때 건강한 사람은 '(건강을 가지고) 있는 사람'이고 환자는 (건강을 가지지 못한) 없는 사람'이다. 돈 많은 사람들이 자선 사업을 벌일 필요를 느끼는 것처럼 건강한 사람들도 병이 든 사람이나 불행한 사람, 불만 있는 사람, 자살 위험이 있는 사람들을 도우려고 부산을 떤다. 이는 먹을 것이 없고 마음대로 돌아다니지 못하거나 가치 있는 것을 추구할 수 있는 능력이 없는 사람들이 느낄 박탈감이나 분노 등을 상쇄하려는 움직임으로 볼 수 있다.

세상을 몇 개의 다양한 시각을 가지고 바라보는 것은 불가능한 일이다. 경제 격차와 정신적 격차를 비교하더라도, 한 가지 면모에만 눈길을 돌릴 수 있다: 건강과 정신질환의 문제이다. 교육이나 겉모습, 지능도 마찬가지다. 정신적으로 충분히 건강한 사람과 그렇지 못한 사람 사이에서 볼 수 있는 이해 부족의 문제만 따져도 이를 쉽게 알 수 있다. 건강한 사람들은 자만심이 생겨 건강하지 못한 사람들을 도발하고 증오의 대상이 될 수 있다.

친구 중에 유능한 의사로 적극적으로 활동하며 사적으로도 남들의 존경을 많이 받는 친구가 하나 있다. 그는 좀 우울한 사람으로, 어느 날 건강 주제 포럼에서 "나는 건강이 역겹다!"로 강연을 시작하여 직업의 목표가 질병의 제거인 그 자리에 있던 많은 의사들을 놀라게 했다. 매우 진지한 발언으로 강연을 시작한 그는 곧바로 유머러스하게 그가 아직 학부생이었을 때 같은 방을 쓰던 룸메이트가 아침 일찍 일어나 찬물 샤워를 한 뒤 운동으로 하루를 활기차게 시작했던 것에 반해 그는 우울하게 침대에서 뒹굴다가 수업을 놓치는 것이 두려워 겨우 일어났던 시절의 이야기를 들려 주었다.

건강한 사람들에 대해 정신질환 환자들이 가지는 감정을 이야기하려면 정신질환 이론 이야기를 해야 한다. 정신분석가야말로 개인의 내적 갈등에 초점을 맞춰서 신경증의 원인과 정신질환의 원인을 찾으려 한 사람이기 때문에, 환경을 강조하는 정신분석가는 언제나 이상해 보이기 마련이다. 정신분석학은 그 부분에 있어서 크나큰 공헌을 했으며, 그 덕분에 훈련 받은 전문가들이 나와 환경 탓을 하는 대신 개인의 치료에 집중하는 것이 가능해질 수 있었다. 사람들은 병이 자기의 것임을 실감하는 것을 좋아하며, 분석가가 그들이 병이 난 이유를 파헤치려는 모습을 보고 안도한다. 그러한 탐색은 그럭저럭 성과를 거둔다. 그러나 중요한 것은 치료자를 제대로 골라야 하며, 그가 그 기술(분석)을 제대로 사용할 줄 아는, 충분히 훈련받은 사람이자 경험을 쌓은 사람이어야 한다는 사실이다. 환경 요소는 어떤 상황에서도 완전히 배제되는 법이 없다. 정신분석가들 또한, 병의 원인을 찾기 위해서는 삶의 아주 초기 단계, 아이가 환경과 처음으로 관계를 맺는 시기까지 거슬러 올라가야 한다는 사실을 관찰했다. 하인즈 하트만(Heinz Hartmann)이 '평균적으로 기대할 만한 환경'(average expectable environment)[2]이라고 불렀던 것을 나는 '헌신적인 보통 엄마'(ordinary devoted mother)라고 부른다. 다른 사람들도 이와 비슷한 표현들을 사용하면서, 아이의 성숙을 촉진하며 아이가 실재하는 인간이 될 수 있도록, 다시 말해서 현실 세계에서 실제로 존재하는 것을 느끼는 인간이 될 수 있게 해주는 촉진적인 환경을 설명했다.

개인이 느끼는 절망이나 좌절의 원인을 개인 안에서 찾는 것, 그의 과거에서 찾는 것은 굉장히 중요하다. 하지만 이젠 우리가 최종적으로 따져야 할 것은 환경이라는 사실도 인정하고 또 그런 주장을 펼쳐야만 한다. 다른 식으로 말하면, 개인이 물려받은 가능성은 환경만 충분히 좋다면 얼마든지 발달할 수 있다는 이야기다.

환경이 충분히 좋지 않을 경우 개인은 자기 안에 있는 아주 많은 가능성들을 제대로 개발하고 펼치지 못할 가능성이 높다. 정신과적으로 '있는 사람'과 '없는 사람'을 잘 구분하고 발견해야 하는 이유도 저런 이유 때문이다. 그 차이에 따라 원망의 감정이 생기고 우리 안에서 작용하는 것을 볼 수 있다. 계층 간의 격차나 그러한 문제들이 가진 의미가 있고 가치가 있으며, 고유의 원망의 감정도 있다. 하지만 가장 큰 의미를 가지고 가장 크게 영향을 미치는 것은 위에 언급한 '있고' '없고'의 차이다. 남들에 비해 엄청 성공했거나 큰 변화를 가져온 사람들은 그 경계선에서 그에 맞는 대가를 치른 사람들이다. 그들이 이룬 놀라운 업적은 정신적 고통이나 내적 갈등에 시달린 결과이다. 그렇다고 한 극에는 자기를 이루기 위해 필요한

---

2 H. Hartmann, Ego Psychology and the Problem of Adaptation, New York, International Universities Press, 1939.

것들을 가지고 있는 사람이 있고, 다른 한 극에는 환경의 결함으로 인해 그것을 갖지 못한 사람들이 존재한다는 사실이 변하진 않는다. 후자가 전자를 미워할 것이라는 짐작을 쉽게 할 수 있을 것이다. 불행한 사람은 행복을 파괴하려 든다. 딱딱하게 경직된 자아 방어 체계라는 감옥에 갇혀 있는 사람들은 자유를 파괴하려 들 것이다. 자기 육체를 온전히 누리지 못하는 이들은 자기 자녀가 사랑하는 이의 육체의 자유를 빼앗으려 들 것이다. 사랑할 줄 모르는 사람은 자연스러운 관계의 소박함을 냉소로 파괴하려 애쓸 것이다. 그리고 병이 너무 깊어 저런 '복수' 조차 하지 못하는 이들은 평생 정신 병동에 입원해 바깥 세상에서 자유롭게 자신의 삶을 사는 사람들에게 죄책감을 안겨 준다.

자유 자체가 야기하는 자유의 위협에 대해서도 다양하게 할 수 있는 말들이 있을 것이다. 충분히 건강하고 자유로운 사람은 자신의 건강함이 가져오는 여러 가지 것들을 감수해야 할 것이다. 따지고 보면 그들이 건강할 수 있었던 것도 결국 우연의 산물이다.

'민주주의'라는 단어의 의미에
대한 몇 가지 생각(1950)

Human Relation을 위해 쓴 글

이제부터 할 이야기가 절대 나의 전문 분야가 아니라는 사실을 잘 알고 시작한다는 점을 먼저 밝히고 싶다. 사회학자나 정치학자는 나의 이런 부정확함을 불쾌하게 여길지도 모른다. 하지만 나는 사람들이 그들 각자의 전문 분야가 가진 한계를 뛰어넘는 시도를 해보는 것이 좋다고 생각한다. 물론 이때 그 분야를 전문으로 하는 사람이 보기에는 한낱 '침입자'의 순진하기 짝이 없는 지적으로 보일 수도 있다는 자각을 그도 잘 하고 있다는 전제하에서 말이다.

오늘날 이 '민주주의'라는 단어는 매우 중요하게 여겨진다. 이 단어는 온갖 뜻으로 쓰이는데, 그 중 몇 가지를 들어 보겠다.

1. 민중이 다스리는 사회 체제.
2. 민중이 그들의 지도자를 뽑는 사회 체제.
3. 민중이 '정권'을 뽑는 사회 체제
4. 정권이 민중에게 (a) 생각과 표현 (b) 기업의 자유를 주는 사회 체제.
5. 호황기 그 사회를 구성하는 개인들에게 행동의 자유를 주는 사회 체제.

이 단어와 관련하여 이런 연구를 할 수 있다:

1. 어원
2. 그리스, 로마의 사회 제도의 역사
3. 나라별, 문화권별 사용 (영국, 미국, 러시아 등)
4. 독재자나 기타 다른 사람들의 오용과 남용의 예 (사람들을 어떻게 속이는가 등).

'민주주의' 같은 단어에 대해 이야기를 나누려 할 때에는 가장 먼저 해야 할 일은 당연히 그 단어에 대한 정의를 내리는 것이다.

단어 사용의 심리학

이 단어의 사용을 심리학적으로 연구하는 것이 가능한가? 우리는 '정상적인 정신'이나 '건강한 인격', '사회적응자' 등과 같은 어려운 용어들을 심리학적으로 연구하는 것에 익숙해져 있고 그 사실을 잘 받아들인다. 그리고 그 연구들이 무의식적 정서 요소를 반영하기를 기대한다. 심리학의 여러 가지 역할 중에 하나는 겉으로 드러나는 의식적인 단어의 사용을 밝히는데 그치지 않고 그 뒤에 있는 잠재적인 생각들을 관찰하고 드러내는 데 있다.

나는 바로 그와 같은 심리학적인 연구를 해보려고 하는 것이다.

단어의 정의 제안

아무래도 이 용어는 잠재적으로 아주 중요한 의미를 가지고 있으며, 그 의미는 다음과 같다: 민주주의 사회는 '성숙'한 사회이며, 그 사회를 구성하는 개개인에게서 발견할 수 있는 성숙함과 비슷한 성질을 띠는 것을 가진다.

그래서 여기서 민주주의란 그 사회를 구성하는 '건강한' 개인과 아주 잘 부합하는 사회로 정의될 수 있다. 그리고 이 정의는 머니 키를[1](R.E. Money-Kyrle)의 시각에도 부합한다.

심리학자의 관심사는 사람들이 그 용어를 어떻게 쓰느냐에 있다. 민주주의에 대한 심리학적 연구가 그 정당성을 인정받기 위해서는 '성숙' 요인이 그 사회에서 어떤 역할을 수행할 때 뿐이다. 나는 '민주주의'라는 용어에는 은연중에 성숙 또는 상대적 성숙 개념을 내포한다고 생각한다. 성숙 또는 상대적 성숙의 정확한 정의를 내리는 것이 어렵더라도 말이다.

정신과적 건강

정신과에서 정상적인, 혹은 건강한 개인이란 성숙한 사람을 의미한다. 그리고 개인의 정서 발달 정도는 그의 나이와 사회 환경 등에 달려 있다. (이때 육체적인 성숙이 제대로 이루어졌다는 것을 전제로 한다.)

그러므로 '정신 건강'이라는 용어의 정의는 특별히 고정되어 있지 않다. '민주주의'라는 단어 또한 마찬가지로, 굳이 고정되어 있는 것일 필요는 없다. 한 공동체에서 '민주주의적'이라는 단어는 그 사회 구조 내에서 덜 성숙한 것보다는 더 성숙한 것을 가리킬 확률이 높다. 그런 이유로 영국이나 미국, 소련 등 나라에 따라 이 단어의 기본 정의가 각각 다를 수 있다는 사실과, 그럼에도 불구하고 건강은 곧 성숙이라는 암묵적인 인식이 있기 때문에 이 단어의 가치가 계속해서 유지되고 있음을 볼 수 있다. 한 사회의 정서적 발달을 어

---

1. Mental Health Congress, Bulletin, 1958.

떻게 연구할 것인가? 이와 같은 연구는 그 사회의 일원인 개인의 삶과 아주 밀접하게 연결된 것이기 때문에 이 둘을 동시에 다루어야 할 것이다.

민주주의 장치

민주주의 장치의 덕목 중 잘 알려진 것들에는 어떤 것들이 있는지 한 번 나열해 보자. 이와 같은 장치는 비밀 자율 선거를 통해 지도자를 '선출'하기 위해 필요하다.

지도자를 선출하는 데만 필요한 것이 아니라 그들을 '쫓아버리는 데' 필요하기도 하다. 정리하면 지도자를 선출하고 또 그를 '비합리적'으로 해임하기 위해 필요한 장치라고 할 수 있다.

민주주의 정치 전체는 비밀 자율 선거를 바탕으로 한다. 여기서 가장 중요한 것은 선거가 개인의 의식적인 생각과는 떨어져 있는[2], 그 사람의 깊은 내면에 있는 감정들을 표현할 수 있는 기회라는 점이다.

비밀 투표를 할 때 그 행위에 대한 전반적인 책임을 지는 것은 개인이다. 물론 그것은 그 개인이 충분히 건강한 사람인 경우에만 해당된다. 선거는 결국 내면 세계에서 일어난 갈등의 결과를 반영한다. 외적인 상황, 다시 말해 외부 현실이라는 무대는 개인의 내면 세계 안에서 영향력을 발휘하며 존재하는 여러 가지 힘들의

---

2. 그런 면에서 비례제 선거 제도는 비밀 투표로 진행될지라도 반민주주의적이다. 왜냐하면 그러한 투표는 자유로운 느낌(feeling)의 표현을 막기 때문이다. 그러한 투표는 똑똑하고 배운 사람들이 의식적인 의견을 실험하고자 하는 특수한 상황에만 적합하다.

무대가 된다는 의미다. 다른 식으로 말하면 선거를 이렇게, 또는 저렇게 하겠다는 결심은 곧 그 개인의 내면에서 일어나고 있는 갈등 상황의 해결 양상의 결과를 반영한다는 말이다. 이렇게 진행된다고 보면 될 것이다: 다양한 면모(사회적인 면모, 정치적인 면모)를 한 외적 상황이 있다. 개인은 그 안에서 벌어지고 있는 여러 가지 갈등과 대결에 연관된 사람들과 일일이 동일시하며, 그 과정에서 그 외적 상황을 개인적으로 받아들이게 된다. 다시 말해 개인이 외부에서 벌어지고 있는 상황을 그의 내면 세계에서 벌어지고 있는 갈등과 대결 상황에 비추어 바라보게 된다는 이야기다. 그러면서 내면 세계에서 일어나는 투쟁의 무대가 일시적으로 바깥 정치 상황이라는 무대로 옮겨진다. 이러한 전환 작업은 많은 작업과 시간을 필요로 하며, 민주주의 장치는 바로 그런 전환이 작업이 제대로 일어날 수 있는 환경을 제공해야만 한다. 선거를 갑작스럽게 진행하면 유권자는 그 과정에서 커다란 좌절감을 맛보게 된다. 모든 유권자의 내면 세계는 선거철이라는 한정된 기간 동안 정치 논쟁의 무대로 전환될 수 있어야 한다.

그리고 만약 선거 결과에 조금이라도 의심이 가는 상황이라면, 아무리 건강한 개인이라 할지라도 그가 선거를 통해 표현할 수 있는 것은 그의 반응뿐이다.

강요된 민주주의 장치

임의로 아무 공동체나 하나 정해 거기에 민주주의 장치를 이식한다고 해서 그 공동체가 민주주의 사회가 되지 않는다. 그 장치를 유지하고 (비밀 선거의 보장 등을 위해) 사람들이 선거 결과를 인정할 수 있도록 만드는 사람 또한 필요하다.

타고난 민주주의적 성향

민주주의란 역사의 어느 시점에서, 어떤 한정된 사회(육지나 바다와 같은 자연적 경계를 가진 사회)가 이루어낸 성취이다. 진정한 민주주의란(오늘날의 정의에 따르면): 역사의 어느 한 시점 어느 사회에서, 그 사회를 구성하는 개인들의 정서 발달이 일정 수준 이상의 성숙에 도달해 민주주의 장치를 창조하고 또 재창조하는 인간의 타고난[3] 성향이 현실화될 수 있을 만큼 발달한 곳을 가리킨다.

한 사회를 구성하는 사람들 중 성숙한 사람이 어느 정도 있어야 위에 언급한 타고난 민주주의적 성향이 그 사회에 존재할 수 있는가에 대한 질문을 할 수 있을 것이다. 이를 다르게 표현한다면, 타고난 민주주의적 성향에 해를 끼치지 않는 선에서 한 사회가 품을 수 있는 반사회적 사람들의 수는 어느 정도인지를 물을 수 있을 것이다.

제안

영국에서 2차 세계 대전이, 그 중에서도 특히 피난 정책이 반사회성을 띤 아동들의 비율 x%를 5배로 뛰게 만들었다는 가정을 해보자. 이는 볼 것 없이, 영국의 교육 시스템에 영향을 미쳤을 것이다. x%의 5배수로 늘어난 반사회적인 아이들에게 신경 쓰느라 보다 강압적인 교육 방법을 실시하게 되었을 것이며, 그 과정에서 교육 시

---

3. 내가 여기서 말하는 '타고난'은: 인간이 타고나는 자연적인 성향(유전적인)은 민주주의적 삶의 방식(사회적 성숙)에서 꽃을 피운다. 하지만 그것은 개인의 건강한 정서 발달이 일어났을 때만 가능하다. 한 사회 집단에서 일정한 수의 사람들만 성숙에 도달한다. 그렇기 때문에 그들을 통해서만 집단이 타고난(유전된) 사회적인 성숙에 이르는 경향성이 실현될 수 있다.

스템은 반사회적이지 않은 아이들에게서는 (100 — x%의 5배)만큼 멀어졌을 것이다.

이 문제는 10년 뒤 이렇게 표현될 것이다: 지금까지 우리 사회는 x%의 범죄자들을 감옥에 따로 격리함으로써 그 사회를 유지했다. 그러나 그 숫자가 5배로 늘어난 지금은 그들에 대한 완화 정책을 실시하지 않을 수 없다.

사회에의 미숙한 동일시

어느 시대, 어느 사회에서나 사회 의식이 결여된 반사회적 경향을 성향을 띤 사람들이 x명 존재할 때, 그들과는 정반대로, 내면의 불안을 권위에 동일시하면서 해소하려 하는 사람들이 z명 존재한다. 그와 같은 반응은 결코 건강하지 않은 미숙한 반응이다. 왜냐하면 이는 자기(self)의 발견에서 비롯된 반응이 아니기 때문이다. 그림을 볼 줄 모르면서 액자를 따지고, 자발성이 없는 상태에서 형식만 따지는 것에 비유할 수 있다. 친사회적인 성향은 결국 반개인주의적이다. 그런 성향을 띤 채 살아가는 사람들은 결국 '감춰진 반사회자'로 볼 수 있다.

감춰진 반사회자들은 확실한 반사회자들보다 더 '전체적인 사람'이 아니다. 그들 또한 후자들처럼 갈등을 자아내는 힘을 외부에서 찾으며 이를 통제하려 든다. 그러는 반면 때로는 우울한 상태에 빠지기도 하는 건강한 사람들은 그런 힘을 꼭 외부 현실(모든 사람들이 함께 공유하는 현실)에서만 찾지 않고 자기 내면에서도 찾는다. 감춰진 반사회자들은 사회적으로 미숙한 지도자를 만들 여지를 전부 갖추고 있다. 그리고 이런 사람들의 존재 또한 우리 사회가 반사회적인 현상으로 여기는 일들이 증가하는 원인이 될 수도 있다.

그것도 모자라 건강한 보통의 사람들은 남에게 명령하는 것을 좋아하는 사람들에게 주요 직책을 맡겨 버리는 경향까지 가지고 있다. 반개인주의적이고 미숙한 반사회적 지도자는 주요 직책에 앉은 뒤 자신을 주인으로 인식하고 받드는 잠재적인 반사회자들을 주위에 끌어 들인다. (잘못된 분열의 해결에 대한 예이다).

불확실한 자들

간단하지 않은 것이, 한 공동체 내에 $(x+z)$ % 만큼의 반사회적인 개인들과 구분되는 나머지 $100 - (x+z)$ % 가 '사회적'이라고는 결코 말할 수 없다는 사실이다. 불확실한 이들이 있기 때문이다. 다음과 같은 표를 제시할 수 있다:

반사회자 x %

불확실자 y %

친사회적이지만 반개인주의자 z %

사회에 기여할 수 있는 건강한 사람 $100 - (x+y+z)$ %

총합: 100%

민주주의는 건실하게 성장하여 조금씩 사회 의식을 발달시키며 성숙해 가는 $100 - (x+y+z)$ %에 해당하는 사람들 손에 달려 있다. 영국에서 현재 이 $100 - (x+y+z)$ %에 해당하는 사람은 얼마나 있을까? 많지 않을 것이라 예상할 수 있다. 30% 정도 있다고 가정해 보자. 성숙한 이들의 비중을 30% 정도로 본다면 불확실한 자들은 약 20%로, 이들이 전자의 영향을 충분히 잘 받는다고 보고 이들까지를 성숙한 이들로 취급할 수 있을 것이다. 그러면 총합 50% 정도의 성숙한 자들이 존재한다고 볼 수 있다. 하지만 성숙한 사람들의 비율이 20 밑으로 떨어질 경우 성숙한 행동을 기대할 수 있는 불확실한 사람들의 비율 또한 급속히 떨어질 것이라는 예상을 할 수 있다. 한 공동체의 30%를 차지하는 성숙한 사람들이 20%의 불확실한 사람들을 거둬 들이면서 성숙한 행동을 기대할 수 있는 사람들의 비율은 50%가 된다. 하지만 그 비율이 20%로 떨어지면 그들이 거두는 불확실한 사람들이 10%에 그쳐 성숙한 행동을 기대할 수 있는 사람의 비율은 30%로 떨어진다.

50% 수준일 땐 현실에서 민주주의적 성향이 실제 존재하며 그 영향력을 행사할 수 있다. 그러나 30% 가지고는 반사회자(확실한 쪽과 불확실한 쪽 전부)나 반사회자는 아니지만 나약하거나 두려워서 반사회자 편에 선 불확실한 자들 전부를 감당할 수 없게 된다.

그렇게 되면 반민주주의적 성향, 독재의 성향이 나타난다. 이러한 성향의 특징은 겉으로는 민주주의를 표방한다는 데 있다(사람들을 일단 속여야 하지 않겠는가).

이러한 성향은 유치장, 교도소처럼 독재가 성행하는 장소에서 생겨난다. 그런 장소는 미숙자이자 역 반사회자(친사회적이지만 반개인적인 사람)인 사람들의 육성 및 훈련의 장이 된다.

건강한 사회에서 감옥과 정신 병원은 위험할 정도로 교도소와 닮았다. 그렇기 때문에 범죄자들을 돌보는 사람들은 본인의 의지와 달리 반사회적 경향성의 대리인으로 이용되지 않도록 주의를 기울여야 한다. 정치적 혹은 사상적으로 대립하는 사람의 생각을 바꾸려는 행위와 정신질환을 앓고 있는 사람을 치료하는 행위 사이에 별 뚜렷한 구분이 없는 곳에는 경계선이 있어야만 한다. (한 사회에서, 정신질환을 다루는 여러 가지 (치유) 방법들이 진정한 심리치료나 질환을 인정하는 것과 비교해 위험한 이유는 바로 여기에 있다. 심리치료에서 내담자는 치료자와 동등한 위치에 있다. 그는 병에 걸릴 권리가 있고, 건강해질 것을 요구할 권리도 있으며, 자신의 개인적 정치적 사상적 의견에 대한 책임이 전적으로 자기에게 있음을 주장할 수 있는 권리를 가진다.)

타고난 민주주의적 요소의 조성

민주주의가 성숙이고 성숙이 건강이고, 건강이 바람직한 것이라면 이를 조장하기 위해 우리가 할 수 있는 일들에 어떤 것들이 있는지를 살펴보자. 물론 민주주의 장치를 한 나라에 억지로 강요하고 실행하는 것은 아무런 도움도 되지 않는다.

100—$(x+y+z)$ 그룹에 눈을 돌려보자. 모든 것은 그들에게 달려 있다. 그렇기 때문에 해답은 그들에게서 찾아야 한다.

확인 결과 타고난 민주주의적 성향 요소는 우리가 아기였을 때, 아이이고 또 청소년이었을 때 부모와 가족들이 발달시켰던 것 만큼 (아니면 발달시키지 않았던 만큼) 발달할 수 있는 시기는 또 다시 나타나지 않는다.

그래도 미래를 망가뜨리는 일을 피할 수는 있다. 아이와 함께 위기를 스스로 극복할 수 있는 능력이 되는(그리고 실제로 위기를 극복하는) 가정에 개입하는 것을 자제하면 된다. 그러한 보통의 좋은 가정들은 타고난 민주주의 요소 형성의 유일한 기반을 제공한다[4]. 참으로 소박한 긍정적인 기여이나 그 요소를 실현하는 일은 놀라울 정도로 복잡하고 복합적인 일이다.

---

4. 보통의 좋은 가정은 통계 조사에 반한다. 새로움을 표방하지도 않고 눈길을 끄는 면도 없으며 유명한 사람을 만들어 내지도 않는다. 난 25년 동안 2만 여건을 다루면서 지은 결론(가정)은 내가 일하는 공동체 집단에서 보통의 좋은 가정을 자주 흔하게 볼 수 있다는 사실이다.

보통의 좋은 가정의 기능을 방해하는 요소들

1. 많은 사람들은 민주주의의 핵심이 보통 사람들, 보통 남자, 보통 여자, 평범한 가정들에 달려 있다는 사실을 잘 이해하지 못한다.

2. 부모가 그들이 가진 신념대로 가정을 꾸리고 운영하는 자유를 국가가 합리적인 정책을 통해 준다고 해도 그 정책을 실행하는 관리들이 부모의 입장을 있는 그대로 존중해 주리라는 보장은 없다.

3. 보통의 좋은 부모는 도움을 필요로 한다. 그들은 물리적인 건강, 물리적인 질환의 치료와 예방 차원에서 과학이 제공해 줄 수 있는 모든 도움들을 필요로 한다. 자녀를 돌보는 방법을 가르쳐 주기를 바라고, 자녀들이 정신질환을 앓거나 행동 장애를 보일 때 도움 받기를 바란다. 하지만 그런 지원을 받는다는 이유로 그들이 가진 책임임까지도 빼앗지 않을 것이라고 확신할 수 있는가? 만약 그런 일이 생긴다면 부모들은 더 이상 타고난 민주주의적 요소를 만들어 내지 못할 것이다.

4. 보통의 좋은 부모가 아닌 부모들도 많이 존재한다: 정신과 사례, 미숙한 사람,

넓은 의미의 반사회자나 좁은 의미에서만 '사회적인' 사람들. 결혼하지 않고 배우자와 불안정한 관계를 유지하거나 자주 싸우거나, 헤어진 사람들 등. 그런 결점 때문에 사회는 그들에게 관심을 더 많이 기울인다. 여기서 의문점이 하나 생긴다. 우리 사회는 병리적인 요소에만 집중하느라고 보통의 건강한 가정을 소홀히 대하게 되는 것은 아닐까?

5. 어쨌든지 간에, 아이를 한 개인으로 성장시킬 수 있는 가정을 만들기 위한 부모들의 노력은 아이가 태어난 이후부터 바로 시작된다. 아이는 처음에는 부모와 동일시하는 능력을 조금씩 추가하면서 그들과 동일시하다가 그 능력을 점점 보다 넓을 집단으로 확장하게

된다. 여기서 아버지는 보호자 역할을 하여 어머니가 아기에게 전념할 수 있도록 해준다.

가정의 역할은 아주 옛날 옛적부터 익히 알려져 있다. 또 심리학자들은 최근 몇 년 전부터 아이가 자기 자신을 찾은 뒤 다른 사람들을 발견하고 나중에는 사회로 나아가 그 사회의 일원이 되는 데 있어 안정적인 가정이 기여하는 바와 여러 가지 방법에 대해 많은 것을 알게 되었다.

그런데 나는 여기서 엄마와 갓난 아기의 관계에서 개입의 문제에 대한 의견을 내려 한다. 오늘날 사회에서 그 시기의 아기, 그 시기 발달 단계에서의 개입에 점점 초점을 맞추면서, 초반에는 물리적인 돌봄만이 중요한 것이라고 주장하는 심리학자들까지 등장해 위험성을 키우고 있다. 이것이 의미하는 것은 매우 단순한 것으로, 사람들이 가지는 전반적인 무의식적 환상 속에서 어머니-갓난 아기의 관계는 굉장히 무서운 생각들을 연상하게 만든다는 것이다. 그런 무의식적인 불안은 다음과 같이 표현된다:

1. 신체적 과정과 건강을 유난히 강조하는 의사와 심리학자들.
2. 수유는 나쁘다는 여러 가지 이론들, 아기가 태어나자마자 훈육을 해야 한다는 의견, 어머니가 아기를 다루면 안 된다는 둥... 또, (앞서 말한 것과는 정반대로) 수유를 꼭 해야 하며 어떠한 훈육을 해서도 안 되고 절대로 아기가 혼자 울게 내버려 두면 안 된다고도 한다.
3. 아기가 태어난 뒤 며칠 동안은 어머니가 아이를 돌볼 수 없게 해서 어머니가 아기에게 외부 현실을 소개할 수 없게 하는 것. 외부 현실을 소개하는 행위는 개인이 접하게 될 현실과 관계를 맺는 능력의 바탕이 된다. 아이에게 헌신하는 어머니는 그 헌신을 통해서

어마어마한 기여를 한다. 그 공헌이 만약 망가지거나 저지된다면 아이가 유일하게 타고난 민주주의적 요소를 형성할 수 있는100 — (x+y+z) 그룹에 속할 가능성이 거의 없어질 것이다.

부수적인 주제: 사람을 뽑는 선거

민주주의 장치의 또 다른 특징은 우리가 뽑는 대상이 사람이라는 사실이다. (1) 특정한 사람을 뽑는 선거 (2) 구체적인 사상을 대변하는 정당을 뽑는 선거 (3) 구체적인 안을 지지하기 위한 선거 사이에는 커다란 차이가 있다.

1. 특정한 사람을 뽑는 선거는 유권자 또한 자신을 한 사람으로 인식하고 있다는 것을 전제로 한다. 그렇기 때문에 그는 그가 뽑는 사람을 신뢰한다. 그렇게 선출된 사람은 한 사람으로서 행동할 수 있는 자격이 생긴다. 그는 전체적인 사람(건강한 사람)이기 때문에 갈등이나 대립 또한 완전한 형태로 그의 내면에 존재한다. 덕분에 그는 외부에서 일어나는 사건에 대해 개인적인 시각과 관점을 가질 수 있다. 그 관점은 어느 정당의 관점이고 우리 또한 어떠한 정치적 성향의 관점인지를 알 수도 있다. 그 관점은 그러나 계속해서 변하는 상황에 교묘하게 적응하기도 한다. 그리고 만약 성향을 확실하게 바꿔서 선거에 다시 나온대도 또 한 번 선출되는 것 또한 가능하다.

2. 특정한 성향을 대변하는 정당이나 집단의 선출은 상대적으로 성숙함을 덜 요구한다. 유권자가 특정한 사람 한 명을 굳이 신뢰할 필요가 없는 상황이기 때문이다. 미숙한 사람들에게 선거는 유일하

게 논리적인 절차이다. 미숙한 사람은 진정으로 성숙한 사람의 이미지를 떠올릴 수 없고 그렇기 때문에 그런 사람을 인식할 수도 없으며 그에게 전적인 신뢰를 보일 수 없기 때문이다. 사람이 아닌 정당, 어느 성향이나 사물에 표를 주는 일은 사람을 뽑을 때만큼 섬세한 반응과 반향을 반영하지 못하고 경직된 시각이 형성되는 결과를 낳는다. 정체성이 뚜렷하지 못한 사람의 입맛에나 맞는, 선출된 '그것'을 좋아하거나 싫어하는 일 자체가 불가능하다. 특정 정당이나 신념을 뽑게 만드는 시스템은 특정한 사람을 뽑게 만드는 시스템보다 (개인의 정서 발달 면에서) 덜 성숙하기 때문에 덜 민주적이라 할 수 있다.

3. 특정한 사안에 관한 투표는 '민주주의적'이라는 단어에서 연상할 수 있는 모든 것들과는 한참 동떨어져 있다. 국민투표는 성숙함을 그다지 많이 요구하지 않는다(예외적으로 성숙한 시스템 내에서 실시되는 일도 물론 있다). 1, 2차 세계 대전 사이에 영국에서 실시했던 평화 관련 국민투표는 국민투표의 효용성을 잘 나타내는 예이다. 사람들은 당시 매우 구체적인 질문에 대답해야 했다: 당신은 평화에 찬성하십니까, 전쟁에 찬성하십니까? 비열한 질문을 알아차린 많은 사람들로 인해 기권표가 많이 나왔다. 또, 투표에 참여했던 이들의 상당수는 '평화'란을 체크하였다. 하지만 전황이 변하자 이번에는 전쟁에 찬성하며 전쟁에 참여하는 사람들까지 생겼다. 위와 같은 질문의 문제점은 의식적인 욕구의 표현에만 초점을 맞추는 데 있다. 저런 투표에서 '평화'란을 체크하는 것과 평화주의자라고 알려진 사람에게 표를 주는 일은 전혀 다른 일이다 (싸우는 것을 거부하고 전쟁을 거부한다는 것은 본인의 열망을 포기하고, 자신에게 주어진 책임을 수동적으로 포기하고 친구들을 배신한다는 의미를 가지지 않는다고 본다는 면에서).

우리는 이와 같은 문제를 피하기 위해 온갖 노력을 기울이기는 하지만 여론 조사나 기타 설문 조사도 결국 똑같은 문제를 안고 있다고 생각한다. 구체적인 사안에 대한 투표는 특정 인물을 뽑는 투표의 허접한 대체 수단에 불과하다. 우리의 표를 받은 대상이 사람일 때만 그가 자신의 판단력을 발휘해 어떤 정책을 펼치거나 그렇지 않을 시간을 갖기 때문이다.

타고난 민주주의적 성향을 조성하는 방법
(요약)

1. 가장 좋은 음성적 방법은 보통의 좋은 엄마-갓난 아기 관계에 개입하지 않는 것, 보통의 좋은 가정에 개입하지 않는 것이다.

2. 보다 똑똑하게 이 성향을 실행하는 방법은 영아와 아이의 정서 발달을 보다 잘 이해하고, 아기를 돌보는 엄마의 심리와 아기의 여러 발달 단계에서 아버지가 갖는 역할을 보다 잘 이해하는 것이다.

3. 이와 같은 연구 자체가 민주주의 절차에서 교육의 중요성을 믿는다는 사실을 증명한다. 물론 이러한 민주주의 절차는 충분히 성숙한 사람, 건강한 사람에게만 주어진다.

4. 매우 중요한, 또 다른 음성적(negative) 기여: 하나의 총체적인 대상으로 인식되는 공동체에 민주주의 정치를 가능한 한 억지로 주입하는 일을 피하는 것이다. 그와 같은 시도는 결국 실패로 돌아가며, 진정한 민주주의의 발흥을 늦출 뿐이다. 이런 경우 정서적으로 성숙한 사람들을 지지하고, 시간이 나머지 문제를 알아서 해결하기를 기다리는 것이 낫다.

특정 인물: 남성 아니면 여성?

여기서 핵심은 '사람'이라는 단어 대신에 '남성' 또는 '여성'이라는 단어를 넣을 수 있는지의 여부다.

현실은 대부분의 국가에서 정치인은 남성이라는 사실이다. 물론 여성들도 점점 중요한 직책을 맡는 경우가 늘어나는 추세이긴 하다. 남성과 여성이 각자 남성으로서, 여성으로서 똑같은 능력을 가지고 있다고 가정할 수 있다. 다르게 말하면 고위직에 오를 만한 지적이고 정서적인 능력이 남성에게만 있는 것이 아니라는 이야기다. 그렇다고 문제가 해결되지는 않는다. 심리학자가 해야 할 일은 그와 같은 남녀의 능력에 대한 진지한 토론에서조차 자주 배제되는 무의식적 요소에 눈을 돌리게끔 해야 한다. 우리가 눈여겨보아야 할 것은 투표를 통해 고위직에 오른 남성과 여성을 향한 대중의 무의식적인 감정이다. 그 자리에 앉은 사람이 남성이냐 여성이냐에 따라 사람들이 품는 환상이 달라지는 것을 관찰하게 되면, 환상은 '그저' 환상이라고 가벼이 여기고 무시해서는 안 될 것이다. 정신분석이나 비슷한 분야의 연구들은 모든 사람들(남성이나 여성 모두)의 내면에는 '여자'(WOMAN)[5]를 향한 일종의 두려움이 자리잡고 있다는

---

5. 이 질문을 더 자세히 파고 들지 않더라도 이를 보다 쉽게 이해할 수 있게 하는 여러 가지 단계를 제시하려고 한다:
1) 모든 유아들이 부모를 향해 느끼는 두려움
2) '마녀'라는 조합 형상에 대한 두려움: 마녀는 수많은 능력을 가지며, 그 중에는 남성적인 힘이 포함된다.
3) 어머니에 대한 두려움: 그녀는 아이의 생의 초기, '자기'를 형성하는 데 필수적인 요소들을 줄 수 있는, 혹은 주지 않을, 절대적인 힘을 가지고 있는 존재다.(이 책의 '사회에 대한 어머니의 공헌'과 '그 페미니즘' 장에도 비슷한 내용을 찾을 수 있다).

사실을 밝힌다. 그런 사람들 중에도 유독 더 그녀를 두려워하는 사람도 있으나, 결국 보편적인 현상이라 말할 수 있다. 이와 같은 '여자'에 대한 두려움은 사회 구조에 아주 커다란 영향을 미친다. 많은 사회에서 여성이 정치 권력의 중심에 서지 못하는 이유도 바로 저 두려움 때문이다. 대부분의 문화권에서 용납되는 여성에게 가하는 잔인한 전통 의식 또한 저 두려움에서 비롯된다.

이와 같은 여자에 대한 두려움이 어디서 오는지를 우리는 알고 있다. 정상적으로 잘 발달하고 자기 자신을 찾아낸 개인의 초기 단계 모습은 우리 모두가 한 여인에게 커다란 빚을 지고 있다는 사실을 밝혀 낸다. 그 여인은 우리가 아직 어린 아기였을 때 우리에게 헌신하였으며, 그러한 헌신은 우리가 성장하는 데 필수적인 요소였다. 그렇게 성장한 우리는 최초의 의존을 기억하지 못하고, 그런 이유로 우리가 진 빚 또한 인지하지 못한다. 여자에 대한 두려움이 그 빚을 인지하는 첫 발걸음이라 할 수 있다.

개인의 정신 건강의 기반은 어머니가 아기를 돌보는 행위 그리고 그녀의 돌봄을 받는 아기가 자신의 의존성에 대해 이중으로 무지한(의존하고 있다는 사실을 모른다는 것, 의존성 자체에 대한 인식이 없다는 것) 초기 단계 때 다져진다. 아기가 아버지와 맺는 여러 가지 관계 중 어머니와의 관계와 같은 성질의 것은 전혀 찾아볼 수 없다. 정치 고위직에 있는 남성이 같은 자리에 오른 여성에 비해 그가 속한 정치 집단 내에서 보다 객관적으로 인정받고 존경을 받는 이유도 바로 저기서 찾을 수 있다.

여성들은 종종 나라를 이끄는 것이 자신들이라면 전쟁 같은 것은 없을 거라 이야기한다. 실제로 그러할지도 의문이지만, 설사 그렇다 하더라도 사람들이 권력의 중추에 앉은 여성의 의견을 잘 따를지가 더 큰 의문이다(정치 권력의 장의 바깥 또는 그 너머에 있는 왕실(여왕)은 여기에 해당되지 않는다).

여기서 생각을 더 진행해 나간다면, 민주주의적인 것의 정반대편에 있는 독재자의 심리학에 대해 생각해 볼 수 있다. 그가 독재자처럼 구는 이유는 어쩌면 그가 '여자'에게 품고 있는 불안과 두려움을 해소하기 위해 여성을 전부 파악하고 장악하려 들며, 그녀 대신 행동하려는 충동 때문인지도 모른다. 그는 여성이 자신에게 복종하고 전적으로 의존할 것을 요구하는 동시에 그를 '사랑'할 것을 강요한다. 독재자의 기묘한 특성을 저런 맥락에서 이해해야 될지도 모른다.

그것 외에도 집단이 지배당하는 것을 받아들이는 것도 모자라 그것을 추구하기까지 하는 경향이 있는 이유는 '환상 속의 여자'의 지배를 받을 것에 대한 불안에서 기인한다고 볼 수도 있을 것이다. 독재자는 모든 개인의 환상 속에 존재하는 전지전능하고 마술적인 능력을 가진 '여자'(그리고 모든 사람들이 큰 빚을 지고 있는 '여자')를 구현함으로써 그녀가 가진 능력을 제한한다. 그래서 집단은 독재자에게 복종하는 것을 추구하고, 더 나아가 그의 지배를 반기는 것이다. 독재자는 언제든지 추방될 수도 있고 언젠가는 사망하지만 환상 속의 여자와 그녀가 가진 힘은 인간의 원초적 무의식에서 끝없이 펼쳐진다.

아이-부모의 관계

민주주의 장치는 선출된 지도자들에게 일정한 안정성을 부여한다. 지도자는 그가 맡은 일이 유권자의 지지를 잃는 것만 아니라면 이를 계속한다. 이는 모든 사안에 대해 직접 투표를 실시하는(그것이 만약 가능한 일이라면) 시스템보다 훨씬 안정적이다. 그와 같은 상황의 심리학적인 측면은 개인의 역사에는 부모-아이 관계라는 것이 존재했다는 사실을 바탕으로 한다. 성숙한 민주주의 사회의 유권자를 한 명의 성숙한 인간으로 보더라도 그 안에 부모-아이 관계의 잔재와 그 관계가 가져왔던 이점이 남아 있지 않다는 확신을 가지기 어렵다. 어떤 면에서 민주주의 선거는 성숙한 사람들이 그들의 임시 부모를 선출하는 과정이다. 그리고 그것은 동시에 유권자들은 아이라는 지위에 머물 것을 받아들였다는 의미이기도 하다. 일시적으로 선출된 부모 즉 민주주의 사회의 지도자들 또한 지도자로서 그들이 맡을 일을 하는 시간 외에는 아이이다. 운전은 정치 지도자로서 그들에게 부여된 임무가 아니기 때문에 과속 운전을 하면 그들 또한 법의 처벌을 받는다. 정치 지도자라 해서 임시 부모가 되는 것은 아니다: 선거에서 지면 그들 또한 바로 어린아이 상태로 돌아간다. 부모-자식 놀이를 하면서 일을 진행하는 것이 가장 편하기 때문에 그런 식으로 진행되는 것이다. 부모-자식 관계에는 아주 많은 이점이 있기 때문에 사람들은 그 관계의 흔적을 자기 내면에 남기려고 한다. 그러나 이를 위해서는 그 사회에 어린아이 노릇을 하는 일에 거부감을 느끼지 않을 만큼 충분히 성숙한 사람들이 많아야 한다.

　우리는 또 부모 역을 맡은 사람에게도 부모가 있는 것이 좋다고 여긴다. 놀이에서는 국민이 직접 뽑은 지도자들의 업무를 수행하는 또 하나의 하원이 있어야 한다고 생각한다. 우리 나라에서 그 기능을 수행하는 것은 귀족원으로, 그 구성원의 일부는 그 자리를 물려받았으며 또 다른 일부는 여러 분야의 공직에서 활약한 덕분에 그 자리에 앉을 수 있었다. 그 안에서도 '부모'의 '부모'들은 긍정적인 공헌을 할 수 있는 사람들이다. 특정인을 사랑하거나 아니면 증오하거나, 존중하거나 아니면 무시하거나 하는 행동에는 어떤 의미가 있다. 그 정서적인 성숙도에 의해 평가받는 사회에서 그 사회의 정점에 선 사람들을 대신할 수 있는 것은 아무것도 없다.

우리 사회에서 일어나는 일들을 더 깊숙이 살펴보고 연구하다 보면, 귀족들 또한 왕실 앞에서는 한낱 어린아이라는 사실을 깨닫게 된다. 우리는 여기서 세습제를 통해 그 자리에 앉아, 그 자신의 인격과 행동을 통해 대중의 사랑을 받는 한 개인과 반복해서 만나게 된다. 이때 군림하는 군주가 겸손하고도 진실된 마음으로 신에 대한 자신의 믿음을 공표하여 한 걸음 더 나아가는 일 또한 결코 무의미하지 않다. 우리는 여기서 죽은 신과 영원한 왕이라는 주제와 다시 만나게 된다.

한 민주주의 사회의 지리적인 경계

한 민주주의 사회(성숙한 사회 구조라는 의미)가 발전하기 위해서는 자연스러운 지리적인 경계가 필요한 듯 보인다. 우리나라의 정치 시스템이 그리 멀지 않은 과거에, 아니, 지금도 여전히 성숙함을 유지할 수 있는 가장 큰 이유는 아마 이 나라가 바다로 경계 지어져 있다는 데 있을 것이다(아일랜드와 연결된 점을 빼고 말이다). 스위스는 (아마 덜 효과적으로) 산으로 둘러싸여 있다. 미국 땅은 최근까지도 무궁무진한 탐색의 가능성을 제공하는 서부가 있었다. 그 덕분에 미국은 긍정적인 유대를 바탕으로 하나 사랑과 증오로 연결되어 있는 닫힌 공동체에서 벌어지는 대립이나 갈등을 최근 들어서야 겨우 경험할 수 있게 되었다.

자연적인 경계를 갖지 못한 국가는 경계심을 풀며 주변국에 적극적으로 적응하는 것이 불가능하다. 어떤 의미에서, 두려움이 정서적 상황을 단순화시켜 버린다: 실제로, 아주 많은 수의 불확실한 자들 그리고 그들보다 조금 덜한 사람들 일부, 그리고 x 인 반사회자들은 외적인 위협에 대해 결집 반응을 보이며 자기 자신들을 국가와 동일시한다. 하지만 그런 단순화는 성숙을 방해한다. 성숙은 이루기 어려운 일이다. 이는 근본적인 갈등을 완전히 의식하고 도망칠 구멍이나 우회적인 (방어적인) 수단에 기대지 않아야 이룰 수 있는 것이다.

어차피 한 사회의 바탕을 이루고 있는 것은 인격이다. 그런데 이 인격에는 한계가 있다. 건강한 사람의 도식은 원(구)이다. 그래서 '자기가 아닌 것'은 전부 그 사람의 내부에 있거나 아니면 반대로 외부에 존재한다고 생각할 수 있다. 우리는 자기 자신의 개인적인 발달 수준 이상으로 사회 발전에 기여할 수는 없다.

우리가 '세계 시민'에 대해 회의적인 시각을 가질 수 밖에 없는 것도 바로 저런 이유 때문이다. 그렇게 넓게 생각할 자격이 있는 사람은 충분히 나이를 먹고, 일정 수준 이상의 (개인적) 발달을 이룬 소수의 위대한 인문들 정도일 것이다.

전세계가 우리 사회였다면, 그 세계는 종종 우울한 상태에 빠져야 할 것이다 (모든 사람들에게 그런 일이 일어나는 것처럼). 그 세계는 또 내제된 갈등 또한 전적으로 인식하고 인정해야 할 것이다. 글로벌 사회라는 개념은 세계의 행복 개념 외에도 세계의 자살 개념 또한 부른다. 그런 이유로 많은 국가에서 볼 수 있는 열렬한 운동가, 열혈 투사들 또한 조증과 울증이 오가는 사람들이라 볼 수 있다.

민주주의 전통에서의 교육

민주주의 경향은 개인적 성숙, 사회적 성숙에 대한 심리학 연구를 통해 강화될 수 있다. 이 연구 결과들은 현존하는 민주주의 사회에 공유되어야 하며, 건강한 사람들이 이해할 수 있는 언어로 풀이

되어야 한다. 그들은 이를 통해 자기 자신들을 보다 명석하게 인식할 수 있게 될 것이다. 자기 자신을 인식하지 못하면 무엇과 싸워야 하는지, 무엇으로부터 자신을 보호해야 하는지를 알지 못한다. '자유의 대가는 끊임없는 주의와 경계이다'. 누구의 주의를 말하는가? 성숙한 개인 100-(x+y+z)%의 2,3 할. 나머지 사람들은 좋은 보통의 부모가 되어 아이들을 성인으로 키우는 일만으로도 충분히 힘겨워한다.

전쟁 중의 민주주의

다음과 같은 질문을 할 수 있다. 전쟁 상황에서 민주주의를 이루는 일은 과연 가능한 일인가? 이 질문에 '그렇다'는 단순한 대답을 할 수 없을 것이다. 전쟁의 면모를 살펴보면 민주주의는 전쟁에 의해 잠정 중단되었다고 인정하는 것이 맞을 것이다.

민주주의 집단을 구성하는 성숙하고 건강한 개인이 서로 싸울 수 있는 기회는 보장되어야 한다. 그 이유는 (1) 장차 성장하게 될 그들이 필요로 하는 공간을 마련하기 위해 (2) 그들이 가치 있다고 여기는 것을 지키기 위해 (3) 특정 성향이나 이념을 위해 싸우는 사람들이 존재한다는 전제하에 반민주주의적 경향에 대항하기 위해[6] 싸울 수 있어야 한다.

하지만 일이 실제로 그렇게 진행되는 경우는 거의 없다고 볼 수 있다. 앞서 말했듯이 100% 건강하고 성숙한 사람들로만 이루어진 공동체 같은 것은 존재하지 않는다.

전쟁이 닥쳐오면 각 집단은 각기 다르게 배치된다. 그리고 전쟁

---

6. 이 책에 있는 또 다른 장, '전쟁의 목적'에 보다 자세하게 나온다.

이 시작되면 건강한 사람만 전장에 나가 싸우지 않는다. 앞서 언급한 네 집단을 살펴보자:

1. 많은 반사회자들은 가벼운 편집증 증세를 보이는 사람들과 함께, 실제 전쟁이 벌어졌을 때 편안함을 더 느낀다. 그들은 구체적인 위험이나 피해, 위협을 반긴다. 그들 안에 잠재되어 있었던 친사회적 경향성은 실제 전쟁 상황에서 그 모습을 드러낸다.

2. 불확실한 자들은 처음부터 그들이 해야 할 일을 한 번에 해 버린다: 다른 방법으로는 절대 성인이 되지 못했을 그들에게 전쟁이라는 어두운 현실은 그 기회를 제공하게 된다.

3. 감춰진 반사회자들 중에는 전쟁통에 새로 생긴 주요 직책들을 통해 그들 안에 있는 지배욕을 표현할 수 있는 기회를 포착하기도 한다.

4. 성숙하고 건강한 사람들이라고 다른 사람보다 유리한 입장에 있지는 않다. 성숙하고 건강한 사람들은 다른 사람들만큼 그들의 적이 나쁘다는 확신을 갖지 못한다. 그들을 의심한다. 그것도 모자라 다른 사람들보다 문화나 아름다움, 우정 같은 개념에 많은 기대를 건다. 그들은 전쟁이 필요한 일이라는 사실을 믿기 어려워한다. 그들은 피해 망상에 사로잡힌 사람들과는 다르게 얼른 총대 매고 서둘러 방아쇠를 당기는 일 같은 건 하지 않는다. 최전선에 서려고 달려들지도 않는다. 그러나 막상 최전선에 서면 그들만큼 신뢰할 수 있고 적을 제압하는 데 적합한 이들도 없다.

이것 외에도 평화 상태를 유지하고 있을 때는 건강했던 이들이 전쟁이 일어난 뒤에는 반사회적이 되는 경우가 있다 (양심적 거부자). 이는 그들이 비겁해서가 아니라 사실상 의심을 하기 때문이다. 마찬가지로 평화 시에는 반사회자였던 이들은 전쟁이 터진 뒤에는 용감하게 나가 싸우기도 한다.

이런 식으로, 한 민주주의 사회가 싸운다는 것은 집단 전체가 싸운다는 것을 의미한다. 한 집단에서 민주주의적 성향을 키울 만한 사람들끼리 전쟁을 벌이는 예는 찾기 어려울 것이다.

한 민주주의 사회가 전쟁으로 인해 혼란스러워지는 순간 우리는 그 민주주의 사회는 더 이상 존재하고 있는 것이 아니라고 말해야 할지도 모른다. 그래서 민주주의적 생활 방식을 좋아하는 이들은 바깥에서 일어나는 분쟁이 멈춘 뒤에는 다시 처음부터 시작해 민주주의 장치를 다시 일으키기 위해 싸워야 할 것이다.

그리고 이는 이 주제를 다루려는 연구자들의 폭 넓은 시각을 요구하는 문제이다.

요약

1. 우리는 '민주주의'라는 개념은 성숙을 내포한다는 전제 위에서 해당 단어에 대한 심리학적 연구를 진행할 수 있다.

2. 민주주의도 성숙도 결코 어느 사회에 그냥 주입될 수 있는 것이 아니다.

3. 민주주의란 역사의 어느 불특정한 순간 하나의 한정된 사회에서 만들어 낸 작품이다.

4. 한 공동체 내에서 민주주의적 요소는 보통의 좋은 가정의 작품이다.

5. 민주주의적 경향성을 촉진하기 위한 가장 대표적인 방법은 음성적인 방법이다: 보통의 좋은 가정에 개입이나 간섭하는 일을 피하는 것이다. 심리학과 교육 연구 같은 것은 부차적인 도움에 속한다.

6. 갓난 아기를 돌보는 어머니의 헌신은 굉장히 중요한 것이다.

아이의 정서적 성숙은 바로 그 헌신 정도에 달려 있기 때문이다. 공동체가 만약 이때 개입한다면 그것은 우리 사회의 잠재적인 민주주의와 문화 수준을 현저히 급속하게 떨어뜨리는 결과로 이어질 것이다.

왕실의 역할(1970)

　나는 이 자리에서 영국에서 왕실이 맡고 있는 역할에 대해서 이야기를 하려고 한다. 개인적으로 나는 역사가도 아니고, 왕실을 주제로 한 글이나 연구들에 대해서도 잘 알지 못한다. 그럼에도 불구하고 왜 이를 주제로 삼는지에 대한 변명을 하자면, 왕실은 우리가 텔레비전이나 가십 잡지, 택시 기사나 친구들과의 잡담 등을 통해서 끊임없이 소식을 접하는, 우리와 함께 하는 존재가 왕실이기 때문이라고 말하겠다. 나는 사실 버킹엄 궁전 위로 깃발이 휘날리는지 아닌지를 통해 여왕이 그 날 궁에 거하는지 아닌지를 알 수 있을 만큼 멀리 떨어지지 않은 곳에 살고 있다. 그러나 오늘 온 국민들의 머릿속에 있는 중요한 의문은 "신은 과연 여왕을 구했는가?"이다. 그 질문 뒤에는 "(이제 옛)왕이 죽었다, 왕이여 만세!"라는 의미심장한 격언이 자리한다. 군주가 죽어도 왕실은 계속된다는 의미이다. 문제의 핵심은 여기에 있다.

　이야기를 시작하기에 앞서, 나 자신이 왕실을 특별히 어떤 감성적인 시각을 가지고 바라보지 않는다는 점을 먼저 밝힌다. 그럼에도 불구하고 나는 영국 왕실의 존재를 진지하게 생각하고 있고, 그 왕실이 없었다면 영국이라는 나라가 지금과는 굉장히 다른 모습을 하고 있었을 것이라는 생각 또한 가지고 있다. 이쯤에서 다음과 같은 질문이 자연스럽게 나올 수 있다: 더 좋은 대안이 있을까, 아니면 좋지 못한 결과를 가져올 뿐일까? 이러한 질문은 오늘날 한 개인으로서의 왕 또는 여왕에 대한 객관적인 평가에서 비롯되는 복합적인 고찰처럼, 여기서는 아무 상관이 없을 것이다.

한 공동체에서 왕실과 왕실의 역할을 연구하기 전에 일반 사람들이 왕실에 대해서 어떻게 이야기하는지를 듣는 것이 당연한 수순이다. 사람들은 대부분 두 가지 태도를 보인다: 한 편에는 감성적인 태도가 있고 다른 한편에는 대화를 할 때 취하는 태도가 있다.

대화에서의 태도는 대화를 나누는 과정에서 표출되는 태도이다. 언어적 표현은 탐색의 장을 넓힐 수 있으며, 토론의 경우 정반대의 관점을 동시에 표현하는 것 또한 가능하다. 대화를 나눈다는 즐거움 자체 때문에 뚜렷한 화제 없이도 대화를 나누는 일 또한 가능하다. 이런 식의 대화 또한 얼마든지 그만의 가치를 가지고 있으나, 대부분의 사람들은 그런 태도 뒤에도 굉장히 놀라울 정도로 복잡한 무의식적 동기가 있다는 것을 알지 못한다. 무의식은 그저 불편한 것, 즐거움을 망치는 것으로 여겨진다. 무의식은 정신분석학에서나 다루는 것이고 환자의 치료와 관련된 것일 뿐이다. 우리는 술집에서 떠들 때 우리가 알고 있다고 생각하는 것들에 대해서 떠들고, 정당화나 합리화에 불과한 것들을 합리적인 이유라고 우기면서 떠든다. 그때 그것을 너무 진지하게 대해서도 안 될 것이다. 그러지 않으면 어느 사이에 사랑에 빠지거나 싸움질을 하고 있을지도 모른다. 하지만 진지한 대화는 교양의 표시이기 때문에 이야기꾼들이 무의식의 존재를 등한시하지 않도록 하는 것이 좋을 것이다. 정서적인 태도의 경우, 그것은 무의식을 포함하는 종합적인 반응이다. 그러나 온전한 사람들은 자신들의 감정을 바로 파악하지 못한다.

우리 사회에서 왕실이 차지하는 비중과 관련된 언어적인 표현들을 보면 왕실 이야기를 동화에 나오는 이야기처럼 너무 쉽게 하는 것을 관찰할 수 있다. 그것은 아마 우리가 동화를 편안하게 생각하

고, 그것이 우리의 일상을 즐겁고 아름다운 것으로 꾸며준다고 생
각하기 때문일 것이다. 아니면 그것이 우리 사회의 여러 가지 경제
적인 문제나 주거 문제, 노인 고독 문제, 장애인들의 절망, 가난, 궁
핍, 편견에서 비롯되는 박해 문제 등을 바꾸려는 우리들의 의지를
약화시키고 그런 것들에서 도망칠 수 있는 기회를 제공하기 때문인
지도 모른다. 그런 태도를 우리는 '도피'라는 한 단어로 요약할 수
있으며, 그런 면에서 그 동화의 결말은 이미 정해져 있다.

이에 대응하는 단어로는 '감성적'이라는 단어를 들 수 있다: 완
전하게 깨어 있는 경우가 절대 없으며 빈민굴의 비참함을 보지 못
하고 이미 몽상 세계로 도피한 사람들의 태도를 일컫는다.

도피라는 단어를 사용하는 사람들은 감성적인 사람들을 업신여
긴다. 감성적인 사람들은 평소 자신의 생각이나 의견을 어떻게 처
리해야 할지를 모르고 살다가 어느 날 자신에게는 아무런 의미도
갖지 못하는 정치적 상황(예를 들면 혁명)에 휘말린다.

왕실의 무의식적인 사용

내가 지금부터 말할 내용의 바탕을 이루는 생각은 이해하기 어려
운 것일 수도 있고, 받아들이기 어려운 생각일 수도 있다. 이 생각은
존재의 바탕이 되며 대상 관계의 밑바탕이 되는 생각으로, 이렇게
표현할 수 있을 것이다: 좋은 것(대상)은 항상 파괴된다. 여기에는
무의식적 의지 개념을 적용할 수 있다. 이 명제가 밝히는 진실은 "아
름다움은 보는 사람의 눈 안에 존재한다[1]"(추한 사랑 같은 것은 존
재하지 않는다)라는 격언이 알려주는 진실에 가깝다.

1.『놀이와 현실』, '대상이용' 장에 보다 자세하게 나온다.

이는 삶의 여러 가지 진실 중의 하나이며 국가(國歌) "신이여 여왕/왕을 구하소서!"라는 가사도 이를 잘 드러낸다. 그 또는 그녀를 무엇으로부터 구한단 말인가? 이때 떠올릴 수 있는 생각은 너무나도 단순한 것이다: 적으로부터다(몇 구절 뒤에 나오는 가사 "그들의 비열한 계략은"는 이를 잘 드러낸다. 가사는 굉장히 재미있지만 우리는 거기서 끝이 아니라는 사실을 잘 알고 있다.) 인간은 좋은 것을 건드리지 않을 수 없으며, 그것을 취하고 파괴하는 것을 멈출 수 없다.

보호와는 별개로, 존속

우리는 다음과 같은 의문이 들 수 있을 것이다. 좋은 대상은 왜 존재하는가? 그 존재 자체와 그것이 가진 좋은 성질이 사람들에게 그것을 파괴하려는 욕구를 일으킨다면 그 좋은 것의 존재 이유는 대체 무엇인가? 우리는 그 답을 좋은 대상의 특성 자체에서 찾을 수 있다: 좋은 대상은 '살아남을 수 있다.' 언제나 파괴당하는 운명에 있는 좋은 대상의 '생존성'은 그래서 하나의 실재이다. 살아남은 좋은 대상은 바로 그 이유 때문에 사랑을 받고 그 가치를 부여 받으며, 다르게는 거의 숭배되다시피 한다. 우리는 좋은 대상을 험하게 대하며, 우리의 충동이나 아주 가장 원시적인 생각들로부터 그것을 보호하는 것이 전혀 존재하지 않음에도 불구하고 그 모든 시련을 이겨내는 것이 좋은 대상이다.

왕실은 언제나 시험을 당한다. 어려운 상황에 부딪혔을 때 왕실이 살아남을 수 있는 것은 왕실파나 충신들이 존재하기 때문이다. 그러나 이 또한 결국 왕좌에 앉아 있는 왕이나 여왕 자신에게 달려 있는 문제다. 우리가 그들을 선택한 것도 아니오 그들이 원해서 그 자리에 앉은 것이 아니라 해도 말이다.

세습제의 정당성을 바로 여기서 찾을 수 있다. 그 자리에 앉게 된 이유가 그 남성, 그 여성이 왕이나 여왕의 선택도 아니고 우리의 선택도 아니오, 그에게 어떤 특별한 재능이나 업적이 있어서가 아니라, 세습 제도가 그리 만든 것이다.

이렇게 봤을 때 왕실이 천 년 넘게 유지될 수 있었던 것은 거의 기적과 같은 일이다. 위기는 몇 번이나 닥쳤었다. 후계자가 더 이상 없었던 경우도 있었고, 왕이 민중들로부터 사랑을 받지 못하거나 민중에게 상냥하지 않은 이가 왕이 되는 일도 있었다. 갑작스러운 죽음을 맞이한 왕도 있었다. 그럼에도 '왕실'이 끊어진 적은 없다. 우리가 바로 크롬웰을 떠올리는 이유도 바로 이 때문이다. 어쩌면 그는 사람들에게 좋은 독재자가 나쁜 왕보다 더 해로운 존재일지도 모른다는 생각을 갖게 만든 것인지도 모른다.

아무런 보호 조치도 받지 못하고 인간의 감정이 자아낸 온갖 시험들을 극복한 (여기에는 충동의 억제와 현실 원리와의 조우가 연기된 경우를 전부 포함한다) 좋은 대상의 '생존성'은 내게 다음과 같은 두 가지 생각을 하게 만든다.

첫 번째는 시대를 막론하고 개인의 차원을 다룬다. 좋은 대상의 존속성(생존성) —여기에서는 왕실을 말한다—은 거기에 가치를 부여하면서 모든 연령, 모든 종류의 사람들에게 파괴 욕구는 분노와는 아무런 상관도 없으며, 오히려 사랑(그 중에서도 원시적인 사랑)과 아주 밀접한 관련을 맺고 있다는 사실을 보여준다. 그리고 파괴는 무의식인 환상이나 밤에 꾸는 꿈에서만 일어난다는 사실을 알려준다. 좋은 대상의 파괴는 그 사람의 내적 현실에서만 일어난다는 사실을 알려준다는 말이다. 우리가 깨어 있는 시간 동안 대상도 살아 있으며, 그 사실은 우리를 안심하게 만들고 신뢰의 감정을 다시금 쌓을 수 있게 한다. 이제 우리는 무의식적 환상 속에서 파괴가 일어나도 대상이 가진 특성(생존성) 때문에 그것이 파괴될 일은 없을 것이라는 확신을 가진다. 우리는 이제 전체성을 띠게 된 우리 세계에서 (안심하고) 살아갈 수 있게 된다. 우리는 그 세계 안에서 더 이상 복종하거나 방황을 할 필요가 없고, 두려움 때문에 꿈 속에서나 마주할 수 있는 세계가 더 이상 아니게 된다.

우리가 사는 세계에서 발견하는 대부분의 폭력성은 실제 폭력으로는 이어지지 않는, 파괴의 시도에 불과한 것이다. 물론 공격의 대상이 된 것이 살아남지 못했거나 그 공격에 따른 보복을 가한 경우를 제외하고 말이다. 살아남은 중요한 대상은(예를 들어, 왕실) 각 개인에게 상징적인 의미를 가지게 된다. 그 과정에서 현실은 더욱 사실적이 되며, 원시적인 탐색 충동은 점점 덜 위험한 것이 된다.

두 번째 생각은 정치에 관한 것을 다룬다. 세계사에서 영국처럼 중간 정도의 중요성을 차지하는, 기왕이면 섬인 곳은(이는 그 나라의 유일한 국경선이 되는 것이 바다라는 것을 의미한다) 때때로 해체되기도 하는 정권과 끊기는 일 없이 계속 유지되는 왕권으로 구성된 양극 체제 시스템을 유지할 수 있다.

당연한 이야기지만 (그래도 가끔 이를 다시금 강조할 필요성은 있다) 의회 민주주의 시스템(독재의 반대 개념을 의미한다)이 제대로 기능할 수 있게 하는 왕실의 존속에 달려 있다. 그리고 그런 왕실의 존속은 시민들이 그들이 원했을 때 현재 권력을 잡고 있는 의회나 총리를 투표를 통해 실제로 교체할 수 있다는 사실을 얼마나 체감하는지에 달려 있다. 시민들의 감정, 그들의 무의식적 동기나 겉으로 보기에는 비논리적인 경향들을 가장 잘 드러내는 것은 여론조사가 아니다. 사람들의 마음 속 깊이 자리한 감정이 표출되어 나타난 것이 정권이나 총리의 교체야말로 그것들을 가장 잘 드러내는 현상이다.

정치인이나 정당의 교체 뒤에는 또 다른 절차가 기다린다. 이는 조금 덜 급한 절차로, 또 다른 정치 지도자의 선출이다. 그런데 후계자가 미리 정해진 왕실이 존재하는 시스템일 경우 문제는 사전에 해결된다. 이런 식으로 왕실은 이처럼 복잡하고 변덕스러운 정치권을 가진 국가에 일종의 안정성을 부여한다.

왕의 역할

왕실의 존속이 심리학이나 어떤 논리적인 이해, 여느 철학자나 종교인, 종교 기관의 발언과 아무 상관도 없다는 사실은 참으로 다행스러운 일이 아닐 수 없다. 왕실의 존속은 오로지 왕 또는 여왕의 자리에 앉은 사람에게 달려 있다. 그런 현상들을 통해서 어떤 이론을 세울 수 있는지를 한 번 생각해 보자.

우리를 언제나 놀라게 만드는 사실이 하나 있다: 천 년의 역사를 가진 왕실이지만, 그 존재가 언제든지 무너질 수 있다는 사실이다. 거짓 루머나 무책임한 기자 한 명이 얼마든지 무너뜨릴 수 있는 것이다. 그 모습 또한 우리 삶의 모습에 해당되는 것임에도 불구하고 왕실을 그저 동화나 발레, 연극 공연의 하나로밖에 보지 못하는 사람들은 왕실을 지나치게 희화화함으로써 파괴해 버릴 수 있다. 그와 같은 삶의 면모를 단순하게만 묘사해서는 제대로 인식할 수 없기 때문에 자세하게 설명해야 할 것이다. 여기서 우리는 수면 상태와 반쯤 의식이 깨어 있는 상태(졸고 있는 상태) 사이에 있는 중간 영역에 자리하고 있다. 놀이와 문화 영역, 중간 현상 및 주체의 정신적인 건강함[2]을 증명하는 모든 신호들이 있는 영역에 있는 것이다.

2.『놀이와 현실』제 1장, "중간대상과 중간현상"을 볼 것.

놀라운 것은 인간의 삶과 성격은 '개인의 꿈―실제 현실이나 남들과 공유하는 현실'―을 교대로 따라가면서 꿈 이론으로 독해할 수 있다는 사실이다. 그런데 상황을 아무 편견 없이 바라보면 성인이나 청소년, 아동, 영유아의 삶의 대부분이 중간 영역에서 이뤄진다는 사실을 관찰할 수 있다. 한 걸음 더 나아가 우리 문명 전체가 거기서 이뤄지고 있다고 해도 과언이 아니다.

이러한 중간 영역은 충분히 좋은 엄마 아빠가 있는 좋은 가정에서 자라는 아기들에게서 가장 뚜렷하고 확실하게 관찰할 수 있다. 이 공간에 대해서 가능한 한 확실하게 밝히려고 애썼던 사실은 중간 현상이 일어나는 공간의 가장 큰 특징은 내적(주관적인) 경험과 외적 현실을 잇는 '역설의 인정'에 있다는 사실이다. 그리고 이 역설은 절대 해결되어서는 안 되는 역설이다. 아기의 안전과 행복의 가장 필수적인 요소이자 그가 필요로 할 때 항상 옆에 있어주는 것은 어머니를 상징하는 천 조각이나 인형이다. 우리는 결코 그 천 조각이나 인형과 함께 있는 아이에게 다음과 같은 질문을 던져서는 안 된다: 네가 이 물건을 창조해 낸 것이니? 아니면 원래 그곳에 있었던 물건을 네가 발견한 거니? 이 질문은 타당하고 중요한 질문이지만 그 질문에 대한 대답은 결코 중요하지 않다.

왕좌에 앉는 남성이나 여성은 모든 사람의 꿈을 대변하지만, 그 사람 또한 일반 사람들이 가진 특징을 전부 가지고 있는, 실제 존재하는 인간이다.

우리는 그 여성(여왕)과 떨어져 있기 때문에 꿈을 꿀 수도 있고, 그녀를 신화 공간에 넣을 수도 있다. 우리가 만약 그녀 가까이 살고 있다면 환상을 품고 이를 유지하기 힘들 것이다. 여왕은 나를 포함한 수 천 명의 사람들의 꿈을 실현시켜주는 존재인 동시에 내가 버킹엄 궁전 근처에서 택시라도 기다리는 동안 우연히 볼 수 있는 실제 인간이기도 하다. 그때 그녀는 아마 운명이 그녀에게 부여하였으며, 대부분의 국민이 그녀의 임무로 인정하는 업무를 행하기 위해 궁전을 나서는 중일 것이며, 그녀의 행차 때문에 지각할 처지에 놓인 나는 짜증이 날 것이다. 그럼에도 불구하고 내가 그런 의식과 존경심, '현실이 된 꿈'에서 비롯된 것들을 필요로 한다는 것을 잘 알고 있다. 어쩌면 여왕 자리에 앉은 여인에게도 그런 예식들이 지겹고 증오스러울 때가 있을지도 모른다. 그러나 우리는 그 사실을 평생 알지 못할 것이다. 우리는 저 특별한 여인을, 저 여인의 삶을 자세히 접할 기회가 거의 없으며, 왕실에 대한 환상이 지속될 수 있는 이유는 바로 그 때문이다. 그녀가 만약 어떤 환상을 상징하는 존재가 아니었다면 그녀 또한 옆집 사는 이웃 여인과 별반 차이가 없는 존재가 됐을 것이다.

우리는 물론 그 비밀의 베일을 한 번 들춰 보려고는 할 것이다. 예를 들어서, 우리는 빅토리아 여왕에 관한 가십들을 즐기기도 하고, 어떤 때는 감성적인 루머들을 날조하기도 한다. 그러나 잊지 말아야 할 것은 그 모든 것의 중심에는 그러한 도발이나 유혹에도 살아남을 수 있는, 혹은 그렇지 못하는, 한 여인(또는 한 남자)이 있다는 사실이다. 그리고 그녀는 계승 원칙에 따라서 그녀의 사후 후계자가 그 자리에 앉아서 그 막중한 책임을 이어받는 날이 올 때까지 왕위에 앉아 왕으로서의 역할을 계속한다. 그것은 실제로 막중한 책임이다. 삶이 있는 곳에 죽음이 있고 가장 중요한 순간에는 더 할 나위 없이 커다란 고독이 존재한다. 그런 준엄한 현실에서 그녀의 역할은 비현실적이고, 그렇기에 더할 나위 없이 막중하다.

우리 삶의 터전이기도 하고 놀이를 하는 곳이기도 하고 창조적으로 있는 중간 영역에서 역설은 수용되어야 할 것이지 풀고 해결해야 하는 것이 아니다. 왕실의 수집품 문제를 통해서 이에 대해 이야기해 보자. 여왕과 그녀의 조상들은 수 세기 동안 어마어마한 가치를 가진 예술품들을 대대로 수집했고, 그것들은 모두 그녀의 소유물이다. 그러나 그와 동시에 그 작품들은 이 나라의 것이기도 하고, 모든 국민들의 것이기도 하다. 여왕은 우리 국민의 여왕이고 우리들의 환상의 구현이기 때문이다. 왕실이 어느 날 사라진다고 상상해 보자. 그 날이 오면, 왕실이 그때까지 모은 굉장한 물건들은 카탈로그에 실린 한낱 경매품이 되어 돈을 가장 많이 지불하겠다는 사람 손에 그대로 넘어가는 처지가 될 것이다.

요 약

왕실의 존속은 왕실 자체가 가진 특성에 달려 있다: 우리 사회에서 왕실이 차지하고 있는 위치, 의회 내의 정치 파벌 싸움과 선거 유세, 개인들의 환상(꿈)과 무의식적 가능성, 왕좌에 앉은 여인 또는 남자의 실제 성격, 왕실의 본성, 삶과 죽음의 우연(사고나 질병), 공동체 전체의 정신 건강(그 안에는 초기단계에서 절대적 박탈을 경험했기 때문에 질병에 시달리는 사람, 박탈을 경험한 뒤 불만을 안고 살아가게 된 사람 등이 있다), 지리적인 요건 등, 이 모든 것이 왕실의 존속에 영향을 주는 요소들이다.

우리가 좋다고 생각하는 것들을 우리의 힘만으로 보호할 수 있다고 생각한다면 그것은 큰 착각이다. 문제가 생겼을 때 이를 해결하는 것은 결국 왕이 가진 '살아남는 능력'이다. 우리는 아무래도 운이 좋은 편인 것 같다. 우리는 바다로 둘러싸인 크지도 작지도 않은 이 나라를 다스리는 그들이 누리고 있는 엄청난 혜택과 영광, 그리고 그것이 가져오는 속박을 지각하고 있다. 옛 노래 "작고 멋진 섬"(A Nice Little Island) 의 가사처럼 말이다.

결 론

　문제는 왕실을 구하는 데 있지 않다. 우리는 여기서 질문의 의미를 반대로 생각해야 한다. 실제로 왕실이 계속 유지되고 있고, 우리 정권의 성격을 가장 잘 대변하는 것이 민주주의(이는 한 사회를 구성하는 가정들의 상황을 비추는 거울이기도 하다)이며, 독재 정권(독재는 그것이 좋든지 나쁘든지 두려움을 바탕으로 한다)이 들어설 여지가 없는 것을 보면 그에 필요한 조건이 전부 갖추어진 것으로 보인다. 이와 같은 조건들은 정서적으로 건강한 사람들에게 그들이 실제로 존재하고 있으며 자아실현이 가능하다는 것을 느끼게 하며(부분적으로나마), 놀 수 있게끔 한다.

참고문헌

정신분석과 과학, 친구 아니면 단순한 교류 관계?
Oxford University Scientific Society 강연. 1961년 5월 19일. 미간행.
건강한 개인 개념
Royal Medico-Psychological Association, Psychotherapy and
Social Psychiatry Section 강연. 1967년 3월 8일. 미간행.
창조적으로 살기
Progressive League을 위해 준비한 초안 두 개를 모은 글이다.
1970년. 미간행
총합, 나는 나다
수학 교사 협회의 부활절 학회 강연. Whitelands, Putney, Londres.
1968년 4월 17일
거짓 자기 개념
'도전으로서의 범죄' 라는 주제로 연구 세미나에서 발표한 미완
의 작품. College
All Souls Oxford. 1964년 1월 29일.
우울증의 가치
정신과에 종사하는 사회 사업가 총회를 위해 쓴 글. 1963년 9월

공격성, 죄책감 그리고 회복

진보연맹 강연. 1960년 5월 8일. 미간행.

희망의 징표, 비행

Borstal Assistant Governors' Conference, King Alfred's College, Winchester.1967년 4월

심리치료 기법

Association MIASMA (Mental Illness Association Social and Medical Aspects) 강연. Cambridge. 1961년 3월 6일. 미간행.

치료

St.Luke's Church에서 의료진을 대상으로 한 강연, Hatfield.1970년 10월 18일. 미간행

사회에 대한 어머니의 공헌

위니캇의 라디오 방송 후기. The Child and The Family라는 제목으로 1957년 간행.

가족 집단 안에서의 아동

Nursery School Association Conference , New College Oxford. 1966년 7월 26일. 미간행.

아동과 학습

'Family Evangelism'을 주제로 한 세미나 강연. Christian Team-work Institute of Education, Kingswood College for Further Education, 1968년 6월 5일.

청소년의 미성숙

British Student Health Association의 21회기 연례회 강연, Newcastle-upon-Tyne. 1968년 7월 18일. '놀이와 현실'에 수록.

사고와 무의식

리버럴지(Liberal Magazine)를 위해 쓴 글. 1945년 3월.

정신분석학적 연구에 대한 무관심의 대가

'정신 건강의 경제적 비용'을 주제로 한 강연. National Association for Mental Health Annual Conference, Westminster. 1965년 2월 25일.

페미니즘

진보연맹 강연. 1969년 11월 20일. 미간행.

피임약과 달

진보연맹 강연. 1969년 11월 8일. 미간행

전쟁의 목표

1940년에 쓰여진 글. 미간행.

베를린 장벽

1969년에 쓰여진 글. 미간행.

자유

1969년 경에 쓴 두 개의 글의 합친 것.

'민주주의'라는 단어에 대한 몇 가지 생각

Human Relation을 위해 쓴 글. 1950년 6월.

왕실의 역할

1970년에 쓰여진 글. 미간행

현대정신분석연구소 수련 과정 안내

이 책을 혼자 읽고 이해하기 어려우셨나요? 그렇다면 함께 공부합시다! **현대정신분석연구소**에서 이 책의 내용에 대한 강의를 들으실 수 있습니다.

현대정신분석연구소는 1996년에 한국심리치료연구소라는 이름으로 창립되어, 국내에 정신분석 및 대상관계이론을 전파하는 선구자적 역할을 해왔습니다.

정신분석을 연구하고 교육하는 기관으로서 주요 정신분석 도서 130여 권을 출판 하였으며, 정신분석전문가 및 정신분석가를 양성하고 있습니다.

또한 부설기관인 **광화문심리치료센터**에서는 대중을 위한 정신분석 및 정신분석적 심리치료를 제공하고 있습니다.

현대정신분석연구소에서는 미국 뉴욕과 보스턴 등에서 정식 훈련을 받고 정신분석 면허를 취득한 교수진 및 수퍼바이저들로 구성되어 있으며, 뉴욕주 정신분석가 면허 기준에 의거한 분석가 및 정신분석전문가 프로그램을 운영하고 있습니다. 프로그램에서는 프로이트부터 출발하여 대상관계, 자기심리학, 상호주관성, 모던정신분석, 신경정신분석학, 애착 이론, 라깡 이론 등 최신 정신분석의 이론에 이르는 다양한 이론들을 연구하는 포용적eclectic 관점을 채택하고 있습니다.

프로그램에서 요구하는 요건들을 모두 충족하고 프로그램을 졸업하게 되면, **사단법인 한국정신분석협회**에서 공인하는 'Psychoanalyst'와 'Psychoanalytic Psychotherapist' 자격을 취득하게 됩니다. 이와 동시에 현대정신분석연구소와 결연을 맺은 미국 모던정신분석협회Society of Modern Psychoanalysts, SMP에서 수여하는 'Psychoanalyst'와 'Applied Psychoanalysis Professional' 자격증을 신청할 수 있습니다.

국내에서 가장 정통있는 정신분석 기관 중 하나로서 **현대정신분석연구소**는 인간에 대한 보다 심층적인 이해를 통해 한국사회의 정신건강에 기여하고자 합니다.

■ 졸업 요건

구분	PSYCHOANALYST	PSYCHOANALYTIC PSYCHOTHERAPIST
번호	· 등록민간자격 2020-003430	· 등록민간자격 2020-003429
임상	· 개인분석 300시간 이상 · 개인수퍼비전 200시간 · 임상 1,000시간 이상	· 개인분석 150시간 이상 · 개인수퍼비전 25시간 · 임상 150시간 이상
교육	· 졸업이수학점 72학점 · 기말페이퍼 12과목 · 종합시험 5과목 · 졸업 사례발표 2회 · 졸업논문	· 졸업이수학점 48학점 · 종합시험 5과목 · 졸업 사례발표 1회
입학 자격	석사 혹은 그에 준하는 학력이상	학사 혹은 그에 준하는 학력이상

※상기 자격은 자격기본법 규정에 따라 등록한 민간자격으로, 국가로부터 인정받은 공인자격이 아닙니다.

■ 문의 및 오시는 길

서울시 종로구 새문안로 5가길 28(적선동, 광화문플래티넘) 918호
- Tel: 02) 730-2537~8 / Fax: 02) 730-2539
- E-mail: kicp21@naver.com
- 홈페이지: www. kicp.co.kr (홈페이지를 통해 인터넷 강의도 수강이 가능합니다)

* 정신분석에 관한 유용한 정보들을 한눈에 보실 수 있는 **정신분석플랫폼 몽상**의
  SNS 채널들과 **현대정신분석연구소** 유튜브 채널을 팔로우 해보세요!

📷 네이버 블로그: blog.naver.com/kicp21

📷 인스타그램: @psya_reverie

▶ 유튜브 채널: 현대정신분석연구소

f 페이스북 페이지: 정신분석플랫폼 몽상

QR코드로 접속하기